本书受国家社科基金项目资助（项目编号14XZW015）

唐代俗文学
探论

TANGDAI SUWENXUE
TANLUN

杨晓慧 著

人民出版社

序　言

唐代南北统一,经济发达,国力强盛。统治者推行开明、兼容的文化政策,遂使唐诗、唐文在继承传统的基础上求变求新,出现了前所未有的大繁荣、大发展。到了中晚唐时期,各种俗文学活动也热闹纷繁、异彩纷呈。

事实上,唐代俗文学与诗歌、散文等雅文学的发展始终处于相融互补的关系之中。文人雅士或直接染指于俗文学创作,或往往从当时流行的俗文学作品中获取再创作的素材;而俗文学则借助于文人再创造使自身得到提高,同时在书面化的过程中获得更为广泛的流传,形成了唐代文学发展中雅俗互动、雅俗互补的现象,并对后世俗文学的发展产生了深远影响。

中国古代戏曲说唱结合、以唱为主的艺术形式深受变文的影响;而从后世戏曲的创作题材看,许多作品也深受唐代说唱文学的影响。同时,历史题材变文的基本要素乃至历史素材,对宋元话本及承变宋元话本之历史演义小说的影响,也是不容忽视的。

然而,由于俗文学历来不受重视,因而文献记载较少,加之有些俗文学形式乃口传心授,本不易流传,所以俗文学的研究既受到观念的影响,也受到资料匮乏的羁绊。

近现代以来,随着敦煌遗书的大发现,唐代俗文学研究得到了一定的重视;但较之唐代雅文学的研究来说,较之唐代社会如火如荼的俗文学活动来说,显然是远远不够的。本书的作者选择唐代俗文学作为研究对象,尤其是在人们较少涉及的唐代俗文学的宏观发展方面做文章,也算是对唐代俗文学研究中较多的就常见具体篇目所作的微观研究的一种补充,一定程度上弥补了唐代俗文学史的欠缺,有一定的开拓意义。其说理透辟,论证翔实,在唐代俗文学研究方兴未艾的时代,无疑是一部值得参照的好书,故乐于写这篇短序。

霍松林

2013 年 10 月 10 日

目　　录

前　言

　　唐帝国是诗的国度,唐代诗歌光芒四射,光照千古,因而自古及今,世人对唐诗的研究熙熙攘攘、络绎不绝。唐文的研究虽不如唐诗那样热闹纷繁,但也不绝如缕,且大有愈演愈烈之势。与唐诗研究的门庭若市,唐文研究的日益升温相比,唐代俗文学活动的研究则有些岑寂冷落。事实上,唐代国家统一,经济发达,唐朝统治者推行开明、兼容的文化政策,为文化的发展创造了有利的氛围。唐代实行对外开放政策,中外文化交流频繁,民族融合进一步加强,因而唐代文化呈现出全面繁荣的态势。

　　唐代文学的发展,有一种日益俗化的趋势。至中晚唐时期,各种俗文学活动热闹纷繁、异彩纷呈。可是,由于俗文学历来不受重视,因而文献记载较少,加之有些俗文学形式乃口传心授,本不易流传,所以俗文学的研究既受到观念的影响,也受到资料匮乏的羁绊。而唐代雅文学与俗文学是唐代文学母体的双翼,要全面深入地研究唐代文学,俗文学之研究自然不可忽视。

　　近年来,随着敦煌文献的发掘,唐代俗文学的研究日益丰富深入,但多为具体篇目的探究,宏观整体的把握较少。即便是有些宏观的研究,也多集中在基本内容的介绍,相对来说,还缺乏较为深入的整体研究。鉴于此,本书试图对唐代俗文学活动生成的原因及条件,唐代俗文学生成与都市民俗风情的关系,唐代俗文学活动的生产、传播与消费特征,唐代俗文学活动与雅文学的互动,唐代俗文学活动对后世俗文学活动的影响等方面做新的探索性研究。

俗文学作品的分类是个众说纷纭的话题,现存的许多分类中常有标准不一的现象。针对唐代俗文学的实际情况,参照赵景深先生的观点,笔者将唐代俗文学活动按照表现形式,分为口承俗文学活动和笔传俗文学活动。口承俗文学活动包括:俗讲、变文、话本、戏曲、民谣、谚语等。笔传俗文学活动分为:俗诗、词文、俗赋、曲子词、唐传奇、竹枝词等。当然,这种分类并不是绝对的。唐代口承俗文学的成就是最为耀眼的,其参与者非常广泛。笔传俗文学留下了更多士人的手迹。笔者在此对唐代各体俗文学活动的基本情况进行了介绍与总结。

唐代俗文学生成的原因及条件是多方面的,除了我们常说的政治经济等原因外,还有其他多方面的原因,如仪式宗教、多元开放、城市繁荣以及人们对功利目的的追求等,都促进了唐代俗文学的发生发展。历史传承是唐代俗文学的历史渊源;俚俗都市是唐代俗文学的市民热情;寺庙酒肆是唐代俗文学的活动中心。

在整个人类文学创作与审美活动中,由于受到生产力水平、社会整体文化水平等因素的影响,高雅文学活动的参与者相对较少,而通俗文学活动的参与者相对较多,这是人类雅俗文学活动的普遍倾向。除此之外,唐代文学还呈现出明显的雅俗共赏的倾向。这种倾向主要表现在唐代的雅俗文学在当时都很受欢迎;同时,很多文人士子既能创作雅文学,又能创作俗文学,可谓雅俗兼擅。

唐代俗文学与诗歌、散文等正统雅文学的发展处于相融互补的关系之中,文人雅士往往从当时流行的口授心传的俗文学作品中获取再创作的素材,而俗文学则借助于文人再创造使自身得到提高,同时在书面化的过程中获得更为广泛的流传。因而形成唐代文学发展中这种雅俗互动、雅俗互补的现象,对后世通俗文学的繁荣发展,提供了有益的启示。

俗文学活动作为文学活动的一部分,它包括俗文学作品的生产、传播、接受与消费。唐代俗文学活动的生产消费特征包括实用性的俗文学活动,夸示性的俗文学活动,人格化的俗文学活动。俗文学的实用性即功利性,这种功利性使俗文学活动更注重其审美娱乐功能。

20世纪美国著名的经济学家和社会学家维布伦提出了"夸示性消费"的理论,借用这种理论来分析唐代俗文学活动中的一些现象也未尝不可。关键在于,唐代的一些俗文学活动背后也存在着惊人的夸饰性消费成分。

唐代俗文学的各种文体,既是在继承前代各种文体尤其是俗文体基础上的大发展,又对唐代及其后文人创作具有极大的影响与渗透。唐代俗文学创作题材和内容相当广泛,艺术成就同样引人瞩目。唐代俗文学不但具有很高的文学史价值,也从多方面展现了当时的社会历史,因而具有文学史与社会历史的双重价值。

唐代俗文学对后世文学有着巨大的影响。中国古代戏曲说唱结合、以演唱为主的艺术形式,应当深受敦煌变文的影响。而从后世戏曲的创作题材看,许多作品深受唐代说唱文学,甚至唐传奇的影响。同时,历史题材变文的基本要素乃至历史素材,对宋元话本及承变宋元话本之历史演义小说同样有着不可忽视的影响。现代以来,随着敦煌遗书的大发现,唐代俗文学得到空前的重视与研究。一方面,整理研究唐代敦煌俗文学的成果层出不穷;另一方面,唐代俗文学继续发挥着其久远的影响力。

杨晓慧

2013 年 11 月 20 日

Preface

The Tang Empire is the kingdom of poetry, and the Tang poems have been shinning through the ages. Therefore, the study of Tang poems has always been a hot spot from ancient times to present day. Though the study of Tang literature is not as hot as that of Tang poems, it is becoming more and more popular. Compared with the hot study of Tang poems and Tang literature, the study of Tang popular literature seems to be ignored. In fact, the developed economy, the enlightened and compatible cultural policies of the unified Tang Dynasty have created a favorable atmosphere for the development of culture. An opening-up policy adopted by Tang Dynasty, frequent Chinese and foreign cultural exchanges, strengthened national integration have caused the culture of Tang Dynasty to show a sight of overall prosperity.

The development of Tang literature appears a trend of secularization. In the late Tang, a variety of popular literary activities are great lively. However, since the popular literature has always been neglected, there are scarce documentary records of it. Coupled with the "word-for-word" teaching of some popular literary, it is not easy to spread them, and thus the study of popular literature is obstructed by both the concept and the lack of materials. Elegant literature and popular literature in Tang Dynasty are the two wings of Tang literature. That is why the study of popular literature can not be ignored if we want to carry on a comprehensive and in-depth study of Tang literature.

In recent years, with the exploration of Dunhuang literature, the study of Tang popular literature is increasingly abundant and deep, but most of them focus on the specific articles, rather than from a macroscopic angle. Even some are from a macroscopic angle, they usually concentrate in the introduction of the basic content. Relatively speaking, they still lack an in-depth and all-round study. Based on the above situations, this book tends to study the causes and conditions of generation of Tang popular literary activities, the relationship between the generation of Tang popular literature and urban folk customs, the production, dissemination and consumption characteristics of Tang popular literature activities, the interaction between Tang popular literary activities and the elegant literature, and the influence of new exploratory research of Tang popular literature on the post-secular literary activities.

Classification of popular literature is a divergent topic, so there are different standards concerning them. In connection with the actual situation of Tang popular literature and with reference to Zhao Jingshen's view, the author classifies the Tang popular literature activities into oral popular literature activities and written popular literature activities in accordance with the expression forms. Oral popular literature activities include the popular talk, transformation text, scripts for story-telling, opera, ballad and proverb. Written popular literature activities are divided into the popular poetry, word text, popular Fu, song words, Tang legend, and folk songs with love as their themes and so on. of course, this classification is not absolute. The achievements of Tang oral popular literature is the most dazzling. And the participants encompassed a wide range. While Tang written popular literature has left more scholars' handwriting. Here, the author describes and summarizes the basic situations of each kind of Tang popular literature activity.

The causes and conditions for the Tang popular literature are from many aspects. Except for that we often say the political and economic reasons, there are still many other reasons such as religious ceremony, multi-openness, urban prosperity as well as the people's pursuit of utility, etc., which all have contributed to the occurrence and development of Tang popular literature. The historical evolution is the historical origins of Tang popular literature; secular urban is full of public enthusiasm for Tang popular literature; the temple and wine shop are the activity centers of Tang popular literature.

In the entire human literary creativity and aesthetic activities, the participants of the elegant literary activities are relatively less than that of the popular literature due to the factors such as the productivity level and the overall social cultural level. This is a general tendency of human beings for elegant and popular literary activities. Besides of this, the Tang literature shows a tendency of suiting both refined and popular tastes. It is mainly manifested by that Tang elegant and popular literature are both popular at that time. Meanwhile, many scholars have not only created the elegant literature, but also the popular literature, which can be described as the refined and popular tastes coexist.

Tang popular literature, poetry, prose and other orthodox elegant literature are in a harmonious and complementary relationship. The scholars can obtain the materials from oral popular literature for recreation, and the popular literature is improved for the scholars' recreation. At the same time, it is thus more widely spread in the written form. Therefore, the interaction of elegant and popular literature in the development of Tang literary has provided useful enlightens for the flourishing development of post popular literature.

Popular literary activities, as a part of the literary activities, include the production, dissemination and consumption of popular literature works. The characteristics of production and consumption generated in the Tang popular literature include practical popular literary activities, exaggerated popular literary activities and personalized popular literary activities. The practicality of popular literature refers to its utilitarian, and this utilitarian causes the popular literature activities to pay more attention to its function of aesthetic and entertainment.

In the 20th century, the famous American economist and sociologist Veblen claimed the theory — "exaggerated consumption". And it is suitable to borrow this theory to analyze some phenomena in the Tang popular literature activities.

The key point is that behind some Tang popular literary activities, there also exist exaggerated consumption components.

Various styles of Tang popular literature develop on the basis of previous generations, and especially the popular style. It has a great impact and penetration on the scholars' creation in Tang and subsequent dynasties. The subjects and contents of Tang popular literature have a rather wide range, and its artistic achievement is equally impressive. Tang popular literature not only has extremely high historical value, but also shows the social history in many ways, so it has dual values both in literary value and social value.

Tang popular literary has a great impact on the aftertime literature. In fact, the Chinese ancient opera adopts a "talk and sing" form, with singing as its main form. It is deeply influenced by Dunhuang transformation text. From the subjects of later opera, many works are deeply influenced by the Tang talk and sing literature, even the Tang legend. Meanwhile, the basic elements of historical transformation text and even historical materials can also not be ignored for its impact on "huaben" in Song and Yuan period and historical novels adapted from "huaben" in Song and Yuan period. In modern times, along with the discovery of ancient literature from Dunhuang, Tang popular literature has obtained unprecedented attention and study. On the one hand, the study results of Dunhuang popular literature in Tang Dynasty are flourishing; on the other hand, the Tang popular literature continues to unleash its long time influence power.

第一章　研究缘起和方法

第一节　研究的意义

自古以来,文学巨树的母本上,就生长着"雅"、"俗"两大支干。但是,文学的最初状态,却是俗的。鲁迅先生曾说:"在文艺作品发生的次序中,恐怕是诗歌在先,小说在后的。诗歌起于劳动和宗教。"①这就是说,诗歌的起源在先,而诗歌是源于人们劳动中发出的有节奏的口号,这显然不可能是什么雅文学。从人类社会发展的历史长河来看,是在发生了体力劳动与脑力劳动的分工后,雅文学才在俗文学的基础上逐渐诞生。诞生之后的雅文学也不是独立发展的,而是不断吸取俗文学的养分,在俗文学不断滋养之下趋于完善的。《诗经》历来被视为中国诗歌的源头,然而《诗经》中的很多作品都是当时民间俗而又俗的歌谣。《楚辞》中的一部分也是来自于民间的口头创作。文人五言诗也是从民间诗歌中产生并发展起来的。辉煌的唐诗之源头可以追溯至汉代的乐府民歌。敦煌曲子词更是唐五代文人词的滥觞。宋元明清的杂剧、戏曲、小说等莫不渊源于唐代的俗讲变文、话本、传奇等俗文学。中国文学史上的拟话本、拟弹词等之所以要加一个"拟"字,就是因为它是文人学习、模拟民间的很多文体而形成的。可见,雅文学孕育于俗文学中,而雅文学一旦确立,便高高在上,以正统自居,轻视甚至歧视俗文学,因而历朝历代的文学著作及文学史往往不给俗文学以应有的地位。所以,俗文学常被称为"文学的不登大雅之堂之母"。

---

① 鲁迅:《中国小说的历史变迁》,载《鲁迅全集》第8卷,人民文学出版社1963年版,第315页。

在文学之树上,正是由于俗文学的枝繁叶茂、郁郁苍苍,才孕育并发展了千姿百态、气象万千的雅文学。俗文学不仅孕育了雅文学,更是一个社会中占绝大多数的草民百姓的精神食粮,在更多的时候,它受到了上自皇帝,下至黎庶的广泛欢迎。它如水银泻地般无孔不入地深深渗透于民间。

所谓海纳百川,有容乃大。人类生活是千姿百态,丰富多彩的,文学作为人类生活的反映,也应该具有极大的包容性,应该百花齐放,百家争鸣;应该允许各种题材内容,风格流派互相促进,共同发展,以满足人类不同层次的精神需求。也只有这样,文学的大树才能枝繁叶茂,郁郁葱葱。文学的园苑才能百花齐放,绚烂多姿。

俗文学哺育了雅文学,同时也培育了广大的市民阶层的受众。俗文学作品中往往积淀着深厚的民族心理、民族精神、民族习惯,传承着民族文化传统。它使民众趋向真善美,远离假恶丑。俗文学以其生动形象的语言,诙谐幽默的故事,在娱乐大众的同时,默默地提升着人们的道德素养,审美水平与社会历史文化知识。很难想象,如果一个民族只有雅文学,那么民众的精神食粮该是多么单调呀!

传承人类精神文明是文学义不容辞的重大历史使命,雅、俗文学应该共同承担这一历史使命。缺少任何一个,这个历史使命都是无法完成的。雅俗文学中都是既有精品,又有糟粕。一些优秀的俗文学作品,往往在人们喜闻乐见的形式之中孕育着丰富的思想内容,它能让读者在获得阅读美感的同时,净化心灵、陶冶情操、增长知识、开阔视野。如武侠小说,在看似简单的二元对立的故事情节中,向人们灌输着做人的基本价值准则:重然诺、轻生死,讲气节,救人厄难,匡扶正义,当国家、民族受到外来侵犯时,义无反顾、挺身而出,并为之作殊死的斗争。它使读者深深地感悟到中华民族精神面貌壮美、阳刚的一面。言情小说,也并非只有缠绵悱恻、卿卿我我,它引领读者体会爱情的种种滋味,张扬敢爱敢恨的个性,从而冲破藩篱,把握住自己的命运,大胆地去追求幸福。城市市民是知识相对贫乏的社会阶层,他们接触雅文学的机会相对较少,他们的知识更多来自于社会人生,来自于通俗文学。他们在街谈巷议、看戏听书中消解了疲乏,宣泄了情绪,开阔了视野,增长了智慧,洞悉了人生,看清了社会,了解了历史。诸如电视连续剧《大染房》中的商业奇才陈寿亭,就是在传统俗文学的熏陶中一步步成长起来的。他本是一个沿街乞讨、目不识丁的孤儿,但是爱听说书,历史演义中的关云长、诸葛亮等都深深地启发了他的心智,塑造了他的性格,在他成功的道路上推波助澜,使他足智多谋,处变不惊。古代的许多爱国志士、民族英雄熔铸了他的民族气节。陈寿亭虽然是作家塑造的一个艺术形象,但从他身上使我们看到了俗文学对市民的深远影响。都市俗文学不仅培养了市民读者,也在无形中塑造着中华民族的灵魂与脊梁。

长期以来,轻视甚至蔑视俗文学,不仅是中国的传统,也是世界的"流行病"。但是,随着社会的进步和文化的觉醒,世界各国都逐渐地对俗文学重新进行了价值的肯定与重视。

中国古代文学史对俗文学基本采取了"总体蔑视"与"分体升格"的态度,当俗文学作品因影响深远而不得不被重视时,雅文学便毫不客气地把它们归入自己的阵营,承认它们是经典,而忘记了之前对它们的鄙夷与蔑视。或者用"奇书"之类的名分,冲淡它们的俗文学本质,如《三国演义》、《水浒传》、《西游记》等就是如此。但歧视仍然是对大量类似的其他俗文学作家与作品所采取的态度。

即便是在现代文学史上,继承中国白话小说传统的俗文学作家仍然被新文学作家所否定。如果不是因为抗战时期出于政治上的考虑,继承中国白话小说传统的俗文学作家将长期被打入冷宫。然而,即便是在俗文学被轻视的时代,一些有真知灼见的先贤还是肯定了俗文学的价值,《中国小说史略》、《中国俗文学史》、《白话文学史》、《平民文学概论》等就是他们颇具慧眼的明证。随着人类社会的发展及文化认识水平的提高,20世纪80年代,一些具有远见卓识的文学工作者又一次重新思考中国俗文学的价值,这是令人鼓舞的喜讯。

俗文学研究的园苑毕竟不再荒芜,但与满园春色的雅文学花园来比,还不免萧瑟岑寂。在俗文学研究领域默默耕耘的国内学者毕竟还寥若晨星。此外,传统俗文学的个案整理与研究在不断深入,而传统俗文学的整体深入研究相对滞后,这种现象在唐代俗文学研究中的表现尤为突出。

在大环境的影响下,对唐代文学艺术的研究中,诗歌、散文的研究独领风骚,相比之下,俗文学的整理研究相当滞后,而在滞后的俗文学研究中,某一类俗文学,尤其是具体到某一篇俗文学的研究相对较多,如唐传奇、变文的研究相对较多,唐传奇中的《李娃传》《任氏传》《柳氏传》《霍小玉传》等个体研究尤其多,其他俗文学的研究相对较少,而唐代俗文学整体状貌的研究更是相对冷落,至今还未见专论。

俗文学是国民的精神财富,是大众的文学。它的整体水平代表了一个时代的综合文化水平,因此,笔者欲对唐代俗文学的整体状貌进行研究,对它的盛衰成因及生产消费特征、对后世的影响等进行分析。这是继承唐代俗文学传统,推动唐代俗文学深入、全面研究发展的现实需要,当然,笔者也希望通过对唐代俗文学的研究,助益于今日城市俗文化的建设。为丰富市民文化生活,响应国家在新时期推动文化建设做一点尝试。同时,以此与唐代诗歌、散文的研究成果彼此互补,从而形成对唐代文学更全面、更系统的研究,并推动唐代文学研究的不断深化。这些都是本书研究的意义所在。

第二节　现当代我国俗文学研究回顾

俗文学创作在我国历史悠久,而其种类也纷繁复杂。早期的神话、民谣,先秦的寓言故事,汉魏以来的乐府民歌、志怪小说,唐代的俗讲变文、传奇、话本、曲子词、俗赋、词文、俗诗,宋元的话本、杂剧、诸宫调、南戏,明清的俗曲、小说、弹词、鼓词等,都是俗文学中的重要形式。不仅在当时深受广大士庶的喜欢,而且流传千古,至今仍然活跃在人民大众的心中,并且成为中华民族深沉的心理积淀。①

在中国古代封建社会,俗文学一直为统治阶级以及学士文人所轻视,这必然形成俗文学理论研究滞后的局面,这同历史悠久、异彩纷呈的俗文学实践是极不相称的。当然,我国历史上也有很多著名的作家都身体力行地支持过俗文学,如白居易、关汉卿、冯梦龙、金圣叹等,他们以自身的创作实践提高了俗文学的艺术品位。

---

① 　参见吴同瑞等:《中国俗文学概论》,北京大学出版社1997年版,第2页。

19 世纪末是中国俗文学研究的滥觞,很多前辈学者开始提倡并着手整理俗文学作品,诸如王国维、鲁迅、郑振铎、刘半农、杨荫深、孙楷第、赵景深等著名学者,在他们的努力下,俗文学逐渐发展成为一门独立的学科。1918年刘半农先生等倡议组成北京大学歌谣征集处,加之"五四"新文化运动的摇旗呐喊,使俗文学研究逐渐形成一种运动。自 20 世纪 20 年代,北大歌谣研究会创办《歌谣周刊》,致力于俗文学的搜集、整理,为俗文学爱好者提供研究平台。鲁迅先生的《中国小说史略》对唐代传奇给予了足够的重视,其中的很多论断至今还为人所引。"俗文学"这个名称是在 1929 年由郑振铎先生首次提出的,他在《小说月报》第 20 卷第 3 期上发表《敦煌俗文学》一文,文中把敦煌所藏的各种通俗文学作品统称为"俗文学"。

三四十年代,郑振铎、赵景深等前贤就致力于俗文学的整理研究。30年代末郑振铎先生的《中国俗文学史》是学术界早期研究俗文学的重要成果之一。全书以曲艺为主,为各种传统曲艺提供了丰富的史料,并对其源流变化做了系统的研究。从变文、鼓子词、诸宫调到宝卷、子弟书等,均做了全面的论述,是一部俗文学的奠基之作。40 年代世界书局出版了杨荫深的《中国俗文学概论》,这是一部俗文学概述性质的书,全书按类别对不同的俗文学种类进行论述,对小说、戏曲也做了重点考述,比较全面和系统。与此同时,傅芸子先生创办了《俗文学》刊物,组织一批专家撰写文章,他自己也撰写了数量颇多的俗文学论文。其中有关于敦煌俗文学研究的论文,有整理敦煌俗文学的目录,有校勘敦煌俗文学的作品,有探讨敦煌俗文学的讲唱方式,有对敦煌俗文学进行分类和个案的研究等等,这些都对俗文学的整理研究做出了重要贡献。50 年代前后陆续出版了敦煌学家孙楷第先生的《俗讲、说话与白话小说》、《傀儡戏考原》等,任二北先生的《敦煌曲校录》、《敦煌曲初探》,叶德钧先生的《宋元明讲唱文学》等,这些论著都为唐代及其后俗文学的研究奠定了重要基础。对唐代及其以后之曲词、变文、小说、戏曲等的研究进行有益探索的还有叶德钧先生的《戏曲小说丛考》[①],关德栋先生的《曲艺论集》、任二北先生的《唐戏弄》等。

———————————

① 本书在 1978 年始得出版。

　　总的来说,中国俗文学研究的开创,首先离不开诸多前辈学者奠基性的收集整理与研究工作。而郑振铎先生由于曾在英、法等国研读了大量流落海外的我国古代变文、戏曲、小说等俗文学作品,加之有机会了解并翻译了一些国外的民俗学理论,如《民俗学概论》《民俗学浅说》等,所以,郑振铎先生的俗文学理论既受到了西方民俗学原理的启发,更得益于中国古代以来的俗文学文献资料。

　　新时期,我国的俗文学研究工作取得了跨越式发展。1984年全国性的俗文学组织——中国俗文学学会成立。学会以繁荣俗文学创作和开展俗文学理论研究为目标,以系统研究和探讨中国俗文学的发展规律为主要任务,把全国各地的俗文学工作者组织起来,在我国俗文学发展史上具有里程碑意义。80年代以来,学者们首先致力于曾经被中断的俗文学研究传统,对俗文学研究中的基本理论与基本问题进行了反思,与此相应,出版了很多俗文学著作,如《俗文学论》、《中国俗文学七十年》、《中国俗文学发展史》、《中国俗文学词典》等。大陆人文社科界开始关注俗文学的研究论文和史料整理。台湾和香港的学术界对俗文学著作也表现出了极高的热情。伴随着人民群众日益增长的精神需求,与俗文学理论的研究相适应,各种俗文学实践活动也如火如荼地展开了。

　　新时期俗文学研究的焦点主要集中在俗文学的定义、特征、俗文学史等基本理论方面。郑振铎先生在《中国俗文学史》中说:"何谓'俗文学'?'俗文学'就是通俗的文学,就是民间的文学,也就是大众的文学……差不多除诗与散文之外,凡重要的文体,像小说、戏曲、变文、弹词之类,都要归到"俗文学"的范围里去。"①这是国内最早的关于俗文学的定义,郑先生对俗文学的定义有开创之功,惜乎稍显笼统。

　　《中国俗文学史》是一部对后世俗文学研究影响极大的著作,其在大陆曾经先后六次出版。台湾商务印书馆到20世纪80年代止,至少再版过7次。自《中国俗文学史》问世后,其中关于俗文学的定义就得到了广泛响应,诸如杨荫深先生1946年出版的《中国俗文学概论》中就基本沿用了郑

---

　　①　郑振铎:《中国俗文学史》,上海书店1984年版,第1—2页。

先生关于俗文学的定义,认为俗文学就是"通俗的文学"、"平民的文学"、"白话的文学"。《华北日报》1948 年 6 月 4 日发表吴晓铃先生的《俗文学者的供状》中也谈到了俗文学的定义,《俗文学者的供状》在主体继承郑氏俗文学定义的同时,又从语体视角出发,对俗文学的定义进行了必要的补充。

俗文学研究在新时期得到恢复后,学界首先对基本理论问题进行了全面的反思,如中国俗文学学会出版的《俗文学论》(黑龙江人民出版社 1987 年),是一部论文集,共收集了二十多篇当时在国内较有代表性的俗文学论文,而其中关于俗文学概念和定义的就有 10 篇。这些论文多带有总结性,同时又具有一定的突破性,是郑振铎先生之后学界对俗文学内涵探究的一次大总结。在此,姜彬先生认为,以前的俗文学定义是在一定社会历史及学科发展条件下形成的,有一定的历史局限性①。陈钧先生则强调,俗文学不仅"流行于民间,也可流行于官方"②。

吴同瑞等先生认为,俗文学既可以是民间加工,也可以是文人创作,关键在于它是否弘扬了民族精神,是否表现了大众的思想情趣等③。

与之相应的是范伯群、孔庆东先生主编的《通俗文学十五讲》。其中对俗文学的外延做了更详细而明确的划分。他们明确指出,俗文学应包括通俗文学子系、民间文学子系、曲艺文学子系等④。至此,俗文学有了一个相对明确稳定的内涵与外延。

第三节　唐代俗文学研究现状及存在的不足

除了前面论及的成果,唐代俗文学研究的成果还有:卞孝萱先生的《唐传奇新探》,其中主要就《兰亭记》、《上清传》、《河间传》、《补江总白猿传》、《任氏传》等唐代传奇小说进行了新的思想发掘。而卞孝萱先生的《唐人小

---

① 姜彬:《对俗文学的再认识》,载中国俗文学学会编《俗文学论》,黑龙江人民出版社 1987 年版,第 25 页。

② 陈钧:《俗文学的概念与特征》,载中国俗文学学会编《俗文学论》,黑龙江人民出版社 1987 年版,第 46 页。

③ 吴同瑞等:《中国俗文学概论》,北京大学出版社 1997 年版,第 5 页。

④ 范伯群等:《通俗文学十五讲》,北京大学出版社 2003 年版,第 4 页。

说与政治》另辟蹊径,一改前人考证生平、分析内容、艺术特色、注释、辑佚、赏析等做法,以小说的时代背景为出发点,文史互证,考察作者与作品的真正意图。向达先生的《唐代长安与西域文明》讲述了由于唐帝国的强盛,当时居于大西北的游牧民族被迫或主动归附大唐,此后,这些民族的文化习俗与华夏民族的文化融合发展,并对华夏民族产生影响,尤其是使唐长安呈现出一种多元文化的现象。作者对这种文化现象从多方面进行了考察。此外,本书还收录了作者关于中西文化交流史等方面的一些论文,其中就包括作者对唐代佛曲、俗讲等问题的考证与研究。周绍良先生的《敦煌变文汇录》共收集了36篇变文,每篇题后均加了简要说明,有的还作了考订,无论是考订的准确性还是内容的丰富性都可谓是敦煌变文中的奠基之作,这部著作至今仍是敦煌文学研究的重要文献资料。周绍良先生的《敦煌文学刍议》是关于变文的一部学术力作,其史料翔实,观点独特。周绍良、白化文两先生主编的《敦煌变文论文录》作为论文集,把半个多世纪中有关变文的重要论文全部收录,其中有王国维、向达、孙楷第、陈寅恪、傅芸子、关德栋、容肇祖、王重民等知名学者的论文,有很多真知灼见。这些论著是当时俗文学研究的奠基之作,尽管随着敦煌文献资料的进一步发掘,有些论断还有争议,但那是起步阶段在所难免的。此外,其中还收录了国内第一次发表的流散于苏联的重要文献资料。周绍良先生的《唐传奇笺证》分为两部分内容:一部分是唐传奇简说,一部分是唐传奇笺证。在简说中,作者简要介绍了"传奇"的由来,唐代不同时期传奇的代表作家与作品,以及传奇的地位和对它的评价。在第二部分,作者对十几部唐传奇作品做了笺证,为唐传奇的进一步研究奠定了良好的基础。程毅中先生《唐代小说史》按体裁与时间顺序,对唐五代小说及小说化的传记、杂史等做了爬梳,颇有见地。钟敬文先生的《民间文学概论》等对民间文学的概念、特征、类别,与社会生活和作家的关系,搜集、整理、传播等情况,都做了详尽的介绍,对于提高俗文学尤其是民间文学的认识颇有意义。

近些年来,在唐代俗文学研究方面的专著还有:

胡光舟先生《唐传奇赏析》为唐传奇的文本整理及研究打下了坚实的基础。张鸿勋先生《敦煌俗文学研究》是一部论文集,其中对敦煌民间词文和故事赋、敦煌讲唱伎艺、敦煌赋等的研究考证很见功力,体现了近些年来敦煌学的一些新研究成果,但由于是论文集,因此系统性稍显不足。徐翠先女士《唐传奇与道教文化》分两大部分,上半部分主要是唐传奇产生发展的道教文化背景及其文体艺术定位,下半部分探讨唐传奇的道教文化蕴涵,这种研究方法有点类似于卞孝萱先生的《唐人小说与政治》的研究方法。江守义先生《唐传奇叙事》侧重运用叙事学理论对唐传奇展开研究,主要论述了唐传奇的叙事主体、小说命名、叙事视角等内容,角度独特。李德龙先生《敦煌文献与佛教研究》是一部研究敦煌文献和佛教问题方面的论文集,其中敦煌遗书所反映的寺院僧尼财产世俗化及唐后期寺院经济特点等论题颇见功力。张涌泉先生《敦煌小说合集》中搜集整理了敦煌保存的古体小说、通俗小说、话本等文献资料,对中国古代小说史、民间信仰、佛教等相关课题的研究有积极意义。富世平先生《敦煌变文的口头传统研究》围绕变文的口头传统,探讨了变文的渊源、分类,并对变文的文本类型、特点、审美风格与审美特征等作了较为系统的阐释。钟海波先生《敦煌讲唱文学叙事研究》论述了敦煌讲唱文学的流变、叙事学特征及其对后世的影响等,对于研究敦煌讲唱文学颇有借鉴。龙榆生先生的《词曲概论》源流论部分关于唐五代民间词等的研究对唐代俗文学的研究也很有帮助。田兆元、范长风先生主编的《中国传奇》,其中谈到了传奇作为国家非物质文化遗产的价值。周思源主编的《中国古代小说简史》勾画了自先秦两汉、魏晋南北朝、隋唐五代、宋元至明清的小说发展脉络。陈维昭、张兵先生主编的《中国文学研究》第11辑,对唐传奇中的爱情故事等进行了探究。吴怀东先生《唐诗与传奇的生成》探讨了先唐"小说"传统对于唐传奇的影响,以及唐传奇的世俗性、现实性等,并由此探讨了诗歌在唐传奇中的功用等。

此外,各种版本的《中国文学史》也都不同程度地对唐代有代表性的俗文学进行了专章的分体论述。如袁行霈先生主编的《中国文学史》对唐传奇与俗讲变文、词等俗文学体裁有专章论述。王红、周啸天等主编的《中国文学·魏晋南北朝隋唐五代卷》对唐五代词、唐小说、敦煌俗文学等也都有论述。郭预衡先生《中国古代文学史》中对唐传奇、词曲、敦煌通俗文学与诗僧等都有专章论述。章培恒、骆玉明先生主编的《中国文学史新著》中也加强了俗文学的论述,如体现新倾向的唐代俗文学与传奇、词等的专章中进行了分体论述。张燕瑾教授等主编的《20世纪中国文学研究论文选·隋唐五代卷》中收有多篇前贤研究唐代俗文学的论文,如王国维《敦煌发现之唐代通俗诗及通俗小说》,汪辟疆《唐人小说在文学上之地位》,向达先生的《唐代俗讲考》,任半塘先生的《唐代"音乐文艺"研究发凡》等,对后世研究俗文学都有一定的启示。袁行霈《中国文学概论》在小说部分,论述了唐传奇的源流演变、体制风格等。这些论著对俗文学研究都很有借鉴,但多为简述,未能充分展开。

与此同时,有些俗文学史或民俗史论著也在民间文学等部分对唐代有代表性的俗文学进行了专章的论述。郑振铎先生《中国俗文学史》,对各种俗文学体裁进行了分类论述,由于材料的局限,关于唐代俗文学只论述了唐代的民间歌赋与变文。钟敬文先生主编的《中国民俗史·隋唐卷》由于侧重于民俗学,所以主要论述了唐代的各种民俗活动,俗文学活动只涉及了民间文学的一部分。门岿研究员、张燕瑾教授的《中国俗文学史》是一部较全面的中国俗文学通史,有一章专门介绍唐代俗文学,但由于是通史,所以对唐代俗文学的研究未能全面系统地展开。

期刊方面的成果主要有熊海音《唐人小说与大众文化》,崔际银《唐诗与唐人小说用诗流程之互观》,姚春华《试论旗亭与唐代文言小说》,黄仁生《论唐传奇在中国文学史上的演进与贡献》,孙岩《论唐传奇是"小说的自觉"》,成松柳、张跃生《佛教文化与唐代传奇小说》,刘彦钊《唐代传奇小说简论》,李剑国《唐传奇校读札记》,赵一霖《从精怪小说看唐人小说创作的娱乐诉求》,李娟《〈李娃传〉与〈杜十娘怒沉百宝箱〉结尾之比较》,李作霖《唐传奇的叙事成规》,杨文榜《唐传奇小说兴起的原因》,王子今《竹枝词的文化品质》,高月《雅与俗的二度转变——论唐代文人竹枝词的发展演变》,孟晋《唐代长安休闲娱乐文化的盛衰及影响》,雷乔英《〈石州〉曲的流传及其文学影响》,彭琼英《唐代娱乐文化与唐传奇演变》,左汉林《论教坊曲与唐代文学的关系》,袁凤琴《诗中有"戏"——唐人绝句戏剧性因素初探》,胡杨《论唐代寺院讲经变文的产生及对中国古代白话小说的影响》,伍晓蔓《从〈庐山远公话〉看早期话本的文学渊源》,王宜早《论打油诗》,陈海涛《敦煌变文与唐代俗文学的关系》,马丽娅《试论汉魏六朝以后俗赋的传承》,伏俊琏《敦煌俗赋的类型与体制特征》，马丽娅《俗赋传播的途径与方式》，吴功正《初唐丽化与俗化并生现象论析》，翟翠霞《汉唐俗赋浅说》，曾云在《唐代俗谚正误三则》，王文宝《民俗语言在俗文学作品中的重要地位》，薛若邻《目连戏的思想内涵与民俗特征》，王运熙《中国中古文人对俚俗文学与时俗文学的态度》，艾丽辉《中国古代通俗小说的滥觞——唐代敦煌话本》等，都从不同内容、不同体裁对唐代俗文学的某一侧面做了相应研究。

博士学位论文方面的相关研究主要有：

上海大学周兴泰 2010 年博士论文《唐赋叙事研究》以叙事学的眼光审视唐代赋体文学，与以往重在历史发展、社会功用、艺术构思等角度的研究形成互补，其中关于俗赋、寓言赋等的研究对唐代的俗文学研究有一定的借鉴意义。陕西师范大学王早娟 2010 年博士论文《唐代长安佛教文学研究》中，对佛教俗讲变文及通俗诗有所涉及。南开大学张同利 2009 年博士论文《长安与唐小说》论述了长安与唐小说的关系，对长安的历史文化及地域文化等特征做了详细分析，并以此为背景探讨了唐小说及小说家与长安的关系，在此基础上界定并分析了"长安小说"及"唐小说里的长安城"的特征。华东师范大学 2009 年鲍震培的博士后研究报告《中国俗文学史论》，类似于唐代及金元时期的一部俗文学断代史论，选题非常好，对唐代俗文学的研究重点在唐传奇及张鷟的《游仙窟》，惜乎中间未论及宋代俗文学，对敦煌俗文学的研究也未能展开。山东大学樊庆彦 2008 年博士论文《古代小说与娱乐文化》重点考察了古代小说的娱乐功能及其娱乐文化考论，抓住了娱乐文化对小说的催生功能。陕西师范大学武彬 2008 年博士论文《唐传奇中的佛、道观》一文，揭示了小说中所呈现的佛道观念及世态人情，以及佛道观念对当时社会的影响。西北大学宇恒伟 2009 年博士论文《唐宋时期印度佛教的中国民间化研究》中，关于唐时印度佛教的中土化传播一节中，论及了俗讲变文在唐代的传播方式及路径。陕西师范大学李锦 2006 年博士论文《唐代幽默文学研究》一文，也涉及了一些唐戏及唐代俗诗的内容。武汉大学赵成林 2005 年的博士论文《唐赋分体研究》，其中对俗赋的研究较为简略。四川大学汤涓在 2003 年博士论文《敦煌曲子词地域文化研究》中，从地域文化视角辨析了敦煌曲子词的地域文化特征及其在词史上的地位等问题。上海师范大学俞晓红 2004 年博士论文《佛教与唐五代白话小说》主要探讨了佛教中俗讲变文与唐代白话小说之间的观念、材料等互动关系。西北师范大学伏俊连 2001 年博士论文《俗赋研究》，由于后半部分未解密，所以可看到的只是他对魏晋以前的俗赋的研究。这些论文角度不同，而且都是针对唐代俗文学中的某一类别所进行的研究。

在相关硕士论文中，河南大学韩洪波在《唐代变文对明清神魔小说的影响》(2010 年)一文中经过辩证分析认为，变文对其后的许多文学样式如诸宫调、弹词、鼓词、宝卷、戏曲、小说等都产生了重要影响，尤其对神魔小说产生了深刻的影响。陕西师范大学徐芳在《陇右文化与唐传奇》(2009 年)中通过对陇右文化的解析，梳理了陇右文化与陇籍唐传奇作家的关系，指出陇右文化为唐传奇提供了丰富的素材。西北师范大学李拜石在《敦煌说唱文学与古代信息传播》(2007 年)中，从传播学的角度，结合对敦煌说唱的实证分析，探讨了部分敦煌说唱内容对于古代信息传播的意义。广西师范大学刘子芳在《唐代寓言赋的艺术特色及地位研究》(2008 年)中通过文本的分析比较，探讨了唐代寓言赋中所体现的唐人心理，精神风貌及创作方面的艺术特点等。华东师范大学王巧玲在《唐代小说的史料价值》(2005 年)中认为，唐代小说受到史传文学的深刻影响，带有传记性，有重要的史料价值。华南师范大学张介凡在《论唐代文学观念与小说创作》(2002 年)中从儒家小说观念、史家小说观念和文家审美小说观念层面上探讨唐代小说创作。陕西师范大学白军芳在《唐传奇中的女性形象》(2001 年)中，从唐传奇对女性形象的重塑入手，探讨传奇所塑造的女性身份的心理根源和社会影响等。首都师范大学梁建华在《元代婚恋剧与唐代爱情传奇作品的比较研究》(2000 年)一文中，通过元代婚恋剧与唐代爱情传奇作品的比较研究，提出了在婚恋主题创作中具有历史性突破的新的爱情标准。发掘了元代婚恋剧呈现出的进步思想倾向和特征。

港台海外方面，台湾学者许雪玲《唐代游历仙境小说与长安文化之关系》①

---

① 中国唐代学会主编：《第二届唐代文化研讨会论文集》，台北文津出版社 1995 年版，第 61—73 页。

一文,重点讨论了唐长安道教思想对游仙小说生成及发展的作用。台湾中央大学文美英 1997 年的硕士论文《唐人小说中的长安城——以传奇为主》,重点探讨了唐人小说中呈现出来的长安社会生活与人们的精神风貌。最早研究中国俗文学的,当推日本的狩野直喜(1868—1947 年)博士,他曾于 1910 年在日本京都帝国大学人文科学学报《艺文》上发表《水浒传与中国戏曲》,此后又相继发表了《元曲的由来与白仁甫的〈梧桐雨〉》、《试论以琵琶行为题材的中国戏曲》等;1916 年他又在《艺文》发表了《中国俗文学史研究的材料》(第 7 卷第 1、3 期),并断言中国俗文学之萌芽显现于唐末五代。法国保罗·戴密微(P.Demieville)曾将《云谣集》诸作译成法文,其《唐代的入冥故事——〈黄仕强传〉》,对敦煌小说作了进一步研究。日本金冈照光曾把《凤归云》译成日文,日本金丸邦三的《观音故事与观音信仰研究》也以俗文化为中心对中国传统俗文学进行了探讨。美国学者梅维恒(Victor H.Mair)著《绘画与表演》,为变文的研究提供了世界上其他地方类似表演的旁证。日本人姝尾达彦有《唐代后期的长安与传奇小说——以〈李娃传〉的分析为中心》一文,以唐传奇《李娃传》作为重点分析对象,通过对唐传奇作品的具体分析,探讨了唐传奇中体现出来的长安庶民文化的一些特征,并对当时长安城的布局进行了初步探讨,重新分析了《李娃传》的特点等。日人荒见泰史《敦煌讲唱文学写本研究》重点探讨了变文散韵相兼的讲唱体的演变过程。韩国苏仁镐的《韩国传奇文学的唐风古韵》探讨了韩国传奇文学与唐传奇之间千丝万缕的联系等。国外对唐代俗文学的研究虽不止于此,但比之国内,自然偏少,而且研究的范围相对狭窄。

　　基于以上分析考察可以看出,唐代俗文学的研究已取得了很多可喜的成绩,表现出逐渐繁荣的趋势,但就目前研究的现状来看,也存在一些不足:

　　随着敦煌文献的发掘,学界对唐代传统俗文学的整理与研究在不断深入,尤其对传统俗文学的个案整理与研究日益深化,而传统俗文学的整体深入研究相对滞后,俗文学与城市经济、市民消费之间关系的研究还有待深入。在唐代俗文学的现有研究成果中,对不同文体的研究力度也明显存在不平衡。传奇、变文的研究相对较多,而俗文学活动中其他类型的研究则明显偏少。此外,在对某一类俗文学活动中个别俗文学作品的研究中,研究者也多把目光集中在常见的一些篇目中,如唐传奇、变文的研究相对较多,唐传奇中的《李娃传》、《任氏传》、《柳氏传》、《霍小玉传》等个体研究尤其多,这一方面使研究范围受到局限,另一方面也容易产生重复劳动。在这些问题中,尤其明显的是,断代的唐代俗文学整体状貌的深入研究相对冷落,宏观深入的探讨相对较少,即便是有些宏观的研究论著,也多把唐代俗文学作为其中的一章进行介绍,多停留在基本内容的简介、梳理层面,缺乏较为深入、展开的分析研究。所以至今除了华东师范大学 2009 年鲍震培先生的博士后研究报告——《中国俗文学史论》(唐—金元部分)外,还没有一本较为系统的唐代俗文学研究论著。而《中国俗文学史论》也不是纯粹的唐代俗文学研究,它类似于唐代及金元时期的一部俗文学断代史论。选题论证都非常好,对唐代俗文学的研究重点主要放在唐传奇及张鹭的《游仙窟》,惜乎对唐代其他俗文学的论述未能充分展开,中间也因未论及宋代俗文学,所以也未能就唐代俗文学对后世的影响展开论述。这些都有待于更多的研究者作更加深入的挖掘。

第四节　研究内容、创新点与研究方法

一、对论题的界定:本书研究的时间范围是唐代,即公元 618 年到 907 年。在行文中,凡涉及唐代的分期问题,一般都按照文学史中的惯例来划分。如"唐前期"与"唐后期"是以安史之乱作为分界线的。"初唐"、"盛唐"、"中唐"、"晚唐"也是按文学史中惯用的四分法,"初唐"指太祖武德元年至玄宗开元之前,即公元 618 年到 712 年的九十多年。'盛唐"指玄宗开元初(713 年)至代宗大历(766 年)前,约五十多年。"中唐"指代宗大历(766 年)至文宗大和初(827 年),约六十多年。文宗大和后至唐末是为"晚唐",约八十多年。本书研究对象的文化界定是"俗文学"。关于这一概念,前面已多有论述,此处再补充 20 世纪 80 年代以后一些工具书中的描述如下:

俗文学也称为通俗文学,同纯文学或雅文学相对而言。其特点为

通俗性,为广大的读者所喜闻乐见。它大体包括歌谣、话本、平话、戏曲、地方戏、弹词、鼓词以及民间传说、笑话、谜语等。俗文学在过去的时代里是不被重视的。半个世纪以前,郑振铎对俗文学有论述:"凡不登大雅之堂,凡为学士大夫所鄙夷,所不屑注意的文体都是'俗文学'。俗文学起源于人民群众的口头文学,后来由文人加工整理写成文字,流传下来,成为大众化的文学。五四新文化运动以来,俗文学在我国文学史上的地位发生巨大变化,它发展到今天,已成为我国整个新文学的重要组成部分。"①

俗文学一般指内容和形式为人民群众所喜闻乐见的文学作品。包括民间文学作品和文人作家创作的通俗说唱体裁的文学作品。如话本、章回小说、戏曲剧本、变文、弹词、子弟书、小曲唱词、灯谜、相声、鼓词、宝卷等。②

俗文学是近代人对中国古代通俗文学的称呼。可包括:(1)歌、谣、曲子。(2)讲史、话本。(3)宋元以来南北戏曲及地方戏。(4)变文、弹词、鼓词、宝卷等讲唱文学。(5)民间传说、笑话、谜语等杂体作品。③

俗文学是古代通俗文学的总称。由近人郑振铎提出,为治中国古代文学的学者所沿用。大体包括民歌、民谣、曲子,讲史、话本等通俗小说,宋元以来南北戏曲、地方戏,变文、弹词、鼓词、宝卷等讲唱文学,民间传说、笑话、谜语等杂体作品。④

结合前面的回顾与总结,笔者以为,郑振铎先生对俗文学内涵的定义虽稍显笼统,但确立了俗文学的基本内涵。结合范伯群等先生关于俗文学外延的明确界定,笔者所研究的唐代俗文学就是指唐代流行的通俗文学,是除正统雅文学如诗歌、散文、赋等以外的所有文学形式。它包含通俗文学子

---

① 朱子南编:《中国文体学辞典》,湖南教育出版社 1988 年版,第 24—25 页。
② 段宝林等编:《民间文学词典》,河北教育出版社 1988 年版,第 508 页。
③ 胡敬署等主编:《文学百科大辞典》,华龄出版社 1991 年版,第 152—153 页。
④ 钱仲联等编:《中国文学大辞典》,上海辞书出版社 1997 年版,第 1751 页。

系、民间文学子系、曲艺文学子系。它可以是集体创作,也可以是个人署名;可以流行于民间,也可流行于官方。

二、研究内容:本书研究唐代俗文学,主要由绪论和正文(共六章)构成。绪论部分旨在探讨论文选题的理由及意义,对20世纪中国俗文学研究及唐代俗文学研究现状进行了梳理,对本书的基本内容及研究方法做了说明。第一章对唐代俗文学做了概述,包括唐代口承俗文学:傩戏、乞寒戏、拓枝令、民间歌谣、谚语、民间传说、笑话、竹枝词等;笔传俗文学:俗讲、变文、话本、传奇、词、词文、宝卷、俗赋、白话诗等。第二章主要论述了唐代俗文学生成的原因及条件。其生成的原因及条件主要是:仪式祭祀,唐代俗文学的原初动力;多元文化,唐代俗文学的活力之源;城市繁荣,唐代俗文学的经济基础;功利目的,唐代俗文学的直接动力。第三章主要论述了唐代俗文学生成与都市民俗风情。历史传承,唐代俗文学的历史渊源;俚俗都市,唐代俗文学的市民热情;寺庙与歌楼,唐代俗文学的活动中心。第四章主要论述了唐代俗文学与雅文学的互动。从受众的角度来讲,唐人在文学接受中是雅俗共赏;从创作角度来看,有雅有俗,雅俗兼善,雅俗互动。第五章主要论述了唐代俗文学生成的生产消费特征。唐代俗文学生成的生产消费特征包括实用性的俗文学活动,夸示性的俗文学活动,人格化的俗文学活动。第六章阐述了唐代俗文学的地位、价值与影响。

需要说明的是,本书无意对唐代浩繁的俗文学作品进行精细地解读,也并非从史的意义上去梳理唐代的俗文学。笔者更多的是从社会与城市风情角度去探究唐代俗文学形成的原因、条件,唐代俗文学生产、传播、消费中的某些特征,探究唐代俗文学与雅文学的互动发展,以及唐代俗文学的地位、价值,对后世的影响等。当然,本书所论及的唐代俗文学种类也只是一个概貌。

三、创新点:国内外关于唐代文学的研究多集中在诗歌、散文等雅文学方面,而对唐代异常活跃的俗文学之研究则相对滞后,尤其是对唐代俗文学的宏观研究较少。对唐代俗文学整体状貌,其生成、盛行与社会民俗之间的关系,其所显现的生产消费理念,其在当时居民生活中的地位,对后世的影响等,则较少有人研究,即便有研究,也多为只言片语,缺乏较为系统的考察。所以,至今除了华东师范大学 2009 年鲍震培先生的博士后研究报告——《中国俗文学史论》(唐—金元部分)外,还没有一本较为系统的唐代俗文学研究论著。近些年,关于敦煌俗文学的论著也有一些,但多为论文集,且多集中在传奇的研究上,缺乏系统性。与此同时,一些俗文学通史中也谈到了唐代俗文学,但多为介绍、梗概性质,缺乏较为系统深入的研究。鉴于以上情况,本书试图对唐代俗文学的整体状貌进行探究,以推动唐代俗文学研究的不断深化。也以此与唐代诗歌、散文的研究成果彼此互补,从而形成对唐代文学全面、系统的研究。

四、研究方法:本书是一项综合性论题,在分析论述过程中运用了文学、史学、文化学等众多的学科知识。比如,唐代俗文学研究中要借鉴一些敦煌研究的成果,这里面有很多就要用到历史学、考古学等方面的知识。

在具体的写作过程中,本书采用以下方法:

(一)社会历史批评的方法。任何作品都是时代的产物,它既要受到在它之前的历史及文学传统的影响,更要受到其所处的时代的历史及文化的深刻影响。而社会历史批评的方法正是这种从历史、时代角度去分析、评价文学现象的重要方法。如要研究唐代俗文学生成的历史源流、生产消费与传播等,就必须要用到社会历史批评的方法,甚至经济学等方面的知识。

(二)文化研究的方法。文化研究的方法是古典文学研究中常用的研究方法,詹福瑞先生曾肯定地说:"文学自产生之初,就处于某种文化关系之中,与其他社会文化扭结在一起。其他的社会文化以一种类似于场的效应的形式影响文学,体现于作家的审美心理、文学观念、作品的主题、体裁、风格和艺术技巧等各个方面。所谓文化的研究,即把中国古代文学置于中国古代文化的宏阔背景和综合关系网络中加以考察,以揭示文学作品及文学现象生成的文化原因、文学的文化性质。"①这种研究方法,在本书中主要体现在对唐代俗文学生成的原因及条件的分析等方面。

(三)文献学的方法。文献的整理等并非本文要做的工作,这里说的文

---

① 詹福瑞:《文化研究:寻找中国古代文学研究的最佳思维》,《文艺研究》1997 年第 3 期。

献学方法,主要是强调严密地文献学意识在撰文过程中的贯彻,诸如在论述唐代俗文学与雅文学的互动时,必须结合唐代雅、俗文学的具体作家及具体作品进行分析论证。从受众的角度来讲,唐人在文学接受中是雅俗共赏;从创作角度来看,有雅有俗,雅俗兼善,雅俗互动。行文中用证据和材料说话而不是主观臆断,对所征引的文献要辨别真伪,要尽量采用最权威的版本,详细注明出处等等。文献学的方法保证了论文的可靠性。

(四)唐代俗文学研究仍然是以文学史为中心的研究,其中对俗文学源流的梳理,对唐代俗文学创作的地位、价值、影响等的考察都必须以文学史为中心。这是古典文学研究的一个重要方法。

(五)理论阐释与分析的方法。文学研究必须充分吸收各个领域中的研究成果,再根据实际情形对其作出合乎情理的分析、判断、推理,从而得出令人信服的结论。

第二章　唐代俗文学概述

唐代国家统一,政治开明,经济发达,统治者实行对外开放政策,中外文化交流频繁,这一切都促进了唐代文化的繁荣。

中华民族五千年的历史,创造了辉煌的华夏文化,唐代文化是其中最灿烂的部分之一。唐前期一百多年的开拓发展,造就了被后代一再称道的盛唐气象。盛世造就士人的恢宏气度、进取精神、开阔胸怀。国家的繁荣昌盛,经济的繁荣富强,使唐人不惧怕任何外来文化,因而形成了文化上的中外融合,思想上的兼容并包,这为唐代文学艺术等的全面繁荣创造了非常有利的环境。而安史之乱的发生,又使唐人从巅峰坠入谷底。历尽流血杀戮与艰难坎坷之后,唐人在渴望中兴的道路上艰难跋涉。这种纷纭复杂的社会变迁及悲欢离合的社会生活,为文学的发展准备了丰厚的土壤。这些在客观上为文学的繁荣准备了必要的条件。魏晋南北朝文学的发展使唐文学的繁荣水到渠成,这是文学自身发展的结果。魏晋南北朝是文学的自觉时代,无论从内容还是形式而言,唐代文学的繁荣都离不开魏晋南北朝文学的深厚积淀。"唐文学的繁荣,表现在诗、文、小说、词等的全面发展。"[1]

纵观唐文学的发展,有一种日益俗化的趋势。这不仅表现在各种俗文学作品的日益繁荣,还表现在诗歌的日益俗化。最初的 90 年左右,是唐诗辉煌成就的准备阶段。接着便是唐诗在开元、天宝时期的繁荣。安史之乱前后,社会矛盾激化,部分诗人开始写民生疾苦,代表这一时期的最伟大的诗人就是诗圣杜甫。他以叙事手法写时事,这种叙事手法,正是俗文学最主要的表现手法。这是唐诗发展中的一种新变。

---

[1]　袁行霈:《中国文学史》第二卷,高等教育出版社 2005 年版,第 208—209 页。

　　大历年间是盛唐诗风向中唐诗风演变的过渡期。大历诗风,指的是大历至贞元年间活跃于诗坛上的一批诗人的诗歌风格。安史之乱以后,社会急剧衰败,诗人们也失去了盛唐昂扬向上的心态,诗中多秋风夕阳、寂寞情思。在大历诗风的主流之外,还有一位诗风俗、奇的诗人——顾况。顾况留下来的诗中,乐府和古诗占多数。他的诗,无论古体还是今体,都受着江南民歌的明显影响,格调通俗明快,语言则有如白话。顾况诗俗的一面影响了张籍、王建,以及元、白诗派,怪奇的一面影响了韩、孟诗派。

　　到贞元元和年间,伴随着社会政治改革的步伐,革新之风也吹向了诗坛。除了奇崛险怪的韩、孟诗派,元白等则吸取乐府民歌的养料,使诗歌更为趋俗,形成元、白诗派。

　　随着社会的发展变化,人们的需求也相应地发生了变化,而文学自身也是随着社会的发展而发展的,在魏晋南北朝志怪小说和杂史杂传的基础上,新的文体传奇小说在唐代诞生了。据不完全统计,唐人小说今天可以找到的还有二百二三十种。① 佛教在民间广泛传播,布道化俗,出现了俗讲和转变。由于燕乐的盛行,宴饮歌吹的需要,出现了一种新的诗歌体式——词。唐代俗文学种类还有俗赋和歌谣、俚语、曲子词、戏曲等。

　　俗文学活动的参与者上自帝王贵戚,下至平民百姓,无所不包。唐代俗文学活动在当时红红火火,但俗文学作品及艺人却不被重视,因而俗文学作品及艺人的生平很少流传,但随着敦煌文献的发掘,唐代俗文学的光彩得以重现。

　　俗文学作品的分类是个颇有争议的问题。造成这种现象的原因,一方面缘于俗文学本身的丰富复杂,另一方面也缘于我国文学分类传统的复杂。现存的分类实践中常有标准不一的现象,如台湾三民书局出版的曾永义先生的《俗文学概论》中就罗列了 34 种分类方法。然而分类总是相对的,更何况我国历史上的俗文学活动总是处在不断发展变化中,所以分类中的交叉现象也是难免的。结合唐代俗文学的实际情况,参照赵景深先生的观点,

---

　　① 　袁行霈编:《中国文学史》第二卷,高等教育出版社 2005 年版,第 174 页。

笔者将唐代俗文学按照表现形式分为:口承俗文学活动和笔传俗文学活动。① 口承俗文学活动包括:俗讲、变文、戏曲、民谣、谚语等。笔传俗文学活动包括:俗诗、词文、俗赋、曲子词、唐传奇、竹枝词等。当然,这种分类并不是绝对的,有些文学形式兼有两者的特点,如俗讲变文之类,兼有口、笔两者的特点,但是考虑到俗讲变文主要是用来讲唱的,故把它归在口承作品中;而曲子词、竹枝词虽然原先是口头的,但被文人借来创作以后却成了专供阅读的了,故也将其划在笔传作品之列。

第一节　口承俗文学:动"地"惊"天"

唐代口承俗文学的成就是世人瞩目的。笔者借用柯玲总结扬州俗文学的四个字惊"天"动"地"来概括其影响。所谓"天",是指皇帝,因为皇帝亦称天子;"地"则指处于社会底层的平民百姓、市井草民。惊"天"动"地"是指唐代口承俗文学不仅吸引了广大的俗众,而且引起了皇帝的兴趣。唐代口承俗文学主要包括俗讲、变文、戏曲、民谣、谚语等。

一、俗讲、变文

口承俗文学是俗文学的主流,以讲唱文学为主。郑振铎先生认为,讲唱文学"在中国的俗文学里占了极重要的成分,也占了极大的势力。一般的民众,未必读小说,未必时时得见戏曲的演唱,但讲唱文学却是时时被当作精神上的主要的食粮的"。"它们是另成一体的,它们是另有一种的极大魔力,足以号召听众的。"②

在唐代口承俗文学活动中,俗讲变文恐怕是影响力最大的。这种民间叙事俗文学在唐代是比较发达的。20世纪初敦煌藏经洞近五万卷遗书中留存最多的唐代民间说唱艺术的文学作品就是俗讲变文。

(一) 俗讲

周绍良先生在《五代俗讲僧圆鉴大师》一文中说:"寺庙俗讲,在唐代是

---

① 赵景深:《曲艺丛谈》,中国曲艺出版社1982年版,第269页。
② 郑振铎:《中国俗文学史》,上海书店1984年版,第20—21页。

极为盛行的。根据考定,大致可以推知,它肇始于开元初年,历久不衰,以迄五代末际,犹在举行。爱好之者,上至帝王卿相,下至一般庶民,都乐于聆听,可以说是一种极为普遍的娱乐。至于流行之广,从现在敦煌石窟所发现的卷子来说,必然在河西一带也极流行,所以会在那里保存下那么多俗讲经文卷子。因之我们可以肯定,俗讲之流行,遍及中原以及边远地区,可以说在唐代一切民间娱乐中,是没法与他相比拟的。"①

俗讲渊源于我国传统固有的说唱艺术,但六朝以来佛家讲道化俗的"转读"与"唱导"手段更是其直接的源头。转读又叫唱经、咏经,指讲经时抑扬其声,讽诵经文。佛教传入中国以后,相关经籍的翻译、讲说是一项重要而艰巨的工作。为解决语言和接受习惯不同等方面的问题,我国僧人先是尝试用"转读"(咏经)、"梵呗"(歌赞)等方式"宣唱佛名,依文致礼。"②但这极易使听者疲劳,而且经文深奥艰涩且不通俗的问题也没有得到有效改善。其后,僧人又采用"唱导"的方式来"宣唱法理,开导众心"。这种方式通过"杂序因缘"或"旁引譬喻"以引起听讲者的兴趣,比较注重因时制宜、因人施教、随俗化类、与事而兴,具有一定的灵活性。例:

> 如为出家五众,则须切语无常,苦陈忏悔。若为君王长者,则须兼引俗典,绮综成辞。若为悠悠凡庶,则须指事造形,直谈闻见。若为山民野处,则须近局言辞,陈斥罪目。
>
> ——慧皎《高僧传》③

> 于是阖众倾心,举堂恻怆,五体输席,碎首陈哀。各各弹指,人人唱佛。爰及中宵后夜,钟漏将罢,则言星河易转,胜集难留,又使逡巡怀抱,载盈恋慕。
>
> ——同上④

---

① 周绍良:《五代俗讲僧圆鉴大师》,《佛教文化》1989 年第 1 期。
② (梁)释慧皎:《唱导科总论》,《高僧传》卷 13,中华书局 1992 年版,第 521 页。
③ (梁)释慧皎:《唱导科总论》,《高僧传》卷 13,中华书局 1992 年版,第 521 页。
④ (梁)释慧皎:《唱导科总论》,《高僧传》卷 13,中华书局 1992 年版,第 521—522 页。

由于能达到比较好的开悟和感动俗众的效果,所以很快成为南北朝时期佛教讲法传经的主要方式。此外,南北朝末期还出现了"唱读"的方式,即将"转读"同"唱导"合一。

到了唐朝,讲经说法在寺院中有"僧讲"和"俗讲"两途,二者的讲述对象有所区别:"僧讲"主要面向僧众,"俗讲"主要面向民众。因为佛教真正要扩大影响,民间社会的普通俗众才是其争取的主要人群,而且这里面也有"悦俗邀布施"①的因素包含其中,所以俗讲这种形式就应运而生。它是由寺院僧人用比较通俗的方式向普通民众讲解佛教经义、佛传故事、佛本生故事以及历史故事、民间传说和现实生活故事的活动。由于俗讲通俗易懂,因而在唐朝十分盛行。长安是当时全国的俗讲中心,城内寺院定时会奉敕举行俗讲活动,地方寺院则大都在农历正月、五月、九月这三个长斋月举行俗讲活动。

俗讲一般由"都讲"咏经,"法师"说解经义。整个仪式包括作梵、押座、唱释经题、开经、说庄严文、说经题字、说经本文、唱佛赞、念佛号、发愿、回向及散场等程序。

俗讲法会中留下的底本,一般称"讲经文",它是僧徒在寺院中举行"俗讲"活动,即对经义作通俗讲演时所用的底本。讲经文是用来讲解经义的,所以文中每引一段经文而后讲解一段,讲解时有说有唱。讲经文取材于佛经,其中的内容主要是佛教的因果报应、生死轮回、修持戒定慧等教义。而为了布道化俗,吸引僧众,其中的一些作品往往突破宗教藩篱,用通俗的语言把深奥的教义转化为生动的故事,以达到引人入胜的效果。

现存俗讲经文约有二十三种②,最早的变文为讲经文,而押座文系讲经文前面的引子,属于讲经文的部分。现在保存较好的讲经文有《长兴四年中兴殿应圣节讲经文》、《维摩诘经讲经文》、《金刚般若波罗蜜经讲经文》、《父母恩重经讲经文》、《妙法莲华经讲经文》等。这些讲经文取材于佛经,将深奥的教义转化为世俗生活的展示,引人入胜。形式为说唱兼行,散韵结

---

① 《资治通鉴》卷243《唐纪五十九》。
② 据王重民先生等辑校的《敦煌变文集》(人民文学出版社1957年版),及潘重规教授编辑的《敦煌变文集新书》(文津出版社1994年版)整理而成。

合。说为浅近文言或口语,唱为七言,也有三三句式,六言或五言的。

（二）变文

唐代,与俗讲并行的还有"转变",就是讲唱"变文"。所谓"变文"之"变",是指变更了佛经的本文而成为"俗讲"之意。但当"变文"成了一个专称后,便不限定是敷演佛经的故事了。变文最初是佛寺中的俗讲僧进行宗教宣传时用来讲唱的底本。最早的变文内容都是宗教故事,后来随着宗教的世俗化,为了吸引听众,变文中逐渐加入了很多非宗教性的内容。如民间传说、历史故事和现实生活题材。讲唱者也由僧侣转变为僧俗兼有,民间还出现了一些女性讲唱艺人。讲唱的地点也不限于寺院。这样一来,原来进行宗教宣传的变文就成了民间的通俗文艺。由敦煌藏经洞保存下来的变文,属于叙事与代言相结合的唐代民间说唱文学的样本,对后来民间俗文学的发展影响较大。

转变与俗讲的目的一样,都是用通俗的方法传播佛教教义。但二者在文本体制、演唱声腔、题材内容等方面有所差别。俗讲主要是讲经文,讲法过程中要咏经,但变文一般不引用经文,唱辞末句也没有催经套语;俗讲的讲经文上往往有平、断、吟之类的辞语,标示声腔唱法,变文则不标;俗讲以讲经为主,稍涉及佛教因缘、譬喻故事,变文则主要是讲故事。俗讲由于是演经的、释经的,不能离了经典而独立,这是俗讲与变文的主要不同。当然,俗讲和转变在讲唱内容上也存在联系,如:目连故事不仅有说因缘文本《目连缘起》,也有转变文本《大目乾连冥间救母变文》。

变相与变文都是唐五代间进行佛教宣传的手段,其内容都是演绎佛教中的神变故事,而变相用绘画来表现,变文用文字来表现。讲唱变文的时候,一般要辅以谓之"变相"的图画。现存的变文中可以看到或推测出"变相"的存在,如《破魔变文》卷子中就一面是图,一面为讲唱文辞;《大目乾连冥间救母变文并图一卷》,在题名中已显示有辅图;《王昭君变文》,文中有"上卷立铺毕,此入下卷"的辅图说明。另外,许多变文中都有"时"、"处"等提示语言,显示出对照图画进行讲唱的迹象。唐代著名画家吴道子是画变相的高手,《东观余论》对其名作《地狱变相》的评价是:"视今寺刹所图,殊弗同。了无刀林、汤镬、牛头、阿旁之象,而变状阴惨,使观者腋汗毛耸,不寒而栗。"①《唐朝名画录》中说："京都屠沽渔罟之辈,见之而惧罪改业者,往往有之。"②变相给人以强烈的直观感染力,为转变增添了劝善化俗的效果。

现在流传于世的变文,约有五十种左右③,变文的内容,大体可分为讲唱佛经故事和讲唱人世故事两类。讲唱人世故事的作品是变文中成就最高的。从内容上人世故事又可细分为讲唱历史、传说故事与讲唱现实生活故事两类。

讲唱历史、传说故事的变文,如《伍子胥变文》、《舜子至孝变文》、《王昭君变文》、《刘家太子变》等;讲唱现实生活故事的变文,如《张义潮变文》、《张淮深变文》,它们描写了重大的现实政治事件,讴歌了身处边塞的当代民族英雄。

讲唱佛经故事的变文作品,完全是宣传佛教教义,充满了因果报应、地狱轮回、佛法无边、人生无常等思想,并夹杂着封建伦理道德的宣传。这些作品又可分为两类:其一,直接说经——先引一小段经文,而后边讲边唱,敷衍铺陈。因是直接宣讲教义,有人就称这类作品为"讲经文"。如前面提到的《维摩诘经讲经文》等。其二,间接说经——不引经文,开门见山讲唱佛经故事,如《降魔变文》,《降魔变文》的故事出于《贤愚经》,写作技巧高超,情节曲折紧凑,构思和语言都有可取之处,尤其是后半部分描写佛弟子舍利弗与"外道"六师斗法,令人惊心动魄。关于佛经故事的还有《破魔变文》、《八相变》、《维摩诘经变文》、《频婆娑罗王后宫彩女功德意供养塔生天因缘变》、《大目乾连冥间救母变文》等。在讲述佛经故事的时候,变文比较自由,它可以灵活选择佛经故事中最热闹最有趣味的一个片段切入,然后铺陈敷衍,渲染发挥。而讲述历史故事,则多以某一历史人物为主线,汇集轶事趣闻和民间传说,在细节上加以发挥。讲述民间传说故事,就主要是假托历

————————

①　(宋)黄伯思撰:《跋吴道玄地狱变相图后》,《宋本东观余论》卷下,中华书局1988年版,第314页。

②　(唐)朱景玄撰,温肇桐注:《唐朝名画录》,四川美术出版社1985年版,第4页。

③　据王重民先生等辑校的《敦煌变文集》(人民文学出版社1957年版)及潘重规教授编辑的《敦煌变文集新书》(文津出版社1994年版)整理而成。

史人物,敷衍成篇。至于时人时事的讲述,是就地取材,通过曲折的人物情节来演说当代事件了。郑振铎先生说,《降魔变文》和《维摩诘经变文》是唐代变文里的双璧,前者想象力丰富奔放,后者则是伟大宏丽的叙事诗。①

变文的体制是散文与韵文相组合,多半是采取古来相传的一则故事,用时人所喜闻的新式文体——诗与散文组合而成的文体重新加以敷演,使之变得通俗易解,其散文与诗句相生相切,映合成篇。变文的形式不仅对唐人传奇有显著影响,对宋元以后的戏曲及各种说唱文学也都有一定的影响。变文中的很多故事材料,往往成为宋元明清戏剧、小说等俗文学活动中的素材。

俗讲变文,在唐代虽极为盛行,但由于它们更多世俗娱乐色彩,与佛家较为枯燥的正式传道不同,所以也被真正的佛教徒所轻视,因此,见于史籍的俗讲资料极少,相应的,现在可知的俗讲僧徒也就非常少了,除了史书中提到的文溆之外,今人又考证出圆鉴②、保宣③也是俗讲僧徒。

文溆(或作文叙)是宪宗时代最著名的俗讲僧。段安节的《乐府杂录·文溆子》、日本和尚圆仁的《入唐求法巡礼行记》、唐人赵璘的《因话录·角部》以及《卢氏杂说》等文献中对他都有记载:

　　长庆中,俗讲僧文叙善吟经,其声宛畅,感动里人。

　　　　　　　　　　　　　　　　　　——《乐府杂录·文溆子》④

日本僧人圆仁在其《入唐求法巡礼行记》中也称赞文溆"城中俗讲,此法师为第一"⑤。

赵璘《因话录》第4卷角部记载:

---

① 郑振铎:《中国俗文学史》,上海书店1984年版,第225页。
② 周绍良:《五代俗讲僧圆鉴大师》,《佛教文化》1989年第1期。
③ 李正宇:《敦煌俗讲僧保宣及其〈通难致语〉》,《社科纵横》1990年第6期。
④ (唐)段安节:《乐府杂录》,中华书局1985年版,第38页。
⑤ [日]圆仁撰,白化文等校注:《入唐求法巡礼行记校注》,花山文艺出版社1992年版,第369页。

有文淑僧者,公为聚众谭说,假托经论,所言无非淫秽鄙亵之事。不逞之徒,转相鼓扇扶树。愚夫冶妇,乐闻其说,听者填咽寺舍。瞻礼崇奉,呼为"和尚"。教坊效其声调,以为歌曲。其氓庶易诱。释徒苟知真理,及文义稍精,亦甚嗤鄙之。近日庸僧,以名系功道使,不惧台省。府县以士流好窥其所为,视衣冠过于仇雠。而淑僧最甚,前后杖背,流在边地数矣。①

由于俗讲不受人重视,因而即使俗讲很盛行,但如文淑一样流传下来的俗讲僧徒也寥寥无几。

《洛阳缙绅旧闻记》也曾记载了一位俗讲僧云辨:"时僧云辨,能俗讲,有文章,敏于应对……"②

据周绍良先生考订,晚唐五代僧人圆鉴也擅长俗讲。③

晚唐五代保存下来的还有僧人保宣的《频婆娑罗王后宫彩女功德意供养塔生天因缘变》④,这是从敦煌遗书中发现的。王重民先生指出:"保宣当是此变文的作者"⑤。而敦煌研究院的李正宇先生又进一步考证保宣为晚唐五代时敦煌地区的俗讲僧人。⑥

除了俗讲僧以外,也有尼姑参与俗讲活动。长安城里的保唐寺就是尼姑俗讲最兴盛的场所。钱易《南部新书》说:"长安戏场多集于慈恩,小者在青龙,其次荐福、永寿,尼讲盛于保唐,名德聚之安国,士大夫之家入道,尽在咸宜。"⑦

正是由于"愚夫冶妇乐闻其说,听者填咽寺舍",因而除僧人、尼姑之

---

① (唐)赵璘:《因话录》卷4,上海古籍出版社1957年版,第94页。
② (宋)张齐贤撰:《少师佯狂(杨公凝式)》,《洛阳缙绅旧闻记》卷1,知不足斋丛书本,第12页。
③ 周绍良:《五代俗讲僧圆鉴大师》,《佛教文化》1989年第1期。
④ 这篇变文共发现两个抄本,一为英藏S3491号,后部残缺;一为法藏P3051号,前部残缺。王重民先生据二本整理成全本,并作有校记,收载于《敦煌变文集》下集,第765—771页。
⑤ 王重民等编:《敦煌变文集》下集,人民文学出版社1984年版,第769—771页。
⑥ 李正宇:《敦煌俗讲僧保宣及其〈通难致语〉》,《社科纵横》1990年第6期。
⑦ (宋)钱易:《南部新书》戊,中华书局2002年版,第67页。

外,也开始有民间艺人采用变文的形式讲唱故事,所谓"教坊效其声调以为歌曲"①。显示出其强烈的故事性、世俗性特点。

王建的《观蛮妓》就描述了一位艺妓的讲唱表演:"欲说昭君敛翠蛾,清声委曲怨于歌。"②吉师老《看蜀女转〈昭君变〉》也描述了一位女艺人的讲唱活动:

> 妖姬未著石榴裙,自道家连锦水濆。檀口解知千载事,清词堪叹九秋文。翠眉口频楚边月,画卷开时塞外云。说尽绮罗当日恨,昭君传意向文君。③

讲唱变文的场所,最开始是在寺院,后来出现了专门的"变场"。到了唐末,讲唱变文也在一些交通要道上进行,讲唱活动更是风靡市井。

上文引述的会昌元年敕令左右街七寺开俗讲的记载以及圆仁书中的"九月一日敕两街诸寺开俗讲","五月奉敕开俗讲,两街各五座"等,反映了长安俗讲活动的频繁和兴盛。而"不逞之徒,转相鼓扇扶树。愚夫冶妇,乐闻其说,听者填咽寺舍。瞻礼崇奉……"说明了民众对俗讲活动的痴迷,连教坊都效仿法师讲经的声调以为歌曲,可见其已成为一种时尚的指标。从唐玄宗开元十九年的《禁僧徒敛财诏》来看,俗讲活动已经超出长安一地,具有很大程度的普及了,僧人为此不殚劳苦,出入州县,巡历乡村:

> 近日僧徒,此风尤甚。因缘讲说,眩惑州闾;溪壑无厌,唯财是敛。津梁自坏,其教安施;无益于人,有蠹于俗。或出入州县,假托威权;或巡历乡村,恣行教化。因其聚会,便有宿宵;左道不常,异端斯起。自今以后,僧尼除讲律之外,一切禁断。六时礼忏,须依律仪,午后不行,宜守俗制。如犯者,先断还俗,仍依法科罪。所在州县,不能捉搦,并官吏

---

① (宋)钱易:《南部新书》戊,中华书局 2002 年版,第 67 页。
② 《全唐诗》卷 301《观蛮妓》。
③ 《全唐诗》卷 774《看蜀女转〈昭君变〉》。

辄与往还,各量事科贬。①

9 世纪的《南部新书》、《因话录》、《北里志》等里面都有关于通俗讲经的记载,吉师老《看蜀女转〈昭君变〉》诗以及姚合《听僧云端讲经》、《赠常州院僧》诗等对此也有生动描述:

　　无生深旨诚难解,唯是师言得正真。远近持斋来谛听,酒坊鱼市尽无人。

　　　　　　　　　　　　　　　　　　　　　　——《听僧云端讲经》②

　　一住毗陵寺,师应祇信缘。院贫人施食,窗静鸟窥禅。古磬声难尽,秋灯色更鲜。仍闻开讲日,湖上少鱼船。

　　　　　　　　　　　　　　　　　　　　　　——《赠常州院僧》③

可见,9 世纪初佛家的斋日讲经活动很受老百姓的欢迎,以至于讲经之日,人们都去听俗讲,因而"酒坊鱼市尽无人"、"仍闻开讲日,湖上少渔船"。

当时俗讲活动盛况空前,民众对此趋之若鹜,韩愈《华山女》亦云:"街东街西讲佛经,撞钟吹螺闹宫廷。广张罪福恣诱胁,听众狎恰排浮萍"④。

关于当时的讲经通俗化还可以参考赵璘《因话录》的记载:

　　有文淑者,公为聚众谈说,假托经论,所言无非淫秽鄙亵之事。不逞之徒,转相鼓扇扶树,愚夫冶妇,乐闻其说,听者填咽寺舍。瞻礼崇拜……⑤

不唯百姓如此,连官员甚至皇帝,亦为之着迷。如《续高僧传》记载云:

---

① 《全唐文》卷 30《禁僧徒敛财诏》。
② 《全唐诗》卷 502《听僧云端讲经》。
③ 《全唐诗》卷 497《赠常州院僧》。
④ 《全唐诗》卷 341《华山女》。
⑤ (唐)赵璘:《因话录》卷 4,上海古籍出版社 1957 年版,第 94 页。

"贞观三年,窦刺史闻其聪敏,追究州学,因而日听俗讲,夕思佛义。博士责之。"①而《资治通鉴》也云:"宝历二年(826年)六月己卯,上幸兴福寺观沙门文溆俗讲。"②

安史之乱使社会生产力和人民的生命财产遭受巨大的灾难,世人在无奈无助之中也把目光转向了佛教。这也促进了佛教的复兴和通俗化,因而这个时期通俗讲经的记载比较多。

9世纪以后,随着社会的世俗化,佛教的世俗化也更加明显,《北里志》记载:

> 平康里入北门,东回三曲,诸妓所居之聚也……诸妓以出里艰难,每南街保唐寺有讲席,多以月之八日,相率率听焉。皆纳其假母一缗,然后能出于里。故保唐寺每三八日,士女极多,盖有期于诸妓也。③

钱易《南部新书》云:

> 长安戏场多集于慈恩,小者在青龙,其次荐福、永寿。尼讲盛于保唐,名德聚之安国。士大夫之家入道,尽在咸宜。④

俗讲变文在唐代甚至进入人们的日常生活话语中。孟棨《本事诗·嘲戏第七》记载张祜和白居易的一次对话,张祜以白居易《长恨歌》中的诗句来回应其嘲戏:

> 诗人张祜,未尝识白公。白公刺苏州,祜始来谒。才见白,白曰:"久钦籍,尝记得君款头诗"。祜愕然曰:"舍人何所谓"? 白曰:"'鸳鸯钿带抛何处,孔雀罗衫付阿谁'? 非款头何邪"? 张顿首微笑,仰而

---

① (唐)释道宣:《释善伏传》,《续高僧传》卷26,《大正藏》第45册,第328页。
② 《资治通鉴》卷243《唐敬宗纪》。
③ (唐)崔令钦等:《教坊记　北里志　青楼集》,古典文学出版社1957年版,第25页。
④ (宋)钱易:《南部新书》戊,中华书局2002年版,第67页。

答曰:"祐亦尝记得舍人《目连变》"。白曰:"何也"? 祐曰:"'上穷碧落下黄泉,两处茫茫皆不见。'非《目连变》何邪?"遂与欢宴竟日。[1]

俗讲有此倾倒民众的魔力,寺院有此聚集民众的魅力,因而后者成为社会大众的主要娱乐场所,成为歌场、戏场、变场就是很自然的了。

这种边说边唱的文学样式,直接影响到宋元时期的词话、鼓子词、诸宫调等说唱文学以及杂剧、南戏等戏曲。

很多学者指出,俗讲和转变与后来的诸多说唱伎艺,如宝卷、诸宫调、鼓词、弹词、讲经等有直接的联系,但就戏剧发展进程来说,俗讲和转变的作用也是不可低估的。如讲经文、变文中有押座文和散座文,押座文在文首,开宗明义,静摄观众;散座文在文末,总结全篇,规劝修行,二者多为七言韵文,而且逐渐形成俗套,有强烈的通俗伎艺特征。从其所处位置、语言形式、功能作用来看,对后世戏剧形成上场诗、下场诗的结构有影响。同时,变文中的一些故事情节,也为后世戏剧所吸收,如《汉将王陵变》故事,在元代被改编为杂剧《陵母伏剑》。而《大目乾连冥间救母变文》,在宋代就被改编为杂剧《目连救母》,明代人郑之珍编《目连救母行孝戏文》,无名氏编《目连救母劝善记》戏文,清人张照编《劝善金科》。《王昭君变文》故事更是被一用再用,除了元代马致远与张时起改编的《汉宫秋》、《昭君出塞》杂剧外,明代人又将其改编为传奇《和戎记》、《青冢记》等。民间目连戏一直流传,至今还在四川、湖南等地有演出活动。

另外,俗讲、转变和戏剧有一个共同之处,即普通民众是它们的主要受众,所以它们必须要通俗而有情趣,只有这样才能吸引大众。一旦背离了通俗和情趣,就会失去观众而逐渐衰亡,戏曲后来的所谓"案头剧",就属于这种情况。因为要吸引普通信众,所以一般都有较强的故事性,注重叙述和描写。王国维认为,戏曲就是"以歌舞演故事"[2],今人曾永义定义中国戏曲为:"中国戏曲是在搬演故事,以诗歌为本质,密切融合音乐和舞蹈,加上杂

---

① (唐)孟棨:《本事诗》,上海古籍出版社1991年版,第24页。

② (清)王国维:《戏曲考原》,见《王国维戏曲论文集》,中国戏剧出版社1957年版,第201页。

技,而以讲唱文学的叙述方式,通过俳优装扮,运用代言体,在狭隘的剧场上所表现出来的综合文学和艺术"①。两者都提到了故事,说明这是一个很关键的因素。我国古代有散韵夹用的叙事传统,如唱歌谣,讲故事等,这从《吴越春秋》等书中可见大概,但叙事性的文学因素又发育得并不充分和健全。到了唐代,中国文学对叙事性开始重视。唐诗中出现了一大批叙事诗,如诗圣杜甫的"三吏三别",白居易的《卖炭翁》、《长恨歌》、《琵琶行》等;同时,一些不同于律赋的俗赋,如《韩朋赋》、《晏子赋》等,也在叙事方面表现出了更高的成熟度。另外一个比较突出的现象是,唐代小说中也反映了作家已具有较为明确的虚构意识,在情节上有意安排的成分增大。可以说,在唐代这一时间段里,中国文学的叙事技巧进一步完善,而相应的,在唐代大行其道的俗讲和转变,也在叙事性方面为戏剧的形成提供了营养。

俗讲变文要讲故事,尤其是变文,它通过散韵结合及叙事与代言并用的方式讲唱故事,想象丰富、描写细致、情节曲折、语言生动、人物性格鲜明饱满。套用今人胡明伟的说法:"叙事性或者故事性为戏剧成熟提供了一种外在的审美需要氛围,成熟的叙事技巧提供了戏剧艺术可以借鉴的经验,即如何虚构故事或借用故事。开展情节与安排情节,用故事情节吸引观众。"②与歌舞戏和参军戏不同,俗讲和转变为戏剧的形成提供的是"骨架"一类的质素,而它们在唐代的发展以及广受民众欢迎,也更加强化了公众娱乐氛围的营造,培养了民众的一种习俗。经过南北朝时期以及隋唐时期,寺院越来越成为民众集会、贸易、游赏、娱乐的地方,随着时代的发展,民众对寺院表演伎艺的要求势必越来越高,对专门的娱乐场所的需要也会越来越迫切,这都将使后世戏剧及瓦舍勾栏的出现更加自然而水到渠成。

二、戏曲

隋文帝时,打破了宫廷雅乐体系的独霸地位,吸收西域俗乐歌舞进入宫

---

① 曾永义:《中国戏曲的形成》,《艺术百家》2009 年第 1 期。
② 胡明伟:《中国早期戏剧观念研究》,学苑出版社 2005 年版,第 22 页。

廷,于雅乐之外另设"七部乐"。隋炀帝继位后,扩大"七部乐"为"九部乐",同时在民间广征散乐,目的在于改变宫廷礼乐多雅正之声的状况。当时民间俗曲流行,宋王灼《碧鸡漫志》云:"盖隋以来,今之所谓曲子者渐兴,至唐稍盛。"①隋炀帝本来好声色之娱,而民间那些形式自由、风格多样的歌舞、百戏当然更有吸引力。在此欣赏趣味的影响下,宫廷礼乐的成分悄然发生变化,来自民间的俗乐歌舞、杂技百戏与原来的雅乐、燕乐一起供奉于宫廷。

唐朝建国后,继续留用隋朝的宫廷乐人,在继承隋代音乐制度的基础上进行扩充,增"九部乐"为"十部乐",并继续向民间广泛征集散乐。宋代郭茂倩的《乐府诗集》卷五六舞曲歌辞《散乐附》的题解中说:"《周礼》曰:'旄人教舞散乐。'郑康成云:'散乐,野人为乐之善者,若今黄门倡。'即《汉书》所谓黄门名倡丙强、景武之属是也。汉有黄门鼓吹,天子所以宴群臣。然则雅乐之外,又有宴私之乐焉。《唐书·乐志》曰:'散乐者,非部伍之声,俳优歌舞杂奏。'"②而自唐代开国皇帝李渊开始,散乐似乎也更为唐代统治者所喜好,《唐会要》卷34记载,高祖李渊时,太常寺曾向民众借裙襦五百余具,作为在玄武门为皇帝表演百戏的散乐之服。③ 可以想见当时散乐的阵容已经很庞大了。

我国历朝均设有掌管国家礼乐的机构,隋唐时期,由太常寺掌礼乐等事宜。但唐朝又建立了教坊机构,《旧唐书·职官志》云:"武德以来,置于禁中,以按雅乐,以宫人充使,则天改为云韶府,神龙复为教坊。"④教坊原也掌管雅乐,不涉及俳优杂技。到唐玄宗时期,由于玄宗更钟情俗乐百戏,以"太常礼司,不宜典俳优杂技"⑤为由,使教坊成为直属于皇帝的独立音乐机构,其职能也发生了变化,成为专管宫廷俳优俗乐歌舞的机构。从此,俗乐百戏进入宫廷,并取得了独立于国家雅乐的地位,形成了教坊与太常寺并行

①　(宋)王灼:《碧鸡漫志》,转引自施议对:《词与音乐的关系研究》,中华书局2008年版,第131页。
②　郭茂倩:《乐府诗集》卷56,文学古籍刊行社1955年影宋本,第819页。
③　(宋)王溥撰:《唐会要》,中文出版社1978年版,第623页。
④　《旧唐书》卷43《职官志二》。
⑤　《旧唐书》卷43《职官志二》。

的局面,一在禁中,主宴飨,一在朝中,主郊庙礼仪。史料记载,唐玄宗还选太常寺坐部伎子弟三百人,置于禁苑梨园教习,后世也因此将戏曲界称为"梨园行",戏曲从业者称为"梨园子弟",更尊唐玄宗为梨园行祖师。而"禁苑梨园"的影响所及,使太常寺中亦设梨园别教院,东都洛阳太常寺内设梨园新院①。从此看来,通过统治者处心积虑的经营,唐宫廷乐部机构及其人员构成系统已经比较完备了。

皇帝喜欢散乐,并征散乐于民间,因此,宫廷乐人,尤其是唐玄宗亲自改造的教坊中,有不少应该原是民间艺人,而且都是技艺精湛的优选艺人。这些艺人与宫廷艺人相结合,并在宫廷中进一步接受高级训练,使民间伎艺与宫廷艺术在交融提炼中得以升华。宗旨明确并集中了无数优秀艺人的唐朝教坊机构,在帝王支持下,无疑成了一个孵化器,歌舞戏和优戏、参军戏从中逐渐发展而来,而那些生长于斯、学艺于斯的著名艺人,如张四娘、容儿、黄幡绰、李仙鹤、张野狐、成辅端、刘采春等,也在歌舞戏、优戏、参军戏的发展过程中留下了永远的印迹。

关于隋朝歌舞戏表演的相关资料并不多,不过以隋炀帝对俗乐歌舞、杂技百戏的苦心经营来看,隋朝的歌舞戏演出活动应是很兴盛的,正月十五的演出甚至成为一种固定习俗。"及大业二年,突厥染干来朝。炀帝欲夸之,总追四方散乐,大集东都……每岁正月,万国来朝,留至十五日,于端门外,建国门内,绵亘八里,列为戏场。百官起棚夹路,从昏达旦,以纵观之。至晦而罢。伎人皆衣锦绣缯彩,其歌舞者,多为妇人服,鸣环佩,饰以花毦者,殆三万人。"②至唐玄宗李隆基,喜好音乐舞蹈,尤钟情于俗乐,并亲自检阅教习梨园弟子,使歌舞戏得以更大发展。

"歌舞戏"这个概念已见唐人自己的文献记载,如杜佑的《通典》云:

> 歌舞戏有《大面》、《拨头》、《踏谣娘》、《窟垒子》等戏。元宗以其

---

① 任半塘先生言此处专司俗乐,由此选伎之优者入教坊,参见《唐戏弄·杂考·梨园考》,上海古籍出版社 1984 年版。

② 《隋书》卷 15《音乐志下》。

非正声,置教坊于禁中以处之。①

晚于杜佑的段安节在其《乐府杂录》中也有类似的说明:

　　戏有代面……羊头浑脱、九头狮子,弄白马益钱,以至寻橦、跳丸、吐火、吞刀、旋盘、斤斗,悉属此部。②

所谓"歌舞戏",实际上是一种歌舞与故事表演的结合,纯粹的歌舞表演是不能称之为歌舞戏的。对此,任半塘先生解释说:"划清为歌舞而非歌舞戏者,分明基于不演故事,与无戏中说白两点……"③唐代的歌舞戏,王国维称"始多概见。有本于前代者,有出新撰者。"④这段话包含两个方面的意思,一是说歌舞戏到了唐朝,演出才开始比较普遍。另外是说,歌舞戏有的是承继前代而来的,有的则是唐朝创制的。第二层意思主要是就歌舞戏的内容而言的。

唐代歌舞戏中比较著名的有《代面》(又叫大面)、《钵头》(又叫拨头)、《苏郎中》、《踏谣娘》(又叫踏摇娘、谈容娘)、《秦王破阵乐》、《苏莫遮》、《樊哙排君难》等。《代面》表演的是北齐兰陵王高长恭戴面具阵前征杀的情景,《乐府杂录》云表演时,"戏者衣紫,腰金,执鞭也"⑤。此戏于南北朝时期已经出现,唐时更为人熟知,连皇家小儿都能模仿⑥;《钵头》,是南北朝时期从西域传入我国的,唐时演出非常兴盛;《苏郎中》表演的是后周读书人苏葩落魄醉酒的情节;《秦王破阵乐》反映秦王李世民杀敌破阵的情景,在某种程度上与《代面》的形式及风格相近,但可能因表演的是本朝君主的功业事迹而日益雅化了;《苏莫遮》,据唐人慧琳在《一切经音义·大乘理趣

---

① 《通典》卷146《乐六·散乐》。
② (唐)段安节:《乐府杂录》,古典文学出版社1957年版,第24页。
③ 任半塘:《唐戏弄》,上海古籍出版社1984年版,第920—921页。
④ 王国维:《宋元戏曲史》,上海古籍出版社1998年版,第4页。
⑤ (唐)段安节:《乐府杂录》,古典文学出版社1957年版,第24页。
⑥ 见《全唐文》卷297,郑万钧:《代国长公主碑》记载,武则天时,岐王年仅5岁,便知"弄《兰陵王》"。

六波罗蜜多经》中解说,其表演时"或作兽面……捉人为戏"①;而据《唐会要》记载,《樊哙排君难》是唐朝自创的新戏,此戏以樊哙救主来比拟孙德昭救驾有功。以上歌舞戏在我国已失传,但如《代面》、《钵头》、《秦王破阵乐》、《苏莫遮》等,却在日本的宫廷乐舞中保留下来。

唐代歌舞戏中最具代表性的当推《踏谣娘》,唐代的《踏谣娘》与南北朝时期已有所不同。关于《踏谣娘》的记载,唐朝《教坊记》、《乐府杂录》、《通典》、《旧唐书·音乐志》、《刘宾客嘉话录》等都有。诸书在细节记载上略有差别,主要表现在故事的发生时地、戏名来历等细枝末节上,而剧情结构基本一致:初期限于旦末两角,旦为主角。先出场徐步行歌,旋即入舞,歌白兼至,以诉冤苦。既罢,是第一场。末旋上,与旦对白,至于殴斗。妻极痛楚,而夫反笑乐,是第二场,至此,全剧已终。旨在表示苦乐对比,男女不平,结构较严整。晚期至演出,多一丑角登场,扮典库,前来需索,是为第三场。全剧中已有角色表演、音乐、歌舞、和声帮腔、叙事说白等多种元素,在表演的过程中,人物、情节、戏名有所改变,大众审美也随之改变,由悲苦为主转为笑闹居多。

不少唐代歌舞戏表现的是一种悲怨之情。文献记载《踏摇娘》中的女子受丈夫醉打,"乃自歌为怨苦之词",且向人"悲诉",显然已经指明这一点。另外,《乐府杂录》记载的《钵头》中人子山中寻父,"戏者被发,素衣,面作啼,盖遭丧之状"②,也是凄苦无比的。两剧虽然苦楚,但都不乏观众。张祜《容儿钵头》诗表现了人们观看宫廷乐人"容儿"表演歌舞戏《钵头》的场景:

> 争走金车叱鞅牛,笑声唯是说千秋。两边角子羊门里,犹学容儿弄钵头。③

因为《钵头》载歌载舞,还有简单的故事情节,故而演出深入人心,观众

---

① (唐)释慧琳撰:《一切经音义》,大通书局1985年版,第868页。
② (唐)段安节:《乐府杂录》,古典文学出版社1957年版,第24页。
③ 《全唐诗》卷511《容儿钵头》。

赏戏罢后还在模仿。《踏谣娘》则更不必说,其在民间演出时人人争睹:

> 举手整花钿,翻身舞锦筵。马围行处匝,人簇看场圆。歌要齐声
> 和,情教细语传。不知心大小,容得许多怜。
>
> ——常非月《咏谈容娘》①

一边是表演者声情并茂,一边是观赏者满心怜爱,双方已有细腻的情感交流。此外,《旧唐书》记载,达官贵人也以模仿该剧作为宴饮的娱兴节目之一:

> 中宗数引近臣及修文学士,与之宴集。尝令各效伎艺,以为笑乐。
> 工部尚书张锡为谈容娘舞……②

以尚书之尊,作女子舞蹈之状,颇为调笑逗乐,宫廷中也有善演此戏而闻名者:"苏五奴妻张四娘善歌舞,亦姿色,能弄踏谣娘。"③亦可见民间歌舞戏对宫廷的影响。

据宋人宋敏求《长安志》卷六载:"昭宗宴李继昭等将于保宁殿,亲制成功曲以褒之,仍命伶官作《樊哙排君难》杂戏以乐之。"④《唐会要》记载更具体:"光化四年,正月,宴于保宁殿。上制曲,名曰《赞成功》,时盐州雄毅军使孙德昭等杀刘季述反正,帝乃制曲以褒之,乃作《樊哙排君难》戏以乐焉。"⑤这出戏实际是借"鸿门宴"的故事,褒"扶倾济难忠烈功臣"孙德昭的。段成式在《酉阳杂俎》续集卷四"贬误"条称,他在唐文宗太和(公元827—835年)末年时,曾"因弟生日观杂戏"⑥。

---

① 《全唐诗》卷511《咏谈容娘》。
② 《旧唐书》卷189下《郭山恽传》。
③ (唐)崔令钦:《教坊记》,辽宁教育出版社1998年版,第3页。
④ (宋)宋敏求:《长安志》卷6,载《中国地方志丛书》,台湾成文出版社1970年版,第144页。
⑤ 《唐会要》卷33。
⑥ (唐)段成式撰:《酉阳杂俎》续集卷4,中华书局1985年版,第211页。

　　唐代歌舞戏多在宴会时表演,宫廷如此,官家亦如此,即或在民间,也成为富户豪民庆贺宴饮的娱乐项目之一。《太平广记》记载,唐营丘豪民陈癫子家室殷富,藏镪百万,"每年五月值生辰,颇有破费。召僧道启斋筵,伶伦百戏毕备。斋罢,伶伦赠钱数万。"①富室豪家,庆祝生日时不仅要置斋筵,还要出资请百戏表演。窥一斑而知全豹,正是这种互利互惠,使歌舞戏等表演在唐代得以繁荣。

　　唐代歌舞戏在民间的演出场所,最普遍的当是露天广场,其他还有所谓"戏场"。实际上隋代的有关史料显示,当时已有作为游乐之所的戏场,薛道衡的诗作记载了洛阳正月十五的戏场热闹非凡,所谓"万方皆集会,百戏尽来前"、"佳丽俨成行,相携入戏场"、"宵深戏未阑,竞为人所欢"②。而据钱易《南部新书》讲述唐代的戏场云:

　　　　长安戏场,多集于慈恩。小者在青龙,其次荐福、保寿。尼讲盛于保唐,名德聚之安国。士大夫之家入道,尽在咸宜。③

　　可见至少诸寺庙是一活动场所,因为慈恩、青龙、荐福、保寿、保唐、安国等经考证都是长安城里的寺庙。其中慈恩寺的戏场较多,连唐朝公主都到该处观戏。《资治通鉴》载:"大中二年冬十一月,万寿公主适起居郎郑颢……颢弟颐,尝得危疾,帝遣使视之。还,问公主何在。曰:'慈恩寺观戏场'。"④

　　唐代歌舞戏表演十分兴盛,但是民间演出的记载并不多。有的歌舞戏超出了纯粹娱乐的社会功能,具有了禳解避凶的内涵,如唐慧琳《一切经音义》卷四一"苏幕遮"条称:"每年七月初,公行此戏,七日乃止。"⑤与民间信仰习俗结合得更紧。有的民间歌舞戏通过教坊传入宫廷,引起了统治者的

---

①　(宋)李昉等:《太平广记》卷257"陈癫子"条,中华书局1961年版,第2001页。
②　(唐)徐坚:《初学记》,京华出版社2000年版,第579—580页。
③　(宋)钱易:《南部新书》戊,中华书局2002年版,第67页。
④　《资治通鉴》卷248《唐纪六十四》。
⑤　(唐)释慧琳撰:《一切经音义》,台湾大通书局1985年版,第868页。

兴趣。帝王官员以模仿歌舞戏为乐，说明其已经深受喜爱。这是歌舞戏得以保留并进而常演下去的重要条件。与此同时，教坊乐人也未尝不会在传演民间歌舞戏的过程中改进自己的传统节目，交流和借鉴的存在是可以根据常理推测出来的。另外，就其自身形态来说，歌舞戏里逐渐有了说白，反映出其向综合艺术发展过渡的趋势，而像《踏谣娘》这样的歌舞戏，已经兼备音乐、歌唱、舞蹈、表演、说白五种伎艺，并演绎情节较为完整的故事，所以有部分学者认为，"踏谣娘为唐代全能之戏剧……"①或者以此认定戏曲形成于唐代。不过，也有学者以为《踏谣娘》还只是民间歌舞小戏，从其使用音乐（河北民间音乐），舞蹈（且行且歌，摇顿其身），角色（二小戏、三小戏），妆扮（男扮女装、生活常服），表演场地（除地为场），故事内容（生活琐事）和演出风格（滑稽笑闹）可以看出。②

除了歌舞戏以外，隋唐俳优戏作为一个生机勃勃的流行戏剧典型，也被定格在戏剧发展的历史舞台上，它是承继宫廷优戏的传统而来的。

唐代人对于俳优戏已表述了自己的看法。孔颖达在《春秋左传正义》中说："优者，戏名也。《晋语》有优施，《史记·滑稽列传》有优孟，皆善为优戏，而以优著名。是优、俳一物而二名也……今之散乐，戏为可笑之语，而令人之笑是也。"③孔颖达所说的"散乐"，与杜佑《通典》中"散乐"是同一个概念，即所谓"俳优歌舞杂奏"，包含了俳优戏、歌舞戏。但孔颖达的"散乐"在这里侧重指"俳优戏"。

实际上，孔颖达从唐代"俳优戏"的现状去审视古代的俳优，表现的是唐代人的观念。其戏剧观念可以表述为：戏剧可供人们观赏娱乐，即"戏为可笑之语，而令人之笑"，一是俳优戏本身要含有"可笑之语"，二是"可笑之语"带给人们的效果是"令人之笑"。

唐宣宗则明确地对优人祝汉贞说："我养汝辈，供戏乐耳"④，把优人当作娱乐的工具，自然而然地将戏剧也当作了娱乐的工具。

---

① 任半塘：《唐戏弄》，上海古籍出版社 1984 年版，第 497 页。
② 曾永义：《戏曲源流新论》，文化艺术出版社 2001 年版，第 42 页。
③ 《春秋左传注疏》，中华书局影印阮刻本 1980 年版，第 1488 页。
④ （宋）王谠撰，周勋初校证：《唐语林校证》，中华书局 1987 年版，第 90 页。

从现存的资料看,唐代的俳优戏主要表现为参军戏。

关于参军戏的起源和名称问题,一般有两种说法。一见于《赵书》记载:

> 石勒参军周延为馆陶令,断官绢数万匹,下狱,以八议宥之。后每大会,使俳优著介帻,黄绢单衣。优问:"汝何官,在我辈中?"曰:"我本馆陶令。"斗数单衣,曰:"正坐取是,入汝辈中。"以为笑。①

王国维考订《赵书》时认为:"汉之世,尚无参军之官,则《赵书》之说殆是。此事虽非演故事而演时事,又专以调谑为主,然唐宋以后,脚色中有名之参军,实出于此。"②

另见于《乐府杂录·俳优》记载:

> 开元中,黄幡绰、张野狐弄参军,始自后汉馆陶令石耽。耽有赃犯,和帝惜其才,免罪,每宴乐即令衣白夹衫,命优伶戏弄辱之,经年乃放。后为参军,误也。

> 开元中,有李仙鹤善此戏,明皇特授韶州同正参军,以食其禄。是以陆鸿渐撰词云韶州参军,盖由此也。武宗朝,有曹叔度、刘泉水,咸通以来,即有范传康、上官唐卿、吕敬迁等三人。③

对比两段史料,可以发现二者实有共通之处:都以优伶扮演犯官为笑乐,而且提到的两名犯官都是馆陶令。曾永义的《戏曲源流新论》解释说,参军戏"论其表演形式,则始于东汉和帝之石耽;论其名称,则定于后赵石勒之周延"④,这一说法是比较妥当的。因为虽然后汉石耽不是参军,但因

---

① (宋)李昉:《太平御览》卷569引,中华书局1960年版,第2571页。
② 王国维:《宋元戏曲考》,载《王国维戏曲论文集》,中国戏剧出版社1957年版,第3页。
③ (唐)段安节:《乐府杂录》,古典文学出版社1957年版,第20—21页。
④ 曾永义:《戏曲源流新论》,文化艺术出版社2001年版,第44页。

为案例和遭遇与周延类似,二人的背景中又都有一个"关键词"——馆陶令,所以被相互联系起来,指称特殊的戏剧题材与人物装扮并以时序稍后者的官衔定名。

参军戏因其来历和表演内容,在唐代宫廷中比较盛行。唐玄宗时期,黄幡绰、张野狐、李仙鹤都是表演参军戏的名优。其中,李仙鹤还因为参军戏演得好,被特授为韶州同正参军,并享受参军俸禄。到武宗朝,擅演参军戏的有曹叔度、刘泉水等人,而唐懿宗时,表演参军戏的佼佼者为范传康、上官唐卿、吕敬迁三人。另外,据赵璘《因话录》卷一记载,唐肃宗在位期间也有参军戏表演,而且很受欢迎:

> 政和公主,肃宗第三女也,降柳潭。肃宗宴于宫中,女优有弄假官戏,其绿衣秉简者,谓之参军桩。天宝末,蕃将阿布思伏法,其妻配掖庭,善为优,因使隶乐工。是日遂为假官之长,所为桩者。上及侍宴者笑乐,公主独俯首颦眉不视,上问其故,公主遂谏曰:"禁中侍女不少,何必须得此人?使阿布思真逆人也,其妻亦同刑人,不合近至尊之座。若果冤横,又岂忍使其妻与群优杂处为笑谑之具哉。妾虽至愚,深以为不可"。上亦悯恻,遂罢戏,而免阿布思之妻。由是贤重公主。①

李商隐的《骄儿诗》中也曾提道:

> 归来学客面,闭败秉爷笏。或谑张飞胡,或笑邓艾吃。豪鹰毛崒屼,猛马气佶傈。截得青篔筜,骑走恣唐突。忽复学参军,按声唤苍鹘。又复纱灯旁,稽首礼夜佛……②

小孩子时而模仿说书人口中张飞和邓艾的言行样貌,时而又模仿参军戏里参军和苍鹘的彼此打诨。显然,只有时常观戏才能进而模仿。唯其如

---

① （唐）赵璘:《因话录》卷1,上海古籍出版社1957年版,第69页。
② 《全唐诗》卷541《骄儿诗》。

此,张飞、邓艾这两个历史人物,以及参军、苍鹘这两个民间参军戏表演中的典型角色,才能在幼童的心中留下深刻的印象。

参军和苍鹘是参军戏里的两个重要角色。一般来说,他们表演的整体基调是诙谐滑稽的,参军一角模仿的是官员一类的人物,苍鹘一角则主要是为参军配戏,二人形成一种主从关系,共同完成问答调笑的演出。目前在已知的文献资料中并没有参军戏演出具体情况的详细记载,今人所能知道的概括起来有以下几点:第一,参军戏的起始,是对犯官的戏谑,受到侮辱戏弄的是参军,但在参军戏的发展过程中也逐渐出现与参军搭档的苍鹘成为被参军戏谑的对象的表演形态。第二,参军戏的表演者已有相对固定的妆扮。参军,一般是"绿衣秉简"①,苍鹘,则一般"鹑衣髦髻"、"总角敝衣"。第三,参军戏有男扮,也有女扮。男扮是依循常例,女扮则可能是在参军戏与歌舞戏相互结合的过程中出现的。除了宫廷中有阿布思妻扮"参军桩"以外,根据《云溪友议》记载,至少在唐文宗统治的时候,参军戏流入民间,并已有女扮:"乃有俳优周季南、季崇及妻刘采春,自淮甸而来,善弄陆参军,歌声彻云,篇韵虽不及涛,容华莫之比也。元公似忘薛涛,而赠采春诗曰:'新妆巧样画双蛾,幔里恒州透额罗。正面愉轮光滑笏,缓行轻踏皴文靴。言词雅措风流足,举止低回秀媚多。更有恼人肠断处,选词能唱《望夫歌》。'"②

周季南、周季崇、刘采春等人组成的实际上是民间的一个家庭戏班,他们表演的陆参军也属于参军戏。周氏的家庭戏班,流动性比较大,不仅在淮甸演出过,也到浙东演出。可以设想,当时其他的戏班也是要在流动演出中谋求生计的。通过史料可见,在民间流传的过程中,刘采春时代的参军戏已经与宫廷演出中二角挤眉弄眼、作揖唱喏,一味调笑戏谑有所区别,比较注重表演和演唱,同时,演员的表演变一对一为一对多,装扮也比较讲究,舞台形象比过去的"绿衣秉简"、"荷衣木简"生动秀美了许多。唐代参军戏在今天还有遗韵。山西曲沃任庄村许氏家族有一种世代传承的扇鼓傩祭活动,

---

① (唐)赵璘《因话录》卷一所谓:"肃宗宴于宫中,女优有弄假官戏,其绿衣秉简者,谓之参军桩"是也,"荷衣木简",姚宽《西溪丛语》(下)引《吴史》:"徐知训怙威骄淫,调谑王,无敬长之心。尝登楼狎戏,荷衣木简,自称参军,令王墨髻鹑衣,为苍头以从。"

② (唐)范摅:《云溪友议》卷下"艳阳词"条,古典文学出版社1957年版,第63页。

有学者认为,从其滑稽调笑的风格以及角色形制的特点,依然可以感受到唐代参军戏"参军"、"苍鹘"的历史影响。在今天的唐代古墓葬中,也有不少参军戏的遗迹,如西安西枣园唐墓戏弄俑、西安插秧村唐墓戏弄俑、五代南唐李昪墓戏弄俑等多有唐代参军戏的遗韵①。另外,在新疆吐鲁番也出土了参军戏俑。通过这些神态可掬的戏弄俑,我们大致能一窥唐参军戏表演的状态。

隋唐歌舞戏兴盛,宫廷和民间的一致认可,使世俗歌舞艺术获得极大的发展,为戏剧曲牌、宫调、声韵以及身段、动作的成熟提供了有益的借鉴。而隋唐参军戏,角色分工明确,故事表演日渐丰富,整体风格滑稽诙谐,不仅为戏剧角色体制的完备做出贡献,还在戏剧主体的发展历史中占据了一席之地。歌舞戏和参军戏虽然是在中国戏剧发展的两个向度上(参军戏乃俳优一路,歌舞戏乃原始歌舞一路)分别延续下来的,但是,隋唐时期,参军戏与歌舞戏在同一环境下形成的亲和关系,加速了彼此间的渗透,使其为中国戏剧综合歌舞、科白、表演等的基本面貌打下了基础。此外,唐代还有傩戏、乞寒戏等。

总之,唐代是我国歌舞百戏互相吸收,迅速发展,综合完善的重要时期。唐代的歌舞百戏为宋元明清的杂剧、传奇、戏曲等的成熟奠定了良好的基础。

三、民谣

民谣即指民间流行的歌谣。《尔雅·释乐》云:"徒歌谓之谣。"②《诗经·魏风·园有桃》:"心之忧矣,我歌且谣。"③清代学者杜文澜在《古谣谚》中说:"徒歌谓之谣,言无乐而空歌,其声逍遥然也……有章句曰歌,无章句曰谣……肉声,其言出自胸臆,不由人教也。"④笔者这里说的"歌谣"

---

① 引自钟敬文主编,韩养民等著:《中国民俗史》(隋唐卷),人民出版社 2008 年版,第 480 页。

② (晋)郭璞注,(宋)邢昺疏:《尔雅注疏》,北京大学出版社 2010 年版,第 274 页。

③ 张树波编著:《国风集说》(下册),河北人民出版社 1993 年版,第 909 页。

④ (清)杜文澜辑:《古谣谚》,中华书局 1958 年版,第 1052—1074 页。

是指口头相传、动听上口、流行于民间、没有伴奏的韵语,也叫民谣。

隋唐时期,"行人南北尽歌谣"①,"人来人去唱歌行"②,民间口头传唱着不少歌谣。

唐代民谣粗略来分,可分三大类:一类往往与重大的政治事件有关,一类是讽咏时事的,还有一类是风俗及市井谐趣类民谣。

与重大政治事件有关的民谣,也有人称为政治预言类。说是"预言",但并非都创作于事发之前。有些是事前造势,有些是事前人们的预感,有些也可能是事后的总结等。《全唐诗》中的《唐受命谶》是暗示李唐王朝受命于天的民谣,谣曰:"桃李子,鸿鹄绕阳山,宛转花林里。莫浪语,谁道许。桃李子,洪水绕杨山……"③其中"杨"指隋杨,"李"指李唐。唐武德初童谣:"豆入牛口,势不得久。"其后窦建德果然失败。唐德宗时童谣:"一只箸,两头朱。五六月,化为蛆。"两个月后,叛将朱泚果然兵败而死。元和初童谣:"打麦、麦打。三三三,舞了也。""舞"、"武"谐音,是年六月三日打麦时节,宰相武元衡果然为盗所击杀。这些童谣大多记录于两《唐书》的《五行志》中,显然是为证明"天人感应"的应验。天宝中,安禄山反状已明,路人皆知,幽州谣即唱道:"旧来夸戴竿,今日不堪看。但看五月里,清水河边见契丹。"而另一首童谣唱到:"燕燕飞上天,天上女儿铺白毡,毡上有千钱"。这是《新唐书·五行志》卷二中所记的童谣,它预言了安禄山的谋反。安禄山在范阳起兵,第二年即在洛阳窃号燕国。唐僖宗时连岁凶荒,人饥为盗,黄巢遂率众起义,即有童谣:"欲知圣人姓,田八二十一;欲知圣人名,果头三屈律。"后黄巢兵败,东入泰山,至狼虎谷,为其将林言所杀,亦有童谣:"黄巢走,泰山东,死在翁家翁。"

从许多记载来看,一些政治预言类民谣的产生乃是事先炮制好的。而有些难以辨别其时间,这些民谣或征兆于事发之前或出现于事后。如关于武则天得势的童谣云:"莫浪语,阿婆嗔,三叔闻时笑杀人。"④这里的"阿

---

① 《敦煌曲子词·望远行》,见《敦煌曲子词集》,商务印书馆 1956 年版,第 931 页。
② 《全唐诗》卷 365《竹枝》。
③ 《全唐诗》卷 875《唐受命谶》。
④ 上海古籍出版社编:《唐五代笔记小说大观》,上海古籍出版社 2000 年版,第 11 页。

婆"即指武则天,三叔者,孝和为第三也。后来则天果然即位,至孝和嗣之。再以关于韦氏之乱的民谣为例,当时童谣曰:"可怜安乐寺,了了树头悬。"据《朝野佥载》卷一记载,安乐公主曾于景龙年间在洛州道光坊,耗费数百万钱造安乐寺。后来其母韦氏被诛杀,安乐公主也一起被杀,其首级被悬于竿上,这则童谣当是事后总结。此外也有歌谣唱杨贵妃的,如《新唐书·五行志》卷三四记载,天宝时童谣曰:"义髻抛河里,黄裙逐水流。"这是根据杨贵妃生前爱穿黄色衣裙,爱戴假发的特征创作的,史家附会,这则民谣是杨贵妃的死亡预言。现在看来,也有可能是事后总结。尽管难以判断,但"月晕而风,础润而雨"①,社会上有此童谣,也并非偶然。

第二类是讽咏时事的民谣,主要可分为三方面,其一是歌颂官员政绩,对代表社会公道的官员进行歌颂和赞美的;其二是讽刺、调侃贪鄙无能之官吏的;其三是反映社会百态的。

任何社会,民众都向往公正和道义,民谣中对官员政绩的歌颂,正是这种心理的表达。如郭茂倩《乐府诗集》卷八十七杂歌谣辞五"唐天宝中京师谣"云:"欲得米麦贱,无过追李岘"。旁引《唐书》注曰:"李岘为京兆尹,甚著声绩。天宝中,连雨六十馀日。宰臣杨国忠恶其不附己,以雨灾归京兆尹,乃出为长沙太守。时京师米麦踊贵,百姓为之谣。其为政得人心如此。"这种民谣传达的是百姓对贤吏衷心的赞美。又如颜游泰为廉州刺史,抚恤境内,敬让大行,邑里传《颜有道歌》:"廉州颜有道,性行同庄老。爱人如赤子,不杀非时草。"而《全唐诗》中的《袁仁敬歌》云:"天不恤冤人兮,何夺我慈亲兮。有理无申兮,痛哉安诉陈兮"②。这首歌谣是开元二十一年由狱中囚犯口中传出的,它表达了狱中系囚对爱民如子的大理卿袁仁敬暴卒的深深哀恸和怀念之情。薛大鼎为沧州刺史,治理无棣河,引鱼盐于海,民间传《新河歌》:"新河得通舟楫利,直达沧海鱼盐至。昔日徒行今骋驷,美哉薛公德滂被。"民谣《时人为屈突语》云:"宁食三斗艾,不见屈突盖。宁服

---

① (宋)苏洵:《辨奸论》,"事有必至,理有固然,惟天下之静者,乃能见微而知著。月晕而风,础润而雨,人人知之。"

② 《全唐诗》卷874《袁仁敬歌》。

三斗葱,不逢屈突通。"①这首歌谣是赞美屈突通正直廉洁、秉公执法的官吏形象的。民谣《万年人语》云:"宁饮三斗尘,无逢权怀恩。"②权怀恩作万年县令时,公正严明,敢于同恶势力作斗争,这首歌谣表达了人们对权怀恩的崇敬之情。而民谣:"洛州有前贾后张,可敌京兆三王。"则是民众对政绩卓著,公正无私,并先后做过洛州刺史的高宗朝大臣贾敦颐、中宗朝大臣张仁愿的赞美。

民谣不仅赞颂官员,也歌颂市井贤人。《唐国史补》卷中记载:"宋清,卖药于长安西市。朝官出入移贬,清辄卖药迎送之。贫士请药,常多折券,人有急难,倾财救之。岁计所入,利亦百倍。长安言:'人有义声,卖药宋清。'"③民谣使宋清扬名长安城。

讽咏人物时事的民谣中,更多的是讽刺调侃类。其讽刺、调侃的对象,大多为各级官员,也不乏万人之上的皇帝。如《朝野金载》卷四记载:"则天革命,举人不试皆与官,起家至御史、评事、拾遗、补阙者,不可胜数。张鷟为谣曰:"补阙连车载,拾遗平斗量。杷推侍御史,碗脱校书郎。"④而时人沈全交对此也深有所感,读到张鷟所作歌谣后,傲诞自纵的他又在后面续到:"评事不读律,博士不寻章。面糊存抚使,眊目圣神皇。"⑤进一步讽刺了当时的官员大都不学无术而又泛滥成灾的社会现实。又如唐中宗的皇后韦氏性情泼辣狠毒,飞扬跋扈,中宗颇为惧怕。《本事诗·嘲戏》中对唐中宗也进行了调侃:"中宗朝,御史大夫裴谈崇奉释氏。妻悍妒,谈畏之如严君。时韦庶人颇袭武氏之风轨,中宗渐畏之。内宴唱《回波词》,有优人词曰:'回波尔时栲栳,怕妇也是大好。外边只有裴谈,内里无过李老。'韦后意色自得,以束帛赐之。"⑥

唐代的科举取士为极少数文士提供了平步青云的机会,更使绝大多数文人羁绊、饮恨终生。因而民谣中也有调侃、嘲讽科举制度或主考官的。

① 《全唐诗》卷 874《新河歌》。
② 《全唐诗》卷 876《万年人语》。
③ 上海古籍出版社编:《唐五代笔记小说大观》,上海古籍出版社 2000 年版,第 186 页。
④ (唐)张鷟撰:《朝野金载》卷 4,中华书局 1985 年版,第 47 页。
⑤ 上海古籍出版社编:《唐五代笔记小说大观》,上海古籍出版社 2000 年版,第 50 页。
⑥ (唐)孟棨:《本事诗》,古典文学出版社 1957 年版,第 24 页。

《唐摭言》卷一云"太宗皇帝真长策,赚得英雄尽白头"①。再如《唐摭言》卷八记载,考官郑薰为侍郎,不做深入地分析调查,稀里糊涂地以为考生颜标就是殉节的颜鲁公之后,因而误定考生颜标为状元,因而无名氏做民谣嘲讽其曰:"主司头脑太冬烘,错认颜标作鲁公。"②除此之外,有的民谣还讽刺了考官的不学无术或学识浅陋。如《朝野佥载》卷四记载,吏部侍郎姜晦,既无才学,又无能力,滥掌铨衡。故时人讽之曰:"……案后一腔冻猪肉,所以名为僵尸郎。"③这首歌谣通过谐音进行调侃,以"僵"谓"姜",以"尸"谓"侍",生动形象地揭示了姜晦姜侍郎的不学无术。据《唐摭言》卷十三云,崔澹任考官时,恰逢黄巢起义,而崔澹却出了一个极其不合时宜的试题,试题名为《以至仁伐至不仁赋》,因此有人嘲弄崔澹曰:"主司何事厌吾皇,解把黄巢比武王。"④

　　贪婪无德的官吏在封建社会是很多的,唐代民谣中对此也多有嘲讽。张鷟《朝野佥载》卷二记载:"王熊为泽州都督,府法曹断掠粮贼,惟各决杖一百。通判,熊曰:'总掠几人?'法曹曰:'掠七人。'熊曰:'掠七人,合决七百'。法曹曲断,府司科罪。时人哂之。前尹正义为都督公平,后熊来替,百姓歌曰:'前得尹佛子,后得王癫獭。判事驴咬瓜,唤人牛嚼沫。见钱满面喜,无镪从头喝。尝逢饿夜叉,百姓不可活。'"⑤百姓用"王癫獭"形象地讽刺了王熊混世无能而又贪得无厌的本性。民谣对那些贪官污吏、权臣恶棍切齿痛恨。据《朝野佥载》卷四记载,唐先天中,姜师度乱开沟渠,致使棣州全县百姓被淹,而姜师度不仅没受责罚,反而通过欺骗手段一再高升。傅孝忠做太史令时,自称能占星纬,实际上两人都是凭欺骗手段平步青云的。所以谣曰:"姜师度一心看地,傅孝忠两眼相天"⑥,这是对官僚姜师度与傅孝忠的无情讽刺。宣宗时,曹确、杨收、徐商、路岩身居高位,但不思有为,而

　　①　(五代)王定保:《散序进士》,《唐摭言》卷1,上海古籍出版社1978年版,第5页。
　　②　(五代)王定保:《误放》,《唐摭言》卷8,上海古籍出版社1978年版,第88页。
　　③　(唐)张鷟撰:《朝野佥载》卷4,中华书局1985年版,第49页。
　　④　(五代)王定保:《无名子谤议》,《唐摭言》卷13,上海古籍出版社1978年版,第153页。
　　⑤　(唐)张鷟撰:《朝野佥载》卷2,中华书局1985年版,第28页。
　　⑥　(唐)张鷟撰:《朝野佥载》卷4,中华书局1985年版,第48—49页。

是一味横征暴敛,遭世人痛恨。《全唐诗》中的《嘲四相》即是对这四人的辛辣讽刺:"确确无余事,钱财总被收。商人都不管,货赂几时休。"①这首歌谣深切地揭露了四人的丑恶行径,更妙在四句歌词分别包含了四人姓名中的一个字。

民谣还是世态人情的一扇窗口,给我们呈现了唐代社会的方方面面。其中有表现普通民众对富贵的无比艳羡,如《东城老父传》中记载,玄宗喜欢斗鸡,贾家小儿贾昌因善斗鸡而坐享荣华富贵,其父也因此在死后备受恩遇。时人有谣曰:"生儿不用识文字,斗鸡走马胜读书。贾家小儿年十三,富贵荣华代不如。能令金距期胜负,白罗绣衫随软舆。父死长安千里外,差夫持道挽丧车。"②这民谣,既有对贾昌的羡慕,也有对玄宗的讽刺。封建社会"一人得道,鸡犬升天"的事情可谓多矣,前引贾昌即是一例。杨贵妃的兄弟姐妹也因其得幸而备极恩宠,民谣有云:"男不封侯女作妃,看女却为门上楣。""生女勿悲酸,生男勿喜欢。"③这其中有总结、有艳羡,也不乏讽刺。唐代谣谚也有感叹势利之交的,据《太平广记》卷四百记载:邹骆驼本以推小车卖蒸饼为业,实乃长安贫人,后因偶得数斗金暴富,缘于有钱,"其子昉,与萧佺驸游"。因而谣谚曰:"萧佺驸马子,邹昉骆驼儿。非关道德合,只为钱相知。"④一针见血地指出了世俗社会的特质。唐人虽羡慕富贵,但对金玉其外、败絮其中之人却充满了鄙视。武则天时,洛阳许、郝为望族,据《古谣谚》卷五十四引韦述《两京记》云:"两家子弟类多丑陋,而盛饰车马,以游里巷,京洛为之语曰:'衣裳好,仪观恶。不姓许,即姓郝。'"⑤

而收集在《广神异录》、《朝野金载》及刘半农主编的《敦煌掇琐》、杜文澜辑校的《古谣谚》等中的隋唐民谣,有很多真正传达了百姓的心声,真实深刻地表现了当时下层人民的种种苦难生活,及对社会黑暗愤怒的控诉和强烈的抗议。

---

① 《全唐诗》卷872《嘲四相》。
② 汪辟疆编:《唐人小说》,上海古籍出版社1978年版,第113页。
③ 汪辟疆编:《唐人小说》,上海古籍出版社1978年版,第117页。
④ (宋)李昉等编:《太平广记》,中华书局1961年版,第3216页。
⑤ (清)杜文澜辑:《古谣谚》,岳麓书社1992年版,第505页。

　　封建文人感叹人生苦短,百姓却认为生不如死,活着时家徒四壁,饥饿难耐,死了却可以"入家偷吃饱",《身卧空堂内》便反映了老百姓的这种无奈心理:"身卧空堂内,独坐令人怕。我今避头去,抛却空闲舍。你道生时乐,吾道死时好。死即长夜眠,生即缘长道。生时愁衣食,死鬼无釜灶。愿作掣拨鬼,入家偷吃饱。"①农夫们全家辛勤劳作,却还是"无米复无柴":"妇即客春捣,夫即客扶犁。黄昏到家里,无米复无柴。"②生活本已困苦不堪,却还得受着横征暴敛的逼迫,"门前见债主,入户见贫妻,舍漏儿啼哭,重重逢苦哉。"③现实是如此的残酷。

　　农民的生活难以维持,而小手工业者的生活也悲惨无比。《工匠莫学巧》就描写了小工匠的辛酸:"工匠莫学巧,巧即他人使。身是自来奴,妻亦官人婢。夫婿暂时无,曳将仍被耻。未作道与钱,作了擘眼你。"④被雇用的工匠像奴隶一样被驱使,妻子也要跟着当奴婢,受多种虐待,遭严厉申斥,却没有任何工钱。

　　隋唐时期繁重的兵役、徭役,带给人民的灾难是深重的,这在民谣中也得到真切的反映。《天下恶官职》便是对战争的控诉:

　　　　天下恶官职,不过是府兵。四面有贼动,当日即须行。有缘重相见,业薄即隔生。逢贼被打煞,五品无人诤。生住无常界,攘攘满街行。只拟人间死,不肯佛边生。⑤

　　这是控诉府兵制的罪恶。唐时规定,男丁20岁充兵役,每年轮番宿卫

① 《王梵志诗·身卧空堂内》。据冯翊《桂苑丛谈》及《太平广记》卷82记载:王梵志,卫州黎阳(今河南省浚县)人也。黎阳城东十五里有王德祖者,当隋之时,家有林擒树,生瘿大如斗。经三年,其瘿朽烂。德祖见之,乃撤其皮,遂见一孩儿抱胎而出,因收养之。至七岁能语,问曰:"谁人育我?"及问姓名。德祖具以实告:"因林木而生,曰梵天(后改曰志)。我家长育,可姓王也。"作诗讽人,甚有义旨。盖菩萨示化也。
② (唐)王梵志著,项楚校注:《王梵志诗校注》,上海古籍出版社1991年版,第651页。
③ (唐)王梵志著,项楚校注:《王梵志诗校注》,上海古籍出版社1991年版,第645—651页。
④ (唐)王梵志著,项楚校注:《王梵志诗校注》,上海古籍出版社1991年版,第187页。
⑤ (唐)王梵志著,项楚校注:《王梵志诗校注》,上海古籍出版社1991年版,第186页。

京师,有战事则自备器械粮食出征,战事完毕则兵归于道,60 岁方能免役。作者起首即谓府兵是天下最恶的官职,再具体描写其恶之所在。

对于被征服徭役,人民既愤懑,又恐惧。《男女有亦好》写道:"男女有亦好,无时亦最精。儿在愁他役,又恐点着征。一则无租调,二则绝兵名。闭门无呼唤,耳里桎星星。"①"男女有亦好"这本是最正常的人生希望,但"儿在愁他役,又恐点着征",繁重的徭役,使人们惊惶不安,便感慨"无时亦最精"。动乱的社会,使人们的心理发生了畸形的变化。

于是,民谣对那些不劳而获的富家子弟、贪官污吏切齿痛恨。王梵志诗《富饶田舍儿》写道:

> 富饶田舍儿,论请实好事。度种如生田,宅舍青烟起。槽上饲肥马,仍更卖奴婢。牛羊共成群,满圈养生子。窖内多埋谷,寻常愿米贵。里政追役来,坐着南厅里。广设好饮食,多须劝遣醉。追车即与车,须马即与马。须钱即与钱,和市亦不避。索面驴驼送,续后更有雉。官人应须物,当家皆具备。县官与恩宅,曹司一家事。纵有重差科,有钱不怕你。②

这里写的"富饶田舍儿"即当时的大地主。他们与官府本是一家,因而与差科无缘,过着天堂一般的生活。人们常称道杜甫的"朱门酒肉臭,路有冻死骨",从民谣里我们更看到了真实具体、形象逼真的描写。

《两京童谣》更反映了诉讼的黑暗:"不怕上蓝单,惟愁答辩难。无钱求案典,生死任都官。"③有钱就可黑白颠倒,无钱就生死由人。

当然,也有的童谣从一个侧面映现出当时的社会矛盾。

唐高宗永淳元年(682 年),东都大雨,人多殍踣,即有童谣:"新禾不入箱,新麦不入场。迨及八九月,狗吠空垣墙。"④写出了本已贫至骨髓的老百

---

① 刘复辑:《敦煌掇琐》30 引伯希和卷 3418,台北新文丰出版公司 1985 年版,第 171 页。
② (唐)王梵志著,项楚校注:《王梵志诗校注》,上海古籍出版社 1991 年版,第 269 页。
③ (清)杜文澜辑:《广神异录》,《古谣谚》卷 67 引,中华书局 1958 年版,第 773 页。
④ 《新唐书》卷 35《五行志二》。

姓在大灾之年因食物匮乏而导致的生命凋敝。

也有一些民谣是老百姓发自肺腑的对英雄的礼赞。如唐高宗时，薛仁贵击九姓突厥于天山，发三矢，射杀三人，其余皆下马请降，突厥不复更为边患，军中遂传《薛将军歌》："将军三箭定天山，战士长歌入汉关。"也有礼赞武则天的，如武则天时童谣："红绿复裙长，千里万里闻香。"

此外，唐代还有一些风俗及市井谐趣类民谣，这些民谣的传唱历史悠久。比如民谣"春光且莫去，留与醉人看"就是唐代长安贵族之家春日游赏曲江之时哼唱的。游赏之时，人们剪百花装饰成狮子绣球，以蜀锦流苏牵之，互相赠送。《蜥蜴求雨歌》则是具有浓郁民俗气息的民谣。古人认为蜥蜴与龙同源，因此把蜥蜴作为求雨的神物。据说，求雨的时候，小孩子要穿着青衣，拿着青竹边跳舞边唱歌谣，谣曰："蜥蜴，蜥蜴，兴云吐雾。雨若滂沱，放汝归去。"①这种民俗活动往往离不开民谣，而民谣也使得这种民俗活动得以发扬和传承。民俗与歌谣相依相存，紧密联系，而笔记小说《北里志·张住住》中则极为生动地展示了京都市井谐趣类民谣，其中的"张公吃酒李公颠"②等民谣更是长期流传于民间。这些民谣也具有更突出的平民风格和趣味。

一般情况下，研究者往往只重视民间口口相传的民谣，对文人谣不太重视，这是不全面的。唐代的很多民谣是由文人创作而后传唱于民间的。因而，唐代民谣的作者是非常复杂的，有官吏，有文人，更多的来自老百姓。

唐代一些文人专门创作民谣俗语，像开元、天宝时的陆羽"学赡辞逸刃"，曾"作诙谐数千言"。③《新唐书·令狐楚传》载，德宗时，"时许正伦者，轻荡（薄）士，有名长安间，能作蜚语。"④《唐语林》卷八说："初，诙谐自贺知章，轻荡（薄）自祖咏，额语自贺兰广、郑涉。其后咏字有萧昕，寓言有李纾，隐语有张著，机警有李舟、张彧，歇后有姚岘、叔孙羽，讹语、影带有李

① 《全唐诗》卷 874《蜥蜴求雨歌》。
② （宋）孙棨：《北里志·张住住》："曲中唱曰：张公吃酒李公颠，盛六生儿郑九怜。"
③ 《新唐书》卷 196《隐逸传·陆羽》，"呜咽不自胜，因亡去，匿为优人，作诙谐数千言。"
④ 《新唐书》卷 166《令狐楚传》。

直方、独孤申叔,题目人有曹著。"①又如《朝野佥载》卷五记骆宾王曾做过民谣:"一片火,两片火,绯衣小儿当殿坐。"②史载,这是骆宾王为助徐敬业起兵讨伐武则天,欲拉裴炎一起造反而故意创作的。而武则天也为了除掉要挟自己下台的顾命大臣裴炎,故意利用骆宾王为徐敬业起兵编选的童谣:"一片火,两片火(两火为炎),绯衣(非衣为裴)小儿当殿坐",借以说明裴炎谋应反叛,乘机将这位极不恭驯的大臣下狱处死。而民谣《袁仁敬歌》明显也是由文人创作,然后传唱于民间的。

文人善于编造或进一步加工民谣俗语,月深年久自然浸染人心,起着载舟覆舟、舆论评价的无形力量,并通过民谣俗语一叶知秋,针砭时弊,成为强大而深沉的心理态势。

文人不仅亲自创作民谣,也对已有的民谣进行加工改造,如杜甫《兵车行》的"信知生男恶,反是生女好",就是对"生女勿悲酸,生男勿喜欢"这首民谣的改造。又如张籍《白鼍鸣》:"天欲雨,有东风,南溪白鼍鸣窟中。六月人家井无水,夜闻白鼍人尽起。"就效仿《三国志》卷五二《吴书·诸葛瑾传》中的一首讥谣:"白鼍鸣,龟背平,南郡城中可长生,守死不去义无成。"③

而有些民谣,被统治者出于自身目的而加以改造利用。如开元末,田同秀上言见到玄元皇帝老子,云有宝符在陕州桃林县古关令尹喜之宅,遂为殊祥,改县名为灵宝。陕县县尉崔成甫遂翻唱民间流行的《得体歌》为《得宝歌》:"得宝弘农野,弘农得宝耶,潭里船车闹,扬州铜器多。三郎当殿坐,看唱《得宝歌》。"后来,崔成甫又作歌词十章,集两县官伎女子唱之,自己还穿上缺袴绿衫锦半臂偏袒膊红抹额,在第一船上作号头唱之,和者女子百人,皆着鲜服靓妆,齐声接影,鼓笛胡部以应之。这种所谓民谣,实际上已经变味了。

---

①　(宋)王谠撰,周勋初校证:《唐语林校证》,中华书局1987年版,第744—745页。

②　上海古籍出版社编:《唐五代笔记小说大观》,上海古籍出版社2000年版,第66页。

③　《宋书·五行志》曰:"吴孙亮初,公安有白鼍鸣童谣。按南郡城可长生者,有急,易以逃也。明年,诸葛恪败,弟融镇公安,亦见袭。融刮金印龟,服之而死。鼍有鳞介,甲兵之象也。"《白鼍鸣》:"白鼍鸣,龟背平。南郡城中可长生,守死不去义无成。"

民谣在内容上往往具有强烈的叙事性与抒情性,在表现手法上,多运用谐音、双关等修辞手法,通俗易懂,朗朗上口,短小精悍。因而极易产生戏谑嘲讽的喜剧效果,所以在民间深受欢迎,广为流传。

民谣具有现实性,是社会的晴雨表,它反映着现实生活的方方面面。正是在隋唐的民间歌谣中,人们看到了这个社会真实的另一面。

四、谚语

谚语又称俚语等,为起源最早的民间俗语之一。我国早期的很多古典文献里都有对它的记载,如《尚书》:"俚语曰谚";《礼记·大学》释文:"谚,俗语也";《左传·隐公十一年》释文:"谚,俗言也";《国语·越语》韦注:"谚,俗之善谣也";《汉书·五行志》颜注:"谚,俗所传言也";《文心雕龙·书记》:"谚,直言也",等等。其别称甚多,如俗语、俗言、常言、鄙语、野语、鄙谚、谚语、俚语等,是民间认识自然和社会,总结生产经验、社会活动经验和一般生活经验而形成的定型的短语,多受当时风俗的影响。

谚语多贴近生活,明白通俗,言简意赅,大都富有一定的哲理性,音律和谐,句式整齐,运用多种修辞手法。谚语与歌谣有相似的地方。然而歌谣多可以歌唱而谚语不能歌唱,这是谚语与歌谣的主要区别。谚语是经验积累的结果,多富于哲理性,是主于知的,而歌谣则重在叙事或抒情。

谚语重"真"重"善",谚语的"真"表现在观察社会以世态人情为材料,观察自然界以经验知识为依据。谚语的"善",表现在使人通于人情世故,并按一定的规范去行事。谚语中有的知识也是很不正确的,偏向于迷信方面的议论。谚语更多的具有时代性和地方性的色彩。

谚语主要有两个来源:一是经典故训。原本是"典籍中的话",因为引用多了,逐渐"普遍化"了,连乡里间"愚夫"、"愚妇"也都晓得,就成为谚语。如:"少壮不努力,老大徒伤悲"是从古乐府来的,"当断不断,必受其乱"是从《史记》来的。谚语的另一个来源是"合于情理的话"。这些话,原本"出之于明达者的嘴里",因为听者觉得很对,很合于情理,于是以后遇着相同的事情发生时,也就引证这些话,一传十,十传百,渐渐为一般人所晓得,而最初究竟是谁说的,已无法知晓了。

隋唐时期的谚语就其内容说,也分为自然(包括生产经验)和社会(包括生活经验和社会经验)两类。

(一) 自然谚语

隋唐人对自然现象的观察大多带有直观性。如《旧唐书·礼仪志一》载景龙三年(709 年)唐中宗于 11 月 13 日乙丑冬至日亲祀南郊所引俗谣:"冬至长于岁。"①即是指冬至后阳气回升,白昼渐长,是有道理的。时至今日,民间犹谓:"过一冬至,长一权刺;过一腊八,长一权把;过一年,长一橡。"也是用农具比喻冬至后白昼越来越长。

这种直观,有的有规律性,有科学道理;有的仅是偶然现象,并不具有普遍性。《古谣谚》卷 57 引《朝野金载》逸文:

> 正月三白,田公笑嘀嘀。要宜麦,见三白。②

所谓"三白",据《农政全书》记载,冬至后第三戌为腊,腊前两三番雪谓之腊前三白。此为西北人谚,此地苦旱,小麦秋末下种,第二年是否有收成,全凭冬雪补充土壤水分。至于雪是腊前或正月则都于小麦有利。时至今日,陕西民谣犹谓:"今冬麦盖三层被,来年枕着馒头睡。"说明这是有规律性的科学总结。《太平广记》卷 139 载默啜所引俗谣:

> 春雨甲子,赤地千里。夏雨甲子,乘船入市。秋雨甲子,禾头生耳。冬雨甲子,牛羊冻死。③

雨之与物,贵在及时,否则即为苦雨;而物不同,对雨之需求亦不同。农谚谓:"麦倒泛,打一但;谷倒泛,连根烂。"指的是小麦孕穗时喜雨,谷子孕穗时苦雨。所以,不在乎是否在甲子日下雨。《古谣谚》卷 57 所引农家谚,与上引语虽同而义有别:

---

① 《旧唐书》卷 21《礼仪志一》。
② (清)杜文澜辑:《古谣谚》卷 57,中华书局 1958 年版,第 682 页。
③ (宋)李昉等编:《太平广记》,中华书局 1961 年版,第 1006 页。

春甲子雨,乘船入市。夏甲子雨,赤地千里。秋甲子雨,禾头生耳。冬甲子雨,雪飞千里。①

隋唐人根据"天人感应"观,将某种自然现象与人的吉凶祸福联系起来,则更缺乏科学性。《旧唐书·五行志》记载,开元二十九年(741 年)11 月 22 日,雨木冰,凝寒冻冽,数日不解,宁王见而引谚:"树稼,达官怕",认为必有大臣当之,宁王即死于当月。② 所谓"树稼",是指北方冬日凝霜封树,枝干结冰,春秋时称做"雨木冰",隋唐时以其像介胄,称"树介",民间则称"树稼"。此景出现时似烟非烟,似雪非雪,行道茫茫,寻丈不辨,草树玲珑,皆成送葬时幡幢宝盖状,故"达官怕",而民间犹谓其应不只达官而已,危及面颇广。这显然只是一种联想,而宁王之死也只是偶然巧合而已。

(二) 社会谚语

这类谚语以对社会生活现象的直观领悟为主,从避祸致福的经验中总结出处世之道。因植根于一定的历史时代的文化背景和某一民族的风俗习惯和文化心态中,有其一定的时代性和民族性。

有的谚语是当时人对某一地理环境的领悟和总结。《旧唐书·地理志》记岭南道容州下,都督府北流州所治,汉合浦县地,隋置北流县。其南三十里,有两石相对,其间阔三十步,俗号鬼门关。即引鬼门关谚:"鬼门关,十人九不还。"③以言其南多瘴疬,去者罕得生还。即概括了此地当时险峻的地理环境和险恶的生存环境。《新唐书·食货志三》叙每岁漕运须经砥柱,船覆几半。河中有山,号"米堆",运舟入三门,须雇山西平陆人为门匠,有《门匠谣》曰:"古无门匠墓。"④是说所雇门匠皆被河水溺死。

人在社会生活中的经历各别,但总体上无非祸福二字,二者又相依存,"祸兮福所倚,福兮祸所伏"。于是,避祸致福就成为人的最大希望。而在一些层面上,即与现实中的某种现象联系起来。《新唐书·哥舒翰传》记

---

① (清)杜文澜辑:《古谣谚》卷 57,中华书局 1958 年版,第 678—679 页。
② 《旧唐书》卷 37《五行志》。
③ 《旧唐书》卷 41《地理四》。
④ 《新唐书》卷 53《食货志三》。

载,哥舒翰素与安禄山、安思顺不睦,三人俱来朝。唐玄宗欲和解之,使高力士宴三人于城东。安禄山曰:"我父胡,母突厥,公父突厥,母胡,族类本同,安得不亲爱?"哥舒翰则引谚曰:"狐向窟嗥不祥。"狐为奸诈之物,故人皆称为妖,认为其嗥不吉祥。安禄山认为是以"狐"讥其"胡",大怒,哥舒翰欲应之,经高力士示意,托醉而去。① 据《太平广记》记载:"唐初以来,百姓多事狐神,房中祭祀以乞恩,饮食与人同之,事者非一主,当时有谚曰:'无狐魅,不成村。'"②这实际上全是心理使然。《龙城录》卷一记载,为了求得心理的平稳,柳宗元曾引俗谚云:"白日无谈人,谈人则害生。昏夜无说鬼,说鬼则怪至。"③当时柳宗元与韩愈等三人夜坐谈鬼神变化,窗外风雪寒甚,点点微明若流萤,须臾化作千万点。顷入室中,或为圆镜,飞度往来,乍离乍合,变为大声去。三人中,韩愈虽刚直亦动颜,余二人皆匍匐掩目。其因在于人生多苦难,不如意事常十之八九,所以心理都是脆弱的。白日说人自找是非麻烦,黑夜说鬼自找心理恐惧,所以要尽量避免。

宦海浮沉,市朝倾轧,这是封建官场常演的传统节目。《新唐书·李邕传》记载李邕素轻张说,与相恶,会仇人告李邕赃贷枉法,下狱当死,后因孔璋疏救得免死,贬遵化尉,邕妻温复为邕请戍边自赎,且称李邕"少习文章,疾恶如仇,不容于众","正人用则佞人忧,邕之祸端,故自此始",且引谚云:"士无贤不肖,入朝见疾。"④"见疾"的原因与"贤不肖"无关,皆在"入朝",而急流勇退者,又有几人?原因何在?《新五代史·郭崇韬传》记郭崇韬位兼将相,而群小交兴,其欲避之,以求免祸,而故人子弟却引谚语劝阻:"骑虎者势不得下。"原因是:"权位已隆,而下多怨嫉,一失其势,能自安乎?"⑤以骑虎之势喻之形象之至。今人将其省略为"骑虎难下",其义相同。

如何避祸致福呢? 王勃在《平台秘略论》中总结出"持满"之道云:"夫

① 《新唐书》卷135《哥舒翰传》。
② (宋)李昉等编:《太平广记》,中华书局1961年版,第3658页。
③ 《夜坐谈鬼而怪至》,(《龙城录》,又名《河东先生龙城录》,唐代传奇小说。《古今说部丛书》本。二卷四十三则。旧题柳宗元撰,但历来学者对此存疑。主要记述隋唐时期帝王官吏、文人士子、市井人物的轶闻奇事。
④ 《新唐书》卷202《李邕传》。
⑤ 《新五代史》卷24《郭崇韬传》。

陵谷好迁,乾坤忌满。哀乐不同而不远,吉凶相反而相袭。故有全中卒行,用心于不争之场。杜渐防微,投迹于知几之地。昔之善持满者,用此者也。"①这就是说,哀乐不远,吉凶相袭,欲全中卒行,需杜渐防微。为了说明这个道理,遂引谚曰:"祸不入慎家之门。"凡事谨慎,则乐而不哀,吉而不凶,自可避祸。避祸是为致福。福之所在,如《韦杜二曲谚》中所谓:"城南韦杜,去天尺五。"②杜牧也津津乐道其"家住城南杜曲旁",还告诉其侄子"吾家公相家。"其福之大可知。如何致福? 隋唐时最荣耀的当然是科举。每年考试,落第者不出京,夏日多借静坊庙院作新文章,曰"夏课",准备第二年重考。故当时有《秦中谚》曰:"槐花黄,举子忙。"③但若要考取,除诗赋文章外,还需有人推挽奖掖。狂傲如李白者,在《与韩荆州书》中,亦乞怜曰:"白闻天下谈士,相聚而言,"遂引时谚:"生不用封万户侯,但愿一识韩荆州。"李白感叹:"何令人之景慕,一至于此耶!"据《唐摭言》卷七记载,太平王崇、窦贤二家,率以科目为资,足以升沉后进。所以当时人即相传:"未见王窦,徒劳漫走。"④但韩荆州未必人人识得,王、窦未必人人见得,故"其有老死于文场者",以至于当时人以俗语总结道:"三十老明经,五十少进士。"此外,结富贵姻亲也是某些人眼中的致福之道。《旧唐书·张果传》即引谚云:"娶妇得公主,平地生公府。"⑤娶公主为妻,即可立致富贵。《通鉴》亦引谚云:"娶妇得公主,无事取官府。"⑥虽文字略殊,然其意相近,说明这是当时人的共识。

正是从对避祸致福之道的领悟和把握中,隋唐时人总结出某些为人处世之道。家族的繁荣、门庭的荣耀靠子孙,然而"从来纨袴少伟男",隋唐人亦深知之。《太平广记》记载,郝象贤为侍中处俊之孙,顿邱令南容之子,年方弱冠,众朋友为之取字曰"宠之",并常在其父前称其字。父设馔聚其友,

---

① (唐)王勃著,谌东飚校点:《王勃集》,岳麓书社 2001 年版,第 92 页。

② (清)王谟:《汉唐地理书钞》引《辛氏三秦记》,中华书局 1961 年版,第 364 页。

③ (唐)李淖:《秦中岁时记》:"进士下第,当年七月复献新文,求拔解,曰:'槐花黄,举子忙。'"(元)武汉臣《玉壶春》第二折:"'槐花黄,举子忙',你不去求官,则管裹恋着我的女孩儿做甚么?"参阅(宋)钱易《南部新书》乙卷。

④ (五代)王定保:《唐摭言》卷 7《升沉后进》,上海古籍出版社 1978 年版,第 75 页。

⑤ 《旧唐书》卷 191《张果传》。

⑥ 《资治通鉴》卷 202《唐纪十八》。

且引谚语曰："三公后,出死狗。"①说明虽为三公之后,若疏于教育,只会成癞皮狗。其原因正如《旧唐书·马周传》所引谚语云："贫不学俭,富不学奢。"②后人又将此话略加引申为:"贫不学俭,而俭自来。富不学奢,而奢自至。"可见出生在某种环境中,耳濡目染,自然具有某种品行。然而后天必学俭去奢,否则奢者益奢,将不可收拾。《通鉴》记唐太宗引谚语:"生狼犹恐如羊。"③《女诫》所引鄙谚较之说的更透:"生男如狼,犹恐其羊。生女如鼠,犹恐其虎。"④说明要持家,男女须各有其态,男子如狼以刚强处世,女子如鼠以谨慎持家,正所谓妻贤夫祸少也。

正如元稹《代谕淮西书》所引谚语,立身行事在于:"天不可违,时不可失。"⑤其道在于知人,何以知人?陈子昂《上军国利害事》引时谚云:"欲知其人,观其所使。"⑥处事要有礼法。《新唐书·崔仁师传》引谚语:"杀人刖足,亦皆有礼。"⑦凡事都要以礼法约束之。遇事更要知利害,有选择。

人生在世,虽如过客,却应给后世有所留存。留什么呢?古人追求"生前身后名"、"千秋万岁名"、"留取丹心照汗青"。《新五代史·王彦章传》记载,王彦章为武人,不知书,也常为谚语:"豹死留皮,人死留名。"⑧他们认为只有这样,才不枉在人世潇洒走一回!

总之,谚语不但是一种很宝贵的民众文学,并且是一个时代和地方的社会心理的反映,是人类经验的结晶,唐代谚语中的很多流传至今,历久弥新。

第二节　笔传俗文学:士庶皆尚

相对于口承俗文学来看,唐代的笔传俗文学作品中,留下了更多士人的

---

①　(宋)李昉等编:《太平广记》卷258"郝象贤"条,中华书局1961年版,第2011页。

②　《旧唐书》卷74《马周传》。

③　《资治通鉴》卷197《唐纪十三》。

④　张福清编注:《中国传统训诲劝诫辑要　女诫——妇女的枷锁》,中央民族学院出版社1996年版,第2页。

⑤　《全唐文》卷653《代谕淮西书》。

⑥　(唐)陈子昂:《上军国利害事》,见《陈子昂集》,中华书局1960年版,第186页。

⑦　《新唐书》卷99《崔仁师传》。

⑧　《新五代史》卷32《王彦章传》。

手迹。士人与黎庶不仅同时作为消费者,而且双双作为创作者,积极投身于俗文学的生产中,使俗文学的生产与消费呈现出士庶皆尚的热闹场面。这从曲子词、俗诗以及竹枝词等的发扬光大中可以得到确证。

一、曲子词

歌与谣最初是分称的,《诗经·园有桃》即谓:"心之忧矣,我歌且谣。"①其区别在于"歌因配乐和受曲调制约,一般节奏比较徐缓。谣不配乐,没有曲调,取吟诵方式,章句格式比较自由,节奏一般比较紧促"②。统称则为歌谣,民间歌谣则简称为民歌。唐代可以合乐歌唱的杂曲歌词,当时称为"曲子"或"曲子词",即后来与诗对称的词的前身。

词是一种于宋代大放光彩的音乐文学,但它的兴起和发展却可追溯到唐五代。最初作为配合歌唱的音乐文学,它在体制上与近体诗最明显的区别是:有词调,多数分片,句式基本上为杂言。

晚唐五代以来,词体崛起,文人多认为词源于诗,因此,词又被称为"诗余"。自近代以来,随着民间俗文学的价值受到重视,产生了词起源于民间的新说法。词不但具有长短句的形式,而且是合乐的,是"倚声填词"的,其所依之声乃隋、唐以来之燕乐新曲。隋唐统一中国后,综合各地区的音乐而创造的唐乐得到了充分的发展,在民间普遍流传,成为当时的新乐,因为又被用于宴会上,也称为燕乐。到了唐代中叶,词是伴随着燕乐的流行而产生的,《旧唐书》称:"自开元以来,歌者杂用胡夷、里巷之曲。"③这足以说明词之音乐有来源于民间的成分。

词最初产生于民间,现存最早的曲子词是敦煌发现的《云谣集》曲子词,其作者基本都是下层民众。盛唐时期文人保留下来的长短句词不多,早期的文人词多出自中唐,故词产生于初盛唐,中唐以后方开始流行起来。敦煌曲词作品数量很大,王重民《敦煌曲子词集》收 160 余首,饶宗颐《敦煌曲》收 310 余首,任二北《敦煌歌辞集》凡入乐者概录,收 1200 余首。创作

---

① 齐豫生、夏于全编:《诗经》,北方妇女儿童出版社 2006 年版,第 29 页。
② 钟敬文:《民俗学概论》,上海文艺出版社 1998 年版,第 273 页。
③ 《旧唐书》卷 30《音乐志》。

时间为唐朝中后期至五代,抄写时间不迟于后梁乾化元年(911年)的《云谣集杂曲子》,收词30首,所用词调有慢词,亦有联章体。清人朱祖谋跋《云谣集杂曲子》,称其为:"其为词拙朴可喜,洵倚声中椎轮大辂。"表明曲中所收多为有唐开元以来民间的里巷之曲。

敦煌曲子词反映了早期民间词所特有的思想感情与素朴风格,富于生活气息。

民间曲词题材广泛。敦煌曲子词《捣练子》其一借孟姜女的传说故事,突出了唐代徭役的繁重和人民苦难的深重:

> 孟姜女,杞梁妻,一去烟(燕)山更不归。造得寒衣无人送,不免自家送征衣。长城路,实难行,乳酪山下雪纷纷,吃酒则为隔饭病,愿身强健早还归。①

这首词用口头的语言塑造了孟姜女这个善良坚强的劳动妇女形象,从思妇的角度揭露了繁重的徭役使劳动人民在生活和精神上受到的无尽折磨。敦煌曲子词《捣练子》其二则从征夫的角度写起:

> 堂前立,拜词(辞)娘,不角(觉)眼中泪千行,劝你爹娘小(少)怅望,为吃他官家重衣粮。词(辞)父娘了入妻房,莫将生分向爹娘。君去前程但努力,不敢放慢向公婆。②

这是一个离散家庭的真实写照。尽管作品只描写了一个被征入伍的男子与父母妻子告别的场面,却真实地反映出人民沉重的经济负担,大量的流血牺牲,莫大的家庭痛苦,都是战争和徭役造成的。通俗的文字传达出的是愤怒的控诉和抗议。

晚唐五代,唐王朝河西防务废弛,吐蕃、回鹘等少数民族不断侵扰,人民

---

① 曾昭岷等编:《全唐五代词》,中华书局1999年版,第888页。
② 曾昭岷等编:《全唐五代词》,中华书局1999年版,第889页。

渴望和平安定。敦煌曲子词《菩萨蛮》歌颂了坚守敦煌、威镇边关的将领：

> 敦煌古往出神将，感得诸蕃遥钦仰。郊节望龙庭，麟台早有名，只恨隔蕃部，情恳难申吐。早晚灭狼蕃，一齐拜圣颜。①

虽被蕃部隔绝，边疆将士却壮志未灭，爱国之情豪壮。敦煌曲子词《剑器词》塑造了一个英勇善战的战士的形象：

> 丈夫气力全，一个拟当千。猛气冲心出，视死亦如眠。率率不离手，恒日在阵前，譬如鹘打雁，左右悉皆穿。②

这个战士浑身充满力量，一人可以挡住千人。他保家卫国，视死如归。防守阵地，对付敌人，如同射雁，来者不拒。语言通俗明快，气势却很雄壮。敦煌曲子词《定风波》则讽刺了那些平日只会摇头晃脑地死读书，外敌入侵时却束手无策的儒士：

> 攻书学剑能几何，争如沙塞骋偻锣！手执六寻枪似铁，明月龙泉三尺斩（剑）新磨。堪美昔时军伍，满（谩）夸儒士德能康！四塞忽闻狼烟起，问儒仕，谁人敢去定风波！③

"宁为百夫长，胜作一书生。"④这是文人的感喟。这里则是从国家安危的角度，蔑视终日读书学剑的儒士，而颂扬驰骋沙场的战士。这正是下层人民的选择！

唐代文人从重农抑商的传统观念出发，诗文中常将商人当做嘲讽的对象。实际上经商是要承担风险的，尤其是小商人，生活也很艰辛。敦煌曲子

---

① 曾昭岷等编：《全唐五代词》，中华书局1999年版，第897页。
② 曾昭岷等编：《全唐五代词》，中华书局1999年版，第885页。
③ 王重民：《敦煌曲子词集》，商务印书馆1950年版，第3821页。
④ 《全唐诗》卷50《从军行》。

词《长相思》即写到小商人在外面的悲惨遭遇：

> 哀客在江西，寂寞自家知。尘土满面上，终日被人欺。朝朝立在市门西，风吹泪双垂。遥望家乡长短，此是贫不归。①

与农民一样，小商人同样要受到官府的压榨。而他们长年奔波，尘土满面，思乡念亲，则类似于征夫。

敦煌曲子词不但题材广泛，从下层人民的角度揭露了社会矛盾，反映了多方面的社会生活，表现了人民的生活愿望和爱国思想，而且或借传说故事，或写现实人物，或逼真刻画，或生动叙写，或鲜明对比，虽少含蓄之趣，但生活气息浓厚。尤其是情感真率而语言通俗生动，更表现了民间词淳朴的本色。这种特色，在以妇女生活为题材的词作中，表现得更为突出。

作为封建社会的妇女，经济上不能独立，政治上没有权利，因而不但自己忠于爱情，也更希望男子的忠诚。汉乐府《上邪》即用"山无陵（棱），江水为竭，冬雷震震，夏雨雪，天地合，乃敢与君绝"，连用五种比喻，反言以表现其对爱情的坚贞。而唐代民间曲词《菩萨蛮》则一连展开六种比喻，表现妇女对爱情坚贞的要求：

> 枕前发尽千般愿，要休且待青山烂。水面上秤锤浮，直待黄河彻底枯。白日参辰现，北斗回南面。休即未能休，且待三更见日头。②

很像《上邪》情侣的山盟海誓，但造诣更为新奇，情感更为奔放，风格更为粗犷。那些丈夫出征在外的思妇，盼望丈夫归来却总不见归，便把恼怒倾泻在灵鹊身上。《鹊踏枝》即借思妇与灵鹊的一问一答写道：

---

① 杨庆存：《敦煌歌词新论》，见吴熊和等著《中华词学》（第3辑），东南大学出版社2002年版，第78页。

② 刘大杰：《中国文学发展史》（第二册），上海人民出版社1976年版，第493页。

巨耐灵鹊多谩（谩）语，送喜何曾有凭据？几度飞来活捉取，锁上金笼休共语。比拟好心来送喜，谁知锁我在金笼里。欲他征夫早归来，腾身却放我向青云里。①

拟人的手法，幽默生动的语言，独特新颖的风格，活脱脱地突出思妇的心理。

敦煌曲子词中有相当一部分作品为唐代歌妓所作，体现了女性词的审美特质，如《抛球乐》：

珠泪纷纷湿绮罗，少年公子负恩多。当初姊妹分明道：莫把真心过与他。子细思量着，淡薄知闻解好么？②

与《抛球乐》相似的《望江南》刻画的是被情人玩弄后遭到抛弃的女性：

天上月，遥望似一团银，夜久更阑风渐紧，为奴吹散月边云，照见负心人。

比较起来，妓女的痛苦就更深了。她们像商品一样被出卖，被人任意玩弄。敦煌曲子词《望江南》就是妓女对负心汉也是对封建社会的控诉：

莫攀我，攀我太心偏。我是曲江临池柳，这人折了那人攀，恩爱一时间。③

其中或托物寄意，或触景生情，多是借民歌惯用的比兴手法表现出她们内心的无限悲痛与激愤。这是痛定思痛后的清醒，抒写惨遭摧残后的愤慨，

---

① 刘大杰：《中国文学发展史》（第二册），上海人民出版社 1976 年版，第 493 页。
② 赵仁珪主编：《唐五代词三百首》，吉林文史出版社 2002 年版，第 4 页。
③ 郭预衡主编：《中国古代文学史长编》（隋唐五代卷），上海古籍出版社 1993 年版，第 568 页。

是此前的民间诗歌里所少见的。虽写妓女之情，却丝毫没有一点的风尘之气，相反让人体验到的是一种真挚纯朴的情意，以最真诚质拙的语言表达了女子刚烈纯洁的人格。如《望江南》中责骂男子为"负心人"，《抛球乐》中"少年公子负恩多"及"莫把真心过与他"，这些女性词中对男子"负心"、"负恩"的大胆泼辣的指责，与男性词中的女性形象大相径庭。

敦煌曲子词除语言的俚俗质朴外，还保存着词初起时的原始状态，即体制的不稳定性，如字数不定，韵脚不拘，平仄通押，兼押方音，常用衬字等。一般认为是粗备形体，未臻完全成熟。但那些已完全成熟的五代两宋文人词，缺少的正是唐代民间曲词这样新鲜活泼的泥土气息。当词日趋刻板化后，元代的散曲不是又用了衬字，字数更不定，音韵更自由了吗？生动灵活，不拘格套，这正是民间曲词的生命力所在！

随着词体在民间的兴起，开始出现受民歌影响的诗人创作的文人词。从宋代黄升到近人王国维，不少词学大家都推尊李白的《菩萨蛮》与《忆秦娥》为"百代词曲之祖"，然对词作者是否为太白，却有争议。但这两小令以自然之语言唱出了天下人共通之情感，确为千古绝唱。

中唐文人词多从民间词中汲取营养，其表现形式比较短小，具有清新、明朗、活泼之气，题材也较为广泛。写词较多的是白居易和刘禹锡，二人皆留意民间歌曲，作品的民歌风味也更为明显，如他们两人唱和的《忆江南》。

至晚唐，民间词所具有的朴素、明朗、自然的特点逐渐消失。词渐渐成为歌台舞榭、樽前花下的娱乐品。《花间集》是最早的文人词总集，奠定了"词为艳科"的基础。稍后的南唐词则较重抒怀，开启了曲子词由"伶工之词"到"士大夫之词"的重大转变。

二、俗诗

唐诗的辉煌不仅表现在名家名作风起云涌，也表现在诗歌流派的纷繁复杂。但是，在唐代百花争艳的诗坛上，还有一个游离于主流诗歌之外的俗诗派，也有人称为白话诗派。这个诗派在唐初拥有以王梵志和寒山为代表的数量众多的诗人。日本的内田泉之助就认为唐诗"也存在着采用民间口头语言，尝试作自由率直表现的一派。这种风气，由初唐王梵志，中唐顾况提倡,并在元白的元和体中得到了发展"①。而石田干之助也认为,王梵志是元白平易诗风的先导:"作为先辈的王梵志的名字,唐宋时还有人知道。"②可见,王梵志诗和元白倡导的新乐府诗有着某种内在的联系。这种联系就是"俗"。

唐诗流传下来的有五万多首,湮没无闻的自然更多。有幸的是,20世纪在敦煌遗书中发现了一些当时人手抄的唐诗写本,使得一些失传千年的唐诗重见天日。这其中最有价值的是王梵志的诗。王梵志不是名人,史籍中关于他的记载不多,只知道他大约是盛唐开元以前之人,生活年代应该在唐朝前期。

王梵志的诗用鲜活的口语写作,这些诗全是五言,词句通俗、明快,质朴无华,很像民歌。王梵志诗的内容较丰富,有反映儒、佛、道各家思想的作品,尤以佛教题材为最,也有大量描写人情世态、劝善刺恶的诗作,如"城外土馒头,馅草在城里。一人吃一个,莫嫌没滋味。"③再如《贫穷田舍汉》,"贫穷田舍汉,庵子极孤凄……里正追庸调,村头共相催。幞头巾子露,衫破肚皮开。体上无裈裤,足下复无鞋……门前见债主,入户见贫妻。舍漏儿啼哭,重重逢苦灾……"④详细描画了贫穷农民饥寒交迫的生活。而《富饶田舍儿》则描述了富足人家的生活和以钱打通官府的现象。对官府的需求,富人是有求必应,"须钱便与钱,和市亦不避"。因而当官府"纵有重差科"时,富人当然"有钱不怕你。"⑤《你道生胜死》则比较生动地揭露唐初府兵制给人民造成的痛苦和灾难,"十六作夫役,二十充府兵……长头饥欲死,肚似破穷坑。"⑥

从现有的诗作看,可以说,王梵志的诗艺术价值远不如历史价值,与其

---

① 〔日〕内田泉之助:《唐诗的解说与鉴赏》,见《王梵志诗校辑·前言》,中华书局1983年版,第20页。
② 〔日〕石田干之助:《隋唐盛世》,见《王梵志诗校辑·前言》,中华书局1983年版,第231页。
③ 张锡厚校辑:《王梵志诗校辑》,中华书局1983年版,第199页。
④ 张锡厚校辑:《王梵志诗校辑》,中华书局1983年版,第164页。
⑤ 张锡厚校辑:《王梵志诗校辑》,中华书局1983年版,第163页。
⑥ 张锡厚校辑:《王梵志诗校辑》,中华书局1983年版,第157页。

当作艺术作品欣赏,倒不如当作社会生活的真实画卷看待更为宝贵。

"王梵志诗"显示了早期俗诗的兴盛状况,对后世俗诗产生了深远的影响。中唐元白诗派的很多主张都与王梵志的诗歌主张相合。宋元明清的蹈袭者也不绝如缕。

王梵志诗对佛门禅寺有着更直接的影响,寒山、拾得、风干等是其直接继承者。寒山(约691—793年),他的出身等不得而知,自称为寒山或寒山子。根据寒山自己所说其诗"五言五百篇,七字七十九。三字二十一,都来六百首。"①但寒山死后,桐柏宫道士徐灵府收集成卷的诗仅余三百多首,大致有一半已经散佚了。寒山诗重在真切地表达自身的情感,随性写心,往往不太在意修辞,形式自由、语言通俗。如"东家一老婆,富来三五年。昔日贫于我,今笑我无钱。渠笑我在后,我笑渠在前。相笑倘不止,东边复西边。"②"我今有一襦,非罗复非绮。借问作何色,不红亦不紫。夏天将作衫,冬天将作被。冬夏递互用,长年只这是。"③其诗具有民歌那种通俗、质朴、生动、清丽的特色,常采用民歌中的比兴手法。"玉堂挂珠帘,中有婵娟子,其貌胜神仙,荣华若桃李。东家春雾合,西舍秋风起。更过三十年,还成甘蔗滓。"④"猪吃死人肉,人吃死猪肠。猪不嫌人臭,人反道猪香。猪死抛水内,人死掘土藏。彼此莫相啖,莲花生沸汤。"⑤等,这类诗在寒山诗集中是比较常见的。不拘格律,直写胸臆,或俗或雅,涉笔成趣,是寒山诗的总体风格。

中唐时期,俗诗创作的代表人物当推顾况。顾况的诗,无论古体还是今体,都通俗明快,有如白话。如《苔藓山歌》:

野人夜梦江南山,江南山深松桂闲。野人觉后长叹息,帖藓黏苔作山色。闭门无事任盈虚,终日欹眠观四如。一如白云飞出壁,二如飞雨岩前滴,三如腾虎欲咆哮,四如懒龙遭霹雳。硲峭嵌空潭洞寒,小儿两

---

① 徐光大编:《寒山子诗校注·附拾得诗》,陕西人民出版社1991年版,第159页。
② 徐光大编:《寒山子诗校注·附拾得诗》,陕西人民出版社1991年版,第65—66页。
③ 徐光大编:《寒山子诗校注·附拾得诗》,陕西人民出版社1991年版,第84页。
④ 徐光大编:《寒山子诗校注·附拾得诗》,陕西人民出版社1991年版,第57页。
⑤ 徐光大编:《寒山子诗校注·附拾得诗》,陕西人民出版社1991年版,第79页。

手扶栏杆。①

朴实而妙趣横生。顾况的诗受民歌影响更为明显,如《悲歌一》、《山中》、《听子规》等:

边城路,今人犁田昔人墓。岸上沙,昔日江水今人家。今人昔人共长叹,四气相催节回换。明月皎皎入华池,白云离离渡霄汉。②

　　野人爱向山中宿,况在葛洪丹井西。庭前有个长松树,夜半子规来上啼。③

　　栖霞山中子规鸟,口边血出啼不了。山僧夜后初入定,闻似不闻山月晓。④

当然,顾况诗也有奇的一面,这是另一种风格,此处暂且不论。

稍后于顾况,中唐诗坛又崛起了"元白诗派",他们作诗务求妇孺能解,通俗易懂,平易近人。他们的作品不仅当时"牧童"可诵,"老妪"能解,就是在今天读起来也朗朗上口,明白如话。其诗力避典雅的书面语,而用口头语或俗语穿插其间,与王梵志诗的口语化特征相一致,是中唐文化转型时期文学世俗化的新思潮。如白居易的《红线毯》,开首标目是"忧蚕桑之费也",正文中,写织毯的工序,织毯的不易,宣州太守为求功德而催逼织毯。但写这些,都不能注入作者对蚕桑之费的忧虑,因此作者在最后就直接站出来,代替宣州百姓直接指问宣州太守:"宣州太守知不知? 一丈毯,千两丝! 地不知寒人要暖,少夺人衣作地衣!"可谓浅切显露。正是在元白等人的进一步推动下,唐诗朝着"时俗所重"的方向发展,自晚唐皮日休、杜荀鹤等,直至宋代的王安石、王禹偁、梅尧臣、陆游等及至晚清的黄遵宪诸人,都或多或

---

① (唐)顾况:《顾况诗集》,江西人民出版社1983年版,第45—46页。
② (唐)顾况:《顾况诗集》,江西人民出版社1983年版,第44页。
③ (唐)顾况:《顾况诗集》,江西人民出版社1983年版,第96页。
④ (唐)顾况:《顾况诗集》,江西人民出版社1983年版,第115页。

少地创作过俗诗。可以说,俗诗派贯穿了整个唐代。

三、词文、俗赋

(一) 词文

"词文"一名来源于敦煌文书《季布骂阵词文》,它是唐时一种文体的专称。词文全篇为纯韵文唱词,篇首偶尔杂以散说,唱词以七言为主,其间不再穿插说白。在用韵上具有灵活自由的特点,或一韵到底,或中间换韵,或邻韵通押,不避重韵。后世一部分只唱不说的词话、弹词、大鼓书唱词等的体式与此类似,盖即渊源于此。词文的篇幅一般较长,叙事波澜起伏,抒情一唱三叹。词文的演唱者一般称为"词人"。这从《季布骂阵词文》结尾的句子"具说《汉书》修制了,莫道词人唱不真"中可以看出。这些词文主要有《大汉三年季布骂阵词文》、《百鸟名》、《董永》等。从表演者人数来看,词文可分为两类:

1. 仅供一人吟唱的词文

敦煌文书中保存的比较典型的词文作品只有两三种:

(1)捉季布传文,也有尾题为"大汉三年季布骂阵词文"等。作者通过楚将季布骂阵,当众羞辱刘邦,楚灭汉兴后刘邦张榜捉拿季布,然而最终解除恩怨,以君臣相待的故事,着力渲染了季布的机智勇敢,并赞扬了刘邦宽广的政治家胸襟。其基本情节取材于《史记·季布栾布列传》,并在此基础上大加发挥。史籍所载季布史实极为简略,未及季布骂阵之事,只言"项籍使将兵,数窘汉王",而词文则以"窘"字为据,敷演发挥了一段洋洋洒洒的骂阵文字。全篇为七言唱词,没有散文说白。

(2)董永词文

全篇为七言韵文,偶句押韵,几乎一韵到底。此文取材于董永行孝感动天女,与天女结为夫妻的故事,内容与刘向《孝子传》、干宝《搜神记》等书所载董永故事相似,但在最后增添了史籍所没有的董永之子董仲上天寻母一节,情节与敦煌文书中所存句道兴《搜神记》中田昆仑之子田章寻母故事相仿。

(3)百鸟名

首题《百鸟名(君臣仪仗)》,尾题"百鸟名一首"。此词文以拟人化的手法讲述了鸟王国分封君臣仪仗的经过。作者在为群鸟封官设职时并非随意比附，而是根据禽鸟的不同习性、毛色、技艺以及人们的习惯看法，给予恰如其分的官职：百鸟之王的凤凰被奉为至尊，尊贵庄重的白鹤担当宰相，美丽妩媚的孔雀专管门禁，通情达理的鸿雁执掌礼部，威猛强悍的鹞子充任游奕将军……鸟的王国秩序井然。全文篇幅短小，但设喻贴切形象，文笔活泼传神，充分显示了作者观察生活，驾驭语言的非凡能力，具有科普故事或动物寓言的特性。民歌、鼓书中多有同名之作，明代诸圣麟撰《大唐秦王词话》第四十回中也有内容大致相同的作品，足见其影响之大。

2. 对唱体词文

敦煌文书中还存有一些并非由一人演唱，而是由两人或多人对唱的词文作品，这类作品主要有：

(1)悉达太子修道因缘词

篇题已逸。此词文中的唱词极为简要，篇内有"对仗说白"和大王、夫人、新妇、吟生等各种人物的吟词，在形式上突破了二人对唱体的束缚，形成多人对唱的新体式。

(2)下女夫词

"女夫"即指女婿，"下女夫"意即"使女夫下"，既可指通过唱诵该词使原来坐于马上的女婿下来，又隐含有使其"出洋相"以逗乐的意思，故又可称为"弄女婿"之类。此词文适用于婚礼仪式，是研究唐代民间婚俗及礼仪的极好材料。前半部分表现迎亲时新郎在傧相等陪同下来到女家门前，女家傧相等人拦门，分属男女两家的男女傧相展开盘诘斗口。内容多为夸饰男方门第、才貌及对女家之赞美。多系吉祥祝愿之语。主体部分采取问答式，每段唱词之前分别标有"女答""儿答"字样，以表明唱词人的身份，形式活泼，体式上则由四、五、六、七言诗句构成，逐段转韵。此词文应是由男女傧相演唱的婚礼仪式歌。① 后半部分表现新郎进入女家大门后及至新婚夫妇安歇这一段时间的吉赞逗乐场面。其末段则非问答形式，由十八首诗组

---

① 杨宝玉:《〈敦煌变文集〉未入校的两个〈下女夫词〉残卷校录》，载《敦煌语言文学研究》，北京大学出版社1988年版。

成,咏物咏人,调侃新娘,语意双关,诙谐幽默,是适用于婚礼喜庆场合的游戏文字。因这些诗都是伴随婚礼过程咏唱的,有研究者称其为"新婚诗"。

很多学者认为,词文是从古代民间歌谣发展而来的。

(二)俗赋

俗赋是秦汉先民进行娱乐的形式之一。俗赋源于先秦时期的民间讲诵伎艺,是流行于秦汉时期朝野上下的一种文艺形式,无论内容还是形式,都以浅显通俗为特征,这与其他赋体追求典雅华赡形成鲜明对照。

唐代俗赋多见于敦煌俗赋。敦煌俗赋也称为故事赋,以白话韵文进行说理叙事并以叙事为主,篇幅不长,语言基本为当时口语,以四、六言问答为主,当然也有散文化倾向较重的作品。

唐代俗赋在形式上具有传统赋作的某些特点,因而有的学者将它归入赋类。但是,如果仔细分析,会发现它们实际上是古代辞赋的变体,而非辞赋本身,语言上更是通俗易懂,明白浅切,与典雅华丽的文人赋有明显不同。

除《丑妇赋》署名"赵洽"外,其余敦煌故事赋均未留下作者姓名。由此推测大约都是由文化水平不高的人士草写后流传民间,并经过不断加工润色而成的。从某些写卷的题记和内容看,约可推断其抄写年代至迟不逾五代,而其创作时代则应更早一些。

敦煌文书中故事赋的种类不多,但抄存的写卷数量却颇为可观,约有七十余卷。可见其在当时颇受欢迎,甚为流行。这些故事赋按内容大体分为以下三类:

1.吟咏历史或民间传说的故事赋

(1)孔子项讬相问书

篇题原有,李盛铎旧藏卷等均系唐五代写本。吐鲁番出土文书中亦有之①,此外还有藏译本三卷。足见其流行及流传之广。文中描绘孔子东游时遇见七岁小儿项讬,二人问难。项讬才思敏捷,博闻强记,从容自如地对答了孔子诘问的四十多个问题。而当项讬向孔子发问时,孔子的回答却漏洞百出,难以自圆其说。孔夫子不敌七岁小儿,不得不以七岁小儿为师的故

---

① 载《吐鲁番出土文书》第5册。

事最早见于《战国策·秦策》，其后史籍多有记述。据侯白《启颜录》中考女婿故事及吐鲁番出土的唐高宗龙朔二年(662年)写本可知此赋予初唐时已基本成型，而敦煌抄本又带有地方色彩。从体制上看，本篇故事赋散韵间出，押韵自由，多用方言俗语，并在演述故事过程中杂以嘲谑，很有特色。

(2)晏子赋

篇题原有，均为晚唐五代时期抄本。此故事赋讲述春秋时晏子的机智故事，情节源于《晏子春秋》卷六《内篇杂下》，但将历史上晏子出使楚国改为梁国。全篇以梁王、晏子问答的形式，依次对"狗门"、"齐国无人"、"身材短小"等问题进行辩驳，生动展现了晏子聪颖机敏、巧于应对的本领。

(3)韩朋赋

篇题原有，皆为唐末五代抄本。韩朋也作韩凭，其故事最早见于《列异传》，而《搜神记》、唐释道世《法苑珠林》、后唐刘恂《岭表录异》、宋代李昉《太平广记》等也有记述。但以上各书所记均不如敦煌《韩朋赋》的描述完整曲折，推想此文应是采纳了更多的民间传说。赋中描写宋王强夺韩朋之妻，韩朋夫妇彼此思念，宁死不屈，最后双双殉情而亡。该故事的奇异之处在于二人死后化为青白二石，石遭宋王破坏后再化为两棵枝叶相交的树，树又变成双鸳鸯，在飞回故乡前留下一根羽毛，并借此得以复仇。赋中惩恶复仇的反抗精神，充分体现了浓郁的民间文学特色。全篇基本上为四言韵文，语言通俗，句式整齐，韵脚较密，是敦煌故事赋中最重要的作品。

(4)嘲讽丑妇泼妇的故事赋

敦煌文书中存有两篇丑妇文学。它们在嘲讽讥笑容貌丑陋性格乖张的妇人时，也表达了时人对美好妇容、妇德的欣赏与爱慕。

丑妇赋。今存两卷，首尾皆题"赵洽丑妇赋一首"，题记有"天成五年庚寅岁五月十五日敦煌伎术院礼生张儒通写"。天成为后唐明宗李亶年号，天成五年当为公元930年。此赋讥讽面目可憎可怖的丑妇，具有浓郁的民间戏谑调侃风格。不仅描写了丑妇相貌之极端丑陋，更通过其举止言行，揭示了她内心的丑恶。本赋未见于唐人诗文集。作者赵洽亦不见载于史籍。

龃齿可新妇文。篇题原有。本文描写一位言语尖刻、生性好斗的泼妇之言行。她自诉受尽公婆种种虐待欺压，并以此提出离异要求。文中充满了讽刺挖苦,却间接反映了封建社会不合理的婚姻制度和妇女的不幸命运。全赋散韵结合,充满了谐谑嘲讽的民间气息。

(5)寓言性质的故事赋

这类故事赋采用拟人手法,借动物或日常用品来形象生动地表达人的好恶喜尚或感悟哲思,夸张离奇而不荒诞。具有较强的思想性与现实性。

燕子赋。篇题原有。甲、乙两种版本均为晚唐五代写本。全文以燕雀争巢、凤凰判案为基本情节,表面上是动物寓言,实际上影射了唐朝实行括户政策时期的社会现实,深刻揭露批判了现实生活中那些类似黄雀的倚强凌弱、狡诈奸猾的无耻之徒。

茶酒论。篇题原有。属对答问难体,以茶与酒辩诘问答开始,各自争夸自己的价值,相持不下,最后由水出面调解。旨在说明炫耀己能,实属无知,物各有长,相辅相成,乃为世用的道理。语言通俗诙谐,质直古朴。本文反映了中唐以后饮茶制酒习尚之普及,在文学史上亦影响深远,《茶酒论》是明代各种"争奇"小说的先导,藏族、布依族《茶酒仙女》、《茶和酒》等寓言的内容和形式均受其影响。

总之,唐代民间词文和故事赋,无论从内容还是形式,都对后世讲唱文学产生了深远的影响。如董永故事广泛流传,至今不衰。《茶酒论》是明代各种"争奇"小说的先导。从体制上说,宋元以后大为发展的讲唱文学中,诗赞系一类,都源出自此,如宋元之词话,明清的弹词、鼓词、子弟书等,以至现在的大鼓、坠子等,都有承袭词文的成分。而故事赋,在金代就被院本吸收,所以,陶宗仪《辍耕录》记载金院本名目中,就录有:《大口赋》、《风魔赋》、《寮丁赋》、《田命赋》、《伤寒赋》、《方头赋》等,这些作品虽皆失传,但它既是一种伎艺表演,而又命名为"赋",应和唐代故事赋是一脉相承。至于后世章回演义小说中,每逢写景、交战、描摹人物相貌、穿着打扮等处,往往来上一段赋体文字,自然是受故事赋的影响了。综上所述,敦煌词文和故事赋,源远流长,有自己的发展道路和特点,并对后世俗文学产生了较大的影响。

四、唐传奇

中国小说发展到唐代,进入了一个新的阶段。出现了新的体式——唐传奇。唐传奇是在六朝小说,尤其是志怪小说的基础上发展形成的唐代文言短篇小说。它融合了史传、诗赋以及民间俗文学等多种创作手法,是我国文言短篇小说成熟的标志。今存唐代传奇小说数量不少,其中流传较广的有几十篇,多收入《太平广记》里,其他如《文苑英华》、《太平御览》、《全唐文》等总集类书中也收载了一些。

唐传奇根据其历史发展情况,可分初、盛唐发轫期,中唐鼎盛期,晚唐衰落期。

初、盛唐是传奇小说初步发展的时期。作品数量少,艺术上也不够成熟,六朝志怪小说的影响还很重。张鷟的《游仙窟》是初期唐传奇艺术成就较高的作品。小说用第一人称手法,自叙奉使河源,途经神仙窟并投宿,而后与女主人十娘、五嫂温情浪漫的一夜。所谓“神仙窟”不过是妓院的代称而已。文中诗文交错,韵散相间,于骈丽的文风中杂有俚俗气息,已经颇具后来成熟期传奇作品的体貌了。

中唐是传奇发展的兴盛期,唐传奇的大部分优秀作品也都产生在这个时期,这是唐传奇的黄金时代,也是唐代小说的繁荣和成熟期。这一现象,一方面固然是小说本身由低级向高级不断演进的结果,另一方面也得益于蓬勃昌盛的各体文学在表现手法上所提供的丰富借鉴,如诗歌的抒情写意、散文的叙事状物、辞赋的虚构铺排、古文及各种通俗文学的叙事演绎等,都为传奇的繁荣提供了借鉴。而中唐社会风气的俗化也促进了传奇的繁荣。这一时期,通俗的审美趣味由于变文、俗讲的兴盛而进入士人群落,传奇在很大程度上已为人们所接受和欣赏,已经有了广大的接受群。这一接受群,是伴随着贞元、元和之际由雅入俗的浪潮而日趋壮大的。元稹《酬翰林白学士代书一百韵》诗云:“翰墨题名尽,光阴听话移。”句下自注:“乐天每与予游,从无不书名屋壁。又尝于新昌宅(听)说《一枝花》话,自寅至巳未毕词也。”①元、白对俗文学的兴趣,在士大夫阶层是有一定代表性的。这种新的审美要求与传统心理迥然不同,正是为了满足这种审美要求和期待视野,

---

① (唐)元稹:《酬翰林白学士代书一百韵》,《元稹集》卷10,中华书局1982年版,第116页。

以重叙事、重情节为特征的传奇才会在中唐时代如雨后春笋般地涌现出来。这一时期作品的内容多描写市井细民,以爱情主题的作品最有光彩,成就也最高,也有揭露统治者荒淫腐朽生活的,揭露封建官场的险恶,对功名富贵感到失望、虚幻等内容的,像一幅幅丰富多彩的社会生活画卷。在艺术表现上,情节曲折、完整,注重刻画人物性格,语言华丽、流畅,描写方法多样。名作有《枕中记》、《南柯太守传》、《柳毅传》、《李娃传》、《霍小玉传》、《莺莺传》等。

晚唐是唐代传奇小说的衰退期。这时期出现了一些传奇专集,作品的数量也不少,但除了安邦定国、快意恩仇等侠义传奇稍有可观之外,其余内容大多很单薄,篇幅较为短小,艺术上也无多少可取之处。

与六朝小说相比,唐传奇是"有意为小说",因而两者有显著的差别。鲁迅先生就曾明确指出两者:"甚异其趣矣。"①唐传奇以愉悦性情为目的,既注重虚构手法的运用,又注重小说真实感的加工,作者往往采用史传的手法,明确交待故事发生的时间、地点,给人造成心理上的真实感,但在故事展开过程中,则不受其限制,大量使用虚构想象手法,又以细节描写来求真。在艺术构思上奇异新颖、富于变化,使有限的文字生出无限的波澜,以曲折委婉的情节引人入胜。故而洪迈说:"唐人小说不可不熟,小小情事,凄婉欲绝,洵有神遇而不自知者,与诗律可称一代之奇。"②明桃源居士说:"唐人小说摘词布景,有翻空造微之趣。"③如《李娃传》、《莺莺传》、《柳毅传》等几篇描写爱情的佳作都善于选择一个有典型意义的事件,展开矛盾冲突,情节安排环环相扣,引人入胜。不少传奇作者还善于以精湛的细节描写来揭示人物的心理活动,用对比、衬托手法来表现人物的性格特点。唐传奇既以娱乐为目的,又欲展示作者多方面的才情,因此往往融史传、诗赋及各种俗文学创作手法为一体,叙事简洁明快,人物对话生动传神,词汇丰富,句式多变。所以既有趣味性,又有一定的审美价值。

---

① 鲁迅:《中国小说史略》,《鲁迅全集》第九卷,人民文学出版社1981年版,第28页。

② (宋)洪迈:《唐人说荟·凡例》,今本《容斋随笔》不见此言,此言见于清人陈世熙《唐人说荟》"例言"所引"洪容斋"语,扫叶山房石印本1922年版,第1页。

③ (明)桃源居士:《唐人小说》,上海文艺出版社1992年版,第1页。

唐传奇是魏晋南北朝小说的继承和发展，与魏晋南北朝小说相比，唐传奇作品的题材范围扩大，现实性增强，活动于小说中心的主角已渐渐由神鬼而变为现实生活中的人。唐传奇小说的写作手法和艺术技巧也都大大提高了，从六朝以来粗陈梗概的"丛残小语"①形式演变为具有曲折情节、完整结构、生动辞采和鲜明形象的小说故事。唐传奇的内容和形式，对后世小说、戏剧都产生了深远的影响。其形式作为一种文言短篇小说的典型体裁，为历代小说家所沿用，其故事内容也成为后来宋元明清许多小说戏曲的题材。

五、竹枝词

竹枝词本是巴渝山区民间歌咏形式，所以又被称为巴渝民歌。在唐代始见诸文字，起初有"蛮俗"、"夷歌"、"俚词"等说法。作为民歌的竹枝，本来是有领有和，有歌有舞，可以咏唱的，而且很可能是以手执竹枝而舞，以脚踏地为节，民间婚丧娶嫁和劳动都离不开它，但后来失去其音韵，成为文人竹枝词。

作为一种民间歌舞，自有其发展过程，"古代在民间传唱的巴渝曲，到了汉初，则第一次分流，一支进入宫廷，成为宫廷演奏的舞乐，一支仍在民间传唱，并逐渐演变成了《竹枝》歌，以其悲哀凄婉的曲调诉说着低层民众痛苦的人生。"②竹枝词主要流行于巴渝一带，其"民俗有击鼓，唱竹枝歌为乐"。③

竹枝词被人们所注意、所传诵，则是唐代大诗人刘禹锡、白居易在重庆居住时，听竹枝，爱竹枝，然后仿竹枝而创作自己的竹枝词之后的事。其实，早在刘禹锡、白居易之前，杜甫就不止一次地提到过竹枝歌或巴渝曲。如杜甫在大历二年（767年）所作的《暮春题瀼西新赁草屋五首》之二有吟："万里巴渝曲，三年实饱闻。"④杜甫自大历元年（766年）三月从云安移居夔州，

---

① 东汉桓谭在其所著的《新论》中，对小说如是说："若其小说家，合丛残小语，近取譬论，以作短书，治身理家，有可观之辞。"

② （宋）郑樵：《乐略·正声序论》，《通志》卷49，浙江古籍出版社1988年影印本，第626页。

③ 朱光潜：《朱光潜美学文学论文选集》，湖南人民出版社1980年版，第152页。

④ 《全唐诗》卷229《暮春题瀼西新赁草屋五首》之二。

至大历三年(768 年)正月出瞿塘峡,对日日回荡于高峡急江间的《竹枝》歌
耳濡目染。其《奉寄李十五秘书二首》其一中"竹枝歌未好,画舸莫迟
回"①,正是他醉心《竹枝》的生动写照。他在大历元年(766 年)所写的《夔
州歌十绝句》,便是他对《竹枝歌》学习和探索的成功尝试。《夔州歌十绝
句》虽然无竹枝之名,却有竹枝之神韵,正如清人翁方纲《石洲诗话》卷五所
说:"《竹枝》本近鄙俚。杜公虽无《竹枝》,而《夔州歌》之类即其开端。"②明
人李东阳在《麓堂诗话》中还指出杜甫《绝句漫兴九首》"有古《竹枝》意,跌
宕奇古,超出诗人蹊径"③。而吴可亦在《藏海诗话》里举出杜诗《春水生二
绝》之二说:"'一夜水高二尺强,数日不可更禁当。南市津头有船卖,无钱
即买系篱傍。'与《竹枝词》相似,盖即以俗为雅。"④杜甫在上述绝句里,
不仅着力于篇章结构和音节的经营,而且还"语杂歌谣",并使用了如'土番'、
"禁当"、"长年"等许多所谓"伧仔鄙陋"的"蜀中语',不仅在形式上,而且
在语言风格上与民间《竹枝词》大大贴近了。也许正是得力于对巴蜀民间
歌词的学习,杜甫在夔州不到两年的时间里,竟如鱼得水,一口气写出四百
三十多首诗歌,几乎占了现存杜诗(一千四百多首)的三分之一。因而有人
说,杜甫才是文人竹枝词的发轫者。其《夔州歌十绝句》被视为文人竹枝词
的滥觞。

　　杜甫之后,顾况、白居易、刘禹锡、张籍等直接以"竹枝词"来"名"其辞,
使竹枝词发扬光大,遍布大江南北。

　　《全唐诗》卷二百六十七载顾况《竹枝》云:"……巴人夜唱竹枝后,肠断
晓猿声渐稀。"⑤

　　白居易元和十四年(819 年)到忠州(今重庆忠县),比刘禹锡还早入重
庆两年。他听到的是"竹枝苦怨怨何人"⑥,"蛮儿巴女齐声唱"⑦,"巴童巫

---

① 《全唐诗》卷 231《奉寄李十五秘书二首》。
② (清)翁方纲:《石洲诗话》卷 5,中华书局丛书集成本 1985 年版,第 91 页。
③ (明)李东阳:《麓堂诗话》,中华书局 1985 年版,第 8 页。
④ (宋)吴可:《藏海诗话》,中华书局 1991 年版,第 11 页。
⑤ 《全唐诗》卷 267《竹枝》。
⑥ 《全唐诗》卷 441《竹枝词四首》。
⑦ 《全唐诗》卷 441《竹枝词四首》。

女竹枝歌"①,竹枝词留给白居易以凄美的印象:"幽咽新芦管,凄凉古竹枝。似临猿峡唱,疑在雁门吹。"②听见悲哀的音乐,就想起竹枝,谪居三峡的生活与三峡竹枝词更多留给白居易凄楚和沧桑,他也仿作了《竹枝》4首,如其中之一:"江畔谁人唱《竹枝》,前声断咽后声迟。怪来调苦缘词苦,多是通州司马诗。"③

刘禹锡在竹枝词的发展中占有重要地位。821年刘禹锡任夔州刺史,一到奉节就被当地淳朴的民风所感染,被《竹枝》所吸引,写出了一批动人的竹枝词。他不但写竹枝词,而且自己还唱得一口好竹枝。他所作的竹枝词都是七言四句,通俗生动,量多质高,流传至今。他把竹枝词的艺术性提高到了一个新高度,使咏唱竹枝词在唐代遂形成风气。后来竹枝词摆脱歌舞而成了一种歌咏民风民俗为主的民歌体诗歌形式,不再限于巴渝地区,也是由于刘禹锡等的倡导。当然,唐代众多其他诗人的咏唱也对竹枝词的传播起到了推波助澜的作用。

刘禹锡在《竹枝词九首》小序中说:"四方之歌,异音而同乐。岁正月,余来建平,里中儿联歌《竹枝》,吹短笛击鼓以赴节。歌者扬袂睢舞,以曲多为贤。聆其音,中黄钟之羽,其卒章激讦如吴声……昔屈原居沅湘间,其民迎神,词多鄙陋,乃为作《九歌》,到于今荆楚歌舞之。故余亦作《竹枝词》九篇,俾善歌者扬之。附于末,后之聆巴渝者,知变风之自焉。"④在此把当时三峡地区歌舞《竹枝》的情景描绘得十分形象。《九歌》源起的记叙和《竹枝词》的说明都道出了民间歌谣与仪式的关系,这些民间形式被文人所采撷改造也就成为"诗"了。刘禹锡写下的竹枝新词,对巴渝地区的音乐文学产生了深远的影响,而翁方纲在《石洲诗话》卷五中说刘禹锡"惟《竹枝》最工"⑤。让我们来看几首刘禹锡的《竹枝词》:"白帝城头春草生,白盐山下蜀江清。南人上来歌一曲,北人莫上动乡情。"这是其《竹枝词九首》(其一)

---

① 《全唐诗》卷441《听竹枝赠李侍御》。
② 《全唐诗》卷462《听芦管》。
③ 《全唐诗》卷441《竹枝词四首》。
④ (唐)刘禹锡:《竹枝词九首》小序,见孙建军等主编:《〈全唐诗〉选注》,线装书局2002年版,第2838页。
⑤ (清)翁方纲:《石洲诗话》卷5,中华书局丛书集成本1985年版,第91页。

写出了北人在竹枝声中的故园之思。又如其《竹枝词》"杨柳青青江水平"用谐音双关的手法，表现出初恋少女忐忑不安的微妙感情。而另一首歌词"山桃红花满上头，蜀江春水拍山流。花红易衰似郎意，水流无限似侬愁。"则表现了女子对爱情难以持久的无限惆怅。

刘禹锡在诗歌里提到"竹枝词"的还有《纥那曲》二首中的第一首："杨柳郁青青，竹枝无限情。"①《杨枝词》中有："巫峡巫山杨柳多……为君回唱竹枝歌。"②《踏歌行》中有："日暮江南闻竹枝，南人行乐北人悲"③等，刘禹锡、白居易的竹枝词创作标志着文人竹枝词的兴起。

唐代其他诗人也多有对竹枝词的仿作。如：

张籍《送枝江刘明府》："向南渐渐云山好，一路唯闻唱竹枝。"④

郑谷《寄南浦谪官》："醉欹梅障晓，歌厌竹枝秋。"⑤

郑谷《渠江旅思》："引人乡泪尽，夜夜竹枝歌。"⑥

于鹄《巴女谣》以平易清新的笔触，描绘了一幅恬静闲雅的巴女牧牛图："巴女骑牛唱《竹枝》，藕丝菱叶傍江时。"⑦

方干《蜀中》："闲来却伴巴儿醉，豆蔻花边唱竹枝。"⑧

此外，还有王周的《再经秭归》及蒋吉的《闻歌竹枝》等。

竹枝歌不仅创作者甚多，而且后来流传广泛。如从顾况《早春思归有唱竹枝歌者坐中下泪》中可见竹枝歌在楚地也很流行："渺渺春生楚水波，楚人齐唱竹枝歌。与君皆是思归客，拭泪看花奈老何。"⑨而张籍《江南行》："江南人家多橘树，吴姬舟上织白苎。……娼楼两岸临水栅，夜唱竹枝留北客。"⑩则是"竹枝"流入吴地的反映。孟郊《教坊歌儿》："十岁小小儿，

---

① 《全唐诗》卷890《纥那曲》。

② 《全唐诗》卷365《杨枝词》。

③ 《全唐诗》卷865《踏歌行》。

④ 《全唐诗》卷385《送枝江刘明府》。

⑤ 《全唐诗》卷374《寄南浦谪官》。

⑥ 《全唐诗》卷374《渠江旅思》。

⑦ 《全唐诗》卷310《巴女谣》。

⑧ 《全唐诗》卷653《蜀中》。

⑨ 《全唐诗》卷267《早春思归有唱竹枝歌者坐中下泪》。

⑩ 《全唐诗》卷19《江南行》。

能歌得朝天。六十孤老人，能诗独临川。去年西京寺，众伶集讲筵。能嘶竹枝词，供养绳床禅。能诗不如歌，怅望三百篇。"①更说明了竹枝在北方的流行。三峡"竹枝"对其他地区的影响，应该是通过水路交通实现的。

应当说，唐代的竹枝词是从秦汉至南北朝的巴渝民歌发展起来的，这种由民间巴渝曲演变而来的《竹枝》歌再次分流，一支被文人引上诗坛，成为雅俗共赏的诗歌体式，直到如今仍有人借这种形式描绘峡江风物，抒写个人情怀。我们今天所能见到的竹枝词都是经文人锤炼加工的，所以，这种由诗人文士所创作的民歌体竹枝又被人称为文士竹枝词，由于只有这些文士竹枝词得以在文集诗集中流传下来，所以我们所能了解到的历代竹枝词，又都是指的这些仿民歌体的文士竹枝词。而在大巫山民间存活的《竹枝》歌，却逐渐发生了变异，以至到了宋代，则改版成了"踏啼之歌"，被引入到祭祀神灵的民俗活动中了。

竹枝词在民间时就以吟咏风土人情和男女恋情为主要内容，因此，文人仿作的竹枝词也以这些内容为主。正如清王士禛所言："咏风土，琐细诙谐皆可人，大抵以风趣为主"②。刘禹锡的竹枝词就是文人竹枝的典型代表。他的竹枝词不仅歌唱爱情，也反映了当地人民的"酿酒"、"踏青"风俗及劳动生活等内容。如"银钏金钗来负水，长刀短笠去烧畲。"③当然，文人的竹枝词也不可避免地融入了个人的身世之感。如白居易的"蛮儿巴女齐声唱，愁杀江楼病使君。"④就委婉道出了诗人心中诸多的不称意。而刘禹锡的"长恨人心不如水，等闲平地起波澜。"⑤更表达了诗人对世道艰险，人心叵测的愤慨之情。

竹枝词使诗歌实现了通俗化、平实化。在艺术手法上，多用民歌中常用的"比兴"、"双关"等修辞手法，多用方言口语、叠字等俚俗之言，风趣幽默、俗中带雅、褒中寓刺、绵里藏针。竹枝词之所以能作为一个独立的品种存

①　《全唐诗》卷374《教坊歌儿》。

②　见刘大勤编：《师友诗传续录》，《文渊阁四库全书》，台北商务印书馆1986年版，第483—900页。

③　《全唐诗》卷365《竹枝词九首》。

④　《全唐诗》卷441《竹枝词四首》。

⑤　《全唐诗》卷365《竹枝词九首》。

在,除了对风土人情的真实描绘,这种幽默讽刺,风趣调侃的手法也是吸引大众的一个重要原因。而唐代文人竹枝词既借鉴了民间竹枝词的民歌特色,又在一定程度上融入了文人色彩。比如语言更为精警凝练,适当使用律诗的对仗写法等。在形式上,竹枝词有七言四句,也有七言两句,偶尔也有用五言四句的,四句体类似绝句,但在押韵上不像律诗讲究,称为"拗体"。其形式如邵祖平所言:"格非古非律,半杂歌谣。平仄之法,在拗、古、律三者之间,不得全用古体,若天籁所至,则又不尽拘拘也。"①清人杨际昌则更有精辟概括,他在《国朝诗话》卷一中说:"《竹枝》体宜拗中顺,浅中深,俚中雅,太刻划则失之,入科诨更谬矣。"②

自唐以后,竹枝词的创作在各地均有,如北京竹枝词、江南竹枝词等,但作为竹枝词的故乡,三峡地区的竹枝词创作一直都相当发达,唐、宋、元、明、清代代有作品传世,尤以明清时期留下的作品为多。不仅在汉族地区,少数民族地区也有汉族文人在当地写的竹枝词流传下来。

除了竹枝词,唐代还有杨柳枝词、浪淘沙词等很多其他的民歌体。但与竹枝相比,它们的题材范围都较为狭窄,只能吟咏与调名相关的内容。这就限制了它们的发展与传播,所以,后世更多流传的是竹枝词。

---

① 邵祖平:《七绝诗论七绝诗话合编》,巴蜀书社1986年版,第12页。
② (清)杨际昌:《国朝诗话》卷1,清诗话续编本,上海古籍出版社1983年版,第1691页。

第三章 唐代俗文学生成的原因及条件

第一节 宗教活动:唐代俗文学的原初动力

理论界一直有文学起源于宗教的说法,这当然不是本文要探究的问题,但由此可以看出,文学与宗教确实有着密切的关系,尤其是在生产力欠发达的古代。而唐代的一些俗文学活动确实是在宗教仪式的直接推动下逐渐形成的。

一、俗讲转变与宗教活动

宗教活动作为唐代俗文学的原初动力,从唐代的俗讲和转变中可以明显看出。

周绍良先生在《五代俗讲僧圆鉴大师》一文中说:"寺庙俗讲,在唐代是极为盛行的。根据考定,大致可以推知,它肇始于开元初年,历久不衰,以迄五代末际,犹在举行。爱好之者,上至帝王卿相,下至一般庶民,都乐于聆听,可以说是一种极为普遍的娱乐。至于流行之广,从现在敦煌石窟所发现的卷子来说,必然在河西一带也极其流行,所以会在那里保存下那么许多俗讲经文卷子。因之我们可以肯定,俗讲之流行,遍及中原以及边远地区,可以说在唐代一切民间娱乐中,是没法与它相比拟的。"①

俗讲与我国固有的说唱传统有关,但它更主要的来源,是六朝以来佛家的一种讲道化俗手段:"转读"与"唱导"。转读,或称咏经、唱经,指讲经时抑扬其声,讽诵经文。佛教传入中国以后,相关经籍的翻译、讲说是一项重要而艰巨的工作。为解决语言和接受习惯不同等方面的问题,我国僧人先

---

① 周绍良:《五代俗讲僧圆鉴大师》,《佛教文化》1989 年。

是尝试用"转读"(咏经)、"梵呗"(歌赞)等方式"宣唱佛名,依文致礼"①,但这极易使听者疲劳,而且经文深奥艰涩又不通俗的问题也并没有得到有效改善。其后,僧人又采用"唱导"的方式来"宣唱法理,开导众心"。唱导也是一种演说、说教经义的方法,它通过"杂序因缘"或"旁引譬喻"以引起听讲者的兴趣,比较注重因时制宜,因人施教,随俗化类,具有一定的浅近性与灵活性。② 例:

> 如为出家五众,则须切语无常,苦陈忏悔。若为君王长者,则须兼引俗典,绮综成辞。若为悠悠凡庶,则须指事造形,直谈闻见。若为山民野处,则须近局言辞,陈斥罪目。③

由于能达到比较好的开悟和感动俗众的效果,所以很快成为南北朝时期佛教讲法传经的主要方式。此外,南北朝末期还出现了"唱读"的方式,即将"转读"同"唱导"合一。

到了唐代,讲经说法在寺院中分为"僧讲"和"俗讲"两种,二者的讲述对象有所区别:"僧讲"主要面向僧众,"俗讲"主要面向民众。因为佛教真正要扩大影响,民间社会的普通俗众才是其争取的主要人群,而且这里面也有"悦俗邀布施"④的目的,所以俗讲这种形式就应运而生,它是由寺院僧人用比较通俗的方式向普通民众讲解佛教经义、佛传故事、佛本生故事以及历史故事、民间传说和现实生活故事的活动。由于俗讲通俗易懂,因而在唐朝十分盛行。长安是当时全国的俗讲中心。

唐代与俗讲并行的还有"转变",就是讲唱"变文"。所谓"变文"之"变",是指变更了佛经的本文而成为"俗讲"之意。变文最先出现于佛寺,是作为一

---

① 见(梁)慧皎:《高僧传》云:"天竺方俗,凡是歌咏法言,皆称为呗。至于此土,咏经则称为转读,歌赞则号为梵呗。"汤用彤校注本,中华书局 1992 年版,第 507 页。

② 参见丁福保《佛学大辞典》"唱导"条,中国书店 2011 年版,第 4418 页。

③ (梁)释慧皎:《唱导科总论》,《高僧传》卷 13,汤用彤校注本,中华书局 1992 年版,第 521 页。

④ 参见胡三省注:《资治通鉴》卷 243《唐纪五十九》云:"释氏讲说,类谈空有,而俗讲者又不能演空有之义,徒以悦俗邀布施而已",第 7850 页。

种宗教宣传的工具,是俗讲僧为布道化俗向听众宣讲佛经中的神变故事。后来,伴随着社会的发展和宗教的世俗化,变文中讲述的内容也不再限于佛经故事,加入了很多现实事件、历史故事及民间传说等非宗教题材的内容。讲唱者除了寺院俗讲僧以外,还出现了专门讲述变文的民间艺人,如唐人吉师老的《看蜀女转昭君变》,说的就是民间女艺人讲述昭君变文的故事。唐人李贺《许公子郑姬歌》诗云:"长翻蜀纸卷明君,转角含商破碧云。"诗中"明君"即指昭君,而"长翻蜀纸"是指郑姬在讲唱变文时,为配合讲唱内容而出示给观众看的画卷。唐代王建《观蛮伎》诗也描述了观看女子讲唱昭君变文时的情景:"欲说昭君敛翠蛾,清声委曲怨于歌。谁家年少春风里,抛与金钱唱好多。"至此,变文也由宗教宣传文学变成了一种通俗文学娱乐作品。

转变与俗讲的目的一样,最初都是用通俗的方法传播佛教教义,但后来都成为俗文学活动的重要动力之一。

二、歌舞戏、傩戏与宗教活动

从唐代一些戏剧的源头,我们也可以看到宗教活动对俗文学的发轫之功。以敦煌保留下来的歌舞戏《苏莫遮》和唐代傩戏为例。

《苏莫遮》是唐代歌舞戏中的一种,据唐人慧琳在《一切经音义·大乘理趣六波罗蜜多经》中解说,其表演时"或作兽面,或像鬼神,假作种种面具形状。或以泥水沾洒行人,或持捐索搭钩,捉人为戏。"①而这些表演都是从带有强烈民俗宗教色彩的西域泼寒胡戏中继承下来的。

泼寒胡是从西域传入的域外宗教习俗活动。作为民俗宗教活动的一个附属性组成部分,并不具有独立意义,随着中西文化交流逐渐在中原传播开来,其表演就逐渐远离宗教色彩而以颂圣为主题,更多仪式欢庆的内容,唐政府也曾一度把它作为接待外国来使的仪式表演,从而成为唐文化的一部分。唐初举行泼寒胡戏的活动盛况空前,泼寒胡在中原发展到其鼎盛时期。开元元年(713年)唐玄宗下令禁断此戏,但其乐舞成分苏莫遮被官方乐署保留下来,自此泼寒胡戏在中原基本禁演,而以改造了的"苏莫遮"代之,仍

---

① （唐）释慧琳撰:《一切经音义》,大通书局1985年版,第868页。

继续其颂圣主题,成为一种纯粹的歌舞表演艺术。

傩戏是中国戏曲史上的一个特殊现象。它源于先民在巫术思维支配下驱邪避疫的傩祭仪式,其中保存了许多中国戏剧从远古走来所裹挟的历史文化宗教艺术等信息,可以作为中国戏剧的活化石来看待。

首次详细记载傩仪的文献是《后汉书·礼仪志》(关于先秦傩仪最重要的史料当属《周礼·夏官》对周代大傩仪的记载,但至秦朝以至东汉,有关傩仪的记载数量相当有限,而且均较简略,直至《后汉书·礼仪志》的出现,才为东汉傩仪的具体情况提供了比较翔实的材料),按照它的描述,汉代宫廷傩祭的时间是腊月七日晚,由黄门令主持,中黄门和仆射装扮成方相氏和十二神兽,十到十二岁的黄门弟子一百二十人为侲子击鼓,先在帝王殿前齐唱驱傩歌,而后大呼搜索宫内三遍,然后把火把传到端门外,由骑兵相递传接一直到洛水抛入河内。这是完全的驱疫仪式。以后历代相沿,随着民间信仰的世俗化和多元化,傩祭结合其他习俗向着地区民俗化的方向发展,傩祭活动逐渐演变。隋朝时增加了一些歌舞表演成分。唐代傩祭逐渐演变为傩戏。在宫中,每年由太常寺乐人操办傩祭,皇上设大宴招待臣僚,家属都上棚观看,百姓也可以进去观看。段安节《乐府杂录》有"驱傩"一条,介绍宫中此种表演的规模与方式:

> 用方相四人,戴冠及面具,黄金为四目,衣熊裘,执戈,扬盾,口作"傩、傩"之声,以除逐也。右十二人,皆朱发,衣白口画衣。各执麻鞭,辫麻为之,长数尺,振之声甚厉。乃呼神名,其有甲作,食𠮵凶者;腓胃,食虎者;腾简,食不祥者;揽诸,食咎者;祖明、强梁,共食磔死寄生者;腾根,食蛊者等。饭子五百,小儿为之,衣朱褶、素襦,戴面具。以晦日于紫宸殿前傩,张宫悬乐。太常卿及少卿押乐正到四阁门,丞并太乐署令、鼓吹署令、协律郎并押乐在殿前。事前十日,太常卿并诸官于本寺先阅傩,并遍阅诸乐。其日,大宴三五署官,其朝寮家皆上棚观之。百姓亦入看,颇谓壮观也。①

---

① (唐)段安节:《乐府杂录》,古典文学出版社1957年版,第10—11页。

这种动员大量从艺人员参加的乐舞表演,使驱邪避疫的巫祭活动变成了实质上的娱乐欢庆的乐舞表演。

唐代民间傩祭活动也纷繁热闹,大江南北普遍流行傩祭活动,形式多样。傩祭与民俗结合得更为紧密,出现了西北的敦煌傩、佛寺傩、祆教傩等。创造了大批新傩神,如钟馗、城隍、傩公傩母、佛教傩神、祆教傩神等,一些社会现实中的人也被拟化为傩神或鬼疫。敦煌卷子里有二十几篇《儿郎伟》(有的直接标为《儿郎伟驱傩》、《驱傩文》),这是为沙州归义军所作。此外,民间傩日益娱乐化。傩仪中常常表演各类文艺节目,如钟馗捉鬼、打野胡、小鬼闹判、傩公傩母舞、狮子舞、杂技、说唱等。伴随着傩祭活动也出现了"傩丐"。乞丐以驱傩为名进行的乞讨活动,称为"丐傩",此类乞丐则称为"傩丐",傩丐在当时十分活跃。孟郊的《弦歌行》写的就是民间驱傩仪式:"驱傩击鼓吹长笛,瘦鬼染面惟齿白……相顾笑声冲庭燎,桃弧射矢时独叫。"①罗隐《市傩》也说"鸟兽其形容,皮革其面目,丐乞于市肆间……"②从罗隐《市傩》中,我们可以了解到这种傩仪是在非宗教的充满世俗娱乐色彩的"市肆"中举行的,由此我们可以推断,这种驱傩活动实际上是"傩丐"以驱傩为名进行的实质上的乞讨活动,与艺人在"市肆"中的卖艺是一回事。那么,其表演的成分应该是绝对重要的,否则可能没有观众。由此可见,唐代傩仪已逐渐由宗教活动演变为傩戏活动。这一点,从明朝张宁《唐人勾阑图》诗中也可得到一些佐证。张宁是明代学者,尤精于绘画鉴别,因此,《唐人勾阑图》应是比较可信的。张宁的《唐人勾阑图》诗中描述道:"锦绣勾阑如鼎沸……文身供面森前傩……酒家食店拥娼楼"③,从张宁的描述中,我们分明看到了傩戏在公众娱乐场所与其他民间艺术相映生辉的热闹场面。

唐代傩戏的发展正是俗文学走出宗教仪式的典型例证。

---

① 《全唐诗》第 372 卷《弦歌行》。
② 《全唐文》卷 896《罗隐(三)·市傩》。
③ 转自蒋星煜:《〈唐人勾阑图〉在戏剧史上的意义》,载《戏剧艺术》1987 年第 2 期。

第二节 多元开放:唐代俗文学的活力之源

一、唐代多元开放的社会文化

唐代是中国历史上少有的文化多元开放的朝代,在文学、艺术、宗教等领域都达到了封建社会的鼎盛时期。张广达先生指出:"在中国历史上,唐代是一个少有的既善于继承,又做到了兼收并蓄的朝代。"唐代文化之所以如此繁荣昌盛,"一是唐代的社会和文化能条贯、折中前此数百年的遗产,二是能兼容并包地摄取外来的各种文化营养。"①

唐代开放与多元的文化构成,是民族融合的结果。在中国历史上数量众多的民族融合过程中,魏晋南北朝无疑是规模较大的民族融合时期之一。陈寅恪说:"李唐一族之所以崛兴,盖取塞外野蛮精悍之血。"②民族融合为唐代文化注入了新的生机和活力,形成了唐代多元开放的文化格局。唐统治者之所以能够实行多元开放的文化,不仅因为李氏家族有少数民族血统,也源于统治者有强大的胸襟和气魄,更源于唐前期一百多年蒸蒸日上的国运及强盛的国力。陈寅恪先生《唐代政治史述论稿》云:"李唐一代为吾国与外族接触繁多,而甚有光荣之时期。"③唐天子被周边少数民族称为天可汗,长安出现了万国来朝的盛况,这些都是唐代文化开放性、多元性的集中体现。唐人鲍防《杂感》诗云:"汉家海内承平久,万国戎王皆稽首。天马常衔苜蓿花,胡人岁献葡萄酒。五月荔枝初破颜,朝离象郡夕函关……"④生动体现了唐代文化交流上的繁荣。

唐人对外来文化能敞开胸怀,在吸收外来文化的同时也输出自身优秀文化。唐代中外文化交流的多元开放,主要表现在:

政治方面,唐朝坚持"华夷一体"。李世民曾表示:"自古皆贵中华,贱

---

① 张广达:《唐代的中外文化汇聚和晚清的中西文化冲突》,《中国社会科学》1986 年第 3 期。

② 陈寅恪:《金明馆丛稿二编》,三联书店 2001 年版,第 344 页。

③ 陈寅恪:《唐代政治史述论稿》中篇,上海古籍出版社 1997 年版,第 128 页。

④ (宋)李昉等:《太平广记》,上海古籍出版社 1990 年版,第 564—576 页。

夷狄,朕独爱之如一,故其种落皆依朕若父母。"①正是唐朝统治者开放宽广的胸襟,使唐帝国与世界上七十多个国家建立了外交关系。除了周边邻国以外,还包括了不少距离遥远的国家,如天竺、吐火罗、拂菻、大食与林邑等。唐统治者不仅允许外国人在大唐境内进行商贸、学习等交流活动,甚至吸收外国人到政府机构做官。其胸襟与气魄不仅在中国历史上,甚至在世界历史上都是少有的。

科技方面,唐朝非常善于吸收先进的外国科学技术,外国医生在中国各地行医等是非常普遍的事情,唐朝的司天监中也不乏任职的外国天文学家,大量的域外医方及天文历法著作被译成汉文,并被收入唐朝修撰的国家药典。总之,对国外的先进文化,唐统治者都实行了"拿来主义"。与此同时,唐代中国的先进科技也远播海外。如中国的造纸、丝织、金银器制作及火药等生产技术就在唐代传到了中亚、西亚、欧洲和非洲等地。

唐人在文化习俗等方面与域外的交流则更为频繁。无论是音乐舞蹈、石窟造像、绘画艺术、俗讲变文,还是服饰饮食与体育娱乐等,都有很多外来因素,这些都极大地丰富了唐人的文化生活。以音乐、舞蹈等为例,唐代十部乐中有七部属胡部范围。而坐立二部伎和法曲的确立,打破了原有十部伎的界限,使原来以民族为标准的音乐划分转变为以雅俗为标准的音乐划分法,充分打破了音乐的地域民族界限,促进了音乐舞蹈的民族大融合。

与此同时,大量的域外舞蹈传入中土,如胡腾、柘枝,来自西域石国;胡旋舞来自康国(清代学者魏源在《圣武记》中考证:"哈萨克左部游牧逐水草,为古康居");软舞中的苏合香舞,据说来自天竺。还有一种胡人的"泼胡乞寒戏"在当时的中原地区也相当流行,据《旧唐书》卷一九八《西戎·康国》记载:"好歌舞于道路……至十一月,鼓舞乞寒,以水相泼,盛为戏乐。"②这种"异曲新声,哀思淫溺"③,却又偏偏众人都喜欢,成为一时之尚。所谓"始自王公,稍及闾巷,妖伎胡人,街童市子"④无不留连忘返。而胡旋

①　《资治通鉴》卷198,"贞观二十一年(647年)五月"条。
②　《旧唐书》卷198《康国传》。
③　《新唐书》卷119《武平一传》。
④　《新唐书》卷119《武平一传》。

舞的流行，甚至到了"臣妾人人学圆转"①的程度。钱易《南部新书》称："天宝末康居国献胡旋舞，玄宗深好此舞，太真、安禄山皆为之。"②《旧唐书》载安禄山："晚年益肥壮，腹垂过膝，重三百三十斤，每行以肩膊左右抬挽其身，方能移步。至玄宗前，作胡旋舞，疾如风焉。"③说明胡旋舞在当时是一种很受欢迎的舞蹈。至今，莫高窟敦煌壁画中还存留着这种舞蹈的形象。不仅西来乐舞改变了传统礼仪，胡服、胡食也大量传入中国。《旧唐书·舆服志》中记开元以来："太常乐尚胡曲，贵人御馔，尽供胡食，士女皆竞衣胡服，故有范阳羯胡之乱，兆于好尚远矣。"④将胡服、胡食等与安史之乱挂钩不免牵强，但从中可见"胡风"之盛。

　　在吸收外来文化的同时，唐人也对外输出自身的优秀文化。如日本、新罗等许多国家都受到了唐代文化的影响。白居易《秋日怀杓直（时杓直出牧澧州）》诗句中云："西寺老胡僧，南园乱松树。携持小酒榼，吟咏新诗句。同出复同归，从朝直至暮。"⑤能够"吟咏新诗句"，这也在一定程度上说明，胡僧已经成为唐代文学创作的有生力量之一。唐朝时，由于西域胡人大量定居于内地，从事各种商贸等经营活动，因而也把域外宗教带入了内地。唐朝统治者对域外宗教也实行开放政策，在一定范围内允许传教士自由传教。景教经西域传入长安，祆教也开始传入中原，同时，波斯人创立的摩尼教在武则天时期开始兴盛起来。在请进来的同时，也有大批僧俗人士去域外求法或进行各种商贸活动。唐朝僧人义净根据自己赴西域取经求法的见闻，撰写了《大唐西域求法高僧传》。《求法传》收录了从太宗贞观十五年（641年）到武后天授二年（691年）50年间33批56人次前往南海和印度游历、求法的经历。义净取经归国后，其译场聘任了许多胡僧充任证梵，这其中有吐火罗沙门达磨末磨、中天竺沙门拔弩、居士中天竺人李释迦度颇多、居士东天竺人伊舍罗等。

_____

① （唐）白居易：《胡旋女》，"天宝季年时欲变，臣妾人人学圆转，中有太真外禄山，二人最道能胡旋"。
② （宋）钱易：《南部新书》巳，中华书局1958年版，第67页。
③ 《旧唐书》卷200《安禄山传》。
④ 《旧唐书》卷45《舆服志》。
⑤ 《全唐诗》卷430《秋日怀杓直（时杓直出牧澧州）》。

在古代中国，非洲是人们已知的西方的终点。一般认为，在唐以前，中国人已经通过各种途径对非洲有了一定的认识和了解。贾耽在广州通海夷道中，明确记述了由非洲东海岸向西北通往波斯湾的航线。杜佑在《通典》中记述唐代大秦国的情况时，附录了杜环《经行记》中有关大秦的记载。除了贾耽、杜环的著作之外，唐代对非洲最详尽的记载当属段成式《酉阳杂俎》。段成式在《酉阳杂俎》中记载的非洲国家主要有孝亿国（Siut，埃及南部）、仍建国（Utica，北非突尼斯沿海古城）、悉怛国（不详，或指 Sudan）、怛干国（Dakhel Oasis，撒哈拉沙漠中的沙岛）勿斯离国（Misr，埃及）等，其中以拨拨力的记载最称完备。段成式对非洲诸国的记录不仅远远超出了前代，而且在数量和内容上都大大多于现存的唐代官方载籍的记录。

唐代文化的开放多元还表现在对内的兼容宽松政策。

（一）唐朝对境内各民族实行类似民族自治的羁縻府州制度，这些府州的长官由各少数民族的首领或国王担任，可以世袭，但应服从各都护府的领导并对唐帝国尽相应的义务。

（二）在政治上，唐朝政府强调海内如一，民族平等，允许少数民族人士在唐政府中任职。据《新唐书·宰相世系表》统计，唐朝历届宰相共有 369人，其中 24 人为少数民族，约占 6%左右。而高级将领中少数民族籍贯的则远远超过宰相人数，如李光弼、哥舒翰、仆固怀恩等皆是少数民族出身。

（三）在经济方面，为促进社会生产力的恢复，唐政府曾经长期免除商税，这项政策在客观上极大地促进了封建商品经济的发展，也推动了各地间的经济交流。除了内地各省份间的自由贸易之外，内地与国外及各少数民族之间的民间贸易、官方贸易也都非常繁荣，经济上的频繁交流有力地促进了经济社会的共同发展，也影响了社会生活的各个方面，诸如饮食、服饰等，唐代风靡一时的胡化风气就是鲜明的例证。

（四）在思想文化方面，唐朝统治者兼容并包，实行开明开放的宽松文化政策。从唐太宗开始，就树立了善于纳谏，广开言路的榜样，唐前期一百多年的其他皇帝也基本能够从善如流。在思想文化领域，唐代实行的是儒、释、道三教论衡的宗教多元政策。唐代文化还呈现出由贵族化向平民化过渡中的特色，贵族文化与平民文化互相融合，创作出了很多雅俗共赏的俗文学作品。诸如唐传奇、词,刘禹锡、白居易的民歌等,就是士大夫文化与民间俗文化的绝妙融合。在社会生活与习俗方面,唐代也开一代风气之先。唐人好尚娱乐,因此,唐朝的节庆假日繁多,每逢重大喜庆节日,长安城中倾城而动,欢歌笑语,欢饮达旦,歌舞百戏,一应俱全。人们充分享受着生活的乐趣。同时,由于唐代思想文化较为开放,所以对妇女的禁锢也较少。

正是这种多元开放的社会风气,促进了唐代经济与文化的高度繁荣,也促进了俗文学的勃兴。

二、俗讲变文与多元开放的社会文化

源于印度、经西域东传华夏的佛教文化艺术,对唐代俗文学产生了深远的影响。以唐代俗讲和变文为例,佛教传入中土,僧徒为弘道扬教,除译经建寺、斋会讲经外,更利用音乐、绘画、雕塑、文学等手段广泛布道化俗。佛家讲经因听众的不同,有僧讲和俗讲之别。俗讲就是将生涩的佛教经义化作通俗的语言,并结合大众喜闻乐见的形式传布教义。六朝以来的讲道化俗手段"转读"和"唱导"即是抑扬顿挫的咏经(转读)和宣唱法理开导众心的唱导。

转读又叫唱经、咏经,指讲经时抑扬其声,讽诵经文。佛教传入中国以后,相关经籍的翻译、讲说是一项重要而艰巨的工作。为解决语言和接受习惯不同等方面的问题,我国僧人先是尝试用"转读"(咏经)、"梵呗"(歌赞)等方式宣扬佛教,梁慧皎在《高僧传》中云:"咏经则称为转读,歌赞则号为梵呗。"①但这极易使听者疲劳,经文深奥艰涩而难解的问题也并没有得到有效改善。其后,僧人又采用"唱导"的方式来"宣唱法理,开导众心"。这种方式通过"杂序因缘"或"旁引譬喻"以引起听讲者的兴趣,比较注重因人施教,随俗化类,具有一定的灵活性。这就将枯燥难解的佛教经义用通俗的语言、引人入胜的故事传达给俗众。

俗讲变文因源于文化开放中对印度佛教的宣扬,因此它传承了印度佛教中的诸多故事。但是,俗讲变文在本土化的过程中,也不断吸收中土文

①　(梁)慧皎:《高僧传》,汤用彤校注本,中华书局1992年版,第507页。

化,尤其是俗文化中的俳优说唱艺术。也就是说,俗讲最初是印度佛教故事与中土表演艺术的融合,这种融合正是多元开放的文化氛围中文学艺术发展的重要手段。因为任何文学艺术只有相互借鉴,相互吸收,才能取长补短,保持发展势头。随着俗讲艺术的发展,寺院俗讲不再限于佛教故事,而广为吸收东土的世俗内容,包括大量民间传说和历史故事。此外,民间流行的叙事吟咏的方法也为俗讲所吸收,正是对多元文化,多元手法的吸收,才形成了今天我们看到的多种多样的俗讲底本。也正源于此,俗讲在当时才风靡市井,受到了上自皇帝,下至百姓的喜爱。

正是在佛教的刺激下,讲唱艺术逐渐兴盛起来,俗讲成为人们喜闻乐见的大众文学艺术形式。很受普通民众的欢迎。姚合在诗歌《听僧云端讲经》中说:"远近持斋来谛听,酒坊鱼市尽无人。"①在《赠常州院僧》中云:"仍闻开讲日,湖上少鱼船。"②描绘的都是当时俗讲的盛况。为听俗讲,不仅湖面上的捕鱼船只急剧减少,就连本该熙熙攘攘的酒肆鱼市也空不见人,诗人通过侧面描写,使千载之下的我们对当时俗讲之盛况一览无遗。普通百姓如此痴迷,皇帝对此也颇有兴趣,"上幸兴福寺观沙门文溆俗讲"③,真可谓朝野上下,风靡一时。

唐代与俗讲同时流行的民间说唱伎艺还有"转变",即说唱变文,变文是转变的底本。"转变"当时极为盛行,一般特点是说唱相间,散韵结合演述故事。说讲多用俗语或浅近骈体,唱为行腔咏歌,多为押偶韵的七言诗。其表演时,一般需要展示与所唱故事有关的图画,所谓"画卷开时塞外云"④。"转变"后来从寺院流向民间,而讲唱者的范围也随之扩大到僧侣之外,唐人王建的《观蛮伎》,李贺的《许公子郑姬歌》都反映了艺人或歌妓讲唱变文的情景。"变场"⑤是"转变"专门的演出场所。在敦煌文献中,现

---

① 《全唐诗》卷502《听僧云端讲经》。
② 《全唐诗》卷497《赠常州院僧》。
③ 《资治通鉴》卷243《唐敬宗纪》。
④ (唐)吉师老:《看蜀女转昭君变》,《全唐诗》下册,上海古籍出版社1986年版,第1915页。
⑤ 见(唐)段成式:《酉阳杂俎》前集卷5《怪术》篇载,定水寺僧诋李秀才为"望酒旗,玩变场者,岂有佳者乎!"中华书局1985年版,第43页。

知明确标明"变文"或"变"的有《降魔变文》、《破魔变文》、《大目乾连冥间救母并图一卷并序》、《舜子变》、《目连变文》等,其中《舜子变》为六言韵语、体近赋文,《刘家太子变》全为散说,体近话本。

三、词与多元开放的社会文化

词自唐代中叶以来就在中国文学史上占有一定地位,其内涵是有发展变化的。在唐五代,它是配合流行乐曲而创作的歌词,称"曲子"或"曲子词"。歌曲与文辞乃至舞蹈,融为一体,是一种音乐化的文学形式。到宋代,在多数词人那里,曲与词也依然能够密切配合。它是在文人愈来愈追求和重视文学因素的情况下,逐渐出现文学与音乐脱离的现象,最终成了徒有长短句格律的书面文学。尽管如此,词在它的孕育、诞生,乃至繁盛阶段,本质上是音乐文学,文辞是追随、配合乐曲的。词体的产生,本身就是由音乐的发展催化带动的。因此,词源于音乐,或者具体说词源于燕乐的看法,已基本上成为学术界的共识。而燕乐正是唐代多元文化在音乐方面的具体表现。

中国诗歌与音乐相配合的传统由来已久。但不同朝代、不同诗体所配合的音乐以及配乐方式有所不同。《诗经》配合的是雅乐,汉魏乐府配合的是清商乐,词配合的是燕乐。乐府是先有辞(词),然后配乐;词则是先有曲,然后依曲作辞(词)。

"宴乐"即"燕乐","燕"通"宴",是由于经常在宴会上演奏而得名。"燕乐"一词,在《周礼》中即已出现,历代因所用不同,而有不同范畴。燕乐的"燕",又写作"宴",都是"飨宴"之义。故"燕乐"之乐,无论是广义、狭义,都离不开用于宴会这一特点,它是供人娱乐的俗乐。在隋唐时期有时指全部宫廷宴飨之乐,有时指十部乐中的一部。宋人则用它作为隋唐五代除雅乐以外全部艺术性乐曲的统称,因而也就成了与雅乐、清乐相承续的一个时代通俗音乐的称号。

隋唐燕乐有着鲜明的时代特点,适合广大地域和多种场合,以"胡夷里巷之曲"①的俗乐姿态,满足着日常娱乐的需要。它有歌有舞,兼收并蓄,吸

---

① 《旧唐书》卷30《音乐志》。

纳了中原乐、江南乐、边疆民族乐,乃至传自中亚、印度等地多种音乐成分,但不是简单地混合,而是经过了长期交融与相互吸收。① 杨荫浏说:"唐人的燕乐,是清乐与胡乐之间的一种创作音乐,是含胡乐成分的清乐,含清乐成分的胡乐。"②所论可谓简要而深刻。燕乐成分与形成过程虽然复杂,但概括起来看,无非是汇合了两股潮流:一是以西域为主的所谓胡乐,一是华夏的清商乐。

刺激和推动中国音乐到隋唐时代发生划时代变化的最重要的因素是以西域音乐为主的胡乐。杜佑《通典》卷 146 谓"隋立九部乐"③,第一是燕乐,第二是清商,其余则是以胡乐为主的外来音乐,即西凉、扶南、高丽、龟兹、安国、疏勒、康国等。此外,商业贸易、佛教僧侣、民间往来等也是胡乐及域外音乐传入的渠道。可见,东晋以后二百多年,以西域音乐为主的域外音乐的传入,数量是非常大的。

西域音乐促使内地音乐发生变化有一个漫长的过程。在南北朝时期,主要表现在北朝统治的北方地区。真正促成全国性音乐大变化,则需要大统一的条件及都市的繁荣。只有在南北结束分裂对峙,出现新的文化交融与文化热潮时才有可能。因而,燕乐的正式形成,就只能在隋唐时期。

唐初,承隋旧制,仍为九部乐。贞观十四年(640 年),因平定高昌而得高昌乐,又造燕乐,撤并礼毕乐,合为十部(一曰燕乐,二曰清商,三曰西凉,四曰天竺,五曰高丽,六曰龟兹,七曰安国,八曰疏勒,九曰高昌,十曰康国,而总谓之燕乐)。至此,从隋初对音乐的综合整理开始,终于形成了一套完整的兼包胡乐与汉乐的宫廷燕乐。

十部伎隶属于大乐署,大乐署是太常寺所属掌管乐舞的机构。其所掌管的音乐以雅乐为主。唐玄宗爱好俗乐,少年时就酷爱音乐、舞蹈,对外国音乐也有极大的热情,对龟兹音乐更有浓厚的兴趣。他本人擅长两杖鼓的演奏,而两杖鼓又是具有活力的新型乐曲的主要伴奏乐器。《资治通鉴·开元二年正月》云:"旧制,雅俗之乐皆隶太常。上精晓音律,以太常礼乐之

① 丘琼荪遗著,隗芾辑补:《燕乐探微》,上海古籍出版社 1989 年版,第 99 页。
② 杨荫浏:《中国音乐史纲》,上海万叶书店 1952 年版,第 122 页。
③ 《通典》卷 146《乐六》。

司,不应典杂伎,乃更置左右教坊,以教俗乐,命右骁骑将军范及为之使。"①郭茂倩在《乐府诗集》卷七九中称这些隋唐以来的教坊乐曲为"杂曲",又总其名为"燕乐","近代曲者,亦杂曲也",以其出于隋唐之世,故曰"近代曲也……而总谓之'燕乐'。"②实际上,唐因隋旧制,"燕乐"也就是俗乐中最主要的部分。教坊虽是宫廷乐团,但所典为倡优杂伎,与市井下层沟通,乃至有些市井艺人亦可以挂名于教坊,所以教坊是唐代俗乐的中心。而"燕乐"是俗乐中最主要的部分,因而"燕乐"也是教坊曲的主要成分。

南卓《羯鼓录》说唐玄宗"洞晓音律……凡是丝管,必选其妙。若制作诸曲,随意而成"③。除教坊外,他又亲自训练了一个高级乐团,称"皇帝梨园弟子"。内外教坊和梨园成了全国乐舞中心,以其精湛技艺和影响,把唐代歌舞艺术推向顶峰。安史之乱发生,东西两京一度陷落,宫廷教坊受到破坏,梨园不存,宫廷艺人大批流落民间,这也促进了宫廷艺术向民间的转化。如《明皇杂录》载,开元、天宝时著名歌唱家李龟年,晚年流落江南为人演唱。④《王司马集》卷2《温泉宫行》中说:"梨园弟子偷曲谱,头白人间教歌舞。"⑤中晚唐,燕乐弥漫于社会各阶层,弥漫于全国各地,尤其是沿江江南一带,歌舞繁盛,与此有密切关系。

教坊不仅因其人才荟萃,精于歌舞,为适应演出需要,制作了许多新曲,而且把大量来自边地少数民族及外国的乐曲、来自下层的里巷之曲和谣歌等进行汇集加工,并传播到民间各地。这些乐曲数量多,内容丰富。有用于歌,有用于舞,有用于说唱,有用于扮演戏弄。用于歌唱或歌舞结合的乐曲,有许多演变成了词调。关于教坊曲名,传世有崔令钦的《教坊记》。其《教坊记序》云:"今中原有事,漂寓江表。追思旧游,不可复得。粗有所识,即复疏之。"⑥序中又称李隆基的庙号(玄宗),表明书撰于安史之乱作者逃难江南之时。成书时间上限为代宗宝应元年(762年)春季玄宗去世之后。该

---

① 《资治通鉴》卷211《开元二年正月》。
② (宋)郭茂倩:《乐府诗集》卷79,中华书局1979年版,第1107页。
③ (唐)南卓:《羯鼓录》,中华书局1985年版,第4页。
④ (唐)郑处诲:《明皇杂录》卷下,中华书局1985年版,第8页。
⑤ 《全唐诗》卷298《温泉宫行》。
⑥ (唐)崔令钦撰,任半塘笺订:《教坊记笺订》,中华书局1962年版,第9页。

书共载教坊曲 324 首,因作者仅凭个人记忆,"粗有所识",不可能是教坊曲的全部。同时今传本《教坊记》又均非完帙,有遗帙,亦有后人增补,324 曲未必皆是盛唐之曲,个别或属中晚唐,据今存唐五代词,对照《教坊记》,其中演变为唐五代词调的有 79 曲。①

　　另外,有 40 余曲,在宋词中可以看到被用为词调。如柳永词中的《雨霖铃》等词调,名称始见于教坊曲。这中间具体情况还很复杂,有的可能是在宋人手里才为词调的,但也有的可能是在唐五代就已成为词调而其辞不传,以至我们只能在宋代文献中看到。比如,若没有敦煌词的发现,那么不见于《花间》、《尊前》等集的曲名,即会被认为迄至五代尚未转变为词调。今存唐五代词,所用词调约 180 个左右,见于《教坊记》的竟有 79 曲,接近一半。充分说明教坊曲与词的兴起之间关系密切。教坊是隋唐乐舞新变和兴盛的产物,而教坊的出现,又对唐代朝野上下沉溺歌舞,竞逐新声起了推波助澜的作用。两京有教坊,节度府和州县也就有在乐籍的官妓和其他各类有乐舞技艺的妓女。一些官僚富贵人家,也有私人的歌舞女子。这些能歌善舞的歌妓,不仅供奉宫廷,还常常服务于"举场"和"使幕"以及各种社交和娱乐场合。而无论是在大型的场合中演出歌舞,或是在一般宴席上以歌舞侑酒,乐曲都需要有词相配,于是出现了按曲调作歌词的情况。

　　刘熙载《艺概·词曲概》卷四指出:"词即曲之词,曲即词之曲。"②此处所说的"曲",即是《旧唐书·音乐志》中所云歌者杂用之"曲",也即南北统一以后出现的新乐曲(即"燕乐"),当时称这种"曲"为"曲子"或"杂曲子",书写下来,就是一些乐谱,有了乐谱就会有歌辞,以用于歌唱,这配合"燕乐"乐曲的"歌辞"就是"词"。而这些作词者中既有直接从事歌舞的妓女乐工,也有市井下层据一定曲调随口配上歌词的各色人等,当然,更多的则是那些与歌儿舞女有频繁接触的文人。他们应歌者需求所作的歌词,不仅数量多,而且有较高的艺术水平。

　　当然,词的起源也与宗教讲唱,与唐代的声诗、酒令等有一定关系。佛

---

① 吴熊和:《唐宋词通论》,浙江古籍出版社 1985 年版,第 17 页。
② (清)刘熙载:《词曲概》,《艺概》卷 4,上海古籍出版社 1978 年版,第 106 页。

教音乐在西域音乐向东传播过程中起过重要作用。燕乐的多种成分中也包含佛曲。佛教在寺庙道场等多种场合,通过僧尼讲唱宣传佛法,使有的佛曲也演化成了俗曲的词调。如《婆罗门》、《舍利弗》、《悉昙颂》、《摩多楼子》、《达摩支》等词牌,皆由梵曲演化而成,但它对词曲的影响与唐代的声诗、酒令等一样,毕竟不是主要的,因此这里不再赘述。

可见,词的起源离不开兼容开放的燕乐,离不开雅俗共赏的多元品味,因而,一定意义上,我们可以说,正是唐代的多元文化催生了词这种亦俗亦雅的新文学体式。

四、歌舞戏与多元开放的社会文化

中国戏曲虽成熟于元代的杂剧,但戏曲的源头之一却是唐代的歌舞戏。唐代歌舞戏十分盛行,而且在唐代歌舞戏中,“胡部”剧目具有特色且占有相当的分量。如《合生》就是唐初的著名胡戏。《新唐书》说:“异曲新声,哀思淫溺。始自王公,稍及闾巷,妖姬胡人,街童市子。或言妃主情貌,或列王公名质,咏歌舞蹈,号曰合生。”①在唐代歌舞戏剧目中,还有《神白马》、《羊头浑脱》等,这些剧目源于西域乐舞,均列入唐代歌舞戏的“胡部”。

又如中原舞剧“大面”,或称“代面”。段安节在《乐府杂录》鼓架部条记载:“大面出于北齐。齐兰陵王长恭才武而貌美,常着假面以对敌。”②《教坊记》中说:“大面出自北齐,兰陵王长恭性胆勇,而貌若妇人,自嫌不足以威敌,乃刻木为假面。”③《兰陵王》传到日本的歌词为:“吾等胡儿,吐气如雷。我采顶雷,捣石如泥。右得士力,左得鞭回。日光西没,东西若月。舞乐大去,录录长曲。”④以此看来,兰陵王是胡人,他具有“吐气如雷”、“捣石如泥”的英雄气概。北朝的皇帝和朝廷的文武官员,因为是北方少数民族出身,豪情尚武,善骑射、喜穿胡服、喜胡乐舞。

---

① 《新唐书》卷119《武平一传》。
② (唐)段安节:《乐府杂录》,中华书局1985年版,第13页。
③ (唐)崔令钦:《教坊记》,中华书局1985年版,第5页。
④ 《新乐部》(大日本史卷三百四十七),转引自《唐代长安与西域文明》,三联书店1979年版,第70页。

又如《弄婆罗门》,《乐府杂录》、《通典》、《旧唐书·音乐志》等一般记载为"弄婆罗门"或"婆罗门乐",任半塘先生在《唐戏弄》中认为它是"在散乐歌舞戏及杂剧之间的"①一种戏剧形式,"弄婆罗门"的音乐形式有《望月婆罗门》等,剧目有《舍利弗》等,《舍利弗》的内容是演外道"舍利弗"皈依佛祖的故事。李白有《舍利弗》词:"金绳界宝地,珍木荫瑶池。云间妙音奏,天际法蠡吹。"②从西域传入的有名的百戏剧目《舍利兽》就与《舍利弗》相关,剧情是舍利兽从西方来戏于殿前,激水成比目鱼,跳跃噏水作雾翳而化成黄龙,长八尺,出水游戏。

《西凉伎》是西域歌舞戏,始于唐代,明代尚有演出。它是由胡腾舞和狮子舞编成的歌舞戏,歌、舞、情节、科白俱全。演员来自西域,演员装束一般是"假面饰金银,盛装摇珠玉"③。元稹《西凉伎》诗中描写道:"吾闻昔日西凉州,人烟扑地桑柘稠,葡萄酒熟恣行乐,红艳青旗朱粉楼。楼下当垆称卓女,楼头伴客名莫愁。乡人不识离别苦,更卒多为沈滞游。哥舒开府设高宴,八珍九酝当前头。前头百戏竞撩乱,丸剑跳掷霜云浮。狮子摇光毛彩竖,胡腾醉舞筋骨柔。"④

另有《上云乐》,《乐府诗集》所录梁代周舍《上云乐》"老胡文康辞"云:"西方老胡,厥名文康……蛾眉临髭,高鼻垂口……举技无不佳,胡舞最所长……赍持数万里,愿以奉圣皇……"⑤李白《上云乐》"老胡文康辞"云:"金天之西,白日所没。康老胡雏,生彼月窟……碧玉炅炅双目瞳,黄金拳拳两鬓红……老胡感至德,东来进仙倡。五色狮子、九苞凤凰……能胡歌,献汉酒,跪双膝,并两肘,散花指天举素手……"⑥可见《上云乐》为综合性乐舞,是胡人所进之乐舞。

---

① 任半塘:《唐戏弄》,作家出版社1958年版,第651页。
② 《全唐诗》卷165《舍利弗》。
③ (隋)薛道衡:《和许给事善心戏场转韵诗》,选自徐坚《初学记》,京华出版社2000年版,第579—580页。
④ 《全唐诗》卷419《和李校书新题乐府十二首·西凉伎》。
⑤ 郭茂倩:《上云乐》,《乐府诗集·清商曲辞》卷51,上海古籍出版社1998年版,第574—576页。
⑥ 郭茂倩:《上云乐》,《乐府诗集·清商曲辞》卷51,上海古籍出版社1998年版,第574—576页。

总之,多民族文化交融使不同民族的优秀文化在碰撞、交流中迸发出新的火花,为文学艺术的发展带来了新的契机,孕育、催生了璀璨夺目的唐代俗文学,使唐代俗文学焕发出奇光异彩。

第三节　城市繁荣:唐代俗文学的经济基础

一、唐代城市繁荣的原因及表现

本文所论及的唐代俗文学是指唐代流行的通俗文学,是除正统雅文学如诗文等以外的所有文学形式。它包括通俗文学、民间文学、曲艺文学等。它可以是个人署名,也可以是集体创作;可以流行于民间,也可流行于官方。俗文学与雅文学最大的不同之一在于它具有最广大的消费群体,这一广大的消费群体使俗文学的利益得以实现,谁抓住了广大消费者,谁就抓住了俗文学的经济命脉。这也正体现了文学与经济的密切关系。

恩格斯说:"政治、法律、哲学、宗教、文学、艺术等的发展是以经济发展为基础的。但是,它们又都互相影响并对经济基础产生影响。"[1]"文学的形态和发展都与经济具有密切的关系。"[2]经济是影响文学,尤其是俗文学的重要因素之一。这是因为俗文学的从业者们都或多或少地为着经济的利益,而封建城市往往是政治、经济、文化的中心,也是俗文学消费群体最密集、交通最便利的地方,是俗文学从业者们实现利益最大化的舞台。因此,城市是俗文学的沃土,城市经济对俗文学有着重要的影响。

然而封建城市经济的发展又是以封建国家政治、经济的发展为前提的,因此,在我们探讨唐代城市与俗文学关系之前,有必要先对唐代总体的政治、经济情况稍做梳理。

先看政治,自东汉末年至魏晋南北朝,中国长期处于分裂割据的混乱状态。到隋唐时期,才重新建立起中央集权的统一封建王朝。这一统一局面维持了近三百年,是中国历史上统一时间最长的时期。

---

① 《马克思恩格斯选集》第4卷,人民出版社1955年版,第506页。
② 章培恒:《经济与文学之关系》,《学术月刊》2006年第5期。

统一局面的维持,与唐朝的政治清明有着密切关系。唐朝政治的兴衰,史学界公认的是分为三个阶段:唐朝前期(公元618—741年,即唐高祖武德元年至玄宗开元29年),唐朝中期(公元742—820年,即玄宗天宝元年至宪宗元和15年),唐朝后期(公元821—907年,即穆宗长庆元年至唐朝灭亡)。唐朝前期的一百二十多年间,政治比较开明,虽然也有中央统治集团内部的互相倾轧等腐朽现象,但进步倾向起着主导作用,因而能够保持强劲发展的势头。唐朝中期的七十九年,主要面临着地方割据势力的威胁,八年之久的安史之乱对唐统治者打击甚大,但由于中央集权势力取得相对的胜利,也基本上能保持国家统一的局面。唐朝后期约八十七年,内有宦官势力的威胁,外有地方割据势力的虎视眈眈,中央集权势力愈趋衰弱,最后朱温篡唐,中国又面临五代十国割据的局面。唐太宗、武则天、唐玄宗执政时间长,政治比较清明,这对唐朝政治、经济、文化的发展,起了重大的推动作用。唐朝政治社会的安定为经济的发展和繁荣铺平了道路,经济的繁荣反过来又促进了政治社会的稳定。经济繁荣与政治稳定在玄宗时代达到最高峰。

再看经济。唐王朝前期一百多年稳定与开明的政治铸就了繁荣昌盛的封建经济,也为唐代文化包括俗文学的发展奠定了坚实的物质基础。唐代社会经历了"贞观之治"和"开元盛世"两大繁荣期,是中国封建社会发展的顶峰。唐代土地垦辟扩大;水利事业发达;官府手工业规模巨大,私营手工业也很可观;纺织、陶瓷、金属冶铸制造等行业产量和技术都相当高;南方的种稻、种茶、桑蚕以及制瓷、造纸、造船等业都很显著;交通发达,统一的市场已经形成,城市繁荣。唐代后期,随着土地兼并的加剧和政治的腐败,贞观之治和开元盛世的繁荣景象一去不返。

唐朝前期,农业得以迅速发展。这主要得力于政府的一系列劝农兴农政策,垦荒、新农具的使用,以及水利设施的建设等。

唐朝统治者一直非常重视农业,实行了租庸调制等开明政策,并用减免赋税等政策鼓励开垦荒地,使耕地面积显著扩大。到盛唐天宝年间,垦田数字达到一千四百三十多万顷,按照当时八百九十余万户的数字计算,每户合田地一顷六十余亩。耕地的增加,使得粮食产量大大增长。

唐代还出现了新的生产工具——曲辕犁和筒车。据陆龟蒙《耒耜经》

所载,曲辕犁与过去的步犁相较,有重大改进,不仅能节省人力,而且能深耕,耕地的速度也较快,功效较大。筒车是一种灌溉工具,能将低处的水引向高处,不仅大大节省了人力,也解决了一些旱地靠天吃饭的历史。

为促进农业的发展,唐代大修水利工程。从唐高祖李渊至玄宗李隆基的一百多年间(618—755 年),修筑河渠、陂塘、堤堰见于记载的有一百多处。贞观年间,薛大鼎为沧州刺史,"州界有无棣河,隋末填废,大鼎奏开之,引鱼盐于海,百姓歌之曰:'新河得通舟楫利,直达沧海盐鱼至,昔日徒行今骋驷,美哉薛公德滂被。'"①贞观十一年(637 年)李袭誉在扬州大修陂塘,"誉乃引雷陂水,又筑句城塘,溉田八百余顷,百姓获其利"②。开元年间开凿的四川彭山通济堰,"溉田千六百顷"③。此外,关中的白渠、郑国渠和越州的镜湖均进行了重新疏通和扩建。

社会的长期安定、人口的迅速增长和朝廷劝农兴农政策的鼓励,使农业获得了显著发展,出现了欣欣向荣的局面,从贞观到天宝一百多年间,粮食产量迅速提高,人口激增,整个国家呈现出一派繁荣富强的景象,杜甫在其诗作《忆昔》中对开元时期男耕女织、仓储富足的盛世景象赞叹不已:"忆昔开元全盛日,小邑犹藏万家室。稻米流脂粟米白,公私仓廪俱丰实……齐纨鲁缟车班班,男耕女织不相失。"④天宝年间的进士元结描述当时的景象称:"开元天宝之中,耕者益力,四海之内,高山绝壑,耒耜亦满。人家粮储,皆及数岁,太仓委积,陈腐不可校量。"⑤大量的荒地被开垦出来,粮食迅速增产,粮价下跌。隋末一斗米值数百钱,然而唐开元年间,"海内富实,斗米之价钱十三,青、齐间斗才三钱"⑥。玄宗在敕文中也说:"天下诸州,今年稍熟,谷价全贱,或虑伤农"⑦。至于"太仓委积"的情况,可从含嘉仓窥见一斑。1974 年,在河南洛阳发掘出唐代最大的太仓——含嘉仓。该仓东西长

---

① 《旧唐书》卷 186《薛大鼎传》。
② 《旧唐书》卷 59《李袭志传》附《袭誉传》,《唐会要》卷 89,《通典》卷 2。
③ 《新唐书》卷 41《地理志》。
④ 《全唐诗》卷 220《忆昔》。
⑤ 《全唐文》卷 830《问进士》。
⑥ 《新唐书》卷 51《食货志》。
⑦ 《新唐书》卷 51《食货志》。

六百公尺,南北长七百余公尺。仓内密集排列四百多个粮窖,其口径大者十八公尺,小者八公尺,最深的距地表十二公尺。大的粮窖可贮粮一万多石(一石约为六十公斤),在含嘉仓的 160 号粮窖中,还发现已经炭化的五十万斤谷物。由于生产发展,社会安定,人口也不断增长。唐初户口不满三百万户,至天宝十三年(754 年),户口已达九百零六万户,人口五千二百八十多万人,远远超过隋代的人口。

在农业发展的基础上,唐代手工业也得以迅速发展。工部掌管全国工匠,《唐六典》卷七记载:"工部尚书侍郎之职,掌天下百工、屯田、山泽之政令。"①除工部之外,唐代沿用隋代的少府监,《唐六典·少府军器监》卷二二记载:"少府监之职,掌百工伎巧之政令,总中尚、左尚、右尚、织染、掌冶五署之官属"②,可见,少府监掌管官府手工业中的一般手工业。由于官府手工业机构大,分工细,除少府监外,尚有将作监和军器监,三监下面又设若干署。将作监主管土木营建,军器监主管军械制作。官府手工业产品供宫廷百官使用,不在市场出售。唐代的工匠制度规定,工匠世袭,不能任意改业。工匠分为三类:一为长上工匠,即官奴婢,他们长期服役;二为轮番工匠,番户每年服役三月,杂户两个半月,一般工匠二十日;三为和雇工匠,由政府雇用,"雇者日为绢三尺"③。和雇匠身份较为自由,但有时也被强制转为番匠,被束缚在官府手工业之中。和雇匠的出现反映了商品经济的发展。除官府手工业之外,还有私营手工业,但其规模较小。

唐代最发达的手工业部门有丝织、制瓷、矿冶、造纸、碾硙等。

丝织业分工很细,"凡织纴之作有十……组绶之作有五:……绅线之作有四……练染之作有六……"④锦是丝织品中最有名的,唐人流传着"蜀桑万亩,吴蚕万机"的说法。蜀锦主要集中于成都,有悠久的历史。当时的金银丝织物,细腻华丽,安乐公主出嫁时,四川献单丝碧罗笼裙,"镂金为花

---

① 《唐六典》卷 7《尚书工部》。
② 《唐六典》卷 22《少府军器监》。
③ 《新唐书》卷 46《百官志》。
④ 《旧唐书》卷 37《五行志》。

鸟,细如丝发,鸟子大如黍米,眼鼻嘴甲俱成,明目者方见之。"①吐鲁番出土的唐代锦裙,用黄、白、绿、粉红、茶褐等六色经线织成,再用金黄色纬线织出蒂形小团花,精美无比。绢产于北方各州,以宋州(今河南商丘)、亳州(今安徽亳县)的绢为最好。绢的特点是质轻,当时有一种轻纱,一匹长四丈,却只有半两重。新疆出土的一种轻纱,绘有一幅狩猎图,图中有驱马飞奔的猎人,有花草鹿兔,山石树木,形象生动逼真,显示了织工和染工的精湛技艺。唐代诗人用"染作江南春草色"②,"红裙妒杀石榴花"③,"翡翠黄金缕,绣成歌舞衣"④,"画裙双凤郁金香"⑤等诗句来形容和赞美丝织的色彩,反映了唐代丝织业的高度成就。

造纸业在唐代有很大发展,产地广,纸张种类也多。益州的大小黄白麻纸最为著名,官府的公文文书多用此纸。杭州、越州等地的上细黄白状纸,均州的大纸,蒲州的百日油细薄白纸,均为当时名纸,属于贡品。

矿冶和金属加工也很发达。唐初允许私人开采钢铁,"凡天下诸州出钢铁之所,听人私采,官收其税。"⑥这非常有利于矿业的发展。元和时年产铁大约二百余万斤,铜二十六万余斤,锡五万斤,银一万二千余两。⑦可见其规模很大。当时冶炼钢铁,已能采用水力鼓风炉,如山西飞狐县当时便利用拒马河的水力来炼铜。与矿冶业发展的同时,金属加工业也有新的发展。河北易县出土的唐代生产工具,如锄、镰、铲、刀等,已很接近近代。扬州的铜镜,驰名中外,制作精美。金银器皿的制造更为突出,1970年在西安西郊何家村出土的唐代窖藏文物中,有金银器二百七十多件,1987年5月在陕西扶风法门寺地宫出土唐代金银器一百二十一件。⑧这些器物光彩夺目,造型优美,以鎏金和浇铸为主,切削、抛光、焊接、镀、刻、铆、凿等工艺均达到

---

① 《旧唐书》卷37《五行志》。
② 《全唐诗》卷427《缭绫》。
③ 《全唐诗》卷145《五日观妓》。
④ 《全唐诗》卷169《赠裴司马》。
⑤ 《全唐诗》卷525《偶呈郑先辈》。
⑥ 《唐六典》卷22《少府军器监》。
⑦ 《新唐书》卷54《食货志》。
⑧ 白建钢:《法门寺佛宝记》,《光明日报》1987年6月14日。

了很高的水平。当时已使用了简单机械车床,在世界机械工业史上占有重要的地位。在法门寺和西安何家村都出土了熏球,球内有持平环装置,将多层同心圆与焚香盂以对称的活轴相连,无论怎样转动熏球,盂内香料都不会洒出,这种原理等同于欧美近世才发明的陀螺仪原理。

在农业和手工业发展的基础上,唐代商业也空前繁荣。

首先是邸店的兴起。由于商品增多,交换频繁,城市居民的生活必需品,如纺织品、金属器皿、木制用具、装饰品以及盐、糖、茶、纸等,全由市场供应,城市内出现了商业区,商业区内有许多堆放商品的货栈——邸店。《唐律疏义》卷四《名例》曰:"邸店者,居物之处为邸,沽卖之所为店。"①邸店的兴起,是唐代商业发展的结果,也是商业发达的标志之一。据《太平广记》载,唐高宗时,西京"有富商邹凤炽,其家巨富;金宝不可胜计,常与朝贵游,邸店园宅,遍满海内,四方物尽为所收。"②由此可见大商人钱财之多,势力之盛,同时也可看出邸店在唐代已广泛存在。有些官僚贵族也竞相开邸店逐利,宣宗时规定贵族官僚开办邸店同百姓一样都须纳税,邸店作为政府一项税收,这说明它在当时经济活动中占有重要地位。邸店的兴起,对推动商业的发展起了积极作用。

其次是对外贸易和驿站、水陆交通的发达。唐朝时在西北陆路沿边一带,设立互市监管理贸易。陆上对外贸易,在玄宗以前特别发达,后因吐蕃强盛,阻碍了陆路通商,而海上贸易却日益繁荣。玄宗"天宝二年十月敕如闻关已西诸国,商贩往来不绝。"③而贸易货物的品种也很多,"开元二年闰三月敕,诸锦、绫、罗、縠绣、织、成绌绢、丝、厘尾、真珠、金银,并不得与诸蕃互市,及将入蕃金银之物,亦不得将度西北诸关。"④这虽是由于外交关系而发布的禁令,但也可反映出当时贸易的频繁及商品种类的丰富。东南沿海的贸易,自南朝以来就很发达,至唐代更见繁荣。开始由地方长官管理海外

①　(唐)长孙无忌等撰,刘后文点校:《唐律疏议》卷4,《名例律》"平赃及平功庸"条,中华书局1993年版,第92页。

②　(宋)李昉:《太平广记》卷495《杂录三》"邹凤炽"条,中华书局1961年版,第4062页。

③　(宋)王溥:《唐会要》卷86《关市》,中华书局1955年版,第1453页。

④　(宋)王溥:《唐会要》卷86《关市》,中华书局1955年版,第1453页。

贸易,以后又设立专门机构市舶司管理对外贸易。广州是重要的外贸港口,来往的外国货船很多,"南海舶,外国船也。每岁至安南、广州,狮子国舶最大,梯而上下数丈,皆积宝货。"①可见贸易之繁盛。广州为外商集中地,东南亚各国,波斯、阿拉伯、师子等国商人均来此经商。登州(今山东蓬莱)、明州(今浙江宁波)、扬州等地则和新罗、日本有频繁的贸易往来。

商业的繁荣,社会的安定,也推动着驿站和水陆交通的发展。唐代发展了前代的驿传制度,兵部下的驾部,掌管全国驿站,全国计有驿站一千六百三十九所。其中水驿二百六十所,陆驿一千二百九十七所。"陆驿配以马匹,水驿配以船只,以作交通之用。每驿皆置驿长一人。量驿之闲要,以定其马数……凡水驿,亦量事闲要以置船……"②驿站的设置,主要为了官吏往来和文书的传递,但也方便了商旅往来。在全国各主要交通道路,每三十里设一驿站,这种驿传制度,对加强中央对地方的控制,便于商旅往来,起了一定的作用。国内陆路交通以都城长安为中心,有五条主要线路:一条经洛阳、开封、齐州(今山东济南)到河北;一条经太原、娘子关、范阳到北方各地;一条经邢州(今陕西邢县)、凉州到西域;一条经凤翔、成都至西南各地;一条经商州(今陕西商县)、鄂州(今湖北武昌)、潭州(今湖南长沙)、桂林达广州。国内水路交通除贯通南北的大运河以外,由长江、淮河和其他河流湖泊构成水路网。运河和长江交汇点的扬州,成为繁华的大都市。波斯、大食商人由海入江,直到扬州。唐代对外交通也有发展。当时通西域中亚的陆路分北、中、南三道:或越葱岭南行,或由剑南西川经西藏,或由桂林经云南,均可通往印度和中亚诸国。海上交通方面,出广州、泉州,可达马来半岛、印度尼西亚、斯里兰卡和印度,再往西,可至波斯湾和红海。南方由水路,北方由水路或陆路,均可到达朝鲜和日本。

再次是商业城市的勃兴。随着商业和交通的发达,商业城市迅猛发展。都城长安是最大的商业城市,有三十多万户,约百万居民,外郭城周长三十五点五公里,城垣面积达八十四平方公里。唐代长安是当时的世界化大都

---

① (唐)李肇:《唐国史补》卷下,上海古籍出版社 1979 年版,第 63 页。
② 《唐六典》卷 5《尚书兵部》。

市,其规模之大,建筑之精是世界罕见的。城内南北十一条大街,东西十四条大街,又以贯通南北的朱雀大街为中轴,将长安城分为东西两部分。城北是宫城和皇城,城南是住宅和商业区,商业区分为东西两市,市内有许多堆放货物的邸店,还有许多出售货物的地方——"肆"。出售相同货物的肆,集中在一个区域里,叫"行"。仅东市就有几千个肆,二百二十个行。西市与东市相似,中亚、波斯、大食等许多外国商人都聚居在这里。中唐时期,长安的胡商多达二千人以上,他们多居住、经营于西市附近,使得西市成为国际性的市场。"西市礼席"的故事就充分揭示了唐代长安商业经济的繁荣发达。故事讲的是,德宗非时召拜吴凑为京兆尹,便令赴上。凑疾驱,诸客至府,已列筵毕。或问曰:"何速?"吏对曰:"两市日有礼席,举铛釜而取之。故三五百人馔,常可立办也。"①

洛阳作为唐朝的东都,与长安合称东西两京。虽然地位不及长安,但是由于其地理位置近于东部沿海,而且依山傍水,城内河渠纵横,尤其是大运河的开凿,使其水运交通非常方便,便于朝廷控制东南的政治、经济、军事,因此唐代很重视对它的经营建设。唐高宗至玄宗的百余年间,皇帝常率百官臣僚到洛阳暂住,武则天更长期留居洛阳,使洛阳成为与长安并列的政治中心,商业与城市建设也随之迅速繁荣起来。洛阳城的规模不及长安,对它的规划建设始于隋炀帝时期,隋朝还曾将天下数万家富商大贾迁居洛阳。唐朝的建设基本上是在隋朝的基础上进行的。洛阳城与长安城布局大体相同,但小而紧凑。洛阳也是商旅贸易集中的城市,城内辟有三处较为集中的大市场,城东有南市与北市,西南角有西市。市内商行店铺鳞次栉比,货物堆积如山。南市最大,有一百二十坊、三千余家店铺。三市都傍依河渠,货船可以直达市场,运输极为方便。河渠内常常停泊着万余艘商船,岸上车马填塞道路。三市附近的里坊中住满了来自各地、各国的商人。此外,城北与宫城、皇城相连处建有著名的含嘉仓城。

除了长安与洛阳两大都市商业极为繁荣外,扬州、益州(今四川成都)也是商业繁荣的大都市,当时号称"扬一益二"。"唐盐铁转运使在扬

① (唐)李肇:《唐国史补》卷中,上海古籍出版社1979年版,第35页。

州……商贾如织。"①扬州坐落在长江与大运河的交汇点上,四通八达,水陆交通极为方便,是唐代两京之外的第三大都市,也是当时最繁华的商业城市和对外贸易港之一。据记载,扬州"十里长街市井连"②,"夜市千灯照碧云"③,街上遍布市肆店铺,夜间灯火通明,照如白昼。城中商贾云集,家财万贯的富商大贾数以百计,富庶甲天下。唐朝后期,扬州一地仅以波斯、大食为主的外商就有数千名。益州的繁荣富庶也闻名天下,其地风光之美、罗锦之丽、管弦歌舞之多、百工之富,还要超过扬州。苏州和杭州是中唐以后兴起的大都市,至唐后期,苏州人口的稠密、市场的热闹,几乎可以和长安、扬州相比;杭州城也是万商云集,百货齐聚,开有店肆三万家,商船绵延二十里。广州则是海船往来停泊的著名外贸港口,在唐初即为重要的外贸港口,外国商船很多,"南海舶,外国船也。每岁至安南、广州,狮子国舶最大,梯而上下数丈,皆积宝货。"④此外,在各地水路交通要冲,还有一些地区性商业城市。这些商业城市、网点之间,商贾的车马、舟船穿梭往返,形成了一个联通全国的商业网。商业的发达,造就了一批腰缠万贯的富商巨贾。唐高宗时,长安大商人邹凤炽家资巨万,曾声称如果他以一匹绢买终南山上一棵树,树买完了,他的绢仍然有余。唐玄宗时期的王元宝也是富可敌国,连唐玄宗都说:"朕天下之贵,元宝天下之富。"⑤唐朝末年,富商王酒胡曾经出钱三十万贯资助修缮长安朱雀门,又出钱十万贯助修安国寺,足见其财力的雄厚。不仅国内商业兴隆,唐代的海外贸易也极为繁盛,与海外诸国的贸易数额之大、货物品种之多、交易之频繁,都远非前朝可比。

二、唐代俗文学与城市繁荣的关系

　　繁荣的城市本身是俗文学的一个天然舞台。这一方面由于俗文学是通俗的文学,因此它的受众非常广泛,而城市是人口最密集的地区,因此也是俗

---

① (宋)洪迈:《唐扬州之盛》,《容斋随笔》卷9,上海古籍出版社1978年版,第122页。
② (唐)张祜:《纵游淮南》,《唐诗鉴赏辞典》,上海辞书出版社1983年版,第977页。
③ 《全唐诗》卷301《夜看扬州市》。
④ (唐)李肇:《唐国史补》卷下,上海古籍出版社1979年版,第63页。
⑤ (宋)李昉:《太平广记》卷495《杂录三》"邹凤炽"条,中华书局1961年版,第4062页。

文学受众最多的地区,是俗文学的最广大的市场。另一方面,俗文学的表演者也多集中在城市中,因为大多数的表演者都是为了生存或经济利益而从事这一职业,城市由于人口的密集使这一利益最容易实现,因而艺人们也往往多集中于城市。所以城市是俗文学最主要的活动场所。而俗文学的兴盛发达也取决于城市的繁荣昌盛。因为只有城市的繁荣昌盛才能实现俗文学受众的最大化,从而实现艺人利益的最大化,实现俗文学发展的良性循环。

事实也证明,唐代繁荣的城市确实是俗文学的温床。

先以词为例。我们从词的功能、作者和内容就分明能感受到词在城市的兴盛。

词是伴随燕乐而产生的,“燕”通“宴”,是由于经常在宴会上演奏而得名,隋唐燕乐有着鲜明的时代特点,适合广大地域和多种场合,以“胡夷里巷之曲”的俗乐姿态,满足着日常娱乐的需要。它有歌有舞,兼收并蓄,吸纳了中原乐、江南乐、边疆民族乐,乃至传自中亚、印度等地的多种音乐成分,但又不是简单的混合,而是经过了长期交融与相互吸收。①　无论是在大型的场合中演出歌舞,还是在一般宴席上以歌舞侑酒,乐曲都需要有词相配,于是出现了按曲调作歌词的情况。刘熙载《艺概》卷4指出:“词即曲之词,曲即词之曲。”②有了乐谱就会有歌词,以用于歌唱,这配合“燕乐”乐曲的“歌辞”就是“词”。其作用主要是娱宾遣兴。如花间鼻祖温庭筠作词主要为佐欢之用,其“‘逐弦吹之音’所谱写的大量词章,主要是付诸歌妓于宴间伴舞歌唱的。”③而欧阳炯的词序也揭示了唐五代词宴集娱宾的功效。欧阳炯的《花间集序》可以说是第一篇文人词论。《花间集》编于后蜀广政三年(940年),是第一部文人词的选集(唐时尚无词家专集),所以这篇序也就成了最初的词集序。在这篇序文里,欧阳炯揭示了编书的目的,即“将使西园英哲,用资羽盖之欢;南国婵娟,休唱莲舟之引。”④可见,其目的完全在

①　丘琼荪遗著,隗芾辑补:《燕乐探微》,上海古籍出版社1989年版,第99页。
②　(清)刘熙载:《艺概》卷4《词曲概》,上海古籍出版社1978年版,第106页。
③　吴庚舜、董乃斌:《唐代文学史》下,人民文学出版社1995年版,第653页。
④　(五代)欧阳炯:《花间集叙》,此据李一氓《花间集校》引,人民文学出版社1958年版,第1页。

于提供新型的歌词以佐欢备唱。

词以娱宾遣兴为主,多用于宴飨宾客时佐欢伴唱,这就决定了它必然要以城市为中心,因为只有城市才能提供更多的娱乐场所与宴飨机会。

从词的内容来看,曲子词本源自民间,早期作品内容十分庞杂,这从词曲这种新兴文艺形式的初期作品——敦煌曲子词中可以窥见一斑。以任二北先生的《敦煌曲初探》所统计的二十类为例,其中佛曲最多,约298首,其次便是情词,共39首,其中爱情22首,伎情17首,还不算怨思类的36首。①与佛曲相比虽不算多,但与其他类型相比,情词在词这种新体裁中势头强劲。敦煌曲中已经出现了"把人尤泥"(《洞仙歌》)的歌妓情态和"眼如刀割"(《内家娇》)的坊间歌女形象,暗示着曲子词一开始就有艳情倾向。而至晚唐五代的花间词,无论从内容和数量来看,大多都充满了娱情甚至色情的成分,触发作者情思的绝不会仅是偏僻乡村的姑娘,更多的是无数生活于大都市中娇媚无比的歌儿舞女。与此类似,宋代的很多婉约词也多反映娱宾遣兴的都市艳情。从大量情词,尤其是艳情词的内容,我们可以明显感受到词与都市繁华娱乐生活的密切联系。

再从词的作者来看,唐五代的所有词人中,除了早期的民间词人及一些直接从事歌舞的妓女乐工,也有市井下层据一定曲调随口配上歌词的各色人物,当然,更多的则是那些与歌儿舞女有频繁接触的文士官吏,这些文士官吏都与繁荣的城市有着密切的关系,繁荣的城市生活滋养了他们的词曲创作。

今存初盛唐文人词的作者几乎都是皇帝及其身边的侍臣学士,因作者们沉浸在唐王朝开国后的承平欢乐中,生活在诗酒风流的繁荣都市,因而其词多是歌功颂德,歌舞太平的应制之作或酒宴之篇。这也使得唐代文人词从一开始就带有明显的佐酒侑欢,娱乐消遣的性质。如谢偃、崔液的《踏歌词》,李峤、徐彦伯诸人的《桃花行》,李景伯、杨廷玉、沈佺期的《回波乐》等,几乎都是官场宴席间所歌的酒令著词之类。而至中晚唐五代,知名的词人也几乎都是官吏文人。虽然其中有很多人曾经落魄,但都多少有过灯红酒绿、歌舞佐欢

的都市遣兴生活。以白居易、温庭筠、韦庄为例。白居易作词虽也学民间,但他今存约十五调四十首词,大都作于他较得意的洛阳时期,选调兼取民间、宫廷,但多写男女风情。温庭筠是晚唐一位志向高远、不肯苟合权贵的文苑才子,但毕生仕途蹭蹬,报国无门,早年沉沦闲居于长安近郊的鄠县,寄寓长安,与官场文苑交游,但一直没有出头之日。约在文宗大和末年迫于功名利禄和政局的混乱南游江淮,自谓"羁齿侯门,旅游淮上"①,其间曾在润州等地流寓,但更多的时间则是奔波于扬、常、苏、杭、越、楚诸州。约在文宗开成三年回归鄠郊,周旋于各统治集团之间,寻找报国仕进之机。然而由于牛李党争等复杂的政治原因,温被迫约于武宗会昌元年再次离京远游江湘并西行入蜀,投诗干谒,寻求机会,但仍未能如愿。此后,又辗转于京城、襄阳、扬州等地,讥评时事,听倡戏妓,诗酒风流,以至于《旧唐书》本传中说他"士行尘杂,不修边幅,能逐弦吹之音,为侧艳之词。"②温庭筠最终在京城国子助教任上因执事无私触怒权贵而遭罢黜,抱恨而终。从温庭筠的大致足迹,我们可以明显看出其主要活动范围也在各种大的商业城市中,而这些繁华的都市正是他孕育情词的温床。再看韦庄,韦庄少孤贫,儿时曾寓居长安与下邽,早年为实现其"平生志业匡尧舜"③的远大抱负而汲汲于功名,但屡试不第。而后也曾登临吊古,游历江南,也有过红袖添香的风流生活。但一生遭遇乱世,流寓江湘、巴蜀,晚达于蜀川。韦庄一生虽流离困顿,但也辗转于各大城市,也曾出入于歌楼酒肆,尤其是晚期长达十年的蜀川生活,都为其词的创作积累了丰富的素材。可见,词人们与大都市的联系更为紧密。

　　再以俗讲变文为例,唐代俗讲变文的演出场所主要集中在各大寺庙,而寺庙又主要集中于各大城市。对此,李映辉先生在《唐代佛教寺院的地理分布》④一文中,对唐代寺院布局做了详细介绍。据郑炳林先生等人考证,李映辉的统计与实际情况可能略有出入,但基本能够反映出当时寺院分布

---

　　①　温庭筠:《上裴相公启二首》,载《温飞卿诗集笺注》,上海古籍出版社 1980 年版,第238 页。
　　②　《旧唐书》卷 190《温庭筠传》。
　　③　《全唐诗》卷 695《关河道中》。
　　④　李映辉:《唐代佛教寺院的地理分布》,《湘潭师范学院学报》1998 年第 4 期。

的总体情况。根据这个统计,全国有一些寺院分布很密集的地区,最密集的地区是长安,有124所寺院(其中可能有个别重复计数的情况),占全国总数的15%,京兆府有寺162所,占关内道的89.5%,占全国总数的19.4%。另外一些密集地区是河南府56所,其中东都洛阳29所,嵩山6所。此外,成都府(30)、润州(28)、襄州(25)、越州(23)、太原府(21)(注:郑炳林,李强认为,如果将大禅院记作寺院,那么太原地区的寺院有25所①)、苏州(19)、扬州(18)、荆州(17)、相州(16)、衡州南岳(16)、杭州(12)、台州(9)、江州(9)、兖州(8)、常州(8)、梓州(8)等。

　　唐后期见于文献中的寺院为664所,少于前期。北方五道共有寺院299所,南方诸道共有寺院365所,与前期的分布情形正好相反,南方超出北方,这可能与唐后期北方遭受战乱较多有关。京师共有寺院79所,是全国寺院分布最密集的地区,京兆府的寺院占全国总数的14.3%。其他各地区分别是:苏州(31所),河南府共28所,其中洛阳14所,嵩山7所,越州(28所),衡州(25所),杭州(20所),润州(20所),扬州(20所),成都府(19所),太原府(16所)等。

　　可见,唐代寺庙多集中在大城市或州、府所在地,俗讲变文因源于佛教的讲经布道而多集中在寺院进行,因而俗讲变文也就以城市中的寺庙为根据地吸引了众多的善男信女、市民百姓,甚至王公贵族、皇亲国戚。如:

　　　　"无生深旨诚难解,唯是师言得正真。远近持斋来谛听,酒坊鱼市尽无人"

　　　　　　　　　　　　　　　　　　　　　　——《听僧云端讲经》②

　　　　"街东街西讲佛经,撞钟吹螺闹宫廷。广张罪福恣诱胁,听众狎恰排浮萍"

　　　　　　　　　　　　　　　　　　　　　　——韩愈:《华山女》③

---

① 郑炳林、李强:《唐代佛教寺院地理分布的缉补——兼评〈唐代佛教地理研究〉》,《世界宗教研究》2006年第3期。
② 《全唐诗》卷502《听僧云端讲经》。
③ 《全唐诗》卷341《华山女》。

不唯百姓如此,连官员,甚至皇帝,也为之着迷。《续高僧传》记载云:"贞观三年,窦刺史闻其聪敏,追充州学,因而日听俗讲,夕思佛义。博士责之。"①《资治通鉴》载:"宝历二年(826年)六月己卯,上幸兴福寺观沙门文溆俗讲。"②

中古时代,佛教寺院也是百戏歌舞等俗文学活动表演的重要场所。唐时,寺院往往作为戏场。宋人钱易《南部新书》记载:"长安戏场多集于慈恩,小者在青龙,其次荐福、永寿;尼讲盛于保唐,名德聚之安国。"③而清禅寺,"每至节日,设乐像前,四远问观,以为欣庆。"④楚州龙兴寺,"素为郡之戏场,每日中,聚观之徒,通计不下三万人。"⑤

综上所述,唐代俗文学以繁荣的城市为中心。这主要是由于繁荣的城市为俗文学提供了最密集的消费群体,或者说为俗文学的发展提供了经济基础,因而艺人们也往往多集中于城市。使城市的俗文学传播与发展实现了一种良性循环。

第四节　功利目的:唐代俗文学的直接动力

除审美需求之外,人的所有需求都具有实用功利性。一般而论,人的功利性需求可以有三个方面,即生理需求、社会需求、精神需求。生理需求与人的自然性生存直接相关,如温饱状态等,是最基本的、最首要的功利性需求。社会需求是人的社会存在的反映,在现实社会中,人的社会地位如何,决定着其生存状态如何。精神需求较为复杂,可分为审美性的无功利精神需求和实用功利性的精神需求。审美性的精神需求排除在实用功利性精神需求之外,实用功利性的精神需求是自然性生存状态和社会存在状态的直接反映,具有功利性需求的性质,归属于实用功利系列,例如荣誉感、道德

---

① (唐)释道宣:《释善伏传》,《续高僧传》卷26,《大正藏》第45册,第328页。

② 《资治通鉴》卷243《唐敬宗纪》。

③ (宋)钱易:《南部新书》戊,中华书局2002年版,第67页。

④ 《佛藏要籍选刊》第12册,上海古籍出版社1994年版,第723页。

⑤ (宋)李昉:《太平广记》卷394"徐智通"条引《集异记》,中华书局1992年版,第3148页。

感、幸福感、亲情、爱情、尊严、理想、自我价值的实现等都属于实用功利性的精神需求。文学及审美中的功利性,特指与上述这些实用功利相关联的内容;文学及审美的所谓非功利性,特指文学和审美不能满足这些实用功利需求。①

文学与审美中功利性与非功利性并存的现象早已被人们所接受,鲁迅先生曾说:"在一切人类所以为美的东西,就是于他有用……享乐着美的时候,虽然几乎并不想到功用……倘不伏着功用,那事物也就不见得美了。"②鲁迅先生的这一阐述很有代表性,反映了人们的普遍认识,文学既是功利的又是非功利的。

俗文学是整个社会精神活动的一个分支,它不可能完全超越于社会存在之外,它总要在社会生活中产生一定的效应,它以大众化、通俗性为特点,因而更接近普通老百姓的生活,也更多地带有实用功利性的色彩。

唐代社会经济繁荣,商业发达,对外交流频繁,人们思想比较开放,俗文学中的功利色彩表现得也更为明显。

一、宗教俗文学活动中的功利目的

俗讲变文源于佛教的传经布道,但即使是这种充满宗教色彩的活动,也带着强烈的功利色彩。自两晋南北朝以来,佛教寺院经济突飞猛进,隋唐时期达到鼎盛。寺院一方面是大土地所有者,经营大量的田园、农牧产品及药品,珠宝、服玩等奢侈品,经像等宗教用品,同时经营各种商业借贷、邸店、商铺等。会昌五年(845年),唐武宗大举灭佛,下令不许天下寺置庄园,又令勘检天下寺舍,奴婢,财物。金银收付度支,铁像用铸农器,铜像钟磬用以铸钱。天下共拆寺四千六百余所,拆招提兰若四万余所,收膏腴上田数十万顷。还俗僧尼二十六万零五百人。清查出"良人枝(投)附为使令者"是僧尼数的一倍,即超过五十万,收奴婢为两税户者,十五万人。足见寺院之富有。

---

① 李志宏:《文学通论原理》,吉林大学出版社2009年版,第24页。
② 《鲁迅全集》第4卷,人民文学出版社2005年版,第269页。

　　寺院敛财的方式多种多样,而从俗文学活动的角度来看,寺院的一个重要敛财方式,便是通过俗讲转变等方式来进行敛财。这在很多文献中都有所提及。如从唐玄宗开元十九年的《禁僧徒敛财诏》来看,俗讲敛财活动红红火火,僧人为此不殚劳苦,出入州县,巡历乡村:

　　　　近日僧徒,此风尤甚。因缘讲说,眩惑州闾;溪壑无厌,唯财是敛……或出入州县,假托威权;或巡历乡村,恣行教化。因其聚会,便有宿宵;左道不常,异端斯起。自今以后,僧尼除讲律之外,一切禁断。六时礼忏,须依律仪,午后不行,宜守俗制。如犯者,先断还俗,仍依法科罪。所在州县,不能捉搦,并官吏辄与往还,各量事科贬。
　　　　　　　　　　　　　　——《禁僧徒敛财诏》唐玄宗开元九年①

　　唐代宗时,宰相王缙"给中书符牒,令台山僧数十人分行郡县,聚徒讲说,以求货利"②。
　　唐宣宗大中年间,日本僧人圆珍来中土求法,他所撰的《佛说观普贤菩萨行法经记》中,就明确提到俗讲的功利目的:

　　　　言讲者,唐土两讲:一、俗讲,即年三月就缘修之,只会男女,劝之输物充造寺资,故言俗讲(僧不集也,云云)。二、僧讲,安居月传法讲是(不集俗人类也,若集之,僧被官责)③。

　　从圆珍记载来看,俗讲的目的主要是"只会男女,劝之输物充造寺资"。至于僧讲不集俗人与俗讲不集僧人,也许和当时特定的背景有关,一般情况下未必如此。
　　而《资治通鉴》卷243《唐纪五十九》亦云:"释氏讲说,类谈空有,而俗

---

① 《全唐文》卷30《玄宗十一》。
② 《旧唐书》卷118《王缙传》。
③ (唐)释圆珍:《佛说观普贤菩萨行法经记》,《大正藏》卷56,第226页。

讲者又不能演空有之义,徒以悦俗邀布施而已。"①可见,宗教俗文学活动中充满了功利目的。

二、文人俗文学活动中的功利目的

宗教僧众的俗文学活动离不开功利目的,那些浅斟低唱的歌儿舞女或出力流汗的歌舞戏表演者所从事的俗文学活动,不必说自然是为了功利目的。而那些才高八斗、耻于言商的文人学士之俗文学活动,又何尝不带着功利目的呢?让我们来考察一下唐代著名的诗词大家白居易与温庭筠的一些俗文学活动。

耻于言商,是中国古代文人的传统。但是,白居易的作品甚至文名,在当时就大量处于商业化运作之中,商人、歌妓等都直接从中获取经济利益。如元稹自注其诗句"众推贾谊为才子"云:"乐天先有《秦中吟》及《百节判》,皆为书肆市贾题其卷云:白才子文章。"②书商用"白才子文章"这样醒目的标注来出售白居易诗文以提高其销量。元稹《白氏长庆集序》还述及白诗广受欢迎的盛景:"至于缮写模勒炫卖于市井,或持之以交酒茗者,处处皆是……鸡林贾人,求市颇切。自云:本国宰相每以百金换一篇,其甚伪者,宰相辄能辨别之。"③而白居易自己在《与元九书》中也详尽地叙述了自己作品在歌妓们中间争相传唱的情景,文中写道:

> 日者闻亲友间说,礼、吏部举选人,多以仆私试赋判为准的。其余诗句,亦往往在人口中。仆恧然自愧,不之信也。及再来长安,又闻有军使高霞寓者,欲聘倡妓,妓大夸曰:"我诵得白学士《长恨歌》,岂同他哉?"由是增价。又足下书云:到通州日,见江馆柱间有题仆诗者。何人哉?又昨过汉南日,适遇主人集众娱乐,他宾诸妓见仆来,指而相顾曰:此是《秦中吟》、《长恨歌》主耳。自长安抵江西三四千里,凡乡校、佛寺、逆旅、行舟之中,往往有题仆诗者;士庶、僧徒、孀妇、处女之口,每

---

①　《资治通鉴》卷 243《唐纪五十九》。
②　(唐)元稹:《元稹集》卷 51,中华书局 1982 年版,第 555 页。
③　(唐)元稹:《元稹集》卷 51,中华书局 1982 年版,第 555 页。

有咏仆诗者。此诚雕篆之戏，不足为多，然今时俗所重，正在此耳。虽前贤如渊、云者，前辈如李、杜者，亦未能忘情于其间。①

从"妓大夸曰：'我诵得白学士《长恨歌》，岂同他哉？'由是增价"的描述中，我们可以清楚看出，谁能诵得白学士《长恨歌》，谁的身价就高。歌妓们在表演白居易作品过程中带着强烈的功利色彩。而创作者虽没有直接从中获得明显的经济利益，但从白居易字里行间透露的情感中，我们不难觉察到作家心里的荣誉感、成就感。这不禁又让人联想到旗亭画壁的故事，旗亭画壁故事中的王昌龄、高适、王之涣三人共诣旗亭，贳酒小饮，忽有梨园伶官十数人，登楼会宴。三诗人因避席偎映，拥炉火以观焉，并私下相约曰："我辈各擅诗名，每不自定其甲乙。今者，可以密观诸伶所讴，若诗人歌词之多者，则为优矣。"②在这里，作家虽然受传统观念影响没有直接卖文，但以自己的作品被伶人传唱为荣。这种心理实际上也是文学实用功利心理的一种表现。如前所述，人的功利性需求可以有三个方面，即生理需求、社会需求、精神需求。精神需求较为复杂，可分为审美性的无功利精神需求和实用功利性的精神需求。例如荣誉感、道德感、幸福感、亲情、爱情、尊严、理想、自我价值的实现等都属于实用功利性的精神需求。白居易等作家们正是在其作品的传唱中实现了实用功利性的精神需求。实用功利性的精神需求是自然性生存状态和社会存在状态的直接反映，具有功利性需求的性质，归属于实用功利系列。

除了商人、歌妓等间接用白居易之名或其作品获得利益之外，白居易自己也直接利用才名与作品获取商业利润。唐代很多达官贵人仰慕白居易文名，请他做碑志文。王振芳先生说："为元稹作一篇墓志铭，相当于白居易半年的俸料钱。除墓志文外，碑碣文也收润笔，现检白居易文集，尚存碑碣墓志文数十篇，可想见白居易平时润笔收入颇丰。"③明人蒋一葵《尧山堂外纪》云："长安冰雪，至夏月，则价等金璧。白诗名动间阎，每需冰雪，论筐取

---

① 白寿彝等主编：《文史英华》（文论卷），湖南出版社1993年版，第196—197页。
② （唐）薛用弱：《集异记》，中华书局1980年版，第11页。
③ 王振芳：《白居易所作墓志铭简论》，《洛阳师范学院学报》2004年第6期。

之,不复偿价,日日如是。"①这是以诗换物。除了以诗换物之外,白居易也以诗换取歌妓的服务,其《杨柳枝二十韵》中就提到给歌妓赠诗为酬的事例:"缠头无别物,一首断肠诗。"②这些作品未必都是俗文学作品,但其中必定有相当一部分是俗文学作品。

在一个举世重视诗歌又功利的时代,商品上面题刻名人诗歌,无疑会增加商品的附加值,从而提升商品的竞争力。诗人元稹有一段非常有名的话:

> 予始与乐天同秘书,之后多以诗章相赠答。予谪掾江陵,乐天犹在翰林,寄予百韵律体及杂体,前后数十诗。是后各佐江、通,复相酬寄。巴、蜀、江、楚间洎长安中少年,递相仿效,竞作新辞,自谓为元和诗,而乐天《秦中吟》《贺雨诗》讽喻闲适等篇,时人罕能知者。然而二十年间,禁省观寺、邮候墙壁之上无不书,王公妾妇、牛童马走之口无不道。其缮写模勒,炫卖于市井,或因之以交酒茗者,处处皆是。其甚有至盗窃名姓,苟求自售,杂乱间厕,无可奈何。予尝于平水市中,见村校诸童,竞习歌咏,召而问之,皆对曰:"先生教我乐天、微之诗。"固亦不知予为微之也。又鸡林贾人求市颇切,自云:"本国宰相,每以一金换一篇,甚伪者,宰相辄能辨别之。"自篇章已来,未有如是流传之广者。③

元稹在这里道出了诗歌普遍受欢迎、受追捧的程度。也道出了文学作品在一定程度上已沦为商品,因而时人不惜伪造名人诗歌,从中牟利。

在唐代,温庭筠也曾"以文为货"④,并引发众议。据《唐摭言》载:"开成中,温庭筠才名藉甚,然罕拘细行,以文为货,识者鄙之。无何,执政间复有恶奏庭筠搅扰场屋,黜随州县尉。"⑤温庭筠以文为货可能表现在考场上,但以其词名及时人对他"士行尘杂"的批判,可以推测其在歌楼酒肆中必定

---

① 陈友琴:《白居易资料汇编》,中华书局 1962 年版,第 89 页。
② 《全唐诗》卷 455《杨柳枝二十韵》。
③ (唐)元稹:《元稹集》卷 51,中华书局 1982 年版,第 555 页。
④ (五代)王定保:《唐摭言》,中华书局 1959 年版,第 1673 页。
⑤ (五代)王定保:《唐摭言》,中华书局 1959 年版,第 1673 页。

也有更多"以词为货"的商业行为，抑或如白居易一般："缠头无别物，一首断肠诗。"①以诗词换取歌妓的服务。因为温庭筠一生困顿场屋，穷困潦倒，做官的时间并不长，因而要有足够的资本从事使他"士行尘杂"之类的活动并非易事。

再以唐传奇为例，唐传奇是唐代俗文学中一朵瑰丽的奇葩，可与同时代的诗歌相媲美。清人莲塘《唐人说荟·例言》引述南宋洪迈的意见说："唐人小说，不可不熟，小小情事，凄婉欲绝，洵有神遇而不自知者，与律诗可称一代之奇。"②明代桃源居士在《唐人百家小说·序》中指出："唐三百年，文章鼎盛，独诗律与小说，称绝代之奇。"③唐传奇繁荣的原因是多方面的，然而功利目的是不可忽略的因素。唐传奇曾作为科考制度的"敲门砖"。唐代文人在应进士举之前，常以所作诗文投献名公巨卿，以求延誉荐举，当时称为"行卷"。过数日再投，称为"温卷"。因为传奇"文备众体"，以叙事为主，中间常穿插诗歌俚语，结尾多缀有议论，近于野史，可以显示作者众体兼擅。加之其故事性强，容易引起主考官的阅读兴趣。因此，传奇文也常用作"行卷"、"温卷"之用，如裴铏的《传奇》就是例子。宋人赵彦卫在《云麓漫钞》中曾指出："唐时举人，先借当时显人以姓名达主司，然后投献所业，逾数日又投，谓之温卷，如《幽怪录》、《传奇》等皆是也。盖此等文备众体，可以见史才、诗笔、议论。"④鲁迅在《中国小说的历史变迁》中也指出："唐自开元、天宝以后，作者蔚起，和以前大不同了。从前看不起小说的，此时也来做小说了，这是和当时底环境有关系的，因唐时考试的时候，甚重所谓'行卷'，就是举子初到京，先把自己得意的诗钞成卷子，拿去拜谒当时的名人，若得称赞，则'声价十倍'，后来便有及第的希望，所以以'行卷'当时看得很重要。到开元、天宝以后，渐渐对于诗，有些厌气了，于是就有人把小说也放到'行卷'里去，而且竟也可以得名。所以从前不满意小说的，到此时也多做

---

① 《全唐诗》卷455《杨柳枝二十韵》。
② 丁锡根编：《中国历代小说序跋集》下册，人民文学出版社1996年版，第1793页。
③ 转引自程国赋：《隋唐五代小说研究资料》，上海古籍出版社2005年版，第23页。
④ 赵彦卫：《云麓漫钞》卷8，古典文学出版社1957年版，第111页。

起小说来,因之传奇小说,就盛极一时了。"①所以,"行卷"、"温卷"的功利目的对唐传奇的发展起了推波助澜的作用。

三、唐代民间剧团的功利目的

恩格斯说过:"人们首先必须吃、喝、住、穿,然后才能从事政治、科学、艺术、宗教等等。"②经济的基础作用使得唐代其他俗文学活动也表现出强烈的功利色彩,以戏剧等为例,在唐代已出现了营业性剧团,使戏剧艺术商品化、社会化,大大促进了戏剧艺术的发展。

从一些史料记载来看,唐代的剧团主要有三种:一是皇家剧团。如教坊,实际上就是皇家剧团。二是私家剧团。三是营业剧团。当时一些王公贵族,高级官吏,多有自己的剧团,《太平广记》卷二百四十载,懿宗朝"十宅诸王,多解音声,倡优杂戏皆有之,以备上幸其院,迎驾作乐,禁中呼为音乐郎君。"③除长安、洛阳外,经济、文化比较发达的吴、蜀等地,歌舞、戏剧也比较盛行。唐无名氏《玉泉子真录》载:"崔公铉之在淮南,尝俾乐工习其家僮以诸戏。"④这是淮南节度使崔铉的私家剧团,私家剧团在当时的达官显贵之家是很常见的。与此同时,营业剧团也开始出现,段成式《酉阳杂俎》续集卷三载:"成都乞儿严七师,幽陋凡贱,涂垢臭秽不可近。言语无度,往往应于未兆。居西市悲田坊,常有帖衙俳儿干满川、白迦、叶珪、张美、张翱等五人为火。七师遇于途,各与十五文,勤勤若相别为赠之意。后数日,监军院宴,满川等为戏,以求衣粮。少师李相怒,各杖十五,递出界。凡四五年间,人争施与……"⑤这是见于记载的我国最早的营业剧团。唐僖宗乾符元年二月:"以虢州刺史刘瞻为刑部尚书。瞻之贬也,人无贤愚,莫不痛惜。及其还也,长安两市人率钱雇百戏迎之。瞻闻之,改期,由他道而入。"⑥"百戏"是沿用汉代的叫法,它包括歌舞、杂技、戏剧等,而"雇百戏迎之",充分

---

① 鲁迅:《鲁迅选集》,中国文史出版社 2002 年版,第 205 页。
② 《马克思恩格斯选集》第 3 卷,人民出版社 1955 年版,第 123 页。
③ (宋)李昉等编:《太平广记》卷 204《乐·懿宗》,中华书局 1961 年版,第 1547 页。
④ (明)陶宗仪辑:《说郛》卷 11《玉泉子真录》,中国书店 1986 年版,第 1 页。
⑤ (唐)段成式:《酉阳杂俎》续集卷 3,中华书局 1985 年版,第 189 页。
⑥ 《资治通鉴》卷 252《唐纪六十八》。

说明唐代已有可雇用的职业剧团了。而唐段安节《乐府杂录·俳优》记载唐代宗大历年间的另一则材料也清楚地显示了俗文学从业者的功利目的："有才人张红红者,本与其父歌于衢路乞食。过将军韦青所居,在昭国坊南门里,青于街片牖中闻其歌,即纳为姬。"①才人张红红与其父歌于衢路的目的显然是为了谋生,而其所歌的内容,自然不会是阳春白雪,更多的当是民间的通俗歌谣及曲辞。

由以上分析我们可以看出,由于唐代社会经济繁荣,商业发达,对外交流频繁,人们的思想比较开放,加之俗文学以大众化、通俗性为特点,因而更接近普通老百姓的生活,也更多地带有实用功利性的色彩。

---

① (唐)段安节:《乐府杂录》,中华书局1985年版,第20页。

第四章　唐代俗文学生成与都市民俗风情

第一节　历史传承:唐代俗文学的历史渊源

　　文学活动的发展有自己的历史继承性。中外文学史的事实表明,各民族的文学都不是凭空创造出来的,都有一个继承、借鉴与革新、创造的历史过程。马克思指出:"人们自己创造自己的历史,但是他们并不是随心所欲地创造,并不是在他们自己选定的条件下创造,而是在直接碰到的、既定的、从过去承继下来的条件下创造。"①马克思曾以古希腊文学艺术的发展为例,说明"希腊神话不只是希腊艺术的武库,而且是它的土壤……希腊艺术的前提是希腊神话,也就是已经通过人民的幻想用一种不自觉的艺术方式加工过的自然和社会形式本身。这是希腊艺术的素材。"②文学活动的历史继承性,一方面表现在优秀文学传统直接影响作家的审美理想和审美方式,另一方面每个时代的作家也总是自觉不自觉地继承过去时代所形成的优秀文学传统和创作技巧。各种文学艺术形式,几乎都经过由简到繁、由粗到精、由不完美到逐渐完美的过程。以词为例,词是到了宋代才发展到鼎盛时期的,但如果没有唐五代词人奠定的基础,恐怕也没有宋人的辉煌。再以明清历史小说为例,其源头可见于隋唐民间说话中的讲史艺术。

　　唐代文学的繁荣,也受着这一规律的制约。以诗歌而论,唐前诗歌创作经验的不断积累,就为唐诗的繁荣准备了充分的条件。唐代所有有成就的诗人,无不努力从前人的诗歌中汲取丰富的营养。例如王、孟、韦、柳,都得

---

① 《马克思恩格斯选集》第 1 卷,人民出版社 1955 年版,第 585 页。
② 《马克思恩格斯选集》第 2 卷,人民出版社 1955 年版,第 28—29 页。

力于陶、谢；李白"祖风、骚，宗汉、魏，下至鲍照、徐、庾亦时用之"①；杜甫更是"别裁伪体亲风雅，转益多师是汝师"②，他博采众长，正如元稹所言："盖所谓上薄风、骚，下该沈、宋，古傍苏、李，气夺曹、刘，掩颜、谢之孤高，杂徐、庾之流丽，尽得古今之体势，而兼人人之所独专矣。"③因此可以说，如果没有前代诗歌艺术经验的丰富积累，就不可能有唐诗艺术的高度成就。唐人正是在充分继承前人成果的基础之上，又作了新的创造，才把诗歌的发展推向高潮的。

唐代诗歌的辉煌成就是建立在继承前人的基础之上的，而唐代俗文学亦如此，这里试以俗讲变文、唐传奇、词等为例，来加以说明。

一、唐代传奇的文学渊源

中国古代小说的起源最早可追溯到上古时代的神话和传说。从现存的简略记载中，我们能看到古代神话传说中已经包含了故事情节和人物性格这两种重要的小说因素。后来的志怪小说、传奇以及神魔小说在内容上都直接取材于神话传说。神话传说进一步发展，增添了新的故事情节，这些口头流传的神话传说一旦记录下来就成为具有浓厚小说意味的"逸史"。"逸史"中最接近小说或可视为早期小说的，莫过于《穆天子传》和《燕丹子》。与以往的史传相比，《燕丹子》不仅突出了燕丹这个复仇者形象，且增加了细节描写。因此明人胡应麟称其为"古今小说杂传之祖"④。

到了汉代，《汉书·艺文志》中出现了"小说家"这一门类。这说明汉人的小说意识有所增强。但这种意识是朦胧的，此时也没出现较为成熟的作品。

魏晋南北朝是中国小说的雏形阶段。中国古代小说有两个系统，即文言小说系统和白话小说系统。魏晋南北朝时期，只有文言小说。它采用文言，篇幅短小，记叙社会上流传的奇闻轶事或其只言片语。在故事情节的叙

---

① 郑国铨：《文学理论》，中国人民大学出版社 1981 年版，第 502 页。
② 《全唐诗》卷 227《戏为六绝句》。
③ 郭绍虞：《中国历代文论选（二）》，上海古籍出版社 1979 年版，第 66 页。
④ （明）胡应麟：《少室山房笔丛·四部正讹下》，上海书店出版社 2001 年版，第 316 页。

述、人物性格的描写等方面都已初具规模,作品的数量也已相当可观。但就作者的主观意图而言,还只是当成真实的事情来写,缺乏艺术的虚构,还不是中国小说的成熟形态。

小说发展到魏晋南北朝时期日渐兴盛,不仅内容丰富,数量也多。这个时期的小说,内容上大体分为两类:一类是谈鬼神怪异的"志怪小说",另一类是记录人物言行琐事的"志人小说"。

志怪小说主要记述神仙方术、鬼魅妖怪、异域奇物及佛法灵异,虽然有许多作品中表现了宗教迷信思想,但也保存了一些有积极意义的民间故事和传说。魏晋南北朝的志怪小说,数量很多。现存的有30多种,其中较重要的有托名东方朔的《神异经》、托名班固的《汉武帝故事》、晋张华的《博物志》、干宝的《搜神记》、刘义庆的《幽明录》、颜之推的《冤魂志》等。在这些作品中,干宝的《搜神记》成就最高,是这类小说的代表。《搜神记》中的《三王墓》、《李寄》、《韩凭妻》、《董永》等故事反映了人民的愿望和要求,表现了人民的高尚品质和智慧勇毅,后来一直流传于民间。这些作品结构比较完整,描写也较为生动,已初具短篇小说的规模。

志人小说在魏晋南北朝很流行,这和当时社会品评人物的清谈风尚有密切关系。当时品评人物的主要依据是其言谈举止和一些相关的逸闻琐事。这些内容一旦被记录编撰,就成了志人小说。因此志人小说的主要内容是记载人物的言谈举止和逸闻琐事。其代表性的作品是《笑林》、《西京杂记》、《语林》、《世说新语》、《小说》等。除《西京杂记》和《世说新语》外,其他多已散佚。《西京杂记》共六卷,内容很庞杂。其中的王昭君、毛延寿、司马相如、卓文君等人物故事后来很流行。刘义庆的《世说新语》是魏晋志人小说的集大成者,代表志人小说的最高成就。其大多描写"魏晋风度"与"名士风流",多方面地反映了魏晋士人的精神风貌,对人物性格的刻画栩栩如生。如《忿狷篇》描写王蓝田性急,吃鸡蛋时"以箸刺之,不得,便大怒,举以掷地。鸡子于地圆转未止,仍下地以屐齿碾之,又不得,嗔甚,复于地取内入口中,啮破,即吐之。"[1]通过一系列动作描写就把王蓝田的急性子绘声

---

[1]　(晋)刘义庆:《世说新语》,广西民族出版社1996年版,第504页。

绘色地刻画出来了。《世说新语》对后世文学有十分深刻的影响,不仅模仿它的小说不断出现,而且书中的不少故事还成为后世小说、戏剧的创作素材。

魏晋南北朝小说还只是初具小说的规模,而不是成熟的小说作品。它篇幅短小、叙事简单,只是粗陈故事梗概,虽有人物性格的刻画,但还不能展开。然而,魏晋南北朝的志怪小说和志人小说是中国小说发展史上不可缺少的一环①。传奇脱胎于史之列传,袭用了史之传、论、赞体,作者中不少曾任史职或志在撰史。唐传奇中的爱情故事和神异题材与六朝的志人志怪小说一脉相承,在人物刻画、细节描写,以及叙事语言的运用等方面,魏晋南北朝的志怪小说和志人小说都为唐传奇的写作积累了宝贵经验。唐传奇中的一些故事直接取自这个时期的小说,如《柳毅传》与《搜神记》中的《胡母班》,《离魂记》与《幽明录》中的《庞阿》,《枕中记》与《搜神记》中的《焦湖庙祝》等,都有继承关系。这都说明了魏晋南北朝小说对唐传奇的影响。

魏晋南北朝志人志怪小说对后世的小说发展起了先导作用。在取材方面,写作技巧方面都为唐传奇、宋笔记小说、宋元话本、戏曲、明清小说产生了极大的影响。

中国小说发展到唐代,进入了一个新的阶段。出现了新的体式——唐传奇。正如鲁迅先生在《中国小说史略》中曾说的:"小说亦如诗,至唐代而一变。"②唐传奇的出现,标志着我国文言小说发展到了成熟的阶段。

唐传奇是魏晋南北朝小说的继承和发展,对中国小说发展做出了可贵的贡献。主要表现在:唐传奇作品的题材范围扩大,现实性增强,活动于小说中的主角已渐渐由神鬼而变为现实生活中的人;唐传奇小说的写作手法和艺术技巧都大大提高了,从六朝以来粗陈梗概的"丛残小语"形式演变为具有曲折情节、完整结构、生动辞采和鲜明形象的小说故事。

今存唐代传奇小说的数量不少,其中流传较广的有几十篇。多收入《太平广记》里,其他如《文苑英华》、《太平御览》、《全唐文》等总集类书中

---

① 袁行霈主编:《中国文学史》(第2卷),高等教育出版社1999年版,第157页。

② 鲁迅:《中国小说史略》,《鲁迅全集》第9卷,人民文学出版社2005年版,第73页。

也收载了一些。

唐传奇根据其历史发展情况,可分初、盛唐发轫期,中唐鼎盛期,晚唐衰落期。

初、盛唐时期是传奇小说初步发展的时期。作品数量少,艺术上也不够成熟,六朝志怪小说的影响还很重。如唐传奇初期艺术成就较高的作品——张鷟的《游仙窟》,小说用第一人称手法,自叙奉使河源,途经神仙窟并投宿,而后与女主人十娘、五嫂温情浪漫的一夜。文中诗文交错,韵散相间,于骈丽的文风中杂有俚俗气息,已经颇具后来成熟期传奇作品的体貌了。

中唐时代是传奇发展的繁荣期,唐传奇的大部分作品也都产生在这个时期。这是唐传奇小说的黄金时代,也是唐代小说的繁荣和成熟期。这一时期作品的内容多描写市井细民,以爱情主题的作品最有光彩,成就也最高,也有揭露统治者荒淫腐朽生活的,还有揭露封建官场的险恶,对功名富贵感到失望、虚幻等内容的,像一幅幅丰富多彩的社会生活画卷。在艺术表现上,情节曲折、完整,注重刻画人物性格,语言华丽、流畅,描写方法多样。名作有《枕中记》、《南柯太守传》、《柳毅传》、《李娃传》、《霍小玉传》、《莺莺传》等。这一方面固然是小说本身由低级向高级不断演进的结果,另一方面也得益于蓬勃昌盛的各体文学在表现手法上所提供的丰富借鉴,如诗歌的抒情写意、散文的叙事状物、辞赋的虚构铺排、古文及各种通俗文学的叙事演绎等,都为传奇的繁荣提供了借鉴。

晚唐是唐代传奇小说的演变和衰退时期。这时期唐传奇作品的数量虽然不少,而且还出现了不少传奇专集,但这时唐传奇已经开始衰落,作品大多篇幅短小,内容单薄,失去了思想和艺术光彩。不过晚唐传奇涌现出一批描写豪侠之士及其侠义行为的传奇作品,内容也各有自己的特色。

总之,历代史传文学、六朝志怪志人小说,是唐代传奇的文学渊源。唐传奇正是在广泛吸收它们的题材内容与创作手法等基础之上,才成为一代之奇的。

二、俗讲变文的历史传承

俗讲变文与我国固有的说唱传统有关,但它更主要的来源,是六朝以来佛家的一种讲道化俗手段："转读"与"唱导"。远在魏晋时代，佛教流行之际，产生了转读、唱导等讲经形式，转读又称咏经、唱经，指讲经时抑扬其声，讽诵经文。梁慧皎《高僧传·经师论》谓："天竺方俗，凡是歌咏法言，皆称为呗。至于此土，咏经则称为转读，歌赞则号为梵呗。"①可见转读是随佛经传入，改梵为汉适应汉语声韵特点而产生的一种读经方法。唱导是宣唱法理、开导众心。通过"或杂序因缘，或傍引譬喻"②来宣扬佛法。后来为了使玄奥的佛理通俗化，招徕更多的听众，俗讲等宗教文学在直接秉承佛经以散文叙说、偈赞歌唱的方式，使经文教义故事化、通俗化的同时，又逐渐加进一些历史故事和现实内容，使之更易于传布开来。

　　到隋唐时代，佛教得到进一步发展，佛寺禅门的讲经更加盛行起来，随着佛教的世俗化，涌现出专门从事俗讲的"俗讲僧"。转读经师吸收民间声腔，趋附时好，专以取悦俗众为务，转读遂向大众娱乐的方向发展。同时，讲经中的另一种方式——唱导，也有了相当大的发展。转读与唱导，以及偈颂歌赞的梵呗，融讲说、咏唱为一体，有说有唱，遂形成唐代的俗讲变文。俗讲变文为了适应日益增长的民众需要，逐渐离经叛道，向非宗教的现实内容方向发展，讲唱者也不限于俗讲僧，同时产生以转唱变文为职业的民间艺人，表演地也由寺院扩大到变场等地方。

　　可见俗讲变文出现在唐代不是偶然的现象，它是继承汉魏六朝以来佛教的宗教宣传活动而逐渐形成的。它是唐代社会经济高涨的结果，也与城市繁荣，文学艺术发展密切相关，而自六朝以来佛教传经布道等宗教宣传活动的影响则是俗讲变文产生的直接原因。

三、唐代词的渐变

　　文学的继承是多元的，可以是古今中外，不仅仅局限于对前代人的继承。唐代词的发展也说明了文学继承的重要性。

　　关于词的起源及时代，词学史上众说纷纭，而敦煌曲子词的发现，雄辩

---

① （梁）慧皎：《高僧传》卷13，中华书局1992年版，第508页。
② （梁）慧皎：《高僧传》卷13，中华书局1992年版，第521页。

地说明了词像文学史上大多数文学体裁一样,起源于民间。敦煌曲子词中的《云谣集杂曲子》所列十三种曲词,有十二个见于开、天年间崔令钦所著《教坊记》中,南宋王灼说:"盖隋以来,今之所谓曲子者渐兴。"①事实证明,这一论断是正确的。早在隋、唐之际,就有大量乐工演奏、歌伎演唱的曲子词存在,它正是文人词的始祖。

其实,任何新文体从萌芽到成型,都需要较长时期的酝酿、积累,只有多种条件基本具备以后才能产生。以词体而论,应当说它是孕育于南北朝后期,产生于隋及唐前期而成熟于中晚唐。

作为一种新兴诗体,词原本是配合着新兴乐曲歌唱的歌词,是音乐与文学相结合的艺术形式。当时一般称"曲"、"曲子"或"曲子词",后来才称词,别称"乐府"、"诗余"、长短句"等。它最初产生于民间,中唐后,文人习作渐多,晚唐五代日趋繁荣。

词的产生、繁荣是与音乐密不可分的。词在其漫长的发展过程中,曾以曲为主,明人徐师曾在其《文体明辨》中说:"凡依已成曲谱作出歌词,便曰'填词'。"②因此词又称之为"曲"、"倚声"。词所配合的音乐,既不同于先秦庙堂乐章所配合的雅乐,也不同于汉魏乐府诗所配合的清乐。隋唐时期的音乐,由于西域(还有其他外国)音乐的大量传入,与古乐府所配的中原音乐相比,已经发生了很大的变化。它是隋唐时期一种以中原民间音乐为主,又吸收融合了前代清乐、边地少数民族音乐和外国音乐所形成的燕乐。燕乐是当时社会上广泛流行的俗乐,它集南北古今、胡汉俚雅、宗教世俗音乐之大成,正如《旧唐书·音乐志》所云:"自开元以来,歌者杂用胡夷里巷之曲"③,燕乐因常用于宴会娱乐,又称宴乐、讌乐。其曲目繁多,生动活泼,旋律灵活多变,适宜抒发不同的情感思绪,属于极富抒情性和生命力的新声。需要长短错落、优美婉转的歌辞与之匹配,因声度辞的词便随燕乐的流行而兴盛。燕乐有力地促进了词的产生和兴盛。

事实上,六朝以来的有些曲调都相沿至唐。梁武帝即曾改西曲,制《江

---

① (宋)王灼著,岳珍校正:《碧鸡漫志校正》,巴蜀书社 2000 年版,第 3 页。
② (明)徐师曾:《文体明辨》,人民文学出版社 1962 年版,第 2 页。
③ 《旧唐书》卷 30《音乐志》。

南弄》七曲,每曲皆前三句七言,后四句三言,形成一种新形式。沈约的《六忆》诗四首,也具有一定的调子,其中三首平仄完全相同,唯"忆食时"一首与其他三首平仄稍有不同,可见《六忆》诗已有固定的曲调。隋炀帝全依其谱做《夜饮朝眠曲》,这是六朝曲的一种变调,或称新调,自六朝至唐初都有这种变调①。敦煌曲子词的牌调也多为六朝旧曲,或为隋唐所制新调。

清人刘熙载《艺概》说:"词曲本不相离,惟词以文言,曲以声言耳。"②词是音乐语言和文学语言相结合的产物。齐梁的清乐曲辞已多长短句,六朝以来,以乐配诗的有杂言歌辞和五七言律绝,但两者辞与曲均未能熨帖契合。如梁武帝的《江南弄》、陶弘景的《寒夜怨》,虽然内容与调名、句式长短与曲调制式较为一致,但声律宽泛不定,所配音乐也以清商曲为多;后者的体制与乐曲抵牾颇多,且无法表达曲折复杂的情感,歌伎乐伶不得不用添和声、泛声、散声和用数章联咏、复章迭咏的方法以辞就曲。诗歌发展到隋唐时代,众体俱备,四声抑扬,平仄粘对,声韵格律日臻完美。人们的节奏感、韵律美等音乐审美水平不断提高。于是在诗与乐本身不断嬗变演进、克服互相矛盾的过程中,词这种新的诗歌体裁便日臻成熟。所以南宋朱弁《曲洧旧闻》说:"词起于唐人,而六代已滥觞也。"③

唐代既继承六朝以来的乐曲,也大力吸收了"胡夷乐曲"和"里巷之歌",所以乐府歌曲较前代更加丰富,在形式上长期都是以五、七言近体诗与杂言的长短句并行而为乐曲歌辞。

可见,词这种体裁早在六朝便已产生,到唐代日渐成熟,并远在盛唐时期即已广泛地为民间所使用,并非一蹴而就或创自中唐的某些文人。

再以刘禹锡脍炙人口的《竹枝词》创作为例。刘禹锡的一生,正值唐王朝盛极而衰的重大转折时期,内外矛盾错综复杂。他宦海沉浮,数遭贬谪,仕途上的失意,使刘禹锡失去了施展政治抱负的机会,但在诗歌创作方面,刘禹锡却向当地民歌学习、汲取民歌营养。夔州一带是《竹枝词》的故乡,

---

① 聂石樵:《唐代文学史》,中华书局 2007 年版,第 613 页。
② (清)刘熙载:《艺概》,上海古籍出版社 1978 年版,第 123 页。
③ 转引自(清)沈雄:《古今词话》卷上《词话》,载《词话丛编》第五册,中华书局 2005 年版,第 1 页。

刘禹锡被贬夔州以后,接近人民,向民歌学习。先学会唱竹枝词,白居易说:"梦得能唱《竹枝》,听者愁绝。"①吟唱之余,刘禹锡又学习这种曲调进行创作,使自己的诗歌创作取得了令人瞩目的成就。他仿巴渝民歌创作的《竹枝词》,被后人给予很高的评价,清翁方纲认为刘禹锡"以《竹枝》歌谣之调,而造老杜诗史之地位。"②试想,如果没有向民间文学的继承,我们今天能欣赏到《竹枝词二首》中"杨柳青青江水平,闻郎江上唱歌声,东边日出西边雨,道是无晴却有晴"这么美妙的竹枝词吗?

第二节　俚俗都市:唐代俗文学的市民热情

一、唐代俚俗之风的社会背景

唐代社会是一个俚俗的社会,这种俚俗有其深刻的政治、经济、文化、宗教等原因。

唐朝作为中国封建社会的巅峰,政治统一、经济发达、文化多元开放,因而形成了一个长期稳定的社会局面。唐王朝前期一百多年稳定与开明的政治奠定了繁荣昌盛的国力。贞观之治与开元盛世,更铸就了唐帝国的辉煌。政治开明,经济昌盛,文化活跃。科举取士,抑制了豪强士族,使有才能有知识的庶族士子之地位得以提升。政治上已经从贵族独揽、门阀操纵演变为贵族与寒门的共同执政,平民的政治地位得到提升,官僚阶层的庶族化更加促进了社会文化观念的多元化与世俗化发展。整顿钱币、统一度量衡等措施也都为政治、经济、文化的发展奠定了坚实的基础。

就经济方面来说,唐代土地垦辟扩大,水利事业发达。社会的长期安定、人口的迅速增长和朝廷劝农兴农政策的鼓励,使农业获得了显著发展,出现了欣欣向荣的局面,从贞观到天宝一百多年间,粮食产量迅速提高,人口激增。至开元时,整个国家呈现出一派繁荣富强的景象,杜甫对开元时期男耕女织、仓储富足的盛世景象赞叹不已:"忆昔开元全盛日,小邑犹藏万

---

① (唐)白居易:《白居易集》卷26《忆梦得》,顾学颉校点,中华书局1979年版,第604页。

② (清)翁方纲:《石州诗话》卷2,陈迩冬校点,人民文学出版社1981年版,第55页。

家室。稻米流脂粟米白,公私仓廪俱丰实……齐纨鲁缟车班班,男耕女织不相失。"(《忆昔》)天宝年间的进士元结描述当时的景象称:"开元天宝之中,耕者益力,四海之内,高山绝壑,耒耜亦满。人家粮储,皆及数岁,太仓委积,陈腐不可校量。"①人口从唐初户口不满三百万户,至 754 年(天宝十三年),户口已达九百零六万户,人口五千二百八十多万人,远远超过隋代的人口。官府手工业规模巨大,私营手工业也很可观;纺织、陶瓷、金属冶铸制造等部门产量和技术都相当高;南方的种稻、种茶、桑蚕以及制瓷、造纸、造船等业都很显著;交通发达,统一的市场形成,城市繁荣。

唐代是封建经济高度繁荣的时期,商品经济也得到较大发展。唐代最发达的手工业部门有丝织、制瓷、矿冶、造纸、碾硙等。由于商品增多,交换频繁,城市居民的生活必需品,如纺织品、金属器皿、木制用具、装饰品以及盐、糖、茶、纸等,全由市场供应,城市内出现了商业区,商业区内有许多堆放商品的货栈——邸店。邸店的兴起,是唐代商业发展的结果,也是商业发达的标志之一。唐高宗时,西京"有富商邹凤炽,其家巨富;金宝不可胜计,常与朝贵游,邸店园宅,遍满海内,四方物尽为所收。"②由此可见大商人钱财之多,势力之盛,同时也可看出邸店在唐代已广泛存在。有些官僚贵族也竞相开邸店逐利,邸店的兴起,对推动商业的发展起到了积极作用。

随着商业和交通的发达,商业城市迅猛发展。都城长安是最大的商业城市,有三十多万户,约百万居民,唐代的长安是当时的世界化大都市,其规模之大,建筑之精是世界罕见的。其商业的繁荣从发达的饮食业也可见一斑,德宗时长安"两市日有礼席,举铛釜而取之,故三五百人之馔,常立可办也。"③此外,洛阳、扬州、益州、广州、苏州、杭州、镇江等也是商业繁荣的大都市。据记载,扬州"十里长街市井连","夜市千灯照碧云"④,街上遍布市肆店铺,夜间灯火通明,照如白昼,很多酒店市肆通宵营业。对此,《全唐

---

① 《全唐文》卷 830《问进士》。
② (宋)李昉:《太平广记》卷 495《杂录三》"邹凤炽"条,中华书局 1961 年版,第 4062 页。
③ (唐)李肇:《唐国史补》卷中,上海古籍出版社 1957 年版,第 35 页。
④ 《全唐诗》卷 301《夜看扬州市》。

诗》中多有描述,"何事出长洲,连宵饮不休。"①"当年人未识兵戈,处处青楼夜夜歌。"②"水门向晚茶商闹,桥市通宵酒客行。"③城中商贾云集,家财万贯的富商大贾比比皆是,富庶甲天下。苏州和杭州是中唐以后兴起的大都市。至唐后期,苏州人口的稠密、市场的热闹,几乎可以和长安、扬州相比;杭州城也是万商云集,百货齐聚,开有店肆三万家,商船绵延二十里。广州则是海船往来停泊的著名外贸港口,在唐初即为重要的外贸港口,外国商船云集,商品贸易发达。商品经济的发展及商业城市的崛起,都促进了市民阶层队伍的壮大。

政治稳定,经济繁荣,使文人士子接受教育的机会也日益增多,庶族地主大量涌现,市民阶层广泛崛起,庶族地主成为地主阶级的主要成分之一,其社会地位也日益提高,成为地主阶级消费的主要力量之一。而庶族地主、市民阶层由于其身份地位及文化修养等原因,更乐于接受通俗文化,于是,通俗文学的作者群及受众群都空前扩大了,这也是唐代通俗文化崛起的重要原因。

政治的稳定,经济的繁荣,开放包容的文化使唐代社会文化空前活跃。形成了以汉民族文化为主,兼容少数民族文化与外国文化为一体的开放多元文化。李世民曾说:"自古皆贵中华,贱夷狄,朕独爱之如一,故其种落皆依朕如父母。"④在多元文化大融合、大渗透、大交流的社会背景之下,唐代达到了多元艺术的辉煌,也促进了唐代文学艺术走下神坛,走向民间。胡僧、胡商、胡姬在活跃经济文化交流的同时也推动了通俗娱乐文化。正如唐诗中所描绘的那样,"落日胡姬楼上饮,风吹箫管满楼闻。"⑤"胡姬春酒店,弦管夜锵锵。"⑥酒店胡姬的妩媚姿态被描写得淋漓尽致。胡人善歌舞,其歌舞表演激荡人心:"石国胡儿人见少,蹲舞尊前急如鸟。织成蕃帽虚顶尖,细氎胡衫双袖小。手中抛下蒲萄盏,西顾忽思乡路远。跳身转毂宝带

---

① 《全唐诗》卷447《望亭驿酬别周判官》。
② 《全唐诗》卷697《过扬州》。
③ 《全唐诗》卷300《寄汴州令狐相公》。
④ 《资治通鉴》卷198,"贞观二十一年(647年)五月"条。
⑤ 《全唐诗》卷506《少年行》。
⑥ 《全唐诗》卷117《赠酒店胡姬》。

鸣,弄脚缤纷锦靴软。四座无言皆瞪目,横笛琵琶遍头促,乱腾新毯雪朱毛,傍拂轻花下红烛。"①多元文化的融合对于唐代正在世俗化的风气无疑起了推波助澜的作用。

此外,统治阶级的好尚对俚俗风气的形成也有重大影响。李唐建国之初,社会安定,君臣日夕以宴游为务,加之六朝宫体诗风的余绪,因而宫体诗风靡诗坛。当时诗人如陈叔达、杨思道诸人,俱为陈隋遗老,他们的诗歌作品无论内容与格调,多为齐梁遗响。如杨思道《初宵看婚》、虞世南《中妇织流黄》等,风格卑弱,轻艳浮靡,讲究骈俪对偶,声韵和谐。唐太宗就曾做宫体诗。《唐诗纪事》载:"帝尝作宫体诗,使虞世南赓和,世南曰:'圣作诚工,然体非雅正,上有所好,下必有甚。臣恐此诗一传,天下风靡。不敢奉诏。'"②至玄宗,酷爱世俗音乐歌舞,于太常寺之外,专设管理俗乐的教坊机构,并于梨园亲自教习弟子,《新唐书》礼乐志记载:"玄宗既知音律,又酷爱法曲,选坐部伎子弟三百,教于梨园。"③可见其对世俗音乐歌舞的喜爱。

玄宗时除了在禁苑中举行宴飨娱乐活动外,也常赐百官"寻胜宴乐",后成制度。玄宗开元十八年正月二十九日敕:"百官不须入朝,听寻胜游宴,卫尉供帐,太常奏集,光禄造食。"④开元二十年二月十九日,"许百僚于城东官亭寻胜,因置检校寻胜使,以厚其事。"⑤天宝八载正月敕:"今朝廷无事,思与百辟同兹宴赏……至春末以来。每旬日休假。任各追胜为乐。"⑥天宝"十四年三月一日,许常参官分日入朝,寻胜宴乐。二十二年六月敕,自今以后,宜听五日一辰,尽其欢宴。"⑦贞元元年五月诏曰:"今兵革渐息,夏麦又登,朝官有假日游宴者,令京兆府不须闻奏。"⑧贞元四年九月丙午诏曰:"今方隅无事,蒸庶小康,其正月晦日、三月三、九月九三节日,宜任文武

① 《全唐诗》卷468《王中丞宅夜观舞胡腾》。
② (南宋)计有功:《唐诗纪事》,上海古籍出版社1985年版,第41页。
③ 《新唐书》卷22《礼乐志》。
④ 《唐会要》卷29《追赏》。
⑤ 《唐会要》卷29《追赏》。
⑥ 《唐会要》卷29《追赏》。
⑦ 《唐会要》卷29《追赏》。
⑧ 《唐会要》卷29《追赏》。

官僚选胜地追赏为乐。"①又"是日中和节宰相宴于曲江亭,诸司随便,自是分宴焉。"②从此,这种以"追游宴乐"为目的的赐宴活动开始"永为例程",宴游赏赐正式成为朝廷制度。"元和二年十二月,宰臣奉宣,如闻百官士庶等,亲友追游,公私宴会,乃昼日出城饯送,每虑奏报,人意未舒。自今以后,各畅所怀,务从欢泰。"③天佑二年(公元905年)三月敕:"命宰臣文武百寮,自今月二日后,至十六日,令取便选胜追游。"④从以上各种诏书中,我们可以看出统治者对俚俗游乐之风的倡导,统治者的倡导无疑是俚俗娱乐之风的催化剂。

宗教的世俗化转型对社会风气的俚俗化也有重要影响。

在唐代,佛道二教都极为盛行,并且在与统治集团的妥协中与儒学一起互渗相融,形成三教并行的局面,一起为统治阶级所利用。但在唐代,随着社会风气的世俗化,它们都日益俗化。

以佛教为例,随着佛教的传入,历朝历代的统治者或崇佛或毁佛,但总的趋势却是拉拢、控制与利用。在唐代,从总的倾向看,特别是上层社会,六朝时期那种修道的虔诚和信仰的狂热大为减弱了。唐太宗曾明确对佞佛的萧瑀说:"至于佛教,非意所遵"⑤。颇能代表当时统治者对佛教的基本态度。唐代某些统治者确实有热烈的崇佛行动,有如肃宗、代宗、德宗那样佞佛的帝王,这对佛教的发展也确实起过巨大的推动作用。但唐朝廷对佛教的推尊更多地是出于"利用",而非基于宗教本质特征的"信仰"。这种"利用"一方面是加强对于佛教的控制与管理,使其纳入维护专制统治的轨道;另一方面则是把佛教当成祷祝、斋祭的宗教,使之礼仪化、形式化。

为发展壮大,争取信众,佛教不断中土化,佛道之争也由义理之辨,开始向以诵经争取下层信徒方向转化。从而形成宗派佛教的繁荣和信仰的社会化、通俗化(特别是净土信仰和禅的盛行)。唐时新兴的中国化佛教派系大

---

① 《旧唐书》卷13《顺宗本记》。
② 《旧唐书》卷13《顺宗本记》。
③ (宋)王溥:《唐会要》卷29《追赏》,中华书局1955年版,第541页。
④ (宋)王溥:《唐会要》卷29《追赏》,中华书局1955年版,第537页。
⑤ 《旧唐书》卷63《萧瑀传》。

量涌现,如天台宗初盛于隋唐,按天台宗学说以《法华经》第一卷"方便品"为据,大开"方便法门",以调合佛、道两家思想。实则开"中国化佛教"之先河。而净土宗则更为简捷,只须日诵"南无阿弥陀佛",不必深研义理。而彻底中国化的南禅一派自慧能、神会以后,摒弃义理烦难,提倡顿悟,"不立文字","不落言筌",一时扫荡天竺诸派,以至"十寺九禅"。这些无疑都加速了佛教的世俗化,并且必然要进行内容本土化和形式通俗化的努力。

与此同时,寺院经济的世俗化也强有力地推动了整个佛教的世俗化。唐代寺院有雄厚的经济实力,景龙中,辛替否上疏中有"十分天下之财,而佛有其七八"①之语。以长安为例,长安郊区土地大量被寺院所占有。例如西明寺建立时"赐田园百顷,净人百房,车五十两,绢布二千匹"②。清禅寺是"水陆庄田,仓廪碾硙,库藏盈满"③。

寺院强大的经济实力一方面源于魏晋六朝以来统治阶级对寺院的支持,一方面源于寺院自身的经营活动。唐长安重要的大佛寺几乎全是隋、唐两朝敕建的;就是一些贵族所施建的,也经过朝廷批准,带上了"官寺"的印记。唐高祖分别为沙门昙献和景晖立了慈悲寺和胜业寺;慈恩、西明二大寺是朝廷为玄奘所建。青龙寺本为隋废寺,龙朔二年由城阳公主出资再建;资圣寺是龙朔三年为文德皇后资福而建;大荐福寺本为英王宅,文明元年高宗崩后百日立为寺,中宗时又大加营饰;大安国寺本是睿宗旧宅,景云元年立为寺,以本封安国为名等。日本佛教学者道端良秀说:"据《唐会要》、《长安志》、《两京城坊考》等资料所见,长安城内百余所寺院,几乎都是由贵族显宦等统治者之手所造,并由他们所支持。地方的寺院也同样,多由当地的豪族统治阶层所经营。"④朝廷和贵族大力支持寺院,逐渐地消解了寺院的独立性,使其依附性与社会化、俚俗化得以加强,从而更有利于对寺院宗教的管理、控制,也给寺院从事文化活动创造了必要的物质条件。

除了统治阶层的支持,寺院自身也从事各种经营活动,以扩大经济收

---

① 《旧唐书》卷101《辛替否传》。
② 《全唐文》卷257《长安西明寺塔碑》。
③ (唐)释道宣:《续高僧传》卷29《慧胄传》,《大正藏》第50册,第697页。
④ [日]道端良秀:《唐代佛教史的研究》,京都法藏馆1957年版,第204页。

益,这些经营活动为寺院带来了滚滚财源,也加速了唐代寺院的世俗化、庸俗化。唐中叶以后,寺院几乎变成了披着宗教外衣的封建庄园。寺院除主要经营庄园、农牧产品之外,还经营许多赢利产业,如邸店、碾硙、油坊、车坊、药品、珠宝、服玩等奢侈品和经像等宗教用品以及借贷业等。①《说郛》卷三引《北山录》曾言唐徐世勣讨河北时,因为馈饷不足,曾贷粮于市西僧寺。李翱《断僧通状》曰:"口称贫道,有钱放债。"②这些活动都带着强烈的世俗色彩和功利目的。另外,寺院也从事商业活动,如开发山林,种植茶、果、瓜、菜等经济林木,发展养殖畜牧业,从事手工业生产,这些都促进了社会经济的发展。寺院也发展信贷业,创置质库和柜坊,有利于推动商业经济的发展。唐代寺院因为位置优越,经常以之为中心,形成庙市,成为区域商业贸易的中心。当然,佛家慈悲,寺观也积极开展一些社会慈善活动,如营建悲田坊,救助老病之人,行医、卖药等社会公益事业。

但是,随着佛教经济的世俗化发展,佛教社会的世俗化、庸俗化也变得越来越严重了。与佛教普度众生的初衷大相径庭,有些行为甚至演变成了欺诈豪夺。高祖武德九年的诏书中就有:"猥贱之侣……嗜欲无厌,营求不息……聚积货物……估贩成业。"③唐代后期有过之而无不及,宪宗所颁诏令亦称:"富商大贾,并诸寺观,广占良田,多滞积贮,坐求善价,莫救贫人。致令闾里之间,翔贵转甚。"④唐武宗会昌五年正月三日《加尊号后郊天赦文》中提到"委功德使检责富寺邸店多处,除计料供常住外,赜者便勒货卖,不得广占求利,侵夺疲人"⑤。再以当时重要的灌溉和粮食加工设施碾硙论,广德元年户部侍郎李栖筠曾"奏请拆京城北白渠上王公、寺观碾硙七十余所,以广水田之利,计岁收粳稻三百万石。"⑥可知碾硙也是寺观聚敛资财的方法。唐初的三阶教,在化度寺(还有洛阳的福先寺)设无尽藏,曾聚敛

① 谢重光:《中古佛教僧官制度和社会生活》,商务印书馆2009年版,第239页。
② 《全唐诗》卷873《断僧通状》。
③ 《旧唐书》卷1《高祖纪》。
④ (宋)宋敏求:《唐大诏令集》卷117《遣使宣抚诸道诏》,商务印书馆1959年版,第554页。
⑤ 《全唐文》卷78《武宗三》。
⑥ (宋)王溥:《唐会要》卷89,中华书局1955年版,第1619页。

了大量钱财,"名为护法,称济贫弱,多肆奸欺,事非真正。"①"舍施钱帛金玉,积聚不可胜计。"②对此,早在武后时,朝廷已下制派人检校,到开元年间终于禁断。而售卖所谓"圣水",更形同掠夺,《旧唐书》卷一七四《李德裕传》载:宝历二年,亳州言出圣水,饮之者愈疾。德裕奏曰:"臣坊闻此水,本因妖僧诳惑,狡计丐钱。数月以来,江南之人,奔走塞路。每三二十家,都雇一人取水。拟取之时,疾者断食荤血;既饮之后,又二七日蔬餐,危疾之人,俟之愈病。其水斗价三贯,而取者益之他水,沿路转以市人,老疾饮之,多至危笃……昔吴时有圣水,宋、齐有圣火,事皆妖妄,古人所非。"这种暴利的获得,是靠神佛迷信进行欺诈的。这种行为与世俗商人的见利忘义毫无二致。

寺院经济的扩张,侵害了国家和世俗地主的利益,也强化了寺院的世俗性。这乃是自唐初开始接连不断的士大夫反佛,朝廷屡次沙汰僧、尼,限制佛教,以至到武宗时期进行大规模毁佛的根本原因。但另一方面,寺院经济却正是在朝廷以及世俗各阶层的支持、扶植之下才膨胀起来的。它和世俗社会有着千丝万缕的联系,构成国家经济生活的一个重要的组成部分。而寺院作为经济实体的作用越来越显著,僧侣作为地主阶级的身份特征也更为突出起来。这对于宗教的神圣性和宗教徒的超越性都是强烈的腐蚀剂。如同寺院在政治上屈从于朝廷的结果一样,它们经济上的发展和与世俗的"同化",实际上也使它们对国家政权的依附性加强了。

总之,随着寺院经济活动的世俗化,寺院的其他宗教活动、宗教仪式等也必将世俗化。

此外,中唐以后,社会动荡,唐王朝由盛转衰,思想多元化加速进行,道释思想向底层和高层多方渗透,以儒学为核心的封建正统思想受到有力挑战。儒家的正统思想对于身处黑暗政局,深感命运无常的文人士子来说已失去了向心力。于是,很多人便在及时行乐中寻找安慰,在世俗的享乐中抛却烦恼。安史之乱以后,世俗享乐之风愈炽。正所谓"世愈乱,奢侈愈

---

① 《全唐文》卷28《元宗九》。
② (宋)李昉:《太平广记》卷493《裴玄智》,中华书局 1959 年版,第 4047 页。

甚。"①史载:"自天宝以后,风俗奢靡,宴处群饮……公私相效,渐以成俗。"②

二、唐代俚俗之风的社会表现

(一) 社会各阶层对俚俗娱乐的强烈追求

王公贵族对俚俗娱乐生活的嗜好。唐代的很多皇帝都爱好通俗的文学艺术。玄宗极其喜欢通俗艺术,建立与雅乐分庭抗礼的教坊俗乐机构,并设梨园教习倡优艺人俗乐歌舞。《旧唐书》载,景龙中,中宗数引近臣及修文学士,与之宴集。尝令各效伎艺,以为笑乐。工部尚书张锡为《谈容娘舞》,将作大匠宗晋卿舞《浑脱》,左卫将军张洽舞《黄獐》,左金吾卫将军杜元琰诵《婆罗门咒》,给事中李行言唱《驾车西河》,中书舍人卢藏用效道士上章……以尚书之尊,作女子舞蹈之状,颇为调笑逗乐。③ 宫廷中也有善演此戏而闻名者:"苏五奴妻张四娘善歌舞,亦姿色,能弄踏谣娘。"④亦可见民间歌舞戏对宫廷的影响。唐宣宗则明确地对优人祝汉贞说:"我养汝辈,供戏乐耳。"⑤唐敬宗则喜欢听俗讲,"宝历二年(826 年)六月己卯,上幸兴福寺观沙门文溆俗讲"⑥。正所谓"上有所好,下必甚焉"。皇帝热衷于俚俗之乐,其他的王孙公主也乐此不疲。《资治通鉴》卷 248《唐纪六十四》记载:大中二年冬,"十一月,万寿公主适起居郎郑颢……颢弟顗,尝得危疾,帝遣使视之。还,问公主何在。曰:'慈恩寺观戏场'。"⑦唐诗中大量诗篇描述了这种娱乐盛况。如《宴吴王宅》:"连夜征词客,当春试舞童……更待西园月,金尊乐未终。"⑧《夜宴安乐公主新宅》:"半醉徐击珊瑚树,已闻钟漏晓声传。"⑨

---

① 吕思勉:《隋唐五代史》下册,上海古籍出版社 1984 年版,第 856 页。
② (宋)王溥:《唐会要》卷 54《省号上》,中文出版社 1978 年版,第 940 页。
③ 《旧唐书》卷 189 下《郭山恽传》。
④ (唐)崔令钦:《教坊记》,辽宁教育出版社 1998 年版,第 3 页。
⑤ (宋)王谠撰,周勋初校证:《唐语林校证》,中华书局 1987 年版,第 90 页。
⑥ 《资治通鉴》卷 243《唐敬宗纪》。
⑦ 《资治通鉴》卷 248《唐纪六十四》。
⑧ 《全唐诗》卷 131《宴吴王宅》。
⑨ 《全唐诗》卷 69《夜宴安乐公主新宅》。

皇室的俚俗娱乐之风,也可从宫廷宴飨活动中窥见一斑。宫廷宴飨即皇帝赐宴,由皇帝指定的官员、使臣等参加宴会。这种宴会都伴有较大规模的乐舞、百戏等俚俗娱乐表演活动,有时候亦允许平民观演。皇帝赐宴因由多种多样,逢加冕、庆功、祝寿、纳妃、行幸等都要赐宴,有较大的随意性。玄宗朝时,国家承平节庆繁多,多在岁除日、上元节、上巳节、重阳节、千秋节等节庆日赐宴。①《旧唐书》载:"玄宗在位多年,善音乐,若宴设酺会,御勤政楼……太常乐立部伎、坐部伎依点鼓舞,间以胡夷之伎。"②所谓"胡夷之伎",正是民间的俚俗娱乐文化。统治阶级的好尚无疑为唐代的俚俗之风树立了榜样。

王公贵族之外,文人雅士对俚俗生活、俚俗歌舞音乐也趋之若鹜。《秦中岁晏马舍人宅宴集》:"故人处东第,清夜多新欢。"③《长沙陪裴大夫夜宴》:"东山夜宴酒成河,银烛荧煌照绮罗。"④《寄王汉阳》:"锦帐朗官醉,罗衣舞女娇。"⑤唐人夜宴,多有歌妓舞女佐兴,白居易诗云:"今夜还先醉,应烦红袖扶。"⑥"楼中别曲催离酌,灯下红裙间绿袍。"⑦"诗听越客吟何苦,酒被吴娃劝不休"⑧,《夜宴曲》曾云:"被郎慎罚琉璃盏,酒人四肢红玉软。"⑨《田侍中宴席》:"香熏罗幕暖成烟,火照中庭烛满筵。"⑩边关军营夜晚亦弥漫着歌舞音乐,《穷边词》云:"将军作镇古济州,水腻山春节气柔。清夜满城丝管散,行人不信是边头。"⑪可以看出,唐人的夜宴生活,一般都附带歌舞俗乐,来调节宴饮的气氛,且常常充溢着脂粉香艳之气。

因为商业活动的需要,唐代许多城市中出现了夜市,笙歌曼舞通宵达

---

①　周侃:《唐代中后期宫廷宴飨与乐舞、百戏表演场所考察——以勤政楼、花萼楼、麟德殿、曲江为考察中心》,《中华戏曲》第38辑,2008年第12期。

②　《旧唐书》卷28《音乐志》。

③　《全唐诗》卷136《秦中岁晏马舍人宅宴集》。

④　《全唐诗》卷569《长沙陪裴大夫夜宴》。

⑤　《全唐诗》卷173《寄王汉阳》。

⑥　《全唐诗》卷447《对酒吟》。

⑦　《全唐诗》卷439《江楼宴别》。

⑧　《全唐诗》卷447《城上夜宴》。

⑨　《全唐诗》卷494《夜宴曲》。

⑩　《全唐诗》卷300《田侍中宴席》。

⑪　《全唐诗》卷502《穷边词二首》。

旦,酒肆商铺也通宵营业。王建《夜看扬州市》就反映了唐中期扬州夜市的繁盛状况,诗云:"夜市千灯照碧云,高楼红袖客纷纷。"①夜市溢光流彩,热闹非凡。《夜饮》云:"席上未知帘幕晓,青娥低语指东方。"②《望亭释酬别周判官》云:"何事出长洲,连宵饮不休。"③《寄汴州令狐相公》:"水门向晚茶商闹,桥市通宵酒客行。"④酒店夜间的生意仍很红火,夜店中还有胡姬助兴,《赠酒店胡姬》云:"胡姬春酒店,弦管夜锵锵。"⑤对夜店的热闹更是描绘得淋漓尽致。

唐代的王公贵族、文人士子不仅喜欢歌舞筵宴中的俚俗之乐,对寺庙坊市的俗文学活动也兴味盎然。宝历二年(826年)六月己卯,"上(唐敬宗)幸兴福寺观沙门文溆俗讲。"⑥慈恩寺的戏场较多,连唐朝公主都到该处观戏。《资治通鉴》记载:大中二年冬"十一月,万寿公主适起居郎郑颢……颢弟顗,尝得危疾,帝遣使视之。还,问公主何在。曰:'慈恩寺观戏场'"⑦。在唐代,通俗表演"说话"也深受欢迎,听"说话"曾风靡上层和民间,玄宗逊位后,晚年寂寞,高力士让他听"转变、说话",解闷取乐。元稹曾与白居易一起在新昌宅听说"一枝花话",自寅至巳,历四个时辰,"犹未毕词"。⑧ 白行简的《李娃传》即依据说话《一枝花话》改编而成。段成式《酉阳杂俎》续集记载,他曾听过讲名医扁鹊故事的"市人小说"⑨。

唐传奇的繁荣有多方面的原因,但文人士子嗜好俚俗文化无疑是重要原因之一。唐代经济繁荣,农业及手工业高度发展,长安、洛阳、成都、扬州等大城市成为全国政治、经济、文化的中心。宫闱轶事、文人游宴、市民生活等世俗趣事及历史传闻,为传奇提供了重要素材,而传奇所传述的奇闻轶

---

① 《全唐诗》卷301《夜看扬州市》。

② 《全唐诗》卷717《夜饮》。

③ 《全唐诗》卷447《望亭释酬别周判官》。

④ 《全唐诗》卷300《寄汴州令狐相公》。

⑤ 《全唐诗》卷117《赠酒店胡姬》。

⑥ 《资治通鉴》卷243《唐敬宗纪》。

⑦ 《资治通鉴》卷248《唐纪六十四》。

⑧ (唐)元稹:《酬翰林白学士代书一百韵》,《元稹集》卷10,中华书局1982年版,第116页。

⑨ (唐)段成式:《酉阳杂俎》续集,中华书局1985年版,第211页。

事,也投合了文人和市民阶层嗜奇猎艳和娱乐遣兴的需要。"故自武德、贞观而后,呲笔为小说、小录、稗史、野史、杂录、杂记者多矣。"①除秉笔杂记传奇者,更有递相口述者,如《任氏传》是"众君子""昼宴夜话,各征其异说","闻任氏之事,共深叹骇,因请既济传之,以志异云。"②其他如《长恨传》、《庐江冯媪传》等的成书都有文人辗转述异的过程。传奇正是这种社交文化的产物。

中唐时代是传奇发展的兴盛期,从唐代宗到宣宗这一百多年间,名家名作蜂拥而出,唐传奇的大部分作品都产生在这个时期。这一现象,一方面固然是小说本身由低级向高级不断演进的结果,另一方面也得益于蓬勃昌盛的各体文学在表现手法上所提供的丰富借鉴。传奇在中唐的繁荣,也与此期世俗化的社会文化风尚紧密关联。中唐时,通俗的审美趣味由于变文、俗讲等的兴盛而进入士人阶层,与此同时,在很多大城市中,还产生了市人小说和专门以表演"说话"为生的艺人。这种好尚反映了一种新的通俗娱乐的审美需求,以重叙事、重情节为特征的传奇才会在中唐时代如雨后春笋般地涌现出来。

上层社会如此,市民百姓对俗文学活动的热情则更为高涨。《太平广记》载:"(楚州龙兴寺)寺前素为郡之戏场,每日中,聚观之徒,通计不下三万人。"③唐代李冗《独异志》记载:"唐贞元中,有乞者解如海……长安戏场中日集数千人观之。"④钱易《南部新书》记载:"长安戏场多集于慈恩,小者在青龙,其次荐福、永寿。"⑤长安保唐寺每月三个逢八日举行俗讲的时候,附近的妓女也想方设法前去观赏:

> 平康里入北门,东回三曲,诸妓所居之聚也……诸妓以出里艰难,
> 每南街保唐寺有讲席,多以月之八日,相率听焉。皆纳其假母一缗,

---

① 《全唐文》卷 817《〈唐阙史〉序》。

② (唐)沈既济:《〈任氏传〉尾语》,见黄霖选注:《中国历代小说论著选》,江西人民出版社 1982 年版,第 52 页。

③ (宋)李昉:《太平广记》,卷 394"徐智通"条引《集异记》,中华书局 1992 年版,第 3148 页。

④ (唐)李冗:《独异志》(卷上),收于《丛书集成初编》,中华书局 1985 年版,第 6 页。

⑤ (宋)钱易:《南部新书》戊,中华书局 2002 年版,第 67 页。

然后能出于里。故保唐寺每三八日,士女极多,盖有期于诸妓也。①

俗文学活动不仅盛行于成年人当中,在小孩子中间也相当风靡,男女幼童几乎能模仿演员的表演。元稹《哭女樊四十韵》云:"……骑竹痴犹子,牵车小外甥……别常回面泣,归定出门迎。解怪还家晚,长将远信呈。说人偷罪过,要我抱纵横。腾踏游江舫,攀缘看乐棚。和歌蛮字拗,学妓舞腰轻……"②李商隐的《骄儿诗》中也曾提道:

> ……归来学客面,闹败秉爷笏。或谑张飞胡,或笑邓艾吃。豪鹰毛崱屴,猛马气佶傈。截得青筼筜,骑走恣唐突。忽复学参军,按声唤苍鹘。又复纱灯旁,稽首礼夜佛……③

小孩子或模仿说书人口中张飞和邓艾的言行模样,或模仿参军戏里参军和苍鹘的彼此插科打诨。显然,只有时常观戏才能进而模仿。可见俗文学活动在当时已非常频繁。

唐代娱乐场所的名目颇多,有的称歌场,如《敦煌词·皇帝感》:"新歌旧曲遍州乡,未闻典籍入歌场。"④有的称变场,如唐代谢昭韫《幻影传》:"望酒旗、玩变场者,岂有佳者乎!"⑤有的称乐棚,元稹诗"攀缘看乐棚"⑥。

唐代社会的世俗化还表现在节日的众多与节日期间游乐风气的盛行。

在唐代,一系列传统的民俗节日被保存下来,此外还有自创的节日,如自唐玄宗起,就把每个皇帝的诞辰规定为全国性的重大节日。唐玄宗八月五日生,这一天就被定名为千秋节(后来改为天长节),其他皇帝的生日,如肃宗叫天平地成节,代宗叫天兴节,文宗叫庆成节,武宗叫庆阳节,宣宗叫寿昌节,情况也大抵相同。唐人在节日中的表现,集中而鲜明地体现了其豪迈

---

① (明)陶宗仪:《说郛三种》,上海古籍出版社1988年版,第3612页。
② 《全唐诗》卷404《哭女樊四十韵》。
③ 《全唐诗》卷541《骄儿诗》。
④ 曾昭岷等编:《全唐五代词》,《新集孝经十八章》,中华书局1999年版,第1206页。
⑤ (唐)段成式:《酉阳杂俎》前集卷5《怪术》,中华书局1985年版,第43页。
⑥ 《全唐诗》卷404《哭女樊四十韵》。

乐观,尽情享受人生,充实生命内涵的处世态度。

　　唐人过节,虽保持了许多传统节日原有的祷祝、祭祀、信仰、禁忌等方面的仪式,但节日的游艺娱乐性质逐渐增强。这种变化的趋势,并不始于唐代,只是到唐代有一个较大的发展。①

　　上巳或三月三日本来是一个祓禊求洁,拂除不祥,祈求平安和丰收的日子,巫术意味极强。可是唐人,特别是朝廷与官员,虽仍存祓禊之礼,却将节日的主要内容变成了饮宴游玩和尽情享乐。寒食禁火,唐承古风,而此后的清明前后上坟祭祖,本是肃穆之事,除趁机踏青郊游之外,唐人于此时大行饮宴作乐之事。为此,唐高宗龙朔二年(662 年),就曾严禁"送葬之时,共为欢饮"和"寒食上墓复为欢乐"②的风气。但由于风气已成,官府难以禁止,干脆承认其合理性并加以引导。玄宗开元二十年(732 年)《许士庶寒食上墓诏》云:

　　　　寒食上墓,礼经无文,近代相传,寝以成俗。士庶有不合庙享,何以用展孝思? 宜许上墓拜扫,申礼于茔,南门外奠祭,撤馔讫,泣辞。食馔任于他处,不得作乐,仍编入五礼,永为常式。③

　　从这道诏书可以看出,清明上坟祭祖之后的饮宴作乐之风终于上升为唐代国家承认的正式礼法。同时也由于看到了其中的一些问题,因之用礼法对民俗加以约束和限制。如这里就规定:寒食、清明上墓之后,不能在坟茔近处食馔,更不得作乐。但我们也恰恰由此看出,唐人寒食、清明利用上坟扫墓的机会而行郊游野宴、聚众玩乐之实,在当时确已成风。寒食、清明的游艺性质,在许多文学作品中得到充分体现。这种游艺包括郊游踏青、蹴鞠斗鸡、秋千拔河以及放纸鸢,等等。

　　唐代社会生产力发达,导致了日益繁富充裕的物质生活,也就必然导致

----

　　① 程蔷、董乃斌:《唐帝国的精神文明——民俗与文学》,中国社会科学出版社 1996 年版,第 45 页。

　　② (宋)王溥:《唐会要》,卷 23《寒食拜扫》,中华书局 1955 年版,第 439 页。

　　③ 《全唐文》卷 30《玄宗许士庶寒食上墓诏》。

人们对现实生命的珍视和对自身欲望的炽烈追求。唐人在保持许多传统节俗的形式之时,不同程度地改变了它们的性质和意义,体现了亲近享受大自然,充分领略人生欢乐的意味。其实质是体现了发自人性深处那种不可违拗的内在力量。因此,民俗节日崇神敬鬼意义的削弱(使其成为一种虚应传统的表面文章,其实也是一种削弱),现世享乐性质的加强,几乎都是不可阻挡的演变趋势。

　　上元节自古以来就有狂欢节的意味,这种狂欢的色彩,在唐人这里更是演绎得酣畅淋漓,有过之而无不及。上元之夜唐人喜欢张灯为戏,居民们倾城而动,载歌载舞,彻夜喧闹。京师长安更是彩灯成河。《朝野金载》记载:"睿宗先天二年正月十五、十六夜,于京师安福门外作灯轮,高二十丈,衣以锦绮,饰以金玉,燃五万盏灯,簇之如花树。"①更有诗云:"千门开锁万灯明,正月中旬动帝京。三百内人连袖舞,一时天上著词声。"②其他地方的赏灯活动也不亚于长安。如徐州"堰王灯塔古徐州,二十年来乐事休。此日将军心似海,四更身领万人游。十万军城百万灯,酥油香暖夜如燕。红妆满地烟光好,只恐笙歌引上升。"③《全唐诗》中对赏灯活动的描述非常多。

　　七夕节也充满了喜庆热闹的气氛。《开元天宝遗事》载:"宫中以锦结成楼殿,高百尺,上可以胜数十人,陈以瓜果酒炙,设坐具,以祀牛、女二星。嫔妃各以九孔针、五色线,向月穿之,过者为得巧之候。动清商之曲,宴乐达旦,士民之家皆效之。"④"帝与贵妃,每至七月七日夜在华清宫游宴。"⑤《乞巧对》云:"孟秋暮天,当庭布筵,有瓜于盘,有果于盆,拜而言,若祈于神者。从而问之,对曰:七夕祈巧祀也。"⑥《长恨歌传》曰:"秋七月,牵牛织女相见之夕,秦人风俗,是夜张锦绣,陈饮食,树瓜华,焚香于庭,号为乞巧。"⑦可见,乞巧之时,也是宴饮游乐之时。

①　(唐)张鷟:《朝野金载》卷3,中华书局2005年版,第69页。
②　《全唐诗》卷511《正月十五夜灯》。
③　《全唐诗》卷561《影灯夜二首》《正月十五夜灯》。
④　(五代)王仁裕著,曾贻芬点校:《开元天宝遗事》,中华书局2006年版,第50页。
⑤　(五代)王仁裕,曾贻芬点校:《开元天宝遗事》,中华书局2006年版,第38页。
⑥　《全唐文》卷795《乞巧对》。
⑦　(唐)陈鸿:《长恨歌传》,上海古籍出版社1985年版,第125页。

中秋节同样充满了欢庆气氛，《开元天宝遗事》卷下记载"诸学士玩月，备文酒之宴。"①白居易诗云："人道秋中明月好，欲邀同赏意如何。"②刘禹锡亦在诗中云："半夜碧云收，中天素月流。开城邀好客，置酒赏清秋。"③中秋之夜，人们沉溺在皎洁的月色之下，通过赏月的方式寄托自己的美好情怀。

（二）唐代文学、音乐、绘画、雕塑等领域的趋俗倾向。

文学方面，在继承六朝以来传统的基础上，出现了俗讲变文、传奇、话本、词等新兴俗文学作品，前已论述，此不赘述。

音乐方面，唐时流行"燕乐"，"燕"通"宴"，是以经常在宴会上演奏而得名，隋唐燕乐有着鲜明的时代特点，它以杂有"胡夷里巷之曲"的俗乐姿态，适合广大地域和多种场合，满足着日常娱乐的需要。燕乐吸纳了中原乐、江南乐、边疆民族乐，乃至传自中亚、印度等地多种音乐成分，有歌有舞，兼收并蓄，但不是简单的混合，而是经过了长期交融与相互吸收。④

绘画方面，唐人绘画风格的世俗化日益明显。以人物画为例，唐人在前代"秀骨清像"、"面短而艳"的基础上开"丰厚为体"之先河，其人物形象雍容华贵、体态摇曳丰满。如张萱《虢国夫人踏青图》、《簪花仕女图》、《捣练图》，周昉《簪花仕女图》、《挥扇仕女图》等女性人物画，唐李贤墓室壁画《观鸟捕蝉》、《马球图》等，人物生动形象，栩栩如生，充满了生活情趣。反映了唐代绘画的世俗化倾向。

唐代的三教融合，给绘画开辟了更为广阔的空间，唐人在继承南北朝绘画艺术的基础上，开拓了新的天地。其绘画着意描绘纷繁热闹的场景，更多地反映社会现实，人物倒成了其次。以敦煌壁画为例，中唐的菩萨日益脱离初盛唐时期身躯高大的外形特征，更多渲染"经变"，此时的菩萨（神）小了，供养人的形象却越来越大，有的身材甚至超过初盛唐时的菩萨造像。敦煌壁画中也加入了很多现实生活中的场景和人物，有上层的阅兵、宴会、求医，

---

① （五代）王仁裕著，曾贻芬点校：《开元天宝遗事》，中华书局2006年版，第36页。
② 《全唐诗》卷436《华阳观中八月十五日夜招友玩月》。
③ 《全唐诗》卷358《八月十五日夜半云开然后玩月因书一时之景寄呈乐天》。
④ 丘琼荪遗著，隗芾辑补：《燕乐探微》，上海古籍出版社1989年版，第99页。

有中下层劳动者的耕作、拉纤、挤奶、行旅……虽然其中很多形象是为了配合佛教教义的宣传,大多却是与宗教无关的生活场景,它们表现了对世俗生活的热情。对世俗生活的关注终于使唐代人物画及佛教造像开始走向凡尘,"壁画开始真正走向现实:欢歌在今日,人世即天堂。"①

再以佛教塑像为例。魏晋南北朝时期,世事动荡,战乱频繁,民众在恶劣的生存条件下急需寻找一个可寄托精神信仰的庇护之神,所以观音信仰渐渐走入民间。此时的观音造像是宗教性较为浓厚的时期,主要起人性教化的作用,因此早期的观音像均衣着朴实,装饰单纯,线条厚重,身躯比例匀称,持花或持瓶。观音的神圣性、宗教性与庄严性都得到了完全的统一,符合当时信众对救世主的渴望与追求精神寄托的要求。在体现观音的神性上,都是做出无畏印、与愿印、说法印、降魔印等手势,同时用背光和头光等专门装饰来表示其果位。最高果位的佛不仅有头光而且还有背光,次果位的菩萨则有头光而没有背光,用以表达他们的觉悟还未达到大彻大悟的境界。但在魏晋南北朝的观音实际造像中,艺术家往往会给观音加上大背光,以表示对观音的崇敬。在这里,观音是庄严肃穆与温情慈祥统一的神性化形象。

南朝前期的佛教造像风格则是"秀骨清像",它是按南朝士大夫洒脱飘逸的造型特征来塑造的,与北朝的肩宽体壮的形象有较大的区别,代表了南朝造像一时的艺术风格。南朝后期佛像艺术一方面继承了前期"秀骨清像"的特点,另一方面在体态上向丰肥发展,即所谓隋唐前期的南朝梁代艺术家张僧繇的风格,被誉为"张家样",为盛唐的"道子画"作了前导,中国佛像艺术的鼎盛就是建立在南北朝丰富多样的基础上而形成的。

隋唐以来,随着社会的稳定富足,佛教信仰也由精神性向世俗性的普及化方向转变,观音造像的民族化、世俗化进程也在此时呈现了出来。隋代造像承上启下,形体丰满,躯体修长,衣饰简洁,体态自然,渐趋写实风格。初盛唐后,观音造像丰硕圆满,豪华富丽。这与其国运昌盛是分不开的,唐代的审美倾向于丰满,具有青春活力的热情与想象,人们肯定着现世并憧憬着未来。因此这一时期观音造像体现了多元性和统一性的特征。初唐的道宣

---

①　李泽厚:《美的历程》,天津社会科学院出版社 2001 年版,第 195 页。

法师曾慨叹："造相梵相。宋齐间皆唇厚鼻隆目长颐丰。挺然丈夫之相。自唐以来,笔工皆端严柔弱似妓女之貌,故今人夸宫娃如菩萨也。又云今人随情而造,不追本实;得在信敬,失在法式。"①道宣认为,宫女一样美丽的菩萨得到世俗的"信敬",却远离了佛性。而这正是唐代佛教造像世俗化的体现,是佛教信仰由精神性向世俗性的普及化转变。

(三)唐代宗教的世俗化

唐代社会的世俗化还体现在宗教的日渐世俗化。随着佛教经济的世俗化,各种宗教活动、宗教仪式也日益世俗化、娱乐化。唐朝廷常利用京城寺院举行各种各样盛大、华丽的法会。本以祈福消灾(包括祈雨、治病等颇有"道术"意味的仪式)为目的,多带有祝祷、庆贺、纪念等性质,往往伴以欢快的游艺活动。这些活动的宗教信仰色彩逐渐减弱,娱乐游戏的气息明显增强,甚至带有狂欢的色彩。慧立等所著《三藏传》记载奉迎玄奘入慈恩寺的情形:"(贞观二十二年)十二月戊辰……迎像送僧入大慈恩寺。至是陈列于通衢,其锦彩轩槛,鱼龙幢戏,凡一千五百余乘,帐盖三百余事……又于像前两边各丽大车,车上竖常竿悬幡,幡后布师子、神王等为前引仪。又庄严宝车五十乘坐诸大德;次京城僧众执持香华,呗赞随后;次文武百官各将侍卫部列陪从。太常九部乐挟两边,二县音声继其后,而幢幡钟鼓,訇磕缤纷,眩日浮空,震耀都邑,望之极目,不知其前后……"②懿宗口称崇佛,但其诞日"缁黄讲论毕,次及倡优为戏"③,把严肃的宗教讲经活动变为宫廷俳优之戏,行同游艺。

佛教的世俗化从"三教论衡"活动的俗化演变也可见一斑。"三教论衡"是西晋一直延续到隋唐的一项重要活动,陈寅恪云:

> 南北朝时,即有儒释道三教之目。至李唐之世,遂成固定之制度。如国家有庆典,则召三教之学士,讲论于殿庭,是其一例。④

---

① (宋)释道诚:《释氏要览》(卷中),《大正藏》第54卷,第2127页。
② (唐)慧立等:《大慈恩寺三藏法师传》卷7,中华书局1983年版,第156页。
③ (唐)高彦休:《李可及戏三教》,《唐阙史》卷上,中华书局1999年版,第27页。
④ 陈寅恪:《冯友兰〈中国哲学史〉下册审查报告》,见冯友兰《中国哲学史》,中华书局1961年版。

　　三教论衡包括天文、地理、历史,语言、音韵、习俗等,涉及范围十分广泛,不免琐细繁复,实则表现了佛学中国化的艰难过程。

　　唐初承袭此风,时有讲论,皇帝不仅亲自参加,而且往往请一些高僧大德去论辩。《旧唐书·陆德明传》云:"(唐)高祖(618—626年)亲临释奠,时徐文远讲《孝经》,沙门惠乘讲《波若经》,道士刘进喜讲《老子》。德明难此三人,各因宗指,随端立义,众皆为之屈。高祖善之。"①当时,讲老、庄诸子经义之说,佛道义理之辩经常进行,皇帝对这些礼学之士、道士、沙门也非常尊重。

　　但是为发展壮大,争取信众,佛教不断中土化,佛道义理之争开始向以诵经争取下层信徒方向转化。从而形成宗派佛教的繁荣和信仰的社会化、通俗化(特别是净土信仰和禅的盛行)。唐时新兴的中国化佛教派系大量涌现,而这些派系的信仰日益社会化、通俗化。如天台宗学说提倡大开"方便法门",而净土宗则只需日诵"南无阿弥陀佛",不必深研义理。南禅一派自慧能、神会以后,摒弃义理烦难,提倡顿悟。这些无疑都加速了佛教的世俗化,"三教论衡"的庄严性逐渐消解。如《新唐书》载:"玄宗开元十六年(728年),悉诏能言佛、老、孔子者,相答难于禁中。有员俶者,九岁,升座,词辩如注射,坐人皆屈。帝异之,曰:'半千孙,固当然。'因问:'童子岂有类若者?'俶跪奏:'臣舅子李泌。'帝即驰召之……因贺帝得奇童。帝大悦曰:'是子精神,要大于身。'"②辩论的内容虽不得详知,但以应门五尺之童,作论衡三教之戏,必非义理之辨。玄宗做太上皇后,移西内安置。每日与高力士"讲经论议,转变说话",亦可知玄宗所好之"讲经论议"类同俗讲,只是为了"悦圣情"。也由此可见,元和以后,变文、俗讲等俗文学活动已成为社会风气。

　　中晚唐的三教论衡,已流于形式,谐谑之气更重。陈寅恪曾在《元白诗笺证稿》附论《白乐天之思想行为与佛道之关系》中对此有比较明确的论述:"《白氏长庆集》伍玖有'三教论衡'一篇,其文乃预设问难对答之言,颇

---

① 《旧唐书》卷189上《陆德明传》。
② 《新唐书》卷139《李泌传》。

如戏词曲本之比。又其所解释之语,大抵敷衍'格义'之说,篇末自谓'三教谈论,承前旧例'。然则此文不过当时一种应制之公式文字耳……"①

钱易则记述内道场的一次仪式:"上元二年九月天平地成节,上于三殿置道场,以内人为佛、菩萨像,宝装饰之。北门武士为金刚神王,结彩被坚持锐,严侍于座隅焚香赞呗。大臣作礼,近侍围绕。设宴奏乐,极欢而罢,各赐帛有差。"②这种道场纯粹是徒有虚名,近似宫廷演剧。类似的寺院法事,如斋会、祭祷、迎送经像等,都是鼓乐喧天,热闹异常,美国学者薛爱华直接把它们说成是"收入丰裕的佛寺中举办的各种大型的节日活动、舞会以及戏剧演出等。"③

经历过武宗"灭佛"之后,懿宗口称崇佛,但讲经活动犹如宫廷俳优之戏。敬宗更是深入民间,"宝历二年六月乙卯,上幸兴福寺,观沙门文溆俗讲。"④而文溆所讲者何? 赵璘《因话录》曾记载道:

> 有文溆僧者,公为聚众谈说,假托经论,所言无非淫秽鄙亵之事,不逞之徒转相鼓扇扶树,愚夫冶妇乐闻其说,听者填咽寺舍,瞻礼崇奉,呼为"和尚"。教坊效其声调以为歌曲。其甿庶易诱,释徒苟知真理及文义稍精,亦甚嗤鄙之。⑤

胡三省在《通鉴》"宝历二年六月乙卯,上幸兴福寺,观沙门文溆俗讲"条注曰:"释氏讲说,类谈空有,而俗讲者又不能演空有之义,徒以悦俗邀布施而已。"⑥道出了"俗讲"的真正目的。而俗讲在当时也确实很受欢迎,正如姚合诗中所描绘的:"远近持斋来谛听,酒坊鱼市尽无人。"⑦而自唐初朝廷即举行的一种颇具游乐色彩的法会盂兰盆会,还有多次举行的奉迎佛骨

---

① 陈寅恪:《元白诗笺证稿》,附论〔乙〕《白乐天之思想行为与佛道之关系》,上海古籍出版社 1978 年版,第 331 页。

② (北宋)钱易:《南部新书》壬卷,中华书局 2002 年版,第 148 页。

③ 〔美〕谢弗:《唐代的外来文明》,吴玉贵译,北京社会科学出版社 1995 年版,第 36 页。

④ 《资治通鉴》卷 243《唐敬宗纪》。

⑤ (唐)赵璘:《因话录》卷 4,上海古籍出版社 1957 年版,第 94 页。

⑥ 《资治通鉴》卷 243《唐纪五十九》。

⑦ 《全唐诗》卷 502《听僧云端讲经》。

活动,都成为长安城里群众性游艺活动的重要部分。这些活动实际像是一种欢乐喜庆的集会,对一般民众而言,宗教的意味已很淡薄了。正是由于佛教的世俗化等原因,所以佛教在唐代的繁荣远远超过道教。

唐代的佛教在日益俗化,道教也不例外。

道教虽不是外来宗教,然而在唐代的影响远不如佛教。但道教在唐代也日趋俗化。

到了唐代,道教得到了更大的发展,特别是由于道教的教主老子被说成是皇室宗主,道教也因此带上了"御用宗教"的性质,道士亦被视同皇室宗属;加之帝王贵戚中有许多道教信徒,特别要为一批"入道"的公主、宫人设立居停之所,道观在两京被大量兴建起来。其中首都长安道观尤其众多。在封建皇权和宗教教权进一步结合的情况下,唐代长安作为政治、经济、文化中心,同时也是宗教活动,主要是佛、道二教活动的中心。从绝对数量看,唐代(首都长安的情形就是很典型的)的道士、女冠远较僧、尼为少,道教宫观的数量也较佛教的寺庙为少。按《唐六典》,天下观总一千六百八十七所,寺总五千三百五十八所,这样计算起来宫观数不及寺院数的三分之一。

早期的方士具有浓厚的神仙品格。唐代也颇有些道士自高身价,宣扬已得道成仙(如张果、轩辕集等人)。但这一时期一般道士的形象已发生了很大的变化。他们出入朝廷,结交文人士大夫,其行为已大体与平常人无别。原始道教本来带有反抗现存体制的性格,曾经成为动员群众反抗现实统治的原动力。到唐代,中央集权的国家对宗教管束更加强化,相应地在法制上也限定了道士的地位。他们基本上已成为替现行政权服务的宗教职业者。他们自诩的那种超越的、神秘的性格与其说被作为事实而信仰,不如说是自身的幻想或外界给予的荣宠和名号。到唐代,道士们的权威一般也大为降低。众多道士在社会上活动,和士大夫结交,是平等的交友。和道士们变化了的面貌相应,唐代道士居住的道教宫观的性质和活动也有很大的改变。由于道教的兴盛,各地建设起大量规模不等的宫观,形成了更加完善的宫观建制和制度。两京敕建的许多道观更是宽敞宏丽,聚集了众多的道士。唐代的道观已抛弃了六朝道观的封闭性。它们除了作为宗教活动的基地之外,同时更带有文化和社交中心的功能。唐代的道观和寺庙一样,也是民众进行文化、经济以及一般社会活动的场地。士大夫阶层不但在这里结交道士,问道寻仙,从事宗教活动,更览奇探胜,交朋结友,这里成了游览、交际和进行各种世俗活动的方便场所。这样的宫观制度使他们不得不更努力提高文化方面的素养,更积极地参与各种世俗活动。

道教趋向世俗化的同时,神仙观念也在逐渐地世俗化。这突出表现在唐代文人的观念中,神仙在很大程度上已转化为一种美好的理想,一种人生的境界,而不是信仰。

唐代士大夫身上具有不同程度的"慕道"、"羡仙"的意识,甚或有过"学仙"的经历。可是在他们的内心深处,主要只是限于"慕"和"羡"而已。虽然唐代道教的发展臻于极盛,其势力扩张到更广泛的社会层面和各个文化领域,但从信仰的角度看却是大为削弱、"蜕化"了。造成这一情势的因素很多,中土传统意识对于宗教迷信的抵制是一个方面,封建专制国家的政治伦理的制约是又一个方面,还有佛、道二教间的相互斗争和批判对于动摇和破坏彼此的信仰也起了重要作用。而历来求仙实践的破产和神仙存在的难以验证更是确立神仙信仰难以克服的障碍等。这样,对于外在宗教偶像和宗教目标信仰的怀疑和动摇,乃是唐代思想发展的重要特征。

纵观唐代思想史和宗教史的发展,会看到在佛、道二教极度繁荣局面下其各自内在矛盾的深化,关键的表现是作为宗教存在根本的信仰心的动摇与"蜕化"。神仙和神仙世界主要是以其伦理价值和审美价值而存在于人们的意念之中了。当初曾被当做事实加以传颂和宣扬、又曾被人们盲目地信仰过的,到这一时期基本被当做一种古老传说的资料来欣赏,或成为构造新的传说的借鉴和依据了。

总的说来,长安道观是文人士大夫重要的活动场所。尤其是有一定规模的道观,更是人们群聚之处。文人士大夫在这里结交道友,访道谈玄,赏花观景,进行社交活动。寺、观当然主要是从事宗教活动的场所,但在唐代丰富的文化生活里,它们却都起着某种文化活动中心的作用,成为宴乐之所。许敬宗《游清都观寻沈道士得清字》诗里有"或命余杭酒,时听洛滨笙。"①可知道

---

① 《全唐诗》卷35《游清都观寻沈道士得清字》。

观里可以歌酒娱乐。白居易《玉真观张观主下小女冠阿容》诗说："绰约小天仙,生来十六年。姑山半峰雪,瑶水一枝莲。晚院花留立,春窗月伴眠。回眸虽欲语,阿母在旁边。"①从诗中看,这位小女冠是陪侍客人的。由此也可以看出道教的世俗化之风。韩愈的诗《华山女》虽旨在描述佛道两教以俗讲争夺听众的激烈场景,但更反映了宗教的俚俗化:

> 街东街西讲佛经,撞钟吹螺闹宫廷。广张罪福恣诱胁,听众狎恰排浮萍。黄衣道士亦讲说,座下寥落如明星。华山女儿家奉道,欲趋异教归仙灵。洗妆拭面著冠帔,白咽红颊长眉青。遂来升座演真诀,观门不许人开扃。不知谁人暗相报,訇然震动如雷霆。扫除众寺人迹绝,骅骝塞路连辎軿。观中人满坐观外,后至无地无由听。②

道教的实力本不及佛教,但面对竞争,也培养出优秀的女性俗讲人,粉墨登场。

唐风的俗化,还表现在宗教仪式也日益俗化。比如驱傩仪式冲出了鬼神迷信的局限,带上了节令娱乐的色彩。驱傩原是一种驱鬼逐疫的迷信行为,起源甚早,在唐代的驱傩活动中,宗教迷信色彩逐渐减弱,发展成了一种独具风格的节令活动。罗隐《市傩》记载:"傩之为名,著于时令矣。自宫禁至于下俚,皆得以逐灾邪而驱疫病。故都会恶少年则以是时鸟兽其形容,皮革其面目,丐乞于市肆间,乃有以金帛应之者。"③而每到除夕之夜,京城中的驱傩队伍要浩浩荡荡开入宫廷,为皇帝进行各种驱鬼逐疫的动作表演。钱易《南部新书》乙卷就记载了这样一件有趣的事情:"岁除日,太常卿领官属乐吏,并护僮侲子千人,晚入内,至夜于寝殿前进傩。燃蜡炬,燎沈檀,荧煌如昼,上与亲王妃主已下观之,其夕赏赐甚多。是日衣冠家子弟多觅侲子之衣,着而窃看宫中。顷有进士臧童者,老矣,偶为人牵率,同入其间,为乐吏所驱,时有一跌,不敢抬头视。执犁牛尾拂子,鞠躬宛转,随队唱夜好千匝

---

① 《全唐诗》卷442《玉真观张观主下小女冠阿容》。
② 《全唐诗》卷341《华山女》。
③ 《全唐文》卷896《罗隐(三)·市傩》。

于广庭之中。及将旦得出，不胜困劣，扶舁而归，一病六十日，而就试不得。"①由此可见，唐代驱傩的宗教迷信色彩逐渐被娱乐游戏气息所冲谈，逐渐演化为一种节日狂欢的娱乐活动。

总之，唐代政治的稳定，经济的繁荣，促进了商业的迅速发展。科举取士，造就了大批新兴地主阶层，商业的发达也造就了大批富商大户，经济的昌盛使市民阶层的队伍不断壮大，市民的影响也日益扩大，这一切的变化都促使社会消费结构发生了深刻变化。广大市民阶层不仅需要物质上的消费，也需要精神上的娱乐。而新兴市民阶层因其文化修养等因素，其消费取向也往往是世俗化、娱乐化的。此外，历史上传统通俗文学的流播等原因，也使得唐代俗文学日益繁荣兴盛。

第三节　寺庙与歌楼：唐代俗文学的活动中心

唐代的俗文学活动中心主要是戏场与歌楼酒肆，此外还有曲江园林、皇家禁苑及私家园林等，其中戏场与歌楼酒肆是两个最为活跃的公共活动空间，也是本节探讨的主要内容之一。戏场主要分为两类，一类是因为重要的节日或大型的仪式庆典活动等临时设置的，一类是约定俗成而日益固定的。临时设置的戏场主要位于宫殿前的广场或其他空阔的空地上，源于寺院的各种固定或不固定的仪式法会之类的表演因长期约定俗成，因而都设在寺院内外的广场上，时日久了，便成为固定的戏场。以寺院为中心的戏场后来往往都与庙会相结合，形成了综合性的商业文化中心，这种文化中心与歌楼酒肆在俗文学活动过程中都发挥了非常积极、广泛的作用。

一、庙会戏场

戏场一般是指表演杂技百戏的场所。隋唐时期的戏场，具有游戏娱乐等多种功能，其表演内容则多为歌舞、杂技、百戏等。隋代长安大兴善寺沙

---

① （北宋）钱易：《南部新书》乙卷，中华书局 2002 年版，第 22 页。

门僧琨曾言:"'戏场',则歌舞音声。"①这种戏场一般是由朝廷下令临时设在宫殿前面的广场或其他比较宽阔的场地上。戏场至晚在汉魏时期就已经出现了。② 这种在宫殿前面的广场或其他比较宽敞的地方进行百戏杂技表演活动的情况,在魏晋南北朝一直传承不绝。但是直到隋代,史籍中才正式有"戏场"之称。《隋书》描述隋炀帝在元宵节设置戏场表演歌舞百戏等的情况时,曾记载道:

> 每岁正月,万国来朝,留至十五日,于端门外,建国门内,绵亘八里,列为戏场。百官起棚夹路,从昏达旦,以纵观之。至晦而罢。伎人皆衣锦绣缯彩。其歌舞者,多为妇人服,鸣环佩,饰以花眊者,殆三万人。③

《资治通鉴》则记载了一场隋炀帝组织大型外交活动时的戏场表演:

> 帝以诸蕃酋长毕集洛阳,丁丑,于端门街盛陈百戏,戏场周围五千步,执丝竹者万八千人,声闻数十里,自昏达旦,灯火光烛天地;终月而罢,所费巨万。自是岁以为常。④

政府出面组织的戏场,一般规模都很大,所表演的节目也非常丰富,有百戏、歌舞、杂技等。这种戏场与后代的专业戏场是不同的,它只是在重大节日或活动期间临时启用作为戏场的开阔广场,多位于宫殿门前或其他开阔地带。这样的戏场,在唐代继续保留,作为大型庆祝活动的必备节目。唐人郑棨在《开天传信记》中记载:"上御勤政楼大酺,纵士庶观看。百戏竞作,人物填咽。金吾卫士白棒雨下,不能制止。"⑤因"百戏竞作"而使"人物

---

① 《大正藏》第5卷《隋朝传译佛经录·论场》,财团法人佛佗教育基金会出版部1990年版,第189页。
② 王永平:《唐代长安的庙会与戏场——兼论中古时期庙会与戏场的起源及其结合》,《河北学刊》2008年第6期。
③ 《隋书》卷15《音乐志下》。
④ 《资治通鉴》卷181"隋炀帝大业六年正月"条。
⑤ (唐)郑棨撰:《开天传信记》,中华书局1985年版,第3页。

填咽"，拥挤不堪，即使"金吾卫士白棒雨下"，仍"不能制止"，可见其纷繁热闹的程度。所以，高力士建议召河南丞严安之"处分打场"。这样的戏场即是设在宫殿前的广场上。张九龄《奉和圣制南郊礼毕酺宴》也描写道："春发三条路，酺开百戏场。流恩均庶品，纵观聚康庄。妙舞来平乐，新声出建章。分曹日抱戴，赴节凤归昌。"①这种临时设置的戏场，是与政府的大型节日庆典活动紧密相关的。

唐代更多常设的戏场则是以寺庙为中心建立起来的。一般是建在寺庙周围的广场上。

唐代"戏场"设在寺院中是普遍的现象。慈恩寺的戏场非常有名，《南部新书》记载："长安戏场多集于慈恩，小者在青龙，其次荐福、永寿，尼讲盛于保唐，名德聚之安国。"②《资治通鉴》记载，唐宣宗万寿公主小叔郑颢病危，宣宗派人探视，"还，问'公主何在?'曰:'在慈恩寺观戏场。'"③王孙公主亦被戏场吸引，由此可见，长安戏场是具有强大的吸引力的。

唐代各地设戏场应是比较普遍的现象，即使较为偏远的地方也设有戏场。如南海番禺，《太平广记》载，"贞元中，崔(炜)居南海……中元日，番禺人多陈设珍异于佛庙，集百戏于开元寺。"④"(唐楚州龙兴寺)寺前素为郡之戏场"⑤。越州宝林寺在宝历中也"军吏州民，大陈伎乐。"⑥可见，戏场各地都有。

唐代寺院由于政府的支持，加之寺院经济发达，有些寺院本身就供养伎乐。寺院供养的伎乐除用于自己做法事等宗教活动或自娱外，还经常组织乐舞百戏演出，这样也就自然而然地形成了寺院自身的戏场。有些寺院的伎乐是由皇家供养的，如长安近郊玉华山，曾随侍玄奘译经的大慈恩寺僧人

　　①　《全唐诗》卷49《奉和圣制南郊礼毕酺宴》。

　　②　(宋)钱易:《南部新书》戊，中华书局2002年版，第67页。

　　③　《资治通鉴》卷248《唐纪六十四》。

　　④　(宋)李昉:《太平广记》卷34《崔炜》，中华书局1992年版，第216页。

　　⑤　(宋)李昉:《太平广记》卷394"徐智通"条引《集异记》，中华书局1992年版，第3148页。

　　⑥　(宋)李昉:《太平广记》卷41《黑叟》，中华书局1992年版，第259页。

嘉尚曾云："夜睹玉华寺内,广博严净,伎乐盈满。"①玉华寺在唐高祖及太宗时本为玉华宫,内置伎乐。唐高宗改宫为寺,所以,此寺内的伎乐应承自玉华宫的皇家伎乐。皇室赏赐给寺观的伎乐供养,对以寺院为中心的文化活动自然有很大的促进作用。

戏场除了组织歌舞伎乐之外,还有各种百戏、杂技表演。唐初僧人道宣在《量处轻重仪》中讲到佛寺的各种财物时,就专门列出"戏具"与"杂剧戏具"两类物品。② 这表明当时的佛寺戏场经常上演各种百戏、杂剧。唐人赵璘《因话录》记载:"有文溆僧者,公为聚众谭(谈)说,假托经论,所言无非淫秽鄙亵之事。不逞之徒,转相鼓扇扶树。愚夫冶妇,乐闻其说,听者填咽寺舍,瞻礼崇奉,呼为'和尚'。"③文溆所宣讲的内容,即所谓"淫秽鄙亵之事",应该是一些世俗故事。正因为如此,他的讲唱才受到人们的喜爱。这说明长安寺院还流行俗讲。日本僧人圆仁《入唐求法巡礼行记》对此也有详细的记载④。除了僧人的俗讲之外,还有尼讲。保唐寺的尼讲几乎每月都要举行,连平康里的妓女都被深深吸引,每逢开讲之日,就会花钱买个方便,前去听讲。据孙棨《北里志》说:"诸妓以出里艰难,每南街保唐寺有讲席,多以月之八日,相牵率听焉。皆纳其假母一缗,然后能出于里。"⑤

除了僧尼俗讲外,道士也有类似的讲唱活动。《入唐求法巡礼行记》记载,唐会昌元年(841年)正月九日,"又敕开讲道教,左街令敕新从剑南道召太清宫内供奉矩令费,于玄真观讲《南华》等经;右街一处,未得其名。并皆奉敕讲……会昌元年五月一日,敕开讲……两观讲道教。"⑥唐代虽然实行三教调和的政策,但佛、道二教的斗争却一直存在,这种斗争有时也表现在讲唱活动中。僧尼及道士都利用讲唱艺术来吸引和招徕底层信徒,以募集

---

①　(宋)赞宁:《宋高僧传》,中华书局1987年版,第73页。
②　(唐)释道宣:《量处轻重仪本》第1卷,大正新修《大藏经》第45卷《诸宗部》,第848页。
③　(唐)赵璘:《因话录》卷4,上海古籍出版社1957年版,第94页。
④　白化文、李鼎霞、许德楠校注:《入唐求法巡礼行记校注》,花山文艺出版社1992年版,第403页。
⑤　(唐)崔令钦等:《教坊记　北里志　青楼集》,古典文学出版社1957年版,第25页。
⑥　白化文、李鼎霞、许德楠校注:《入唐求法巡礼行记校注》,花山文艺出版社1992年版,第389页。

资财,扩大宗教势力范围。韩愈的诗《华山女》就反映了这种状况①。

综上所述,唐代戏场一般是指表演杂技百戏的场所。有些戏场设在宫殿前面的广场或其他比较宽阔的场地上,这一般是在重大的节日或大型仪式庆典活动时临时设置的。还有一类较为固定的戏场,是以寺院为中心,设在寺院内外的广场上。这些戏场,具有布道、游戏、娱乐和竞技等多种功能。

唐代更多更常见的固定戏场多以寺院为中心,设在寺院内外的广场上。究其原因主要有以下几方面:

(一)唐代寺院有雄厚的经济实力。景龙中,辛替否上疏中有"十分天下之财,而佛有其七八"②之语。以长安为例,长安郊外土地大量被寺院所占有。例如西明寺建立时"赐田园百顷,净人百房,车五十两,绢布二千匹"③。清禅寺是"水陆庄田,仓廪碾硙,库藏盈满"④。

寺院强大的经济实力一方面源于魏晋六朝以来统治阶级对寺院的支持,一方面源于寺院自身的经营活动。

唐长安重要的佛寺几乎全是隋、唐两朝敕建的;就是一些贵族所施建的,也经朝廷敕额即经过朝廷批准,带上了"官寺"的性质。唐高祖分别为沙门昙献和景晖立了慈悲寺和胜业寺;慈恩、西明二大寺是朝廷为玄奘所建。青龙寺本为隋废寺,龙朔二年由城阳公主再建;资圣寺是龙朔三年为文德皇后资福而建;大荐福寺本为英王宅,文明元年高宗崩后百日立为寺,中宗时又大加整饰;大安国寺本是睿宗在藩旧宅,景云元年改立为寺,诸如此类的例子不胜枚举。日本佛教学者道端良秀也指出:"据《唐会要》、《长安志》、《两京城坊考》等资料所见,长安城内百余所寺院,几乎都是由贵族显宦等统治者之手所造,并由他们所支持。地方的寺院也同样,多由当地的豪族统治阶层所经营。"⑤得到朝廷和贵族的大力支持,既加强了对宗教的管理,严密地控制了寺院及其活动,也给长安寺院从事文化活动创造了必要的

---

①　《全唐诗》卷341《华山女》。

②　《旧唐书》卷101《辛替否传》。

③　《全唐文》卷257《长安西明寺塔碑》。

④　(唐)释道宣:《续高僧传》卷29《慧胄传》,《大正藏》第50册,第697页。

⑤　[日]道端良秀:《唐代佛教史の研究》,京都法藏馆1957年版,第204页。转引自孙昌武《唐代长安的佛寺》,《觉群》2003年版,第3页。

物质条件。

除了统治阶级的支持,寺院自身也有很多赢利经营,如庄园、农牧产品等基本产业之外,还有邸店、碾硙、油坊、车坊、典当、药品、珠宝、服玩等奢侈品,经像等宗教用品等。唐高祖武德九年的诏书中便说:"猥贱之侣……嗜欲无厌,营求不息……"①唐代后期的一份诏书也说:"富商大贾,并诸寺观,广占良田,多滞积贮,坐求善价,莫救贫人。"②再以当时重要的灌溉和粮食加工设施碾硙论,广德元年户部侍郎李栖筠曾"奏请拆京城北白渠上王公、寺观碾硙七十余所,以广水田之利,计岁收粳稻三百万石。"③可知碾硙也是寺观聚敛资财的方法。唐初的三阶教,在化度寺(还有洛阳的福先寺)设无尽藏,曾聚敛了大量钱财,"名为护法,称济贫弱,多肆奸欺,事非真正"④,"舍施钱帛金玉,积聚不可胜计。"⑤早在武后时,朝廷已下制派人检校,到开元年间终于禁断。当然,寺观聚财也从事一些社会福利事业,如营建悲田坊,救助老病之人等。

正是由于统治阶级的支持及寺院自身的经营活动,使寺院有足够的经济实力去承办各种大型活动。而寺院在这些活动中也获得了更大的利益。比如寺院在各种宗教活动或庙会期间进行各种商业经营活动以获利,或利用各种俗讲转变等活动吸纳善男信女,广进钱财等。

(二)唐代寺院多建于大城市或州府所在地,这些地方一般交通发达,经济繁荣,同时周围人口密集,这就为它形成大型文化活动中心提供了经济基础和人力资源。以长安、洛阳为例,唐前期全国寺院最密集的中心是长安,据李映辉先生《唐代佛教寺院的地理分布》一文统计,长安有124所寺院(其中可能有个别重复计数的情况,另有更多不知名的兰若、经坊、佛堂等遍布市内,忽略不计),占全国总数的15%,整个京兆府有寺162所,占全国总数的19.4%。河南府56所,其中东都洛阳29所,嵩山6所。成都府30

---

① 《旧唐书》卷1《高祖纪》。

② (宋)宋敏求:《唐大诏令集》卷117《遣使宣抚诸道诏》,商务印书馆1959年版,第554页。

③ (宋)王溥:《唐会要》卷89,中华书局1955年版,第1619页。

④ 《全唐文》卷28《元宗九》。

⑤ (宋)李昉:《太平广记》卷493《裴玄智》,中华书局1959年版,第4047页。

所、扬州 18 所。唐后期由于战乱等原因,见于文献记载中的寺院比前期少。分布在北方五道的寺院有 299 所,南方 365 所,与前期的分布情形正好相反,南方超出北方,这可能与唐后期北方遭受战乱较多有关。京师集中分布了 79 所寺院,还是第一大中心,终南山 7 所,整个京兆府的寺院占全国总数的 14.3%。河南府共 28 所,其中洛阳 14 所,嵩山 7 所。成都府 19 所、扬州 20 所。①　而长安、洛阳、成都、扬州都是当时的政治、经济、文化中心,交通发达,人口稠密,因而以寺庙为中心的俗文学活动也极为发达。如长安各大寺院里有专门的"戏场"。

（三）唐代寺院因经济繁荣,因而寺院建筑宏伟奢华,环境优美,所以往往是旅游胜地,加之寺院的大门是免费向所有士庶开放的,因而吸引了无数的王公贵族、文人墨客及士女百姓。而唐代寺院占地广阔,寺院前一般都有较大的广场,能容纳众多游人,这也为俗文学活动提供了重要的活动场地。

以长安寺院为例,唐中宗时人辛替否曾经指出:"今天下之寺盖无其数,一寺当陛下一宫,壮丽之甚矣!"②在其《陈时政疏》中对此描述曰:"方大起寺舍,广营第宅,伐木空山,不足充梁栋;运土塞路,不足充墙壁。"③《旧唐书·韦嗣立传》也记载:"比者营造寺院,其数极多,皆务取宏博,竞崇瑰丽。大则费耗百十万,小则尚用三五万余,略计都用资财,动辄千万以上。"④具体来说,大兴善寺占靖善坊一坊之地,据实测,兴善寺所在的靖善坊面积约为 261082 平米⑤,这里"寺殿崇广为京城之最,号曰大兴佛殿,制度与太庙同。"⑥大荐福寺已占开化坊南部一半,而其塔院还占了南面安仁坊的部分面积;开明坊主要被光明寺占有;大安国寺占长乐坊东部大部分土地;大慈恩寺占晋昌坊东部的一半,其建筑宏伟壮观:"瞻星睒地,像天网,仿给园,穷班倕巧艺,尽衡霍良木,文石梓桂橡樟拼桐充其材,珠玉丹青储奎

---

① 李映辉:《唐代佛教寺院的地理分布》,《湘潭师范学院学报》1998 年第 4 期。
② 《旧唐书》卷 101《辛替否传》。
③ 《全唐文》卷 272《陈时政疏》。
④ 《旧唐书》卷 88《韦嗣立传》。
⑤ 宿白:《隋唐长安城与洛阳城》,《考古》1978 年第 6 期;王亚荣:《大兴善寺》,西安三秦出版社 1986 年版,第 15 页。
⑥ （北宋）宋敏求:《长安志》卷 7,《丛书集成初编》本,中华书局 1991 年版,第 3209 页。

金翠备其饰。"①大庄严寺占永阳坊东部的一半与和平坊南北街以东的部分;大总持寺的规模与之大体相当。长安的坊、寺大小不等,慈恩寺所在的晋昌坊面积约为 1022×520 平米,慈恩寺占其一半,则为四分之一平方公里多。② 慈恩寺初建时,"重楼复殿,云阁洞房,凡十余院,总一千八百九十七间";而西明寺"廊殿楼台,飞惊接汉,金铺藻栋,眩目晖霞。凡有十院,屋四千余间。庄严之盛,虽梁之同泰、魏之永宁,所不能及也"。③ 章敬寺是鱼朝恩用所赐庄园为唐代宗母亲章敬太后冥福所建,"穷极壮丽,尽都市之材不足用,奏毁曲江及华清宫馆以给之,费逾万亿"④。总持寺"复殿重廊,连甍比栋,幽房密宇,窈窕疏通"⑤。1973 年考古人员对青龙寺遗址进行了发掘,估计青龙寺应占新昌坊的四分之一。⑥ 自 1992 年开始,西北大学对校园所处的唐太平坊和其中的实际寺进行了发掘,根据出土文物和钻探材料,可推算实际寺的面积约为 220×230 米,即 50000 平方米。⑦ 而实际寺在唐代属于规模较小的寺院。其他地方的寺院也都光彩夺目,如五台山的金阁寺,"铸铜为瓦,涂金于上,照耀山谷。"⑧

　　唐代长安寺观不仅建筑辉煌宏伟,还十分注意园林绿化。寺观一般都遍植花草树木,环境优美,景色宜人,是人们游览观光的好去处,因而也具有极大的吸引力。如西明寺"廊殿楼台,飞惊接汉,金铺藻栋,炫目晖霞……青槐列其外,绿水亘其间。"⑨清禅寺是"九级浮空,重廊远摄,堂殿院宇,众

----

① (唐)慧立、彦悰著,孙毓棠等点校:《大慈恩寺三藏法师传》,中华书局 1983 年版,第 149 页。

② 畅耀:《大兴善寺》,三秦出版社 1988 年版,第 4 页。

③ (唐)慧立、彦悰著,孙毓棠等点校:《大慈恩寺三藏法师传》,中华书局 1983 年版,第 149 页。

④ 《资治通鉴》卷 224《唐纪四〇·大历二年》。

⑤ 《全唐文》卷 81《重建总持寺敕》。

⑥ 中国科学院考古研究所西安工作队:《唐青龙寺遗址发掘简报》,《考古》1974 年第 5 期。

⑦ 柏明:《唐长安太平坊与实际寺》,西北大学出版社 1994 年版,第 36 页。

⑧ 《旧唐书》卷 118《王缙传》。

⑨ (唐)慧立、彦悰著,孙毓棠等点校:《大慈恩寺三藏法师传》,中华书局 2000 年版,第 214 页。

事圆成,所以竹树森繁,围廊周绕。"①

　　寺观因环境优美,所以往往是赏花的好去处,有些寺观还栽培名贵花木售卖或吸引游客。道教玄都观的桃花因为有刘禹锡以诗获罪而为后人所知。佛寺中更有盛产名花的。其中慈恩寺"竹木森邃,为京城游观之最"②。而自天宝年间,长安盛赏牡丹。"兴唐寺有牡丹一窠,元和中著花一千二百朵……又有花叶中无抹心者,重台花,有花面径八九寸者。兴善寺素师院,牡丹色绝佳。"③可见其培植技术之专精。赏花是京城一项重要的游艺活动,白居易《秦中吟》里所写的全城如痴如狂的赏花热潮主要在寺观里,所以当时才有"执金吾铺官围外寺观种以求利,一本有直数万者"④的事。段文昌于毁佛后有诗云:"前年帝里探春时,寺寺名花我尽知。今日长安已灰烬,忍能南国对芳枝。"⑤他对花木零落表示无尽的遗憾。

　　寺院不仅有牡丹,还有别的花卉,一年四季游客不断,姚合《春日游慈恩寺》:"年长归何处,青山未有家。赏春无酒饮,多看寺中花。"⑥耿沣《春日游慈恩寺寄畅当》:"浮世今何事,空门此谛真。死生俱是梦,哀乐讵关身。远草光连水,春篁色离尘。当从庾中庶,诗客更何人。"⑦白居易《三月三十日题慈恩寺》:"慈恩春色今朝尽,尽日裴回依寺门。惆怅春归留不得,紫藤花下渐黄昏。"⑧刘得仁《夏日游慈恩寺》⑨说明夏天慈恩寺风景亦引人入胜,游客也很多。白居易《慈恩寺有感》:"李家哭泣元家病,柿叶红时独自来。"⑩柿叶红,在北方为秋季,故这首诗可以作为秋季游慈恩寺诗的代

---

　　①　(唐)释道宣:《续高僧传》卷30《慧胄传》,《大正藏》第50册,第697页。
　　②　(宋)司马光:《资治通鉴》卷199《唐纪一五·贞观二二年》胡注引《西京杂记》,中华书局1956年版,第6264页。
　　③　(唐)段成式:《酉阳杂俎》卷19,中华书局1985年版,第157页。
　　④　(唐)李肇:《唐国史补》卷中,上海古籍出版社1957年版,第45页。
　　⑤　《全唐诗》卷584《桃园僧舍看花》。
　　⑥　《全唐诗》卷500《春日游慈恩寺》。
　　⑦　《全唐诗》卷268《春日游慈恩寺寄畅当》。
　　⑧　(唐)白居易著,朱金城笺注:《白居易集笺校》,上海古籍出版社1998年版,第736页。
　　⑨　(宋)李昉等编:《文苑英华》卷237,中华书局1966年版,第1196页。
　　⑩　(唐)白居易著,朱金城笺注:《白居易集笺校》,上海古籍出版社1998年版,第1264页。

表。岑参《雪后与群公过慈恩寺》①,说明慈恩寺冬季亦不乏游客。再如鹤林寺的杜鹃花品种最好,"繁盛异于常花"。每当花开时,"节使宾僚官属,继日赏玩。其后一城士女,四方之人,无不载酒乐游,连春入夏,自旦及昏,间里之间,殆于废业"②,其奢游不逊于长安。

唐代寺院环境优美、幽静雅致,因而一些帝王也把游览寺院作为他们的休闲方式之一。他们率领百官行幸寺院,常去的寺院有慈恩寺、荐福寺、安国寺、章敬寺等。唐德宗贞元七年七月,"幸章敬寺,赋诗九韵,皇太子与群臣毕和,题之寺壁。"③正是由于寺院占地广阔,景色宜人,因而吸引了无数的王公贵族、官僚士庶前去游玩观赏,而佛教苦海慈航、普度众生的教义所决定的寺院对所有俗众的接纳,使寺院具有旺盛的人气,而旺盛的人气又给寺院带来了经济与文化的繁荣,从而使寺院在某种程度上具有了公共游赏场所的性质。

(四)寺院还具有丰富的人文资源。人们到寺院中来,除了满足宗教生活的需要外,还能获得多种层次多种形式的文化享受和艺术熏陶。因为寺院除体现了高度的建筑艺术外,还因为荟萃了诗歌、雕塑、绘画、书法等多种艺术形式,犹如丰富多彩的综合艺术馆,供人们瞻仰礼拜、观赏游览、切磋研习。

在雕塑方面,寺院的造像,无论是泥塑木雕,还是铁铸铜浇,都栩栩如生,精妙绝伦。净土宗大师善导擅长造像,他曾受命赴龙门建造大卢舍那佛像,开凿了佛教东传以来最大的像龛,即龙门奉先寺大像。密教大师善无畏长于工巧艺术,相传他制造模型,铸成金铜灵塔,备极庄严,所画密教曼陀罗精妙绝伦。而敦煌莫高窟、洛阳龙门石窟、大同云冈石窟、甘肃麦积山、重庆大足的佛教雕塑,都是中古寺院雕塑高超艺术的明证,成为一座座雕塑艺术的宝库。

在绘画、诗文、书画等方面,寺院也是琳琅满目。魏晋隋唐间的名画家,

---

① (唐)岑参著,陈铁民、侯忠义校注:《岑参集校注》,上海古籍出版社2004年版,第470页。

② (宋)李昉:《太平广记》卷52《殷天祥》,中华书局1961年版,第321页。

③ 《旧唐书》卷13《德宗纪》。

无一不在寺院壁画中留下杰作。唐代阎立本的醉道士图、吴道子的神鬼变相，皆为绘画史上的不朽之作。各地大大小小寺院的墙壁上，也不乏丹青高手的精心之作。因而寺院留题、留画等也成为寺院一景，成为人们寻赏的目标之一。温庭筠的诗是文人士子寻赏寺院的最好例证，其《题西明寺僧院》云："为寻名画来过院，因访闲人得看棋。"①可见，寺院不仅以优美的自然景观吸引人们游览，更以丰富多彩的人文景观吸引游客。如"荐福寺既有武则天书额，又有当时名画家吴道玄、张璪、毕宏之作，还有戏场，当是唐长安文化重地之一。"②荐福寺因有这些文化景观，必定非常吸引游客。德宗时曾让周昉在章敬寺画神像，"都人观览，寺抵国门，贤愚必至"③，寺院艺术作品对游人强烈的吸引力由此可见。寺院以其杰出的绘画、书法等艺术作品，成为一座座艺术的博物馆。

雕塑、书画之外，唐代寺院还有很多诗文佳作。唐初文豪宋之问游江南灵隐寺，留下了月夜与老僧谈文的佳话。中晚唐著名诗人元稹、白居易、刘禹锡等更是屡屡在各处寺院唱和，以至凡所至寺观台阁林亭歌咏处，向来名公诗版潜自撤去。文学史上著名的诗人杜甫、高适、岑参等曾同登慈恩寺塔，并共赋华章。《全唐诗》中关于名人因游览寺舍而留下的诗歌不胜枚举。文人学士多在寺院题诗寄情，这些题咏中，不但有李、杜、元、白等巨匠的翰苑佳篇，也有一般文人士子的吟诗作赋、寺院留题。文人士子到寺院诗酒唱和题咏游览是当时普遍的社会风气，唐代诗坛要是离开文人在寺院的活动，不知要逊色多少。

（五）寺院中也是应酬交往，歌酒饮宴的地方。如萧颖士闻时名，李林甫欲见之，正值萧居丧，于是便"请于萧君所居侧僧舍一见"④。大历四年，握有朔方重兵的"郭子仪入朝，鱼朝恩邀之游章敬寺"⑤。时章敬寺刚刚竣工，鱼朝恩的邀请自有炫耀之意，因为此寺是他为章敬皇后追福而建，但更

---

① （唐）温庭筠撰，刘学锴校注：《温庭筠全集》，中华书局 2007 年版，第 320 页。

② （宋）张礼撰，史念海、曹尔琴校注：《游城南记校注》，三秦出版社 2006 年版，第 10 页。

③ （宋）李昉等撰：《太平广记》卷 213《周昉》，中华书局 1961 年版，第 1631 页。

④ （唐）赵璘：《因话录》卷 3，上海古籍出版社 1957 年版，第 90 页。

⑤ 《资治通鉴》卷 224《唐纪四〇·大历四年》。

重要的是为了加深二人的关系,所以宰相"元载恐其相结"①。寺院因是公共场所,因而也成为人们传递信息的地方。《太平广记·华州参军》记载:"氏族崔氏女欲嫁柳生,崔母"乃命(侍女)轻红于荐福寺僧道省院达意。"②此外,寺院也是歌酒饮宴的地方,有时也充当送别亲朋好友的场所。如"姜皎常游禅定寺,京兆办局甚盛,及饮酒,座上一妓绝色。"③王维曾在资圣寺送朋友甘二远行④。白居易南下任职,刘禹锡等在福先寺为他送行⑤。

(六)寺院的俗文化活动也吸引了庞大的受众。隋唐时期寺院的俗文学活动非常频繁,"每至节日,设乐像前,四远同观,以为欣庆"⑥,有的寺院还形成了固定的戏场,用以表演歌舞百戏节目,如"长安戏场多集于慈恩,小者在青龙,其次荐福、永寿。"⑦京外州郡的寺院也有戏场,如楚州龙兴寺"素为郡之戏场,每日中,聚观之徒,通计不下三万人。"⑧观戏之人,上至王公贵戚,下至贩夫走卒。如《资治通鉴》卷248《唐纪六十四》记载万寿公主于慈恩寺戏场观戏之事⑨。《太平广记》也记有普通人对观戏的热情:

　　　　濮阳郡有续生者,莫知其来……每四月八日,市场戏处,皆有续生。郡人张孝恭不信,自在戏场,对一续生,又遣奴子往诸处看验。⑩

四月八日是佛诞日,也是佛教六斋日之一,因斋会而形成市场戏场,可知这市场戏场即是在寺院的广场上设置的。寺院中的演戏活动日益成为百

---

① 《资治通鉴》卷224《唐纪四〇·大历四年》。
② (宋)李昉等撰:《太平广记》卷342《华州参军》,中华书局1961年版,第2713页。
③ (宋)李昉等撰:《太平广记》卷362《姜皎》,中华书局1961年版,第2877页。
④ (宋)李昉等编:《文苑英华》卷234《资圣寺送甘二》,中华书局1966年版,第1178页。
⑤ (唐)刘禹锡著,瞿蜕园校点:《刘禹锡全集》,上海古籍出版社1999年版,第244页。
⑥ (唐)释道宣:《续高僧传》卷29《慧胄传》,《大正藏》第50册,第697页。
⑦ (宋)钱易:《南部新书》戌,中华书局2002年版,第67页。
⑧ (宋)李昉:《太平广记》卷394"徐智通"条引《集异记》,中华书局1992年版,第3148页。
⑨ 《资治通鉴》卷248《唐纪六十四》。
⑩ (宋)李昉等撰:《太平广记》卷83"续生"条引《广古今五行记》,中华书局1961年版,第532页。

姓生活中不可或缺的内容。

唐代寺庙或道观内外的广场中聚集了大量人群,在唐后期逐渐成为新的开放性经济交流场所,也是俗文学的重要活动场所。

寺院中另一重要文化活动是俗讲。俗讲"假托经论,所言无非淫秽鄙亵之事",然而听者如云,"不逞之徒,转相鼓扇扶树。愚夫冶妇,乐闻其说,听者填咽寺舍,瞻礼崇奉,呼为'和尚'。"①这样,俗讲逐渐演变为普通俗众喜爱的文艺形式,甚至"教坊效其声调,以为歌曲"②。而听俗讲的人不唯百姓、官员,甚至皇帝,亦为之着迷。如《续高僧传》记载云:"贞观三年,窦刺史闻其聪敏,追充州学,因而日听俗讲,夕思佛义。博士责之。"③《资治通鉴》载:"宝历二年(826年)六月己卯,上幸兴福寺观沙门文溆俗讲。"④

长安保唐寺每月三个逢八日举行俗讲的时候,附近的妓女也趋之若鹜。⑤ 由此也吸引了大批士子前来观光,故而每逢开讲,寺内犹如盛大节日一般,热闹非凡。不少寺院自身也有专门的舞乐班子,即伎乐供养,因而在节庆之日开展一些文化娱乐活动也是轻而易举的事情。清禅寺,"寺足净人,无可役者,乃选二十头令学鼓舞。每至节日,设乐像前,四远同观,以为欣庆。"⑥寺院的法事,如斋会、祀祷、迎送经像等,都是鼓乐喧天,热闹异常,美国学者薛爱华直接把它们说成是"收入丰裕的佛寺中举办的各种大型的节日活动、舞会以及戏剧演出等。"⑦至于自唐初朝廷即举行的一种颇具游乐色彩的法会盂兰盆会,还有多次举行的奉迎佛骨活动,都成为长安城里群众性游艺活动的重要部分。这些活动实际像是一种欢乐喜庆的集会,对一般民众而言,宗教的意味虽已很淡薄,但世俗娱乐的喜悦对民众的吸引力却与日俱增了。

(七)寺院作为宗教祭祀场所也有相当的吸引力。唐代社会风气自由开放,包容性强,对各种宗教都很宽容。不管是皇帝、大臣,还是一般百姓,或佛

①　(唐)赵璘:《因话录》卷4,上海古籍出版社1957年版,第94页。
②　(唐)赵璘:《因话录》卷4,上海古籍出版社1957年版,第94页。
③　(唐)释道宣:《续高僧传》卷26《释善伏传》,《大正藏》第45册,第328页。
④　《资治通鉴》卷243《唐敬宗纪》。
⑤　(明)陶宗仪:《说郛三种》,上海古籍出版社1988年版,第3612页。
⑥　(唐)释道宣:《续高僧传》卷29《慧胄传》,《大正藏》第50册,第697页。
⑦　[美]谢弗:《唐代的外来文明》,吴玉贵译,北京社会科学出版社1995年版,第36页。

或道他们大都有所信仰,虽然信仰但宗教迷狂的色彩却日渐淡漠。也有些贵族或其子女出家修行,而许多不出家的人也是谙熟佛道义理,掌握宗教精髓。当时佛教已经有很大的势力,加之人类内心深处对天命的畏惧,对精神超脱的渴求,因而希望能找到超越现实的力量,所以,唐代佛教拥有广泛的群众基础。

唐人对于宗教信仰的虔诚有深厚的社会传统、思想基础和心理因素。唐人沿袭前朝的文化传统,在各种现实文化的激荡下,人们对各种神秘力量产生崇拜。尤其在思想领域内,承袭六朝以来的佛道思想,并表现出家族思想的延续性。比如武则天母亲杨氏家族有崇佛传统,较有名的还有萧氏家族与尉迟家族。佛教传统形成了深厚的心理积淀,对个人产生了潜移默化的深刻影响。但不同阶层的人对于佛教的接受心态是同中有异的。对生存和安全的需要以及求神佛护佑,消灾祈福,应该是士庶百姓所共同的渴望,也是最基本的需求。于是,希冀借助于佛法来掌握自己的命运,积攒福德,以求趋利避害、遇难呈祥,就成为共同的消灾祈福心理。达官贵人及文人学士希冀通过佛教来实现其现实功利性或灵魂超越性的需求。各种现实需要、精神需求的强烈渴望,以及种种渴望的难以实现,迫使人们在现实努力的基础上,不由得把目光转向了宗教,希冀借助宗教的神秘力量,为人生解除烦恼。因而寺院对唐人有着巨大的吸引力。寺院往往成为王公贵族、士女百姓心向往之的场所。因而唐代寺院的人缘香火极为旺盛。

此外,有些意外或偶然的因素也会加强人们对宗教的崇信,增加宗教的向心力。如《太平广记》记载越州宝林寺曾发生过这样一件事情:

> 唐宝应中,越州观察使皇甫政妻陆氏,有姿容而无子息。州有宝林寺,中有魔母神堂。越中士女求男女者,必报验焉……(皇甫政)祈一男……两月余,妻孕,果生男。政大喜,构堂三间,穷极华丽。陆氏于寺门外筑钱百万,募画工,自汴、滑、徐、泗、杨、润、潭、洪,及天下画者,日有至焉……政设大斋,富商来集。政又择日,率军吏州民,大陈伎乐……百万之众,鼎沸惊闹……①

---

① (宋)李昉等撰:《太平广记》卷41《黑叟》,中华书局1990年版,第259页。

百万之众,可能过于夸张。但越州素称富庶,宝林寺作为一州文化活动的中心,遇有大斋会或其他节庆活动,四面八方的士庶前来聚会,僧俗数以万计是完全可能的。皇甫政作为越州观察使,其求子成功只是一种巧合,但由于时代的局限性,包括皇甫氏在内的人们以为是神佛应验,这种所谓的应验无疑增加了神佛在人们心目中的分量,使人们对神佛的崇敬色彩更加强烈。这种迷信崇敬的思想更进一步促使人们常来寺院。从而客观上也促进了寺院流动人口的增加,活跃了寺院经济,进一步为各种文化娱乐活动提供了广大受众。当此之时,商人、艺人、士女百姓云集。于是便形成了宝林寺斋会期间红红火火的庙会与戏场。

佛教的很多宗教活动热闹非凡,这本身就吸引了周围的百姓。如送玄奘入慈恩寺的场面就极其恢宏热闹。而自唐初朝廷即举行的一种颇具游乐色彩的法会盂兰盆会,还有多次举行的奉迎佛骨活动,都成为长安城里群众性游艺活动的重要部分。这些活动实际像是一种欢乐喜庆的集会,对一般民众而言,宗教的意味虽已很淡薄,但世俗娱乐的喜悦对民众的吸引力却与日俱增了。随着佛教的世俗化,佛教徒为了吸引善男信女,在原本庄严的佛事活动中,加入了许多歌舞百戏杂技的内容,使佛教的很多仪式活动更带上了喜庆娱乐的色彩。民众通过这些仪式游戏活动既满足了他们的宗教心理,又满足了他们对休闲娱乐生活的渴望。因而寺院作为娱乐文化活动中心具有得天独厚的条件。

总之,中古时代是一个相对落后而封闭的时代。广大农村散布着的是一个个简陋、孤立的村落,农民们为衣食而奔波不暇,难得问津文化娱乐活动。城市里虽有巍峨的宫殿、高大的官衙,以及各种歌楼酒肆,但那多是贵族、官僚或文人雅士的去处,并不能成为普通百姓开展文化娱乐活动的场所。相比之下,寺院作为佛教的实体,却有着得天独厚的条件,兼具宗教和政治、经济等社会职能,发挥了重要的文化功能,堪称当时社会的文化活动中心。吸引着上自皇亲国戚,下至黎民百姓的广大受众。

二、歌楼酒肆

自从词产生以来,词的传唱本身就是一种娱乐活动。这从词的产生即可看出,词是伴随燕乐而产生的,燕乐本来就是宴飨娱乐之用的,因而词也是宴饮娱乐之际娱宾佐欢之用的。"'词'为文人娱宾遣兴之资……且于宴饮时游戏出之,故易流行于士大夫间也。"①

　　而随着唐代商品经济的繁荣与商业城市的发达,文人与歌妓的关系越来越密切,对歌楼酒肆的光顾越来越频繁。很多歌妓舞女成为唐宋文人创作灵感的触媒,文人们描写歌儿舞女的作品也不计其数。如"齐歌送清觞,起舞乱参差。"②即描写歌妓以歌舞助酒的现象。白居易的《醉后题李马二妓》诗曰:"行摇云髻花钿节,应似霓裳趁管弦。艳动舞裙深似火,愁凝歌黛欲生烟……疑是两般心未决,雨中神女月中仙。"③杜牧《遣怀》云:"落魄江湖载酒行,楚腰纤细掌中轻"④。徐凝的《汉宫曲》则把眼前的歌妓比作赵飞燕:"水色箫前流玉霜,赵家飞燕侍昭阳。掌中舞罢箫声绝,三十六宫秋夜长。"⑤妓女因其才、情、色、艺等颇能迎合文人心理,所以常被文人青睐,歌楼酒肆也因此成为文人娱乐消遣与唱诗作词的文艺娱乐中心。

　　文人与歌妓在歌楼酒肆中宴饮喜乐往往少不了笙歌乐舞,吟诗作词,因而使歌楼酒肆成为诗词歌曲的重要创作园地及传播领地。全唐诗中有关的描述也不胜枚举。李群玉《长沙陪裴大夫夜宴》:"东山夜宴酒成河,银烛荧煌照绮罗。四面雨声笼笑语,满堂香气泛笙歌。泠泠玉漏初三滴,滟滟金筋已半酡。"⑥唐人夜宴娱乐的时候,一般都附带歌舞音乐,以达欢愉之目的。唐诗中此类描述甚多,如李白《寄王汉阳》:"南湖秋月白,王宰夜相邀。锦帐朗官醉,罗衣舞女娇。笛声喧河鄂,歌曲上云霄。"⑦方干《陪李郎中夜宴》:"琵琶弦促千般语,鹦鹉杯深四散飞。遍请玉容歌白雪,高烧红蜡照朱衣。"⑧唐人夜宴,因多有歌妓舞女佐兴,因此这类宴聚又称"妓席"、"妓

①　龙榆生:《中国韵文史》,上海古籍出版社2002年版,第71—77页。
②　《全唐诗》卷179《九日登山》。
③　《全唐诗》卷431《醉后题李马二妓》。
④　《全唐诗》卷524《遣怀》。
⑤　《全唐诗》卷474《汉宫曲》。
⑥　《全唐诗》卷569《长沙陪裴大夫夜宴》。
⑦　《全唐诗》卷173《寄王汉阳》。
⑧　《全唐诗》卷652《陪李郎中夜宴》。

筵"。白居易诗云："公门衙退掩,妓席客来铺……今夜还先醉,应烦红袖扶。"①"楼中别曲催离酌,灯下红裙间绿袍。"②"酒被吴娃劝不休"③这些作品,反映了酒席宴间的种种情致,其中大多数应是文人的有感而发,也有一些则是文人应歌妓之邀,或作为对歌妓服务的回报而作的,如白居易就曾以诗为酬换取歌妓的服务,其《杨柳枝二十韵》中就提到给歌妓赠诗为酬的事例:"缠头无别物,一首断肠诗。"④

唐代城市普遍实行宵禁制度,入夜之后,限制行人,关闭城门。随着社会的发展和商业活动的繁荣,许多城市中出现了夜市,笙歌曼舞通宵达旦,酒肆商铺也通宵营业。王建诗:"夜市千灯照碧云,高楼红袖客纷纷。如今不似升平日,犹自笙歌彻晓闻。"⑤就反映了唐中期扬州夜市的繁荣景象。储光羲《留别安庆李太守》云:"初筵方落日,醉止到鸡鸣。"⑥韦应物《饯雍聿之潞州谒李中丞》云:"丝竹促飞觞,夜宴达晨星。"⑦曹松《夜饮》云:"席上未知帘幕晓,青娥低语指东方。"⑧蒋肱《永州陪郑太守登舟夜宴席上各赋诗》亦云:"月凝兰耀轻风起,妓劝金垂尽醉斟。剪尽蜡红人未觉,归时城郭晓烟深。"⑨白居易《望亭驿酬别周判官》:"何事出长洲,连宵饮不休……灯火穿村市,笙歌上驿楼。"⑩王建《寄汴州令狐相公》:"水门向晚茶商闹,桥市通宵酒客行。"⑪张籍《寄元员外》:"外郎直罢无余事……夜静坊中有酒沽。"⑫这些诗都展示出酒店夜间生意依旧红红火火。贺朝《赠酒店胡姬》对此更是描写得淋漓尽致,诗云:"胡姬春酒店,弦管夜锵锵……上客无劳

---

① 《全唐诗》卷447《对酒吟》。
② 《全唐诗》卷439《江楼宴别》。
③ 《全唐诗》卷447《登城夜宴》。
④ 《全唐诗》卷455《杨柳枝二十韵》。
⑤ 《全唐诗》卷301《夜看扬州市》。
⑥ 《全唐诗》卷139《留别安庆李太守》。
⑦ 《全唐诗》卷189《饯雍聿之潞州谒李中丞》。
⑧ 《全唐诗》卷717《夜饮》。
⑨ 《全唐诗》卷727《永州陪郑太守登舟夜宴席上各赋诗》。
⑩ 《全唐诗》卷447《望亭驿酬别周判官》。
⑪ 《全唐诗》卷300《寄汴州令狐相公》。
⑫ 《全唐诗》卷385《寄元员外》。

散,听歌乐世娘。"①

歌楼酒肆不仅是文人雅士的创作园地,歌儿舞女的传播领地,也是有才学之歌妓的创作园苑。歌妓的主要任务是佐酒陪侍,献艺表演。她们的表演是多方面的,可以是歌舞乐器,也可以是文人学士创作的诗词歌赋,偶尔也有她们自己的创作。如白居易《与元九书》中记载,歌妓因诵得他的《长恨歌》,便身价倍增。②《升庵诗话》补遗记载:"吴二娘,杭州名妓也,有《长相思》一词云:'深花枝,浅花枝,深浅花枝相间时,花枝难似伊。巫山高,巫山低,暮雨潇潇郎不归,空房独守时。'白乐天诗'吴娘暮雨潇潇曲,自别江南久不闻。'又'夜舞吴娘曲,春歌《蛮子》词'"③。下面这首无名氏所做的词《望江南》,正是歌妓对自身生活的辛酸体验:"莫攀我,攀我太心偏,我是曲江临池柳,这人折了那人攀,恩爱一时间。"④正如鱼玄机《赠邻女》中所道:"易求无价宝,难得有心郎。"⑤

以上种种,都可见出歌楼酒肆由于其环境的特殊性,因而某种程度上也是文人学士与歌儿舞女的俗文学活动场所。

三、曲江园林

中国园林历史悠久,以北方皇家宫苑和江南私家宅园为主体的园林璀璨夺目,然而它们是帝王士大夫游憩之地。但传统公共园林空间因民众的渴求也缓慢发展,唐代的曲江风景区便是环境优美的公共游览场所。曲江位于唐长安城东南角,因水流曲折而得名,《太平寰宇记》卷二十四记载:"曲江池其水曲折,有似广陵之江,故名之。"⑥据唐人康骈《剧谈录》记载:"曲江池,本秦世恺州。开元中疏凿,遂为胜境。其南有紫云楼、芙蓉园,其

---

① 《全唐诗》卷 117《赠酒店胡姬》。
② 夏承焘:《唐宋词论丛·四库全书词籍提要校议》,上海古典文学出版社 1956 年版,第 216 页。
③ 王文才、万光治:《杨升庵丛书》(六),天地出版社 2002 年版,第 149—150 页。
④ 郭预衡主编:《中国古代文学史长编 隋唐五代卷》,上海古籍出版社 1993 年版,第 568 页。
⑤ 《全唐诗》卷 804《赠邻女》。
⑥ (宋)乐史撰:《太平寰宇记》卷 24,中华书局 1985 年版,第 78 页。

西有杏园、慈恩寺。"①这里风光旖旎,景色秀美,以中和(二月一)、上巳(三月三)最盛,中元(七月十五)、重阳(九月九)和每月晦日(月末一天)最为热闹,游人如织。宋之问《春日芙蓉园侍宴应制》诗描绘了当时的胜景:"年光竹里遍,春色杏间遥。烟气笼青阁,流文荡画桥。飞花随蝶舞,艳曲伴莺娇。今日陪欢豫,还疑陆紫霄。"②曲江作为公共游览胜地,吸引着上自皇帝妃嫔,下至士庶百姓各色人等。因其游人如织,故而也吸引了各种俗文学艺术的表演者前来献艺。

唐太宗李世民就喜欢到芙蓉园游玩,中宗、睿宗时,就有了春日游幸芙蓉园,且有宠臣、学士侍宴的活动。玄宗时,皇帝游幸芙蓉园与曲江万民胜游达到了鼎盛阶段。玄宗有诗题作《同二相以下群官乐游园宴》,可知此宴会是与群臣一同参加的。

除了皇帝亲临之外,自玄宗时,唐代皇帝还一改以前赐宴百官多在皇宫或禁苑中举行的习惯,多赐宴曲江。每年正月晦日(正月三十)、三月上巳、九月重阳都是赐宴百官的节日,称为三节赐宴。每当此时,曲江池边行人如织,唐代诗人刘驾在《上巳》诗中对此有精彩描述:"上巳曲江滨,喧于市井路。相寻不见者,此地皆相遇。"③白居易曾为赐宴赋诗曰:"赐欢仍许醉,此会兴如何。翰苑主恩重,曲江春惹多。花低羞艳妓,莺散让清歌。共道升平乐,元和胜永和。"④从白居易诗中我们可以看出,有饮宴就有笙歌,连皇帝赐宴都是如此。

王公贵族在曲江欢宴游乐,新科进士等的庆典活动也在曲江举行。首先是杏园探花宴,新科进士必须全部参加杏园的探花活动。曹邺的诗《杏园即席上同年》描述的就是新科及第后的杏园春宴:"岐路不在天,十年行不至。一旦公道开,青云在平地。枕上数声鼓,街门已如市。白日探得珠,不待骊龙睡。匆匆出九衢,童仆颜色异。故衣未及换,尚有去年泪。晴阳照花影,落絮浮野翠。对酒时忽惊,犹疑梦中事。自怜孤飞鸟,得接鸾凤翅。

---

① (唐)康骈:《剧谈录》卷下,古典文学出版社1958年版,第57页。
② 《全唐诗》卷52《春日芙蓉园侍宴应制》。
③ 《全唐诗》卷585《上巳》。
④ 《全唐诗》卷437《上巳日恩赐曲江宴会即事》。

永怀共济心,莫起胡越意。"①及第的喜悦使诗人面对杏园宴犹如梦境一般。孟郊《登科后》、姚合《杏园宴上谢座位》等诗,都是对类似情景的描述。

杏园宴过后便是雁塔题名。《新唐书·选举志》载:"举人既及第,又有曲江会题名席。"②李肇《唐国史补》载:"既捷,列书其姓名于慈恩寺塔,谓之题名会。"③"雁塔题名"又称"慈恩题名",是唐朝新科进士的莫大荣誉,慈恩寺中碑刻累累,其中相当一部分系"雁塔题名"。这种活动始于唐代,延至清末。新科进士宴庆的高潮在曲江关宴,"曲江亭子……进士关宴常寄其间,既彻馔,则移乐泛舟,率为常例。宴前数日,行市骈阗于江头。其日,公卿家倾城纵观于此,有若中东床之选者,十八九锢车珠鞍,栉比而至。"④"逼曲江大会,则先牒教坊请奏。上御紫云楼,垂帘观焉。时或拟作乐,则为之移日……曲江之宴,行市罗列,长安几于半空。公卿家率以其日拣东床,车马填塞,莫可殚述。"⑤在此时,有教坊的演奏,有行市的排列,长安几于半空。既然如此热闹,民间艺人当然不会放过这卖艺献计的绝好机会,所以我们不难推测其中应该也有各种百戏、杂技、唱词等表演活动。

与曲江游览相生的歌舞活动也可以从前人诗中得到佐证,唐代诗人林宽在《曲江》诗中写道:

> 曲江初碧草初青,万毂千蹄匝岸行。倾国妖姬云鬓重,薄徒公子雪衫轻。
> 琼镳狒术绕骶舞,金瘿辟邪挐拨鸣。柳絮杏花留不得,随风处处逐歌声。⑥

可见,游览过程中有宴饮歌舞表演。章碣的《曲江》诗呈现了笙歌燕舞

---

① 《全唐诗》卷592《杏园即席上同年》。
② 《新唐书》卷49《选举志上》。
③ (唐)李肇:《唐国史补》卷下,上海古籍出版社1957年版,第56页。
④ (五代)王定保:《唐摭言》卷3《慈恩寺题名游赏赋咏杂纪》,上海古籍出版社1978年版,第32页。
⑤ (五代)王定保:《唐摭言》卷3《散序》,上海古籍出版社1978年版,第24页。
⑥ 《全唐诗》卷606《曲江》。

的场面：“旧照香尘逐马蹄，风吹浪溅几回堤。无穷罗绮填花径，大半笙歌占麦畦。落絮却笼他树白，娇莺更学别禽啼。只缘频燕蓬洲客，引得游人去似迷。”①王棨《曲江池赋》也描绘了“杂伎”等的表演：“是日也，天子降銮舆，停彩仗，呈丸剑之杂伎，间咸韶之妙唱。”“任何一种社会集会都能为贸易提供机会。”②艺人的卖艺也是一种变相的贸易，如此热闹的集会，艺人们能轻易放过这种机会吗？

四、皇家禁苑

禁苑，本是园林之统称，后特指皇家园林。自古皇家园林的最主要作用就是为统治者提供了一个休闲娱乐的好去处，唐代禁苑也不例外。唐禁苑面积巨大，苑内的园林建筑众多，是唐代皇家休闲娱乐的首选场所。如西内苑的观德殿，是唐之射殿。唐代帝王也在此举行庆典活动。含光殿是西内苑的一处重要的娱乐场所，1956 年冬在此遗址处发现了“含光殿及毬场等，大唐大和辛亥岁乙未月建”的石志，考其时间，为唐文宗大和五年（831 年）十一月③，该石志的发现说明此殿曾是举行政治活动及打马毬游戏之处。从其相对位置来看，应在禁苑之中。④ 樱桃园、梨园和葡萄园等应是禁苑内郊游和宴饮的场所。而观德殿、蚕坛亭和龙首池等则为庆典、祭祀、祈祷场所，当然，每个活动场所的功能也不是绝对只有一种。

禁苑既是唐代皇家休闲娱乐的场所，当然也为皇室及百官臣僚提供了俗文学活动的场地。梨园位于禁苑的南面，唐玄宗李隆基在此创办了皇家艺术学校，教习俗乐歌舞。男女艺人三百人，得玄宗亲为点授，号称“皇帝梨园弟子”。当然，梨园也经常举行打马毬比赛及其他体育活动。据史书记载，景龙四年（710 年）二月，唐中宗李显“御梨园球场，命文武三品以上抛球及分朋拔河”，其中“韦巨源、唐休璟衰老，随绁踣地，久之不能兴，上及皇

---

① 《全唐诗》卷 669《曲江》。

② ［英］希克斯著，厉以平译：《经济史理论》，商务印书馆 1987 年版，第 26 页。

③ 中国科学院考古研究所：《唐长安大明宫》，科学出版社 1959 年版，第 51 页。

④ 耿占军：《唐代长安的休闲娱乐文化》，西安地图出版社 2000 年版，第 170 页。

后、妃、主临观,大笑。"①唐玄宗时,"每赐宴设酺会,则上御勤政楼。金吾及四军兵士未明陈仗,盛列旗帜,皆被黄金甲,衣短后绣袍。太常陈乐,卫尉张幕后,诸蕃酋长就食。府县教坊,大陈山车旱船,寻橦走索,丸剑角抵,戏马斗鸡。又令宫女数百,饰以珠翠,衣以锦绣,自帷中出,击雷鼓为《破阵乐》、《太平乐》、《上元乐》。又引大象、犀牛入场,或拜舞,动中音律。每正月望夜,又御勤政楼,观作乐。贵臣戚里,官设看楼。夜阑,即遣宫女于楼前歌舞以娱之。"②在这里,角抵百戏、俗歌乐舞无所不包。《旧唐书·音乐志》也记载,玄宗在位多年,善音乐,"若宴设酺会,即御勤政楼……太常乐立部伎、坐部伎依点鼓舞,间以胡夷之伎。"③参见上引《明皇杂录》中"丸剑角抵"等材料,可知这"胡夷之伎"应包括百戏等俗文学活动。玄宗逊位后,晚年寂寞,高力士让他听"转变、说话"等俗文学活动表演,解闷取乐。可见玄宗是非常喜爱俗文学活动的。

除明皇之外,唐代其他的皇帝也好尚俗文学,并在禁苑中欣赏俗文学。禁苑中的鱼藻池,应是以池水山色为主的一组风景区。唐代的皇帝与臣僚常在此处举行欢宴,如元和十五年(820年)九月辛丑,穆宗"观竞渡、角抵于鱼藻宫,用乐。"④其中的"角抵"应是角抵戏之类,属百戏之一。长庆元年(822年)穆宗"观杂伎乐于麟德殿,甚欢。"⑤大和六年(832年)二月己丑寒食节,文宗"宴群臣于麟德殿。是日,杂戏人弄孔子。"⑥《全唐诗》中对皇帝赐宴时歌舞百戏助兴的场面也有精彩描述,如张籍《寒食内宴》即描绘了麟德殿宴会的情景,诗云:"朝光瑞气满宫楼,彩纛鱼龙四周稠。廊下御厨分冷食,殿前香骑逐飞球。千官尽醉犹教坐,百戏皆呈未放休。共喜拜恩侵夜出,金吾不敢问行由。城圈沈沈向晓寒,恩当令节赐余欢。瑞烟深处开三殿,春雨微时引百官。宝树楼前分绣幕,彩花廊下映华栏。宫筵戏乐年年

---

①　《资治通鉴》卷209《唐纪二十五》。

②　(唐)郑处诲:《明皇杂录》卷下,中华书局1994年版,第26页。

③　《旧唐书》卷28《音乐一》。

④　《新唐书》卷8《本纪第八》。

⑤　《旧唐书》卷16《本纪十六》。

⑥　《旧唐书》卷17下《本纪十七下》。

别,已得三回对御看。"①从诗歌的描述中我们可以看出,宴会时,殿堂内热闹非凡,不仅有"殿前香骑逐飞球"等体育竞技,而且"百戏皆呈未放休"。从"间以胡夷之伎"、"观竞渡、角抵"、"观杂伎乐"、"杂戏人弄孔子"、"百戏皆呈"等描述中,我们可以清楚看出,杂技、百戏等通俗艺术、文学活动在禁苑中也是相当流行的。

当然,唐代中后期有些俗文学娱乐场所可能也设于街头闹市。《酉阳杂俎》前集卷五"怪术"载:"虞部郎中陆绍,元和中,尝看表兄于定水寺,因为院僧具蜜饵时果,邻院僧右邀之。良久,僧与一李秀才偕至,乃环坐,笑语颇剧。"因而院僧呵斥秀才:"望酒旗玩变场者,岂有佳者乎!"②此"变场"则是指街头闹市的变场。这种变场有时也设于要路口,《太平广记》记载:"杨国忠为剑南,召募使远赴泸南,粮少路险,常无(常无原作韦先,据明抄本改)回者。其剑南行人,每岁,令宋昱、韦儇为御史,迫促郡县征之。人知必死,郡县无以应命。乃设诡计。诈令僧设斋,或于要路转变,其众中有单贫者即缚之。置密室中,授以絮衣,连枷作队,急递赴役。"③从"或于要路转变"中可见,俗文学活动的场地有时也设在要路口。

总之,唐代的俗文学活动异常丰富,尤其是玄宗以后。其活动中心也以戏场与歌楼酒肆为主要场所,此外还有曲江园林、皇家禁苑及私家园林等,其中以戏场与歌楼酒肆这两个公共活动空间最为活跃,戏场主要分为两类,一类是因为重要的节日或大型的仪式庆典活动等临时设置的,一类是约定俗成而日益固定的。临时设置的戏场主要位于宫殿前的广场或其他空阔的空地上,源于寺院的各种固定或不固定的仪式法会之类的表演因长期约定俗成,因而都设在寺院内外的广场上,时日久了,便成为固定的戏场。以寺院为中心的戏场后来往往都与庙会相结合,形成了综合性的商业文化中心。这些文化中心在民众的文化娱乐活动中都发挥了极其重要的作用,也为唐以后俗文学活动的全面繁荣奠定了雄厚的基础。

---

① 《全唐诗》卷385《寒食内宴》。

② (唐)段成式:《酉阳杂俎》,前集卷五《怪术》,中华书局1985年版,第43页。

③ (宋)李昉:《太平广记》卷269酷暴三"宋昱韦儇"条引《谭宾录》,中华书局1961年版,第2109页。

第五章 唐代俗文学与雅文学的互动

　　唐代雅文学与俗文学是唐代文学母体的双翼,它们共同丰富、繁荣了唐人的精神生活,使唐人的精神在文学艺术领域展翅高翔。

　　从字面上讲,雅文学是指高雅美好的文学作品,俗文学是指通俗平凡的文学作品。唐代的雅文学主要是指诗歌、散文及赋体文学,而唐代俗文学则是指唐代流行的通俗的文学,是除正统雅文学如诗歌、散文等以外的所有文学形式。它包含通俗文学子系、民间文学子系、曲艺文学子系。它可以是集体创作,也可以是个人署名。可以流行于民间,也可流行于官方。它包括歌舞百戏、俗讲、变文、话本、民间歌谣、谚语、民间传说、笑话、竹枝词、传奇、词、词文、俗赋、白话诗等。

　　人的精神需求本来就是丰富复杂的,文艺作品是适应人们不同的精神需要而创作出来的。因此也有不同的层次。文学艺术中雅与俗的界限仅仅是相对的,往往是雅中有俗,俗中有雅,并且两者之间相互影响,相互促进,甚至相互转化。从文学史来看,这种现象比比皆是。中国第一部诗歌总集《诗经》中,当时被称为"雅"的作品,只是"庙堂"文学,而广泛流行于民间的"国风",在今人看来,艺术水平却远高于那些庙堂雅诗。词在当时与诗相比是"俗"文学,为文人学士另眼相看,所谓"诗庄词媚",但现在看来,许多优秀的词作显然属高雅作品。明代的优秀作品《三国演义》、《水浒传》、《西游记》,也都是在民间通俗文学的基础上加工创作而成的经典作品。雅俗文学这种相互作用、相互影响基础上的动态发展模式,在唐代的表现也非常明显。

第一节　雅俗共赏

在整个人类文学创作与审美活动中,由于受到生产力水平、社会整体文化水平等因素的影响,高雅文学活动的参与者相对较少,而通俗文学活动的参与者相对较多。这是人类雅俗文学活动的普遍倾向,唐代雅俗文学活动也基本上反映了这一规律。在此基础上,唐代文学还呈现出明显的雅俗共赏的倾向。这种倾向主要表现在唐代的雅俗文学在当时都很受欢迎,很多文人士子既能创作雅文学,又能创作俗文学,可谓雅俗兼擅。

一、唐人对雅文学的热爱

唐代的雅文学主要是指诗歌、散文等。唐人对雅文学的喜爱主要体现在对诗的挚爱中。唐帝国是诗的国度,唐诗是中国诗歌史上辉煌的巅峰,是中华传统文化的丰碑。在不到三百年的时间里,唐人创作的诗歌仅收入《全唐诗》的就有5万余首,比自西周到南北朝一千六七百年遗留下来的诗篇数目多出两三倍以上。当时的诗坛百花齐放,流派众多。独具风格的著名诗人约有五六十个,大大超过战国到南北朝著名诗人的总和,可谓群星灿烂。在中华文化史上,这一切都是空前绝后的。唐诗之所以能取得如此辉煌的成就,原因自然是多方面的,然而唐人对诗歌的喜爱无疑是一个重要原因。

唐代文人士子对诗歌的热爱是众所周知的,这从《全唐诗》中就可以看出来。不仅文人士子爱诗,老百姓也爱诗。用白居易的话说就是士庶、僧徒、孀妇、处女,无所不包。白居易在《与元九书》中详尽地叙述了自己作品广泛流传的情景:"日者闻亲友间说,礼、吏部举选人,多以仆私试赋判为准的。其余诗句,亦往往在人口中……自长安抵江西三四千里,凡乡校、佛寺、逆旅、行舟之中,往往有题仆诗者;士庶、僧徒、孀妇、处女之口,每有咏仆诗者。"[①]可见人们对白诗的喜爱。老百姓之所以喜爱白诗,通俗易懂当是其主要原因。

不仅白居易的诗在民间流传,整个元和诗都颇为流行。诗人元稹对此有

---

① 白寿彝等主编:《文史英华》(文论卷),湖南出版社1993年版,第196—197页。

精当的描述:"予始与乐天同秘书,之后多以诗章相赠答。予遣掾江陵,乐天犹在翰林,寄予百韵律体及杂体,前后数十诗。是后各佐江、通,复相酬寄。巴、蜀、江、楚间洎长安中少年,递相仿效,竞作新辞,自谓为元和诗,而乐天《秦中吟》、《贺雨诗》讽喻闲适等篇,时人罕能知者。然而二十年间,禁省观寺、邮候墙壁之上无不书,王公妾妇、牛童马走之口无不道。其缮写模勒,炫卖于市井,或因之以交酒茗者,处处皆是……予尝于平水市中,见村校诸童,竞习歌咏,召而问之,皆对曰:'先生教我乐天、微之诗。'固亦不知予为微之也。"①时人不仅咏诵元稹、白居易的诗,更模仿他们以及整个元和诗人的诗作。

唐代文人诗歌在各种饮宴聚会中是少不了的。旗亭画壁的故事就是唐人诗歌广受欢迎的例证。唐代的歌妓也因会唱诗而身价倍增。白居易《与元九书》中云:"及再来长安,又闻有军使高霞寓者,欲聘倡妓,妓大夸曰:'我诵得白学士《长恨歌》,岂同他哉?'由是增价。"②从"妓大夸曰:'我诵得白学士《长恨歌》,岂同他哉?'由是增价"的描述中,我们可以清楚看出,谁能诵得白学士《长恨歌》,谁的身价就高。

唐人由于热爱诗歌,因此把诗歌题写在各种公共场合及日用品上。白居易在《与元九书》中详尽地叙述了自己作品被广泛题刻的情景:"自长安抵江西三四千里,凡乡校、佛寺、逆旅、行舟之中,往往有题仆诗者。"③《全唐诗补编》收了十首镜铭,所谓镜铭就是刻在镜子后面的诗歌。商人利用人们热爱诗歌的心理,在镜子上刻诗来提高销售量。其一云:"偏识秦楼意,能照玉妆成。花发无冬夏,临台晓夜明。"④此外,唐无名氏《涟水古冢瓶文》诗曰:"一只青鸟子,飞来五两头。借问船轻重,寄信到扬州。"⑤这也反映了唐人生活用品以诗装饰的现象。

唐人爱诗,所以唐诗有时可以当货币来用,诗人不用付现、不用典当,可

---

① (唐)元稹:《元稹集》卷51,中华书局1982年版,第555页。

② 夏承焘:《唐宋词论丛·四库全书词籍提要校议》,上海古典文学出版社1956年版,第216页。

③ 《全唐文》卷675《与元九书》。

④ 陈尚君辑校:《全唐诗补编》第3编《全唐诗续拾》卷56,中华书局1992年版,第496页。

⑤ 《全唐诗》卷875《涟水古冢瓶文》。

以直接用诗来换酒。鱼玄机《次韵西邻新居兼乞酒》对此是这样描述的："一首诗来百度吟，新情字字又声金。西看已有登垣意，远望能无化石心。河汉期赊空极目，潇湘梦断罢调琴。况逢寒节添乡思，叔夜佳醪莫独斟。"①此外，温庭筠、白居易也都有"以文为货"的例子。这些都充分说明整个社会对于诗歌的一种认同与热爱。

唐人爱诗也爱文，唐人著文，多喜骈文，即使有韩柳的古文运动，骈文在文坛上仍占主导地位。所以，唐人对雅文学充满了深情。但是，在酷爱雅文学的同时，唐人对俗文学也一往情深。

二、唐人对俗文学的钟情

唐人对俗文学的热爱，上自皇帝下至庶民，几乎涵盖了社会的各个阶层。

唐玄宗酷爱世俗艺术，于太常寺之外，专设管理俗乐的教坊机构，并于梨园亲自教习弟子，可见其对世俗音乐歌舞的喜爱。"优孟师曾见于史传，是知伶伦优笑，其来已久。开元中黄幡绰，明皇如一日不见，则龙颜为之不舒，而幡绰往往能以倡戏匡谏者，'漆城荡荡，寇不能上'，信斯人之流也。咸通中优人李可及者，滑稽谐戏，独出辈流，虽不能托讽匡正，然巧智敏捷，亦不可多得……"②可见帝王对俚俗俳谐的好尚。《旧唐书·音乐志》载："玄宗在位多年，善音乐，'若宴设酺会，即御勤政楼……太常卿引雅乐，每色数十人，自南鱼贯而进，列于楼下。鼓笛鸡娄，充庭考击。太常乐立部伎、坐部伎依点鼓舞，间以胡夷之伎'。"③"胡夷之伎"就包括很多民间的杂技百戏。此外，玄宗时还经常在节日期间举行一些大规模的百戏娱乐活动。唐人郑棨《开天传信记》载："上御勤政楼大酺，纵士庶观看。百戏竞作，人物填咽。金吾卫士白棒雨下，不能制止。"④以至于高力士建议召河南丞严安之"处分打场"。这样的戏场即是设在宫殿前的广场上。张九龄《奉和圣制南

---

① 《全唐诗》卷804《次韵西邻新居兼乞酒》。
② （唐）高彦休：《唐阙史》（卷下），影印文渊阁四库全书，第1042册，第809—810页。
③ 《旧唐书》卷28《音乐志》。
④ （唐）郑棨撰：《开天传信记》，中华书局1985年版，第3页。

郊礼毕酺宴》也对歌舞百戏竞作的热闹场景做过精彩描述："春发三条路,酺
开百戏场。流恩均庶品,纵观聚康庄。妙舞来平乐,新声出建章。分曹日抱
戴,赴节凤归昌。"①在唐代,通俗表演"说话"也深受欢迎,听"说话"曾风靡上
层和民间,玄宗逊位后,晚年寂寞,高力士让他听"转变、说话",解闷取乐。

《旧唐书》载,景龙中,中宗数引近臣及修文学士,与之宴集。尝令各效
伎艺,以为笑乐。工部尚书张锡为《谈容娘舞》,将作大匠宗晋卿舞《浑脱》,
左卫将军张洽舞《黄獐》,左金吾卫将军杜元琰诵《婆罗门咒》,给事中李行
言唱《驾车西河》,中书舍人卢藏用效道士上章……以尚书之尊,作女子舞
蹈之状,颇为调笑逗乐。② 宫廷中也有善演此戏而闻名者："苏五奴妻张四
娘善歌舞,亦姿色,能弄踏谣娘。"③亦可见民间歌舞戏对宫廷的影响。元和
十五年(820年)九月辛丑,穆宗"观竞渡、角抵于鱼藻宫,用乐。"④其中的
"角抵"应是角抵戏之类,属百戏之一。长庆元年(822)穆宗"观杂伎乐于麟
德殿,欢甚。"⑤唐敬宗"宝历二年(826年)六月己卯,上幸兴福寺观沙门文
溆俗讲。"⑥唐宣宗则明确地对优人祝汉贞说："我养汝辈,供戏乐耳。"⑦大
和六年(832)二月己丑寒食节,文宗"宴群臣于麟德殿。是日,杂戏人弄孔
子。"⑧正所谓"上有所好,下必甚焉"。皇帝如此,公主王孙们更是热情不减。
《资治通鉴》记载："大中二年冬十一月,万寿公主适起居郎郑颢……颢弟颛,
尝得危疾,帝遣使视之。还,问公主何在。曰:'慈恩寺观戏场…"⑨祖咏《宴
吴王宅》："连夜征词客,当春试舞童。"⑩阎朝隐《夜宴安乐公主新宅》："凤
皇鸣舞乐昌年,蜡炬开花夜管弦。"⑪描述的便是皇族夜宴音声助兴的盛况。

① 《全唐诗》卷49《奉和圣制南郊礼毕酺宴》。
② 《旧唐书》卷189下《郭山恽传》。
③ (唐)崔令钦:《教坊记》,辽宁教育出版社1998年版,第3页。
④ 《新唐书》卷8《本纪第八》。
⑤ 《旧唐书》卷16《本纪第十六》。
⑥ 《资治通鉴》卷243《唐敬宗纪》。
⑦ (宋)王谠撰,周勋初校证:《唐语林校证》,中华书局1987年版,第90页。
⑧ 《旧唐书》卷18上《文宗本纪》。
⑨ 《资治通鉴》卷248《唐纪六十四》。
⑩ 《全唐诗》卷131《宴吴王宅》。
⑪ 《全唐诗》卷69《夜宴安乐公主新宅》。

统治阶级的好尚无疑为唐代的俗文学活动起到了推波助澜的作用。

王公贵族之外,文人雅士对俗文学活动也趋之若鹜。唐代文人常举行各种歌舞筵宴活动,既是文人的活动,则往往离不了文学的助兴,这其中既有雅文学,也有俗文学。李群玉《长沙陪裴大夫夜宴》:"东山夜宴酒成河,银烛荧煌照绮罗。四面雨声笼笑语,满堂香气泛笙歌……"①唐诗中此类描述甚多,如李白《寄王汉阳》:"笛声喧沔鄂,歌曲上云霄。"②方干《陪李郎中夜宴》:"遍请玉容歌白雪,高烧红蜡照朱衣。"③就是远在边关军营,歌舞音乐仍然弥漫着整个夜晚,《穷边词二首》有云:"将军作镇古济州,水腻山春节气柔。清夜满城丝管散,行人不信是边头。"④而晚唐五代的很多词,就是在这种环境中产生的。

唐代的王公贵族、文人士子不仅喜欢在歌舞筵宴中创作雅俗诗词,对其他的俗文学活动也兴味盎然。《唐会要》卷四载:"元和十年……韦绶罢侍读。绶好谐戏,兼通人间小说。"这里的"小说",即指"说话"。元稹曾与白居易一起在新昌宅听说"一枝花话",自寅至巳,历四个时辰,即今八个小时,"犹未毕词"⑤。白行简的《李娃传》即依据说《一枝花话》改编而成。孟棨《本事诗》嘲戏类亦载:"诗人张祜未尝识白公,白公刺苏州,祜来谒。才见白,白曰:'久钦藉,尝记得君款头诗。'祜愕然曰:'舍人何所谓?'白曰:'鸳鸯钿带抛何处,孔雀罗衫付阿谁,非款头何耶?'张顿首微笑,仰而答曰:'祜亦尝记得舍人《目连变》。'白曰:'何也?'祜曰:'上穷碧落下黄泉,两处茫茫皆不见,非《目连变》何耶?'遂与欢宴竟日。"⑥孟棨将此载入嘲戏类,"款头诗"今不知为何,但从祜闻之愕然上来看,可见其不为士大夫所尊重,故祜亦以《目连变》反击之,可见他们对俗讲转变都很熟悉。段成式《酉阳杂俎》续集记载,他曾听过讲名医扁鹊故事的"市人小说"。韩愈的《华山

---

①　《全唐诗》卷 569《长沙陪裴大夫夜宴》。

②　《全唐诗》卷 173《寄王汉阳》。

③　《全唐诗》卷 652《陪李郎中夜宴》。

④　《全唐诗》卷 502《穷边词二首》。

⑤　(唐)元稹:《酬翰林白学士代书一百韵》,《元稹集》卷 10,中华书局 1982 年版,第 116 页。

⑥　(唐)孟棨:《本事诗》,上海古籍出版社 1991 年版,第 24 页。

女》诗就是根据自己听华山女俗讲而创作的。吉师老听蜀女《昭君变》而作《看蜀女转昭君变》，王建的《观蛮技》诗"欲说昭君敛翠蛾，清声委曲怨于歌。谁家年少春风里，抛与金钱唱好多。"也描述了观看《昭君变》的感受。

上层社会如此，市民百姓对俗文学活动的热情则更为高涨。《太平广记》记载："（唐楚州龙兴寺）寺前素为郡之戏场，每日中，聚观之徒，通计不下三万人……已午间……俄而霆震两声，人畜顿踣。及开霁……寺前负贩、戏弄、观看人数万众，发悉解散……"①唐代李冗《独异志》记载："唐贞元中，有乞者解如海……长安戏场中日集数千人观之。"②钱易《南部新书》记载："长安戏场多集于慈恩，小者在青龙，其次荐福、永寿。"③《太平广记》卷三四载，"贞元中，崔（炜）居南海……中元日，番禺人多陈设珍异于佛庙，集百戏于开元寺。"④宝历中，越州宝林寺，"军吏州民，大陈伎乐。"⑤

长安保唐寺每月三个逢八日举行俗讲的时候，附近的妓女也想方设法前去观赏。孙棨《北里志》"海论三曲中事"条记载：

> 平康里入北门，东回三曲，诸妓所居之聚也……诸妓以出里艰难，每南街保唐寺有讲席，多以月之八日，相牵率听焉。皆纳其假母一缗，然后能出于里。故保唐寺每三八日，士女极多，盖有期于诸妓也。⑥

孙棨《北里志》序还记载："其中诸妓多能谈吐，颇有知书言话者。"⑦"言话"指"说话"，当时的妓女于歌唱之外还能兼及说话，反映了唐代民间说话的普遍流行。

对于俗讲在当时的风靡，姚合诗中描绘道："远近持斋来谛听，酒坊鱼

---

① （宋）李昉：《太平广记》卷394"徐智通"条引《集异记》，中华书局1992年版，第3148页。
② （唐）李冗：《独异志》（卷上），收于《丛书集成初编》，中华书局1985年版，第6页。
③ （宋）钱易：《南部新书》戊，中华书局2002年版，第67页。
④ （宋）李昉：《太平广记》卷34《崔炜》，中华书局1992年版，第216页。
⑤ （宋）李昉：《太平广记》卷41《黑叟》，中华书局1992年版，第259页。
⑥ （唐）崔令钦等：《教坊记　北里志　青楼集》，古典文学出版社1957年版，第25页。
⑦ （唐）崔令钦等著：《教坊记　北里志　青楼集》，古典文学出版社1957年版，第22页。

市尽无人。"①不仅佛教有俗讲,道教也常以俗讲争夺信徒。韩愈《华山女》诗即是对这种情形的反映。

俗文学活动不仅盛行于成年人当中,在小孩子中间也相当风靡,男女幼童几乎能模仿演员的表演。元稹《哭女樊四十韵》云:"……骑竹痴犹子,牵车小外甥……别常回面泣,归定出门迎。解怪还家晚,长将远信呈。说人偷罪过,要我抱纵横。腾踏游江舫,攀缘看乐棚。和歌蛮字拗,学妓舞腰轻……"②李商隐的《骄儿诗》中也曾提道:

> ……归来学客面,闷败秉爷笏。或谑张飞胡,或笑邓艾吃。豪鹰毛崱屴,猛马气佶傈。截得青筼筜,骑走恣唐突。忽复学参军,按声唤苍鹘。又复纱灯旁,稽首礼夜佛……③

小孩子或模仿说书人口中张飞和邓艾的言行样貌,或模仿参军戏里参军和苍鹘的彼此打诨。显然,只有时常观戏才能进而模仿。可见俗文学活动在当时已非常普遍,并且深受男女老幼的欢迎。

唐代娱乐场所的名目颇多,有的称歌场,如《敦煌曲·皇帝感》:"新歌旧曲遍州乡,未闻典籍入歌场。"④有的称变场,如唐代谢昭韫《幻影传》:"望酒旗、玩变场者,岂有佳者乎!"⑤有的称乐棚,元稹诗"攀缘看乐棚。"⑥还有的称"讲院",依据敦煌伯二三〇五号卷子(旧名《无常经讲经文》)记载:"早求生,速抛此,其厌闻经频些子,须知听法是津粮(梁),若缺津粮(梁)争到彼。劝即此日申间劝,且乞时时过讲院;莫辞暖热成持,各望开些方便。"⑦可见俗讲的处所又名"讲院"。

---

① 《全唐诗》卷502《听僧云端讲经》。
② 《全唐诗》卷404《哭女樊四十韵》。
③ 《全唐诗》卷541《骄儿诗》。
④ 曾昭岷等编:《全唐五代词》,《新集孝经十八章》,中华书局1999年版,第1206页。
⑤ (唐)段成式:《酉阳杂俎》,前集卷5《怪术》,中华书局1985年版,第43页。
⑥ 《全唐诗》卷404《哭女樊四十韵》。
⑦ 永祥法师:《佛教文学对中国文学的影响》(3),2013年12月12日,见 http://www.fjdh.com/wumin/2009/04/15351656983.html。

三、文人才子的雅俗兼擅

唐代俗文学活动的雅俗共赏还表现在文人才子的雅俗兼擅中。

唐人热爱俗文学,也热爱雅文学,在雅俗文学的共同浸润下,很多文人既擅长俗文学创作,又擅长雅文学创作。下面分别以刘禹锡、白居易、温庭筠、元稹等为例加以说明。

刘禹锡是中唐著名思想家、文学家。诗文兼擅,自成一家,并且善于向民间文学汲取营养,其民歌体诗、词也都非常著名。

刘禹锡的诗作,以讽谕诗、咏史诗、反映时世和个人遭际的感遇诗及模仿与改造民歌体的竹枝词、杨柳枝词等的思想艺术价值较高。其诗现存800余首。与白居易酬唱颇多,白居易在《刘白唱和集解》中评其诗曰:"彭城刘梦得,诗豪者也。其锋森然,少敢当者。"①南宋晁公武云:"禹锡早与柳宗元为文章之友,称'刘柳';晚与白居易为诗交,号'刘白'。虽诗文似少不及,然能抗衡二人间,信天下之奇才也。"②

刘禹锡性格刚毅,饶有豪猛之气。其诗简洁明快,风情俊爽,富于艺术张力和雄直气势。晚年所作,风格渐趋含蓄,讽刺而不露痕迹。其诗善使事运典,托物寓意,抒写情怀,多有名篇传世。由于长期贬谪生活,刘禹锡有机会接触到西南地区的民歌民谣,向民歌学习。他曾在《竹枝词九首序》中自称"余来建平,里中儿联歌竹枝。吹短笛击鼓以赴节,歌者扬袂睢舞,以曲多为贤。聆其音,中黄钟之羽,卒章激讦如吴声,虽伧伫不可分,而含思宛转,有淇澳之艳音……故余亦作竹枝九篇,俾善歌者扬之。"③他热爱民歌,认真地学习民歌,将民歌的雅化和文人诗的通俗化很好地结合起来,从而达到雅俗共赏的境界。在其《杨柳枝词九首》第一首中甚至宣称"请君莫奏前朝曲,听唱新翻杨柳枝。"④正源于此,刘禹锡的民歌创作取得了杰出的成绩。如《竹枝词二首》中"杨柳青青江水平,闻郎岸上唱歌声。东边日出西

① 《全唐文》卷677《白居易二十二·刘白唱和集解》。

② (宋)晁公武著,孙猛校:《郡斋读书志校正(上册)》卷17,上海古籍出版社1990年版,第882页。

③ (唐)刘禹锡:《竹枝词九首》小序,见孙建军等主编《〈全唐诗〉选注》,线装书局2002年版,第2838页。

④ 《全唐诗》卷365《杨柳枝词九首》。

边雨,道是无晴却有晴。"①含蓄婉转,自然活泼,千古之下仍为人所传诵。因而宋人黄庭坚《豫章黄先生文集》卷二十六《跋刘梦得竹枝歌》写道:"刘梦得竹枝九章,词意高妙,元和间诚可以独步。道风俗而不俚,追古昔而不愧,比之杜子美《夔州歌》,所谓同工而异曲也。"②刘、白之外,唐代还有很多其他的文人也喜创竹枝词,如张籍《送枝江刘明府》:"向南渐渐云山好,一路唯闻唱竹枝。"③郑谷《寄南浦谪官》:"醉歛梅障晓,歌厌竹枝秋。"④郑谷《渠江旅思》:"引人乡泪尽,夜夜竹枝歌。"⑤于鹄《巴女谣》以平易清新的笔触,描绘了一幅恬静闲雅的巴女牧牛图:"巴女骑牛唱《竹枝》,藕丝菱叶傍江时。"⑥方干《蜀中》:"闲来却伴巴儿醉,豆蔻花边唱竹枝。"⑦王周《再经秭归》:"独有凄清难改处,月明闻唱竹枝歌。"⑧蒋吉《闻歌竹枝》:"巡堤听唱竹枝词,正是月高风静时。"⑨等等。

刘禹锡是中唐古文运动的积极响应者,虽然并未正面系统地像韩愈和柳宗元那样阐发过有关理论,但其政论、史论成就颇高,博辩精深,自成一家,《四库全书总目》评价道:"其古文则恣肆博辩,于昌黎、柳州之外,自为轨辙。"⑩其论说文长于论析说理,使事用典,政见卓识,哲理深邃,不尚空论。如"大凡入形器者,皆有能有不能。天,有形之大者也。人,动物之尤者也。天之能,人固不能也;人之能,天亦有所不能也。故余曰:天与人交相胜尔。其说曰:天之道在生植,其用在强弱;人之道在法制,其用在是非……法大行,则是为公是,非为公非。天下之人,蹈道必赏,违之必罚……法大弛,则是非易位。赏恒在佞,而罚恒在直。义不足以制其强,刑不足以胜其

---

① 《全唐诗》卷 365《竹枝词二首》。

② (宋)黄庭坚:《跋刘梦得竹枝歌》,《豫章黄先生文集》卷 26,上海书店 1989 年影印本。

③ 《全唐诗》卷 385《送枝江刘明府》。

④ 《全唐诗》卷 674《寄南浦谪官》。

⑤ 《全唐诗》卷 674《渠江旅思》。

⑥ 《全唐诗》卷 210《巴女谣》。

⑦ 《全唐诗》卷 653《蜀中》。

⑧ 《全唐诗》卷 765《再经秭归》。

⑨ 《全唐诗》卷 765《闻歌竹枝》。

⑩ (清)永瑢、纪昀等撰:《四库全书总目》卷 150《集部·别集类三》,中华书局 1965 年版,第 1290 页。

非。人之能胜天之具尽丧矣。"①文章层次井然,析理透辟,多用比喻,善设问答,行文上注意排比对偶乃至声音韵律的安排。

刘禹锡的创作,正是唐代文人雅俗兼擅的写照。刘禹锡之外,元稹也是一个雅俗兼擅的代表作家。

在诗歌方面,元稹在当时即与白居易齐名,世称"元白"。今存诗八百余首。主要成就在新乐府、艳诗和悼亡诗。元稹所在的元和诗坛是中国诗歌发展史上重要的转折时期,"诗到元和体变新"②,元稹在这次新变中具有不可替代的意义。

元稹的成功,除了生活基础外,多得力于他的乐府诗理论。元稹受李绅新题乐府的影响提倡写新乐府,并以杜甫那些"即事名篇,无复倚傍"③的诗歌为最高境界,白居易受其启发而写《新乐府》五十首,扩大了声势和影响。正是在他们的创作理论与实践的影响下,新乐府运动轰轰烈烈。

《元氏长庆集》现存乐府诗四卷,大都反映了形形色色的人物和广阔的社会现实,揭露时弊,有一定的深度和广度。其写民间疾苦的诗歌历来为后世推重。如《织妇词》写蚕尚未结茧,官府已开始征税,并要求丝织品要有新花样,害得织户苦不堪言:"东家头白双女儿,为解挑纹嫁不得……羡他虫豸解缘天,能向虚空织罗网。"④结尾既奇特又沉痛,写织妇望着檐前蜘蛛,羡慕它们想怎么织就怎么织。又如《田家词》,写农民苦于重赋力役。《采珠行》写采珠人的九死一生。《西凉伎》同情边民,揭露边将拥兵自重,不图收复,滋事扰民的恶行。《连昌宫词》借玄宗故事,讽刺当朝权贵等等。

元稹一生,著述甚富。作为诗坛大家,元稹除著名的新乐府诗外,爱情诗、友谊诗、寓言诗也很有特色。元稹还擅长男女情爱的细腻缠绵的描写,其《莺莺诗》《会真诗三十韵》《梦游春七十韵》均为爱情诗,其中不乏情真意切的佳作,也有轻薄庸俗之趣味,从中也可看出中唐诗歌从题材到手法已异于盛唐。

---

① 《全唐文》卷607《刘禹锡(九)·天论上》。
② 《全唐诗》卷446《余思未尽加为六韵重寄微之》。
③ 《全唐诗》卷418《乐府古题序》。
④ (唐)元稹:《织妇词》,《元稹集》卷23,中华书局1982年版,第260页。

　　诗歌之外,元稹也是中唐古文运动的健将,虽未有韩柳那样明确的理论,但其文章已自成一家。元稹在散文、骈文上的成就,是建立在其写作实践基础上的。《元氏长庆集》存文三十余卷,另有补遗五卷。其中,策、书、状、表、制诰、记、序、碑铭等,诸体皆备。他的制诰革新更赢得了古今文人的称许。元和末,元稹以祠部郎中知制诰,以其新体制诰影响于时人。所谓新体制诰,是以骈体为主,杂以散体,多议论训诫,少用典故,切实尚用。刘麟曰:"元微之有盛名于元和、长庆间。观其所论奏,莫不切当时务,诏诰歌词自成一家,非大手笔曷臻是哉。"①他的新体制诰使朝廷的应用文字由华而不实趋向雅正实用,所以陈寅恪称他为古文运动之健者。他和白居易的平易文风对宋文平易之风的形成有不可低估的影响。

　　元稹不仅酷爱诗歌、散文等雅文学,也特别喜爱俗文学。他曾与白居易一起在新昌宅听说"一枝花话",自寅至巳,历四个时辰②。他酷爱民间文学,对充满民间故事的僧讲、说话等听得入迷。从《和乐天送客游岭南二十韵》、《出门》等诗可以看出他对古今传说故事的熟悉。他不仅喜欢欣赏俗文学,还亲自创作俗文学作品。他在诗文上的素养,使他写起小说来挥洒自如。他是唐传奇的创作和倡导者,其传奇小说《莺莺传》在当时和后世都有广泛影响,千年之后,仍为人喜爱。

　　元稹的《莺莺传》,又名《会真记》,后人多认为是其自传性小说。《莺莺传》叙述了书生张生与大家闺秀崔莺莺之间凄婉缠绵的爱情故事。塑造了一个形象鲜明,性格突出的女性形象。《莺莺传》可与《李娃传》、《霍小玉传》媲美。但其结尾为张生文过饰非显是败笔。然而瑕不掩瑜,《莺莺传》仍不失为唐传奇中的名作。时人李绅据其《莺莺传》作《莺莺歌》以述其事,杨巨源因之赋《崔娘》诗。宋人秦观、毛滂的《调笑令》词、赵令畤的《商调蝶恋花》鼓子词、话本《莺莺传》,官本杂剧《莺莺六幺》、金人董解元《西厢记诸宫调》,元人王实甫《西厢记》杂剧等,都是在其基础上的创新。所以,鲁迅先生在《中国小说史略》中评曰:

————————————

① 《元氏长庆集原序》,《元稹集》附录。
② (唐)元稹:《酬翰林白学士代书一百韵》,《元稹集》卷10,中华书局1982年版,第116页。

　　元稹以张生自寓,述其亲历之境,虽文章尚非上乘,而时有情致,固亦可观。唯篇末文过饰非,遂堕恶趣。而李绅、杨巨源辈既各赋诗以张之,稹又早有诗名,后秉节钺,故世人仍多乐道,宋赵德麟(按即赵令畤)已取其事作《商调蝶恋花》十阕,金则有董解元《弦索西厢》、元则有王实甫《西厢记》,关汉卿《续西厢记》,明则有李日华《南西厢记》,陆采《南西厢记》等,其他曰《竞》曰《翻》曰《后》曰《续》者尤繁,至今尚或称道其事。唐人传奇留遗不少,而后来煊赫如是者,唯此篇及李朝威《柳毅传》而已。①

　　陈寅恪先生在《元白诗笺证稿》中评元稹曰:“微之以绝代之才华,抒写男女生死离别悲欢之感情,其哀艳缠绵,不仅在唐人诗中不多见,而影响及于后来之文学者尤巨。”②

　　再以温庭筠为例。

　　温庭筠是中晚唐之际的重要诗人,也是花间词派的鼻祖,同时也创作了三十多篇小说,可谓雅俗兼擅的作家。正史载其士行尘杂,试场嚣文、狎妓捕饮,故而淹蹇终生。其实温庭筠落魄潦倒的主要原因当是其恃才傲物,文多讥刺。唐代进士纪唐夫曾叹庭筠之冤,赠之诗曰:“‘凤凰诏下虽沾命,鹦鹉才高却累身’。人多诵之。”③而其秽行,也不乏愤世、玩世的表现。

　　《新唐书·温庭筠传》记载:“彦博裔孙廷筠,少敏悟,工为辞章,与李商隐皆有名,号温李。然薄于行,无检幅。又多作侧辞艳曲,与贵胄裴诚、令狐绹等藉饮狎昵。数举进士不中第。思神速,多为人作文。大中末,试有司,廉视尤谨,廷筠不乐,上书千余言,然私占授者已八人,执政鄙其为,授方山尉。徐商镇襄阳,署巡官,不得志,去归江东。令狐绹方镇淮南,廷筠怨居中时不为助力,过府不肯谒。亏钱扬子院,夜醉,为逻卒击折其齿,诉于绹。绹为劾吏,吏具道其污行,绹两置之。事闻京师,廷筠遍见公卿,言为吏诬染。

①　鲁迅:《中国小说史略》第9篇,上海古籍出版社2004年版,第68页。
②　陈寅恪:《元白诗笺证稿》,三联书店2001年版,第84页。
③　(唐)裴廷裕:《东观奏记》卷下,中华书局1985年版,第22页。

俄而徐商执政,颇右之,欲白用。会商罢,杨收疾之,遂废卒。本名岐,字飞卿。"①

　　温诗有狭邪艳情之作,但也有不少具有一定现实意义的咏史讽时、抒怀言志之作,这也是温李并称的原因之一。温庭筠诗歌多感伤讽谕时事,如"忆昔开元日,承平事胜游。贵妃专宠幸,天子富春秋。月白霓裳殿,风乾羯鼓楼⋯⋯深岩藏浴凤,鲜隰媚潜虬。不料邯郸虱,俄成即墨牛。剑锋挥太噱,旗焰拂蚩尤。内壁陪行在,孤臣预坐筹⋯⋯至今汤殿水,呜咽县前流。"②此外,《春江花月夜词》、《达摩支曲》、《马嵬驿》等也都是这类诗作的代表。温庭筠也有很多诗维护统一,警诫叛逆,歌颂忠良,如《奉天西佛寺》、《湖阴词》、《题李相公敕赐屏风》、《中书令裴公挽歌词》等。温庭筠报国无路,用世无门,故诗中多抒发愤懑之情,或直抒胸臆,或借咏史吊古抒发,如《经五丈原》、《苏武庙》、《过陈琳墓》、《山中与诸道友夜坐闻边防不宁因示同志》等。温庭筠还创作了很多表现男女情爱的诗,有意仿效南朝民歌,常用比兴、双关、双声、叠韵等修辞表现手法。由于他仕途潦倒,常寄人篱下,心情的痛苦,类于被侮辱、受歧视的青楼倡女。因而他不仅在她们身上找寄托,求解脱,也同情她们的痛苦,反映她们的愿望。但总体来说,他的这类诗缺乏深挚热情的追求,多声色感官的满足,缺乏李义山爱情诗的美学价值。其诗总体来说艳丽绮靡但也因体裁、题材的不同而异,如其学南朝民歌的部分乐府则风格较清新明丽。其咏史怀古、羁旅酬唱等诗不乏清丽之作。

　　温庭筠不仅能诗,更以词闻名。今存词七十余首。多以女性口吻抒发闺思怨恨之情,有些融入了作者的身世之感。其词风艳丽婉约,被奉为花间词的开山鼻祖。所以后人评曰:"温庭筠极流丽,宜为花间集之冠。"③"温飞卿词精妙绝人,然类不出乎绮怨。"④温庭筠词缘情体物,寄托婉深,绮靡精丽,往往借景物的刻画描写,暗示象征情思。所状之物,也以妇女服饰容

---

①　《新唐书》卷91《温庭筠传》。
②　《全唐诗》卷580《过华清宫二十二韵》。
③　(南宋)黄昇:《花庵词选》卷1,中华书局1958年版,第15页。
④　(清)刘熙载:《艺概》第4卷《词曲概》,上海古籍出版社1958年版,第107页。

貌为多,善以景物烘托渲染情思。如:"玉炉香,红蜡泪,偏照画堂秋思。眉翠薄,鬓云残,夜长衾枕寒。梧桐树,三更雨,不道离情正苦。一叶叶,一声声,空阶滴到明。"①胡仔评此词曰"庭筠工于造语,极为绮靡,《花间集》可见矣。《更漏子》一词尤佳。"②温词还常以鸳鸯、双燕蝶等反衬闺妇的形单影只。或以花喻人,以屏山暗示心曲。温词喜用富丽香艳的景物服饰,形象繁富,刻画精巧,犹如精致的工艺品,富于装饰美。如"水精帘里颇黎枕,暖香惹梦鸳鸯锦。江上柳如烟,雁飞残月天。藕丝秋色浅,人胜参差剪。双鬓隔香红,玉钗头上风。"③温词除镂金刻翠的浓艳之作外,还有一些受南朝民歌影响,纯用白描的清新之作。如"梳洗罢,独倚望江楼。过尽千帆皆不是,斜晖脉脉水悠悠,肠断白蘋洲。"④总体来说,温词题材狭窄,情致单调,对花间词派影响很大。

温庭筠不仅能诗善词,而且写得一手好小说。中晚唐之际,举子以小说"行卷""温卷"之风盛行,因为"此等文备众体,可以见诗笔、史才、议论"⑤。温庭筠一生积极追求功名事业,但因为放纵不羁,累举不第,以小说干谒,当是很自然的。温庭筠颇有才情,又酷爱文学艺术,乐于创新,其小说大多数篇章皆具有一定的思想意义和认识价值。其中一些反映了作者内心对"真"的执著、对伪的痛恨,对真情真性的理想人格的赞美。如其传奇《陈义郎》,通过陈义郎为父报仇的故事,鞭挞了欺世盗名者的丑恶嘴脸,揭示了他们最终可耻可怜的下场。反映了作者对真善美人格的追求。在小说《窦义》中,温庭筠以极大的热情塑造了一个勤劳坚韧,富贵仁义,精明务实,善识时务的实业商人形象。这实际上也是作者对理想人格的美好祝愿。

在赞美勤劳、智慧、凭自己本事而致富显贵的理想人格的同时,温庭筠对靠种种欺骗手段达到目的的无耻之徒进行了辛辣的嘲讽。在小说《郑群玉》中,他对"卜举人连中成败,每卦一缣"的范生进行了幽默地讽刺。当郑

---

① 《全唐诗》卷891《更漏子》之六。
② (宋)胡仔:《苕溪渔隐丛话·后集》第17卷,上海古籍出版社1962年版,第125页。
③ 《全唐诗》卷891《菩萨蛮》之二。
④ 《全唐诗》卷891《梦江南》。
⑤ 赵彦卫:《云麓漫钞》卷8,古典文学出版社1957年版,第111页。

群玉"贾络三千,并江南所出"来求卜时,范生"喜于异礼,卦成乃曰:'秀才万全矣'"。然而,郑群玉上考场后竟交了白卷。这无疑是对借卖卜骗财的范生的辛辣讽刺。在小说《王愬》中,温庭筠不仅是针对商人,还针对不靠自己的勤劳智慧却靠鬼神告示等欺骗行为获利的举动进行了批判。由此可见温庭筠求真求善的人格理想。

由于温庭筠颇有才情,又屡试不第,备受压抑,因而在其小说中也塑造了理想中的考官、儒臣形象,在他们身上寄寓了自己深切的理想人格。比如,《李丹》歌颂了慧眼识才、拯济贫寒的儒臣。《阎济美》则称颂考官因前场遗才,下场放第的爱才之举。《赵存》则赞美了文臣的宽厚仁义、知人善荐。这些文臣儒士身上都寄托着作者的美好理想。

除此之外,唐代还有很多作家也都尝试过小说创作,白居易的《记异》虽不为人重视,但也是十足的志怪小说。韩柳等诗文大家对小说也情有独钟。李剑国先生云,"中唐文人本嗜小说,韩柳革新文章,尤重小说讽谕之功、语言之妙。退之《毛颖》,体近小说,《石鼎》直是传奇,而子厚之寓言、传记皆有稗意,取其资而用其法,《河间》、《李赤》乃纯为小说。观子厚《读毛颖传后题》,颇赞《毛颖》之怪之俳,以为有益于世,知于稗说固有偏好。子厚谪永时,愤懑难抑,直借小说以泄之,故有《河间》、《李赤》之作。"①沈亚之是与李贺交好的诗人,但其《湘中怨辞》、《秦梦记》则是著名的小说。

总之,唐人挚爱诗、文等雅文学,也深爱着当时各种各样的俗文学。在雅俗共赏与雅俗兼擅中享受着文学艺术的魅力。

第二节　雅俗互动

任何一种文体的发展,都是在继承基础上的创新,这种继承,既有在自身文体传统中的吸收,又需要从其他文体吸收营养,从而互相促进,共同发展。

初唐七古的发展,就得力于对汉赋的学习消化吸收。闻一多先生说卢

---

① 李剑国:《唐五代志怪传奇叙录》,南开大学出版社1993年版,第499页。

照邻、骆宾王"以赋为诗"①,盛唐李白、杜甫的七古与五古长篇也大量采用赋的写法。至中唐,韩愈"以文为诗",带来"唐诗之一大变"②,使诗歌的天地拓展得比盛唐更为宽广。晚唐李商隐则融合骈文的成分为诗,将近体诗推向新的高峰。可见唐诗以它强大的活力与良好的容受性,对众体之长兼收并蓄,从而达于鼎盛。

唐代中期以后,民间说话,寺院俗讲、转变和文人创作的传奇小说等共同形成了与诗歌、散文等传统的"雅"文学相对的俗文学潮流,雅俗文学之间互动交流、相互借鉴的现象已经非常普遍了。

一、唐传奇与诗歌的相互影响

(一) 诗对传奇的影响

诗歌在中国文学史上源远流长,历久弥新。唐代小说不仅继承了魏晋南北朝以来的小说传统,也大量吸收了唐诗中的题材内容、创作手法及美学思想等。作为"一代之文学"的唐诗,对有唐一代社会、文化诸方面有着强有力的渗透。

唐代诗歌对唐传奇小说的影响,主要表现在中唐诗歌的叙事化倾向及俗艳观念对小说创作的促进。

盛唐以后,诗歌的叙事化倾向越来越明显。以杜甫为滥觞,元白为主将的一大批文人多反映百姓疾苦,吟咏个人生活。如杜甫的《夔府书怀》、《草堂》、《入衡州》,白居易的《卖炭翁》、《上阳白发人》、《新丰折臂翁》、《长恨歌》、《琵琶行》、《井底引银瓶》,元稹的《连昌宫词》等一系列叙事诗的涌现,带动了中唐诗歌的叙事化倾向。这种叙事化倾向对小说创作的叙事手法无疑具有重要意义。

中唐诗歌在叙事化倾向加强的同时,也越来越俗艳化,这为唐传奇嗜奇猎艳的内容提供了先导。当时的叙事诗中有不少是写男女爱情的艳诗。写艳诗最多的莫过于元稹,他自称"为艳诗百余首"。③ 其《梦游春七十韵》、

---

① 闻一多:《唐诗杂论》,《宫体诗的自赎》,上海古籍出版社1998年版,第17页。
② (清)叶燮:《原诗》,《内篇上》,人民文学出版社1979年版,第8页。
③ 冀勤点校:《元稹集》,《叙诗寄乐天书》,中华书局1982年版,第353页。

《会真诗三十韵》便是这类诗的代表。与元稹酬唱最多的当属白居易。元稹在《元氏长庆集》长序中记两人唱和之乐："为乐天自勘诗集,因思顷年城南醉归,马上递唱艳曲,十余里不绝。"①白居易也有类似的记录："如今年春游城南时,与足下马上相戏,因各诵新艳小律,不杂他篇。"②白居易的《江南喜逢萧九彻,因话长安旧游,戏赠五十韵》、《和梦游春一百韵》、《长恨歌》等都是这类诗的代表。诗歌的俗艳观念也滋养和促进了爱情小说文体的发展。它首先为小说的创作提供了素材。如崔护诗《题都城南庄》云："去年今日此门中,人面桃花相映红。人面不知何处在,桃花依旧笑春风。"③晚唐孟棨据此演化成小说《崔护》,小说讲述崔护在城南游春时因口渴,向附近一少女讨水,少女因之生情,但待崔护第二年再去时,少女已相思成疾香销玉殒。而崔护的呼唤竟使少女起死回生。敷衍成小说的诗歌还有著名的红叶题诗："流水何太急,深宫尽日闲。殷勤谢红叶,好去到人间。"④范摅《云溪友议》和孙光宪《北梦琐言》就依据红叶题诗分别敷演了小说《卢渥》、《李茵》。在爱情诗成为小说题材的同时,一些名诗名句或名人轶事也成为小说演绎的引子或内容,或者起着传情达意的修辞功能。如薛用弱《集异记·王之涣》就是一篇以三诗人诗句为中心而展开的旗亭画壁的故事。段成式《酉阳杂俎·草篇》虚构了韩愈一子侄,身怀绝技,初冬之际令牡丹花盛开,每一朵有一联诗,其中一联诗就引入了韩愈《左迁蓝关示侄孙湘》中的两句："云横秦岭家何在? 雪拥蓝关马不前。"诗歌成为小说的一个重要题材来源及表现手法,对传奇小说产生了重要的作用。所以清人钮琇《觚賸续编》中指出："传奇演义,即诗歌纪传之变而为通俗者。"⑤

此外,诗学观念对小说也有渗透作用。唐诗高妙的意境、悠长的韵味在小说中也时有表现。唐小说情节的浪漫性,环境、气氛描写的象征性、意象化无不散发着诗的意蕴,浓郁的诗意正缘于诗歌的滋养。因而唐传奇中的

---

① 王运熙、杨明:《隋唐五代文学批评史》,上海古籍出版社 1994 年版,第 41 页。
② 白居易:《白居易集》,《与元九书》,中华书局 1979 年版,第 365 页。
③ 《全唐诗》卷 368《题都城南庄》。
④ 《全唐诗》卷 797《题红叶》。
⑤ 程国赋:《唐代小说嬗变研究》,广东人民出版社 1997 年版,第 6—7 页。

一部分小说被称为"诗化小说"①。

（二）传奇小说对诗歌的影响

中晚唐诗歌之所以取得了重大的突破，一方面是由于吸取了《诗经》以来历代诗歌的优秀传统，一方面也是受了当时唐传奇、变文等叙事文学的积极影响。其中唐传奇对中晚唐诗歌的影响尤其明显。

唐传奇的内容首先使诗歌的题材扩大，吸收了神怪、恋情、历史反思等新内容。在初、盛唐叙事诗中，神怪题材较为少见。但自中唐起，神怪题材成了叙事诗的重要题材，这与唐传奇的繁荣不无关系。唐传奇继承六朝以来的志怪传统，《古镜记》、《补江总白猿传》、《李卫公别传》、《薛放曾祖》、《陈岩》、《杨叟》、《楚江渔者》等都是神怪小说。诗人们把这种传奇创作题材引入诗歌创作中，使诗歌焕发出异样的光彩。如白居易《和古社》、《古冢狐》中对于妖狐之类的描写穷形尽相。与唐初《古镜记》等妖狐化人故事相类。除了狐狸化人外，龙宫、龙神也是唐传奇中的常见题材。如《叶天师》、《苏州客》、《叶法善》、《柳毅传》等传奇都演绎了龙神故事，这些都对鲍溶《采珠行》、元稹《出门行》之类诗歌产生了显著影响。而李贺诗中的神鬼怪诞意象与尚奇作风，"自然也受到当时流行的小说影响"②。

在唐传奇中，写梦境以述灵异的作品很多。通过对梦境的描写，使作品中的主人公上天入地，无所不能，使神怪故事得以充分敷衍。早期的《古镜记》中就有镜神入梦之事，之后的《枕中记》、《南柯太守传》等都敷衍梦中之事，这种倾向也影响到了诗歌。中唐以前，诗歌涉梦并不多见，且以抒情为主，如李白《梦游天姥吟留别》。而到中唐之后，韩愈、白居易等，则开始在梦中叙事。如韩愈《记梦》，白居易《梦仙》都已跳出抒情的窠臼。叙事长篇《长恨歌》结尾也以梦境来塑造人物性格。这种新变，无疑得力于传奇。

唐传奇以爱情故事最具魅力，而中晚唐时期大量爱情故事为诗歌所引用。中晚唐诗坛上的重要诗人几乎都写过长篇爱情题材的诗歌，如元稹《连昌宫词》、《崔徽歌》、《梦游春七十韵》，白居易《长恨歌》，李绅《莺莺

---

① 吴怀东：《唐诗与传奇的生成》，安徽大学出版社 2008 年版，第 268 页。
② 吴怀东、余恕诚：《论传奇小说对中晚唐诗歌的影响》，《合肥师范学院学报》2008 年第 3 期。

歌》,刘禹锡《泰娘歌》、《伤秦姝行》,郑嵎《津阳门诗》,李涉《寄荆娘写真》等。这些诗歌和中唐的爱情传奇如《莺莺传》、《李娃传》、《霍小玉传》、《任氏传》、《柳氏传》等声气相求。并且直接出现了因传而做的歌行体诗,如《李娃行》、《霍小玉歌》、《任氏行》、《冯燕歌》等。陈寅恪先生《元白诗笺证稿》亦云:"元微之连昌宫词实深受白乐天陈鸿长恨歌及传之影响,合并融化唐代小说之史才诗笔议论为一体而成。"①吴怀东、余恕诚先生考订,晚唐王涣《惆怅诗》为七绝十二首,专事咏叹六朝至唐代小说中的爱情故事。晚唐罗虬《比红儿诗》更以七绝一百首,通过红儿与古今女性的比较进行咏叹,其中也谈及小说中的女性人物。晚唐大家李商隐有很多恋情诗。余恕诚教授认为,唐传奇在内的古小说,曾深刻地影响了李商隐的诗歌。其诗歌用语隐僻,情思意绪超出常境,与他搜集奇书,穿穴异闻有密切关系。他的诗大量运用小说材料,把杂记小说乃至史书中的奇事异闻引入诗中,或演绎小说故事,或以抒情之笔,在诗中隐含传奇故事,并把类似小说的虚构及情节等手段引入诗歌。②

反思历史是唐传奇对诗歌创作的又一重要影响。安史之乱后,许多传奇作家在小说中总结经验,吸取教训,如郭湜《高力士外传》、陈鸿《东城老父传》、《长恨歌传》、郑处诲《明皇杂录》等大量出现,受其影响,白居易《长恨歌》、元稹《连昌宫辞》、李商隐《行次西郊一百韵》、韦庄《秦妇吟》、苏拯《西施》等作品也承传奇之意,对现实进行反思。如元稹《连昌宫辞》通过宫人之口做今昔对比,总结出盛唐兴衰的缘由。

此外,诗歌至中唐多用小说故事为典故。诗歌的俗艳化倾向等都直承唐传奇小说的影响。

以上种种,都可以看出唐诗与传奇小说之间的互融互渗。

二、史传文学与传奇的互动互渗

唐传奇一方面直接继承了汉魏六朝小说的传统,另一方面又继承了汉魏

---

① 陈寅恪:《元白诗笺证稿》,三联书店 2001 年版,第 63 页。

② 余恕诚:《论小说对李商隐诗歌创作的影响》,《文学遗产》2009 年第 3 期。

六朝以来史传文学的传统。六朝虽然是散文骈化的时期,但由于笔记小说在当时文人眼里,还是不登大雅之堂的东西,所以不被文人所重视,有幸保持了语言的朴素,这对于唐传奇小说的发展,产生了巨大作用。同时,笔记小说也给唐传奇树立了叙述故事的榜样,它所包含的大量宗教故事,又使它具备了幻想的基础。史传文学中所描绘的则主要是社会人物,这为唐传奇有意识地反映现实生活、刻画人物奠定了基础;它的篇幅以及由此而产生的艺术效果,也给了传奇以有益的启示。唐传奇中有许多作品,如《任氏传》、《补江总白猿传》、《柳氏传》、《霍小玉传》、《南柯太守传》、《李娃传》、《虬髯客传》、《离魂记》、《枕中记》等,都是以传、记等命名,即说明了它与史传文学传统的关系。唐代传奇小说的作者沈既济本人以史才见称于时,又创作了著名的传奇作品,有讽世之意,更是唐传奇与史传密切结合的例证。

　　唐传奇小说和它同时代的古文也有密切的关系,它们是互为影响的。事实上,在初盛唐时代,已经出现了一些唐人传奇作品,只是数量不多,内容上虽然有些新意,规模上也有一些扩充,但还不足以引人注目。最常为人提及的《古镜记》,叙述古镜灵异故事十余则,从内容和规模上看,确实可说是六朝以来有关灵镜神异故事的集大成者。叙述之中,又穿插以王度、王绩兄弟的家族轶事,为故事增添诙诡眩惑的色彩。但故事的安排,严格依照时间的先后顺序,给人一种史传文学的真实感,这无疑是借鉴史传文学的主要创作手法。每一则故事之间,缺乏有机的缀合,篇章结构显得拘谨、平板。《补江总白猿传》则是六朝志怪小说的路数,也没有很高的立意。《游仙窟》以骈词俪句叙写,作者为充分展示诗赋才华,随处穿插艳诗、俪赋、对句,肆意挥洒他的丽词艳语,甚至在对话中也未革除积习,因而情节推进缓慢,在小说艺术上显然不够成熟。在八世纪中叶以后,传奇小说才有了迅速的发展,这与古文运动的开展不无关系。陈寅恪先生曾指出:“韩集中颇多类似小说之作。”①现在,许多学者已有共识,古文运动不但继承先秦两汉的古文传统,还接受了传奇小说的影响。在当时的文坛上,从事古文写作的,并不

---

　　① 陈寅恪撰,程会昌译:《韩愈与唐代小说》,转引自汕头大学中文系编《韩愈研究资料汇编》,汕头大学出版社 1986 年版,第 176 页。

止于韩、柳一派人，元、白等人也曾以实践支持过这一由骈趋散的文体改良运动。元稹对韩愈的文章是非常欣赏的，其夫人韦丛的墓志铭就是请韩愈撰写的。元稹曾改革诏、诰等官方骈俪文体，以古文书写，是古文运动的响应者。白居易曾任知制诰，也积极响应元稹的古文体。其骈散相间的《百道判》等文章，曾是当时士子争相模拟的对象。《旧唐书·白居易传》高度评价元白的散文成就，认为"元之制策，白之奏议，极文章之阃奥，尽治乱之根荄"，其文章在当时广为流传，"贤不肖皆赏其文，未如元白之盛也。"①"自是司言之臣，皆得追用古道"②。散体古文对唐传奇散体的写作手法无疑有促进作用。陈寅恪先生曾对唐代传奇小说与古文运动的关系作过论述。③考察一下贞元、元和年间及其后一段时间重要的传奇作家，大都围绕在践行古文运动的元白周围。元稹的传奇《莺莺传》脍炙人口，白居易写过传奇《记异》，其好友陈鸿依其《长恨歌》作《长恨歌传》，白居易的弟弟白行简写过知名的《李娃传》、《三梦记》等传奇名篇，白行简的好友李公佐则为《南柯太守传》、《谢小娥传》等著名传奇的作者。元白周围的传奇作家群，无疑也受到古文运动的沾溉。传奇作家沈亚之曾游于韩愈之门，其传奇作品的文字风格，明显地受到韩愈艰涩文风的影响。这些都可以说明传奇文和古文运动之间是有密切关系的。

三、唐代俗文学对唐代诗文叙事之风的影响

唐代俗文学对唐代诗文叙事之风产生了深远的影响。元稹《元氏长庆集》云："翰墨题名尽，光阴听话移。"诗下自注："乐天每与予游，从无不书名屋壁。又尝于新昌宅（听）说《一枝花》话，自寅至巳犹未毕词也。"④这充分揭示了文人对俗文学的好尚。而唐代士子以传奇小说来"行卷"，也说明了达官贵人对传奇小说的爱好，士子们正是投其所好才撰写传奇投献的。

---

① 《旧唐书》卷116《白居易传》。

② （唐）元稹：《制诰序》，见周绍良主编《全唐文新编》第3部第3册，吉林文史出版社2000年版，第7380页。

③ 陈寅恪：《元白诗笺证稿》，三联书店2001年版，第1页。

④ （唐）元稹：《酬翰林白学士代书一百韵》，《元稹集》卷10，中华书局1982年版，第116页。

有些士大夫创作传奇并非功利目的，而是出于爱好。如白居易的弟弟白行简，贞元末登进士第之后，于大中九年创作了《李娃传》。宋罗烨《醉翁谈录》与明人梅鼎祚《青泥莲花记》中的《李娃传》附注都指出，李娃"旧名一枝花"。元、白于元和五年听过《一枝花话》，此事在白行简创作《李娃传》之前。据此推测白行简应当也是听过这个故事后才改写成《李娃传》的。可见，俗文学对雅文学的影响首先是影响文人的心里好尚，而后才影响其创作。

中晚唐文人由于对俗文学的"好尚"心理，因而其雅文学创作也潜移默化地受到俗文学的影响。这种影响主要表现为重叙事，重感官。中晚唐通俗文学主要有俗讲、变文、话本、传奇、词文、俗赋等。这些俗文学种类之间虽有题材、形式之别，但都重故事性。以敦煌俗文学为例，《大目乾连冥间救母变文》、《维摩诘经变文》、《张议潮变文》、《韩朋赋》、《韩擒虎话本》、《叶净能话》、《季布骂阵词文》等，都非常重视故事情节的敷衍，因此非常具有吸引力。在俗文学的冲击下，传统雅文学也由重抒情，转向较为写实叙事，以适应时人的期待视野。

李嘉言《词的起源与唐代政治》一文指出："诗至中唐即由言志而入于写实。"①而所谓的"写实"，未必真写实事，而是长于叙事。文人叙事长篇中的杰作《长恨歌》、《秦妇吟》出现于俗文艺繁荣的中、晚唐，正是受重叙事的世风影响。白居易的《卖炭翁》、《缚戎人》、《上阳白发人》、《新丰折臂翁》、《长恨歌》、《琵琶行》、《井底引银瓶》等，元稹的《连昌宫词》、《会真诗》等都是叙事名篇。张戒《岁寒堂诗话》说："元、白、张籍、王建乐府，专以道得人心中事为工。"②所谓"道得人心中事"，便是合于时人之心理的叙事情结。明人胡震亨指出张籍是"就世俗俚浅事做题目"③。而王建的《宫词一百首》，单篇来看，价值不高，但总体看来，则满足了人们对宫廷的好奇心，因而名噪一时。又如王建的《新嫁娘词三首》：

"邻家人未识，床上坐堆堆。郎来傍门户，满口索钱财。"

---

① 李嘉言：《李嘉言古典文学论文集》，上海古籍出版社1987年版，第432页。
② （宋）张戒：《岁寒堂诗话》卷上，见《丛书集成初编》，中华书局1985年版，第1页。
③ （明）胡震亨：《唐音癸签》卷9，上海古籍出版社1981年版，第87页。

"锦幛两边横,遮掩侍娘行。遣郎铺簟席,相并拜亲情。"

"三日入厨下,洗手作羹汤。未谙姑食性,先遣小姑尝。"①

只是几件琐事的叙写,但正因其富有世俗生活情趣,所以颇受欢迎。

唐代的有些小品文也比较注重叙事手法的运用。有些借鉴传奇的手法,如林简言的《纪鹦鸣》,叙事小有波澜,其中插入巫者的鬼话,颇具情节,这与唐人注重世俗娱乐的风尚不无关系。总的来说,俗文学重叙事、重感官的特点,对中晚唐"雅文学"的叙事技巧产生了明显作用。

四、诗歌的由雅入俗

唐代世俗地主经科举跻身上层统治,必然会将世俗的气息带进文坛,使士族文化也染上世俗的色彩;同时由于科举要求写诗作赋贴经,这又迫使世俗文人的文学活动不断趋雅。于是推动了唐中期以后雅俗文学之间"由雅入俗"又"化俗为雅"的文学互动。这一运动源于社会发展的深层动因,源于士族阶层的日益腐朽及庶族阶层的日益崛起。而"安史之乱"更将大批有精湛艺术修养的盛唐雅士文人推向民间,如李白、杜甫、高适、岑参、元结等,都饱经忧患,不同程度地接触到社会下层。杜甫颠沛流离,九死一生,自觉地由雅入俗,创造了全新的诗风。元稹《酬孝甫见赠》就曾指出这一特点:"怜渠直道当时语,不著心源傍古人。"②萧涤非先生认为:"什么是'当时语'呢?那就是当时通行的人民的语言了。"③"由雅入俗"是杜甫中后期创作精神之所在。入蜀以后杜诗有意以方言俗语入诗,别开生面。宋人吴可《藏海诗话》云:

老杜诗云:"一夜水高二尺强,数日不可更禁当。南市津头有船卖,无钱即买系篱傍。"与《竹枝词》相似,盖即俗为雅。④

---

① 《全唐诗》卷301《新嫁娘词三首》。
② 《全唐诗》卷519《酬孝甫见赠》。
③ 萧涤非:《杜甫研究》,山东人民出版社1957年版,第163页。
④ (宋)吴可:《藏海诗话》,见《历代诗话续编》上册,中华书局1983年版,第335页。

　　事实上杜甫不是将俗语雅化了,而应当说是有意将雅诗俗化。再看其《遭田父泥饮美严中丞》:

　　　　步屟随春风,村村自花柳。田翁逼社日,邀我尝春酒。酒酣夸新尹,
畜眼未见有。回头指大男,渠是弓弩手……今年大作社,拾遗能住否?
叫妇开大瓶,盆中为吾取。感此气扬扬,须知风化首。语多虽杂乱,说尹
终在口。朝来偶然出,自卯将及酉。久客惜人情,如何拒邻叟。高声索果
栗,欲起时被肘。指挥过无礼,未觉村野丑。月出遮我留,仍嗔问升斗。①

　　明代王嗣奭《杜臆》卷四评曰:"妙在写出村人口角,朴新气象如画。"②
杜甫有意用流行的"当时语"写俚俗的生活,造成这种"朴野气象"。与陶、
谢、王、孟那种典雅的传统田园诗不同,是诗风的由雅趋俗。北宋杨亿称杜
甫为"村夫子",正道出了杜甫后期诗"由雅入俗"的特质。此时的杜诗,即
便是用较为典雅端庄的七律形式,也有明显趋俗的现象。如:

　　　　童稚情亲四十年,中间消息两茫然。更为后会知何地? 忽漫相逢
是别筵。不分桃花红胜锦,生憎柳絮白于绵。剑南春色还无赖,触忤愁
人到酒边。

　　　　　　　　　　　　　　　　　　　　　　——《送路六侍御入朝》③
　　　　白帝城中云出门,白帝城下雨翻盆。高江急峡雷霆斗,古木苍藤日
月昏。戎马不如归马逸,千家今有百家存。哀哀寡妇诛求尽,恸哭秋原
何处村?

　　　　　　　　　　　　　　　　　　　　　　　　　　——《白帝》④
　　　　堂前扑枣任西邻,无食无儿一妇人。不为困穷宁有此,只缘恐惧
转须亲。即防远客虽多事,便插疏篱却甚真。已诉征求贫到骨,正思

_____

①　《全唐诗》卷219《遭田父泥饮美严中丞》。
②　(明)王嗣奭:《杜臆》卷4,上海古籍出版社1983年版,第144页。
③　《全唐诗》卷227《送路六侍御入朝》。
④　《全唐诗》卷229《白帝》。

戎马泪盈巾。

——《又呈吴郎》①

其中不但有"生憎"、"无赖"之类的口语,还有类似于顺口溜一样的民歌句子:"白帝城中云出门,白帝城下雨翻盆"。从重大题材到邻里小事,从内容到形式,杜甫由雅入俗为诗歌开辟了新的天地!

诗歌通俗化至中唐而大盛。李肇《国史补》卷下称元和以后歌行"学浅切于白居易"②。事实上"浅切"是时代走向。如早于白氏的诗人顾况便是一位通俗诗的代表,其《上古之什补亡训传十三章》,直追《风》、《雅》,其中《囝》一章云:"囝别郎罢,心摧血下。隔天绝地,及至黄泉,不得在郎罢前!"③纯用方言俗语,反映深刻的社会现实。与白氏同时的李绅,首创乐府新题二十首,是白居易《新乐府》诗的先声。而元稹《乐府古题序》亦称"昨梁州见进士刘猛、李余,各赋古乐府诗数十首,其中一二十章,咸有新意"。④从元稹的和诗看,刘、李二进士之作也大致可推知是浅切一类作品。⑤ 时风如此,故张籍、王建、刘禹锡诸人也多通俗之作,白居易作诗求老妪能解虽未必尽如史实,但白诗浅俗风格在当时的影响却是有目共睹的。

苏轼曾以"元轻白俗"品题元稹、白居易的诗。⑥ 所谓"轻"、"俗",当与传统的"雅"相对而言。所以白居易曾在《余思未尽加为六韵重寄微之》中自称:"诗到元和体变新"⑦,白居易虽没有明确指出这个"新"的内涵,但从元稹所述及后世的仿作中也可窥见一斑。元稹《上令狐相公诗启》云:

(稹)诗向千余首,其间感物寓意,可备蒙瞽之讽达者有之,词直气

---

① 《全唐诗》卷231《又呈吴郎》。
② (唐)李肇:《唐国史补》卷下,上海古籍出版社1957年版,第57页。
③ 《全唐诗》卷264《囝》。
④ (唐)元稹著,杨军等选注:《元稹诗文选》,人民文学出版社2004年版,第194—195页。
⑤ 元氏和诗十首见《全唐诗》第418卷《梦上天》等。
⑥ 见(宋)苏轼:《祭柳子玉文》。
⑦ 《全唐诗》卷446《余思未尽加为六韵重寄微之》。

粗,罪戾是惧,固不敢陈露于人。唯杯酒光景间,屡为小碎篇章,以自吟畅。然以为律体卑痹,格力不扬,苟无恣态,则陷流俗……江湘(一作"湖")间多有新进小生,不知天下文有宗主,妄相仿效,而又从而失之。遂至于支离褊浅之词,皆目为元和体。①

从"遂至于支离褊浅之词,皆目为元和体"中,我们可以看出,不管元、白是否愿意,其新体诗中"浅"、"俗"的一面得到"新进小生"们的追捧,并愈演愈烈,因此招来非议。甚至连自称"十年一觉扬州梦,赢得青楼薄幸名"的杜牧也借李戡之口进行抨击:

> 尝痛自元和以来,有元、白诗者,纤艳不逞,非'庄士雅人,多为其所破坏。流于民间,疏于屏壁,子父女母,交口教授,淫言媟语,冬寒夏热,入人肌骨,不可除去。②

其实,如此诗风,未必是元、白所能左右的。故皮日休《论白居易荐徐凝屈张祜》一文中说:

> 凡言之浮靡艳丽者,谓之元、白体。二子规规攘臂解辩,而习俗既深,牢不可破。③

可见,中晚唐诗歌日趋俗化,浅切与俗艳正是诗歌由雅入俗的新浪潮。元稹《白氏长庆集序》称白诗之流布是"二十年间,禁省、观寺、邮候墙壁之上无不书,王公妾妇、牛童马走之口无不道。至于缮写模勒衒卖于市井,或持之以交酒茗者,处处皆是。"④晚唐司空图称"元、白力勍而气孱,乃都市豪估耳"⑤。正

---

① 《全唐文》卷653《上令狐相公诗启》。
② 《全唐文》卷755《唐故平卢军节度巡官陇西李府君墓志铭》。
③ 《全唐文》卷797《论白居易荐徐凝屈张祜》。
④ (唐)元稹:《元稹集》卷51,中华书局1982年版,第555页。
⑤ (唐)司空图:《与王驾评诗书》,引自张少康:《司空图及其诗论研究》,学苑出版社2005年版,第43页。

指出了其诗风之俗。这是一股由世俗地主带进文坛的"俗气"所掀起的由雅入俗之新浪潮！

五、雅俗文学对词体的影响

唐代俗文学主要是适应市民的需要而产生的,随着市民阶层的日益壮大,俗文学也就越来越显示出它的生命力,并对士大夫雅文学产生影响,当然同时也从雅文学中吸取营养。这可以从词的发展中一窥端倪。

词是中晚唐以后逐渐流行的一种音乐文学。故而又称为"曲子词",或"曲子",而"词"这一称呼,反倒更晚一些。这透露了词在最初是更加侧重音乐元素的。后来才逐渐取得了独立的文学生命。词源于俗文学中与音乐有着密切关系的民间"曲子词"。音乐与歌词的配合,主要有两种方式:一是由乐定词,即因声而作歌;二是选词配乐,即因歌而造声。词由胡夷里巷之曲产生的,大致属于前一种方式;由固有的律绝诗产生的,大致属于后一种方式。

（一）俗文学艺术对词的影响

词最初就是流传于民间的文学形式。就敦煌民间词来看,其内容是相当广泛的。其中"有边客游子之呻吟,忠臣义士之壮语,隐君子之怡情悦志;少年学子之热望与失望,以及佛子之赞颂,医生之歌诀,莫不入调。其言闺情与花柳者,尚不及半。"[1]此外,还有征夫思妇的厌战情绪,歌儿舞女的恋情生活,商人游子的羁旅艰辛等。从现存的敦煌曲子词来看,其广泛的题材,丰富的内容,出自民间各阶层之创作,因而在艺术上也显示了清新、质朴的民间文学特点。而正是这种民间词奠定了文人词的基础。

《旧唐书·音乐志》说:"自开元以来,歌者杂用胡夷、里巷之曲。"[2]《新唐书·礼乐志》也说:"天宝乐曲,皆以边地为名,若凉州、伊州、甘州之类。"[3]唐代的政治文化多沿袭南北朝及隋,因而其音乐中多杂胡乐,开

---

① 见王重民:《敦煌曲子词集·叙录》,商务印书馆1950年版,第61页。
② 《旧唐书》卷30《音乐志》。
③ 《新唐书》卷22《礼乐志十二》。

元、天宝时代,胡乐更为流行。"安史之乱"后,随着乱军的入侵及唐王朝在平乱中借用的少数民族武装的涌入,异族文化更进一步深入到中原各地,其势力与影响也越来越大了。元稹《法曲》诗描述这种现象曰:"明皇度曲多新态,宛转侵淫易沉着……雅弄虽云已变乱,夷音未得相参错。自从胡骑起烟尘,毛毳腥膻满咸洛。女为胡妇学胡妆,伎进胡音务胡乐……胡音胡乐与胡妆,五十年来竞纷泊。"①为了配合新的乐曲,就需要有新的歌词。初期词调之中,如《甘州遍》、《甘州曲》、《酒泉子》、《苏幕遮》之类,都是出于胡乐的。

所谓里巷之曲,当是以民歌为主的各种地方小曲。文士们接受了其音乐部分,创作了新的歌词,新词于是产生。刘禹锡的《竹枝词》即是这类代表。郭茂倩《乐府诗集》说:"《竹枝》本出于巴渝。唐贞元中,刘禹锡在沅湘,以俚歌鄙陋,乃依骚人《九歌》作《竹枝》新词九章,教里中儿歌之,由是盛于贞元、元和之间。"②而刘禹锡与白居易依《忆江南》曲调相唱和的春词,也是雅词学习俗曲的例子。此外,如《渔歌子》、《采莲子》、《河渎神》等,都出于民歌。早期的词调多与内容有关,后来由于文人依曲填词,故而内容多与词调无关。

饮酒行令,是我国民间饮酒时助兴的一种特有方式。酒令由来已久,民间流行的酒令小曲,对后来文人的令词创作有一定影响。唐代城市经济与市民文化有很大的发展,使大量商业娱乐场所应运而生。词中的许多小令,本来就是源于酒筵歌席之类娱乐场合的酒令,其题目、内容乃至形式,都带有明显的游戏娱乐色彩。文人们仿照这种民间小令词调,也创作了很多雅俗共赏的小令。如《十六字令》和下面的这两篇《调笑令》:

> 胡马,胡马,远放燕支山下。跑沙跑雪独嘶,东望西望路迷。迷路,迷路,边草无穷日暮。

　　　　　　　　　　　　　　　　——韦应物《调笑令》③

----

① 《全唐诗》卷419《法曲》。
② (宋)郭茂倩编撰:《乐府诗集》卷81,中华书局1979年版,第1140页。
③ 《全唐诗》卷890《调笑令》。

边草,边草,边草尽来兵老。山南山北雪晴,千里万里月明。明月,
明月,胡笳一声愁绝。

——戴叔伦《调笑令》①

陈寅恪先生认为:"唐代新兴之进士词科阶级异于山东之礼法旧门者,
尤在其放浪不羁之风习,故唐之进士一科与娼妓文学有密切关系。"②可见,
文人士子确实把世俗之风带进了文坛。文人士子在宴饮之际,自然就会模
仿各种酒令小曲而创作各种小令曲辞。这也是词体向民间流行的里巷之曲
学习的重要途径。

(二) 雅诗对词的影响

词也有出于律绝诗的。"新兴的词体,不用说更是从唐诗的主流中直
接分流出去的。"③因为唐代的律绝本是可以用来配乐演唱的,七绝入乐的
更多。王维的《渭城曲》就是被广泛传唱的七绝。著名的"旗亭画壁"故事
中演唱的也分别是王昌龄、高适、王之涣的七绝。音乐是一种复杂且变异性
很强的艺术,律绝大多不能直接入歌,需要增删改动词句以配合音乐。所
以,《全唐诗》在词部的小注中有这么一段话:"唐人乐府,原用律绝等诗,杂
和声歌之。其并和声作实字,长短其句以就曲拍者为填词。"随着诗歌的被
于管弦及词体的发展,文人词也越来越多。而文人最初填词,也往往多用写
诗的方法填词,使词体带着诗歌的深刻烙印。因而欧阳炯在《花间集》序中
把最早的文人词集《花间集》中的作品称为"诗客曲子词"④,而后人也把这
些作品称之为"长短句之诗"⑤,这些都说明了早期文人词受诗歌的深刻影
响。这是雅诗对俗词的影响。

何丽娜认为,五代及宋词中有大量对李商隐诗句的化用。她从李璟、李
煜父子词作中对李商隐诗句的化用,发现了李商隐诗对五代词创作的深刻

---

① 《全唐诗》卷 890《调笑令》。
② 陈寅恪:《唐代政治史述论稿》中篇,上海古籍出版社 1997 年版,第 90 页。
③ 郑临川:《闻一多论古典文学·说唐诗》,重庆出版社 1984 年版,第 83 页。
④ (后蜀)赵崇祚:《花间集》,欧阳炯:《花间集序》,中州古籍出版社 1990 年版。
⑤ 转引自郭绍虞主编:《中国历代文论选》(中册),上海古籍出版社 1981 年版,第
182 页。

影响,是有一定道理的。① 这也正说明了诗歌对词创作的影响。

　　总之,唐代俗文学和诗歌、散文等正统文学的发展处于相融互补的关系之中,文人雅士往往从当时流行的口授心传的俗文学作品中获取再创作的素材,而俗文学则借助于文人再创造使自身得到提高,同时在书面化的过程中获得更为广泛的流传。唐代文学发展中这种雅俗互动、雅俗互补的现象,对后世雅俗文学的繁荣发展,提供了有益的启示。雅俗文体间的相互影响与渗透交融是文学发展中的必然现象,其结果促成了文体形态的革新和文学的发展。唐代雅俗文学的互动正是这一规律的体现。

---

　　① 何丽娜:《李商隐诗歌对词体创作观念和审美意蕴的影响》,《哈尔滨工业大学学报》(社会科学版)2011 年第 7 期。

第六章　唐代俗文学活动的生产消费特征

　　按照马克思关于社会化大生产的一般原理,广义的生产包括狭义的生产及流通、分配和消费四个环节。与此相应,文学创作也是一种生产,相对于物质生产而言,文学生产是精神生产。那么相应地,文学接受也是一种消费活动,是一种特殊的消费活动。马克思、恩格斯就把艺术活动称作"艺术劳动"①,后来又称之为"艺术生产"②。并将它与科学、哲学、政治、法律、道德、宗教等活动一起列入"精神生产"的范畴,认为它们"都不过是生产的一些特殊的方式。"③精神生产不同于物质生产。精神生产指的是人类为了取得精神生活所需要的精神资料而进行的对于自然、社会的观念活动。文学只有经过传播、接受与消费,才能成为现实的产品,文学作品的价值才能得到完整的实现。

　　广义的文学生产应当包括创作、流通、接受等要素。但是,我们通常所说的文学生产主要指狭义的文学生产,即指以作家内在心理意象形式存在的观念形态(或本体形态)的文本创造和出版家通过一定的物质载体将作家观念形态的文学文本物化为文学读物的物态化生产。而文学消费主要指读者的阅读。依据马克思主义的生产与消费的关系理论推导,文学消费含义亦有广狭之分。广义的文学消费就是指人们用文学作品来满足自己的精神需求的过程,也就是文艺欣赏和文学阅读。这种意义上的文学消费是从有文学以来就存在的。狭义的文学消费则是在近代以来出现的,指的是在商品经济充分发展、印刷出版等传播媒介得到广泛运用的条件下,在文学成

---

　　① 《马克思恩格斯全集》第3卷,人民出版社1955年版,第458—460页。
　　② 《马克思恩格斯选集》第2卷,人民出版社1955年版,第113页。
　　③ 《马克思恩格斯全集》第3卷,人民出版社1955年版,第298页。

为一种特殊的商品以来,人们对它的阅读、欣赏和消费。俗文学消费显然指的是广义的文学消费。

马克思早在一百多年前就曾阐述过生产与消费的关系,即:"生产直接是消费,消费直接是生产,每一方直接是它的对方。可是同时在两者之间存在着一种中介运动。生产中介着消费,它创造出消费的材料,没有生产,消费就没有对象。但是消费也中介着生产,因为正是消费替产品创造的主体,产品对这个主体才是产品。产品在消费中才得到最后完成。"①马克思在这里讲的虽然是一般生产与消费,但其基本规律也同样适合于文学生产与消费。一方面,文学生产规定着文学消费。另一方面,文学消费也制约着文学生产。

俗文学活动作为文学活动的一部分,它既是对俗文学作品的生产,也是俗文学作品的传播、接受与消费活动。尽管大规模的商品消费为特征的消费社会出现于 20 世纪,但源远流长的消费文化却是伴随着俗文学的生产而产生的。

俗文学活动中的生产与消费关系没有溢出一般文学生产与消费的范畴。俗文学活动同样体现了生产与消费的一般关系。一方面俗文学生产规定着俗文学消费,另一方面俗文学消费同时也制约着俗文学生产。

唐代俗文学活动也呈现出不同层次的生产消费倾向。第一个层次的俗文学生产和消费,突出的是实用性,即注重实用,甚至是实物的用处。这一层次的生产消费是生产和消费的基础,也是永恒内容。第二个层次的俗文学生产和消费,突出的是夸示性,意在通过俗文学活动,增强或证明自己的经济实力或文学才华等,炫耀自己的金钱和才能等,这一层次的生产消费是生产和消费本质的某种剥离,是商品发展到一定水平的必然产物,具有时尚性特征。最高层次的俗文学生产和消费是人格化的俗文学活动,意在突出商品的符号价值,即俗文学活动的文化内涵,以表现自己的个性人格和品位。这一层次的生产消费是内与外的融合一体,是俗文学活动的人格化境界,是生产和消费之塔的塔尖。

---

① 《马克思恩格斯选集》第 2 卷,人民出版社 1955 年版,第 298 页。

第一节　实用性的俗文学活动

　　俗文学的存在,首先是作为文化现象的存在;俗文学的历史,首先是作为群众精神及其文化活动方式之变迁的历史;俗文学的传播和创新,总是联系于不同民族和不同社会阶层之间的文化交流。追溯唐代俗文学的渊源及其变迁,考察它们赖以生存的文化基础,无论是从内容还是从形式方面看,唐代俗文学都向我们展示了令人耳目一新的画面。俗文学的创作者和保存者,首先是作为社会主体的一般群众。正如唐代俗文学的创作队伍中,除儒生之外,还有僧侣、道士、歌妓、乐工、"学仕郎"、医者甚至贩夫走卒等。而很多以"王梵志"名义出现的白话诗,当是民间的无名氏之作。此外,当时家喻户晓的《秦妇吟》,如果不是名不见经传的民间艺人的抄存,恐怕我们永远也无法领略其风采了。唐代俗文学作品表明,古老的文学传统在民间有顽强的生命力,例如兴、观、群、怨、事君、事父、多识于鸟兽草木之名的文学功能传统和韵诵传统。而正如"乐府备诸体"①、"礼失求诸野"②一样,各种文学传统的继承与创新,也往往离不开民间文学。

　　俗文学的实用性即功利性,在消费理论体系内就是指商品的使用价值。俗文学活动的实用性质和俗文学活动的松散特征有关。俗文学活动中的创作者、传播者和接受者,或者说生产者和消费者之间是一种比较随意、自由的关系。不少俗文学活动都是在寺庙、道观、茶楼、酒肆、闹市等地方举行的。所以,从俗文学活动主体来说,如何抓住受众,及时收益往往是首先要考虑的事情。它的实用性特点在具体活动中往往表现为有意无意地遵守了一定的市场原理,诸如重视受众的反应、权衡收入的高低、艺术修养与谋生手段并重等等。从总体而言,俗文学与雅文学之间有着显著的区别。就创

---

　　①　(明)胡应麟:《诗薮》,上海古籍出版社 1958 年版,第 14 页。
　　②　汉代班固所著《汉书·艺文志·诸子略序》中有一段:"《易》曰:'天下同归而殊涂,一致而百虑。'今异家者,各推所长,穷知究虑;以明其指,虽有蔽短,合其要归,亦六经之支与流裔。使其人遭明王圣主,得其所折中,皆股肱之材已。仲尼有言:'礼失而求诸野。'方今去圣久远,道术缺废,无所更索,彼九家者,不犹愈于野乎? 若能修六艺之术,而观此九家之言,舍短取长,则可以观万方之略矣。"

作机制来看,俗文学一般不以创作者的抒情言志为宗旨,而是以读者为本位,以满足读者需求为目的,主要是精神的和娱乐消遣的,也有以灌输某种思想道德意识为目的的。俗文学以普通读者为最大"受众",故追求"可读性"。俗文学主要为广大读者提供娱乐和消遣服务,因此,俗文学在消费机制上注重的是时尚流行的大众趣味。这在实际上制约、决定着俗文学的生产和消费,因此俗文学的作者、编者、传播者都特别注意读者现场信息的反馈,创作者会随时随地搜集、调查、了解俗文学消费市场的动向,分析、研究作品受欢迎的原因,并在现场调整内容和对作品进行新的加工。

就传播机制来看,俗文学有着浓重的"消费性",带有一定"商业性"的传播是俗文学流传的最大特色,故追求即时、当下的"消费"是俗文学价值显现的首要特征。而这种"以读者为本位"的创作机制与"以消费为宗旨"的传播机制,与注重现场消费效果实际上又是相互关联和互为因果的。

唐代俗文学生产消费机制的形成和发展有一个过程,同时又显示出明显的时代特征。

一、实用性的宗教俗文学活动

宗教的世俗化是唐代俗讲变文的社会基础。宗教是一种文化形式,随着社会的发展,它焕发出强大的思想和认识上的力量,列宁把它比喻为"一朵不结果实的花"[1]。佛教自汉代从印度传入中国,经魏晋南北朝不断地本土化、世俗化。至隋唐深入民间,流行市井。8世纪中叶,中国佛教达到全盛,成为中国独立的民间通俗信仰。广大民众对佛教的信仰,更是趋之若鹜,以至武后时宰相狄仁杰惊叹"里闬动有经坊,阛阓亦有精舍。化诱所急,切于官征。法事所须,严于制赦。"[2]而"坊巷之内,开铺写经,公然铸佛"[3]更是普遍。各种佛事活动纷繁复杂。随着佛教的本土化、世俗化,为了吸纳善男信女,广进财源,佛教界的种种活动逐渐演变成了借宗教之名融讲经、说法与乐舞、游艺等娱乐活动为一体的俗文化活动。原来晦涩枯燥的

---

① 《列宁选集》第2卷,人民出版社1995年版,第715页。
② (宋)王溥:《唐会要》卷49,中华书局1955年版,第857页。
③ (宋)王溥:《唐会要》卷47,中华书局1955年版,第829页。

梵呗、赞颂、佛曲、转读、唱导等逐渐让位于通俗易懂、极具吸引力的俗讲、转变、百戏等俗文学艺术活动。

唐代的俗讲盛况空前,唐诗对此多有描述。如姚合的《赠常州院僧》有:"仍闻开讲日,湖上少鱼船。"①"无比深旨诚难解,唯有师言得其真,远近持斋来谛听,酒坊鱼市尽无人。"②五代诗僧贯休《蜀王入大慈寺听讲》诗云:"百千民拥听经座。"③可见俗讲在当时非常受欢迎。

俗讲之所以如此受欢迎是因为其所讲内容俚俗娱乐,赵璘《因话录》卷四"角部"就曾言及此事:

> 有文溆僧者,公为聚众谈说,假托经论,所言无非淫秽鄙亵之事,不逞之徒转相鼓扇扶树,愚夫冶妇乐闻其说,听者填咽寺舍,瞻礼崇奉,呼为"和尚"。教坊效其声调以为歌曲。其盯庶易诱,释徒苟知真理,及文义稍精,亦甚嗤鄙之。④

文溆僧在当时是非常有名的俗讲僧人,连皇帝都慕名去听他的俗讲。"宝历二年(826年)六月乙卯,上幸兴福寺,观沙门文溆俗讲。"⑤可见,他的俗讲在当时应该是有代表性的。

文溆俗讲的内容"俚俗鄙亵",这是由他俗讲的目的决定的。其俗讲的目的如胡三省注曰:"释氏讲说,类谈空有,而俗讲者又不能演空有之义,徒以悦俗邀布施而已。"⑥可见,"悦俗邀布施"正是这类俗文学活动的真正目的。

"悦俗邀布施"包含着两层意思:第一是"悦俗",第二是"邀布施"。所谓"悦俗",就是取悦、娱乐俗众,俗讲的目的首先是要取悦俗众,让俗众愿意来听讲,俗众愿意来听讲了,其他的目的才能达到。所以,"悦俗"既是目的又是手段。关于俗讲的"悦俗",鲁迅先生对俗文兴盛原因的探讨也能说

---

① 《全唐诗》卷497《赠常州院僧》。
② 《全唐诗》卷502《听僧云端讲经》。
③ 《全唐诗》卷835《蜀王入大慈寺听讲》。
④ (唐)赵璘:《因话录》卷4,上海古籍出版社1957年版,第94页。
⑤ 《资治通鉴》卷243《唐敬宗纪》。
⑥ 《资治通鉴》卷243《唐纪五十九》。

明问题。他曾在《中国小说史略》中指出："俗文之兴,当由二端,一为娱心,一为劝善。"①俗文兴盛的原因,正是俗文创作者(多为僧人)创作意图的体现,也是其他俗讲僧讲唱俗文学的目的之一。

"悦俗"只是俗讲的目的之一,"邀布施"则是其最终的目的,这从唐代寺院形形色色的敛财手段可见一斑,从唐历代统治者颁布的各种禁止僧徒敛财的诏书中也可知晓。晚唐诗人李洞《赠入内供奉僧》诗云:"因逢夏日西明讲,不觉宫人拔凤钗。"②西明寺讲经时听讲的宫女们,纷纷"拔凤钗"布施财物。而高祖武德九年的诏书中对僧人的贪欲也有形象的刻画:"猥贱之侣……嗜欲无厌、营求不息;出入闾里,周旋阛阓;驱策田产,聚积货物;耕织为生,估贩成业。"③唐代后期的一份诏书也说:"访闻江淮诸道,富商大贾,并诸寺观,广占良田,多滞积贮,坐求善价,莫救贫人。致令闾里之间,翔贵转甚。"④唐玄宗(685—762 年)开元十九年(731 年)也有诏令曰:"近日僧尼,此风尤甚,因缘讲说,眩惑闾阎,溪壑无厌,唯财是敛。"⑤《唐会要》载:"鉴虚在贞元(785—804 年)中,以讲说为事,敛用货利,交权贵。"⑥日本僧人圆珍在《佛说观普贤菩萨行法经记》卷上记述:"言讲者,唐土两讲:一、俗讲。即年三月就缘修之,只会男女,劝之输物,充造寺资,故言俗讲(僧不集也云云)……"⑦事实上,邀布施、劝输物并不一定是俗讲的唯一目的,但却是重要的目的,寺院中大多面向俗众的佛事活动,几乎都有说施缘、求赞助的性质,而以俗讲之类为甚。《续高僧传·杂科声德篇》载:"世有法事,号曰落花。通引皂素,开大施门;打刹唱举,抽撒泉贝。别请设座,广说施缘,或建立塔寺,或缮造僧务。随物赞祝,其纷若花;士女观听,掷钱如

---

①　鲁迅:《中国小说史略》,上海古籍出版社 2004 年版,第 55 页。

②　《全唐诗》卷 722《赠入内供奉僧》。

③　《旧唐书》卷 1《高祖纪》。

④　(宋)宋敏求:《遣使宣抚诸道诏》,《唐大诏令集》卷 117,商务印书馆 1959 年版,第 554 页。

⑤　(宋)宋敏求:《唐开元十六年四月癸未诏》,《唐大诏令》卷 113,商务印书馆 1985 年版,第 792 页。

⑥　(宋)王溥:《唐会要》卷 60"御史中丞"条,商务印书馆 1985 年版,第 774 页。

⑦　(唐)释圆珍:《佛说观普贤菩萨行法经记》,《大正藏》卷 56,第 226 页。

雨。"①凡此种种,皆可表明寺僧将俗讲等作为寺院经济的一个重要来源。孙楷第曾如是说:"宋以前和尚讲经,本不是单为宣传教义,而是为生活。"②

与佛教的隆兴同时,道教利用老子与唐帝室同姓的条件,也得以复兴。但道教的影响力不如佛教,理论体系也不够成熟。于是道教不仅吸收融合佛教的一些理论充实自己,而且效法佛教寺院的俗讲宣传道教,以招揽信徒,与佛教抗衡。但因为讲经的人数和对听众的吸引力都不如佛教俗讲,但有时利用道教女冠色艺殊绝之优势来吸引听众,如韩愈《华山女》:

> 街东街西讲佛经,撞钟吹螺闹宫庭。广张罪福资诱胁,听众狎恰排浮萍。黄衣道士亦讲说,座下寥落如明星。华山女儿家奉道,欲驱异教归仙灵。洗妆拭面著冠帔,白咽红颊长眉青。遂来升座演真诀,观门不许人开扃。不知谁人暗相报,訇然振动如雷霆。扫除众寺人迹绝,骅骝塞路连辎軿。观中人满坐观外,后至无地无由听。抽钗脱钏解环佩,堆金叠玉光青荧。天门贵人传诏召,六宫愿识师颜形。玉皇颔首许归去,乘龙驾鹤来青冥。豪家少年岂知道,来绕百匝脚不停。云窗雾阁事恍惚,重重翠幕深金屏。仙梯难攀俗缘重,浪凭青鸟通丁宁。③

这首诗是四句一绝,一韵到底。第一绝四句是叙述街东街西处处都有和尚在讲佛经。撞钟,吹法螺,使寺院里喧嚣热闹。宫庭是指寺院。和尚们讲经,听众像浮萍一样挤得满满的。第二绝和第三绝共八句,叙述黄衣道士讲道以对抗佛教。可是座下没有几个人听。这时来了一个华山女道士,她洗妆拭面,美艳照人,升座讲道,并叫人把大门关上,不许人开闭。第四绝和第五绝八句,叙述这位美艳的女道士讲道的消息不胫而走,如炸雷一般,使各个寺院里听讲佛经的人跑空了。道观里挤得水泄不通,后来的人因挤不进去而无由听讲。而这位女道士讲经的报酬,则是"抽钗脱钏解环佩,堆金

①　(唐)释道宣:《续高僧传》卷40《杂科声德篇》,《大正藏》第50册,第706页。
②　孙楷第:《中国短篇白话小说的发展》,见孙楷第《沧州集》,中华书局1965年版,第75页。
③　《全唐诗》卷341《华山女》。

叠玉光青荧",即许多人布施了金银珠宝,堆金叠玉,宝光青荧。可见,这位女道士的讲道也是有功利目的的,是实用性的俗文学活动。

　　而从受众情况来看,"黄衣道士亦讲说,座下寥落如明星。"原因何在?如果仅仅是为了听经书的讲解,那听谁讲都差不多,至少听讲的人不会差别那么大。究其原因,一方面可能有讲授者水平的内因,更重要的可能是这位美艳的女道士的外在原因。首先,她美艳,有所谓美女效应,这就好比现代人看车展不仅为了看车,也为了看车模。其次,这位女道士可能还与皇宫内苑之间有风流韵事。沈德潜在《唐诗别裁》中批云:"《谢自然》诗,显斥之,《华山女》诗,微刺之。总见神仙之说惑人也。"①又在本诗的"云窗雾阁"句下批道:"中藏亵慢之意。"这批语,说明了沈德潜对此诗的体会。他认为从"云窗雾阁"这一句看来,作者透露了这位女道士的私生活是暧昧的。而施蛰存认为这首诗是讽刺诗,不过所刺的不是"神仙之说之惑人",而是当今那"玉皇"和女道士之间的宫闱秘史②。风流韵事本来就容易引起人们的猎奇心理,更何况是与皇帝有关。这不禁让人想起孙棨《北里志》中记载的一件事,《北里志》曾提及当时诸妓"每南街保唐寺有讲席,多以月之八日相牵率听焉……故保唐寺每三八日,士子极多,盖有期于诸妓也。"③可见,醉翁之意不全在酒,而从"豪家少年岂知道,来绕百匝脚不停。云窗雾阁事恍惚,重重翠幕深金屏。仙梯难攀俗缘重,浪凭青鸟通丁宁"的描述中,也证实了很多听讲之人对美色的期待,这与猎奇一样,又何尝不是一种实用性的功利目的呢?

　　转变与俗讲一样,最初都源自宗教宣传活动,随着宗教的世俗化,转变的内容也日渐世俗化,转变的文本变文里也出现了很多世俗内容及历史故事,讲唱者也不再限于僧人,民间出现了很多讲唱变文的专业艺人,他们以此谋生。王建的《观蛮技》诗云:"欲说昭君敛翠蛾,清声委曲怨于歌。谁家年少春风里,抛与金钱唱好多。"而吉师老也有听蜀女《昭君变》而作《看蜀

　　① (清)沈德潜:《唐诗别裁集》卷7,河北人民出版社1997年版,第111页。
　　② 施蛰存:《韩愈〈华山女〉赏析》,2013 年 12 月 12 日,见 http://www.literature.org.cn/article.aspx? id=41585。
　　③ (唐)崔令钦等:《教坊记　北里志　青楼集》,古典文学出版社1957年版,第25页。

女转昭君变》诗。

可见,唐代的俗讲、转变无论是从生产者或传播者(主要是僧人),还是从受众来讲,首先是以世俗功利为目的的,是实用性的俗文学活动。

二、实用性的词体文学活动

唐代词的创作、传播与消费也常常表现出功利的目的。

先看词的创作。任何文学作品都是作家在某种动力的推动下开始创作的,而这种动力就是创作动机。文学创作是一种艰苦的创造活动,因而文学创作动机的产生,就和作家相对强烈的内在需要分不开。① 在以德自矜、以道自律的中国文化传统中,"人性"以及与此相关的"人欲",都是文人士大夫所讳言的,以个体为中心的一切愿望和情感都长期处在压抑的状态之中。然而个体的觉醒、人性的觉醒以及人类对娱乐游戏的渴望,又是人类社会进步的必然,所以当肯定人的个体价值的商业文化兴起时,被压抑的人情人性就乘机爆发。文人士大夫在公事之余,出入于歌楼酒肆之间,流恋于歌儿舞女之中,尽情享受着人生的美好。这种轻歌曼舞的生活既满足了文人们人性娱乐的需要,又作为一种外在机缘,触发了他们的写作灵感。因此,正是由于文人对恋情娱乐的内在需求及大量歌舞筵宴的娱乐生活等原因,使唐代文人创作了大量吟咏诗酒风流生活的诗词作品。

词是随着燕乐的流行而逐渐产生的,燕乐即宴乐,因多用于酒席宴间而得名。所以,词从一开始就适合酒席宴间的娱乐佐欢。再从唐人作词的创作动机来看,早期文人词集《花间集》的创作动机就是娱宾遣兴,所谓"不无清绝之辞,用助妖娆之态"②,"庶使西园英哲,用资羽盖之欢"③。五代两宋文人的享乐生活使词保留了它的娱乐性功能。南唐宰相冯延巳,"为乐府新词,俾歌者倚丝竹而歌之,所以娱宾而遣兴也。"④因而,自产生以来,

---

① 童庆炳:《文学理论教程》,高等教育出版社1992年版,第131页。
② (五代)欧阳炯:《花间集序》。
③ (五代)欧阳炯:《花间集序》。
④ (宋)陈世修:《阳春集序》,见《温韦冯词新校》,上海古籍出版社1988年版,第401页。

"'词'为文人娱宾遣兴之资,以'清讴'为主,不与舞蹈同用……可想见其意趣。"又"词中之'令曲',盖出于尊前席上,歌以侑觞,临时倚曲制词,性质略同'酒令'……诗人对于令词之尝试,较之'慢曲'为早,亦缘其体近'绝句',且于宴饮时游戏出之,故易流行于士大夫间也。"①可见,文人做词是为了娱乐的目的。

从文人的作品中也可以看出,他们确实践行了他们的创作动机。晚唐很多文人诗,尤其是词,几乎充斥着娱乐与艳情的色彩。李群玉《长沙陪裴大夫夜宴》:"东山夜宴酒成河,银烛荧煌照绮罗。四面雨声笼笑语,满堂香气泛笙歌。泠泠玉漏初三滴,滟滟金觞已半酡。"②白居易诗云:"公门衙退掩,妓席客来铺……今夜还先醉,应烦红袖扶。"③王建诗:"夜市千灯照碧云,高楼红袖客纷纷。如今不似升平日,犹自笙歌彻晓闻。"④白居易《长相思》:"汴水流,泗水流,流到瓜洲古渡头,吴山点点愁。思悠悠,恨悠悠,恨到归时方始休,月明人倚楼。"⑤温庭筠《忆江南》:"梳洗罢,独倚望江楼。过尽千帆皆不是,斜晖脉脉水悠悠,肠断白萍洲。"⑥王建《宫中调笑》:"团扇,团扇,美人病来遮面。玉颜憔悴三年。谁复商量管弦。弦管,弦管,春草昭阳路断。"⑦温庭筠《南歌子》"手里金鹦鹉,胸前绣凤凰。偷眼暗形相,不如从嫁与,作鸳鸯。"⑧韦庄《荷叶杯》:"记得那年花下,深夜,初识谢娘时。水堂西面画帘垂,携手暗相期。惆怅晓莺残月,相别,从此隔音尘。如今俱是异乡人,相见更无因。"⑨韦庄《思帝乡》:"妾拟将身嫁与,一生休。纵被无情弃,不能休。"⑩顾敻《诉衷情》:"换我心,为你心,始知相忆深。"⑪

---

① 龙榆生:《中国韵文史》,上海古籍出版社 2002 年版,第 71—77 页。

② 《全唐诗》卷 569《长沙陪裴大夫夜宴》。

③ 《全唐诗》卷 447《对酒吟》。

④ 《全唐诗》卷 301《夜看扬州市》。

⑤ 《全唐诗》卷 890《长相思》。

⑥ 《全唐诗》卷 891《忆江南》。

⑦ 《全唐诗》卷 28《宫中调笑》。

⑧ 《全唐诗》卷 891《南歌子》。

⑨ 《全唐诗》卷 892《荷叶杯》。

⑩ 《全唐诗》卷 892《思帝乡》。

⑪ 《全唐诗》卷 894《诉衷情》。

　　然而,冰冻三尺非一日之寒,文人在越"雷池"的同时,内心也充满着纠结,这些被正统文化视为"异端"的思想,更多以同样被视为"小道"、"薄技"的曲子词为载体,即便是这样,在他们娱乐遣兴之余,也常常反思,甚至因传统思想的拷问而尽弃恋情之作,这也是唐代的很多文人词不得流传的原因之一。以杜牧为例,这位自称"十年一觉扬州梦,赢得青楼薄幸名"的浪荡才子,流传下来的词只有一首《八六子》:"洞房深,画屏灯照,山色凝翠沉沉。听夜雨冷滴芭蕉,惊断红窗好梦,龙烟细飘绣衾。辞恩久归长信,凤帐萧疏,椒殿闲扃。"①从风格内容上看,与花间词如出一辙,显然是写给妓女唱的,然而人们很难相信,这位自称"赢得青楼薄幸名"的浪荡才子,只为歌妓们写过这一首词。正如日本学者村上哲见在其《唐五代北宋词研究》一书中所推测的那样:

　　　　在所谓敦煌卷子中发现了《云谣集杂曲子》等相当数量的长短句词。这些词的大部分很难断定其年代,正如后面将要谈到的那样,将《云谣集》定为盛唐歌辞之说,未必不可信赖。重要之点,毋宁说,在于它证实了这种长短句的词是容易被埋没的。想来,如果这些词没有被埋藏在敦煌的洞窟里却又被发掘出来这种奇迹般的双重偶然,那就会永远不知道它们的存在。那么,认为没有获得那样机会的同类作品,无论在时间上还是空间上都曾广泛地存在过的想法,我认为也是理所当然的。②

　　无论文人如何去掩饰,但《香奁集》、《花间集》足以说明问题。正是由于文人对恋情娱乐的内在需求及歌舞筵宴的娱乐生活,使唐代文人创作了大量吟咏诗酒风流生活的诗词作品。而这种主要基于满足其对恋情娱乐的内在需求而形成的俗文学活动,无疑是俗文学活动实用性的体现。

　　当然,唐代文人也有直接"以文易货"的俗文学举动,如白居易曾以诗

----

① 《全唐诗》卷891《八六子》。

② ［日］村上哲见著,杨铁婴译:《唐五代北宋词研究》,陕西人民出版社1987年版,第69页。

为酬换取歌妓的服务，其《杨柳枝二十韵》中就提到给歌妓赠诗为酬的事例："缠头无别物，一首断肠诗。"①明人蒋一葵《尧山堂外纪》云："长安冰雪，至夏月，则价等金璧。白诗名动闾阎，每需冰雪，论筐取之，不复偿价，日日如是。"②这是以诗换物，以诗换物与以词换物的性质是一样的。加之唐词数量远远少于唐诗，所以，即使是诗词同时交易，人们也往往只提及诗。在唐代，温庭筠也曾"以文为货"，并引发众议。据《唐摭言》载："开成中，温庭筠才名籍甚，然罕拘细行，以文为货，识者鄙之。"③温庭筠"以文为货"，这个"文"究竟是诗是词，抑或其他体裁的文学作品，我们不得而知，但温庭筠在文学史上的最大影响无疑是他的词，他的词也最具有商业价值。他一生落魄，但却曾混迹于歌儿舞女之中，因而，如白居易一样，"缠头无别物，一首断肠'词'"当是极为可能的，甚或歌妓们花重金请他写词也当是自然而然的。在这一点上，温庭筠的情形与柳永非常类似。据南宋罗烨《醉翁谈录》云："耆卿居京华，暇日遍游妓馆。所至，妓者爱其有词名，能移宫换羽，一经品题，声价十倍。妓者多以金物资给之。"④此虽小说家之言，但据叶梦得《避暑录话》卷三："永为举子时，多游狭邪，善为歌辞。教坊乐工，每得新腔，必求永为辞。"⑤柳永为歌妓乐工作词，收取一定的报酬，是极为可能的。这些当然更是实用性的俗文学活动。

以诗文作为歌妓报酬的事情，在唐代还有记载，《全唐文》载李呐《纪崔侍御遗事》云："李尚书夜登越城楼，闻歌曰：'雁门山上雁初飞'，其声激切。召至，曰：'去籍之妓盛小丛也。''汝歌何善乎？'曰：'小丛是黎园供奉南不嫌女甥也；所唱之音，乃不嫌之授也。今老且废矣。'时察院崔侍御自府幕而拜，李公连夕饯崔君于镜湖之光候亭，屡命小丛歌饯。在座各为赋一绝句赠送之。"⑥歌者小丛演唱之后，"在座各为赋一绝句赠送之"，这与白居易《杨柳枝二十韵》中提及的给歌妓的报酬是一样的，即："缠头无别物，一首

① 《全唐诗》卷455《杨柳枝二十韵》。
② 陈友琴：《白居易资料汇编》，中华书局1962年版，第89页。
③ （五代）王定保：《唐摭言》，中华书局1959年版，第1673页。
④ （南宋）罗烨：《醉翁谈录》丙集卷2，古典文学出版社1957年版，第32页。
⑤ （宋）叶梦得：《避暑录话》卷3，丛书集成初编本，商务印书馆1985年版，第49页。
⑥ 《全唐文》卷438《纪崔侍御遗事》。

断肠诗。"①诗虽不是钱财,但有时比钱财更为贵重,赠诗常常能改变一个妓女的命运,所以在歌妓心目中,诗的地位非同一般。《北里志》记载:"刘泰娘,北曲内小家女也。彼曲素无高远者,人不知之。乱离之春,忽于慈恩寺前见曲中诸妓同赴曲江宴,至寺侧下车而行,年齿甚妙,粗有容色。时游者甚众,争往诘之,以居非其所,久乃低眉。及细询之,云:'门前一檷树子。'寻遇暮雨,诸妓分散。其暮,予有事北去,因过其门,恰遇犊车返矣,遂题其舍曰:'寻常凡木最轻檷,今日寻檷桂不如。汉高新破咸阳后,英俊奔波遂吃虚。'同游人闻知,诘朝诣之者结驷于门矣。"②刘泰娘之名由此大盛。

再从词的传播角度来看,词的传播者主要是歌妓舞女,她们在歌楼酒肆或私家宴饮等场合传唱词曲。夏承焘先生曾明确指出:"……唯后来《花间》、《尊前》之作,专为应歌而设。歌词者多女妓,故词体十九是风情调笑。"③歌妓们之所以传唱词曲,目的当然是为了谋生。白居易在《与元九书》中详尽地叙述了歌妓通过吟唱自己作品而谋利的事情,文中写道:

　　日者闻亲友间说,礼、吏部举选人,多以仆私试赋判为准的。其余诗句,亦往往在人口中。仆恧然自愧,不之信也。及再来长安,又闻有军使高霞寓者,欲聘倡妓,妓大夸曰:"我诵得白学士《长恨歌》,岂同他哉?"由是增价。④

从"妓大夸曰:我诵得白学士《长恨歌》,岂同他哉? 由是增价"的描述中,我们可以明显看出,歌妓演唱白居易作品显然是为了牟利。诗如此,流行于歌楼酒肆、宴饮娱乐环境中的词更是如此。《诗话总龟》也曾记载元稹"厚币"邀歌妓的故事:"商玲珑,余杭之歌者。白公守郡日与歌曰:'罢胡琴,掩瑶瑟,玲珑再拜当歌出。莫为使君不解歌,听唱黄鸡与白日。黄鸡催

---

① 《全唐诗》卷455《杨柳枝二十韵》。
② 丁如明等:《唐五代笔记小说大观》,上海古籍出版社2000年版,第1413页。
③ 夏承焘:《唐宋词论丛·四库全书词籍提要校议》,上海古典文学出版社1956年版,第216页。
④ 白寿彝等主编:《文史英华·文论卷》,湖南出版社1993年版,第196—197页。

晓丑前鸣,白日催人酉后没。腰间红绶系未稳,照里朱颜看已失。玲珑玲珑奈老何,使君歌了汝更歌。'元微之在越州闻之,厚币来邀,乐天即时遣去,到越州住月余,使尽歌所唱之曲,即赏之。"①元稹邀商玲珑到越州唱曲,先是"厚币来邀","使尽歌所唱之曲"后,又"即赏之"。

除了歌妓舞女,商人等也是俗文学的传播者,他们通过传播文人的作品来获利。元稹自注其诗句"众推贾谊为才子"云:"乐天先有《秦中吟》及《百节判》,皆为书肆市贾题其卷云:白才子文章。"②书商用"白才子文章"这样醒目的标注来出售白居易诗文以提高其销量。元稹《白氏长庆集序》还叙及人们用白氏作品进行交易的盛景:"至于缮写模勒炫卖于市井,或持之以交酒茗者,处处皆是。"③可见,无论是歌妓唱曲还是商人销书的传播过程,都属于实用性的俗文学活动。

再从词曲的消费来看,词曲的主要消费者是酒席宴间的文人士子,对于各种宴饮听曲的人来说,词起到了审美娱乐的作用。在文学接受活动中,消费者的动机是不完全一样的。但审美动机无疑是最主要的。而优秀的文学作品往往潜藏着这样的功能。

文学作品从感官感受、情绪情感和思想深度等方面来吸引读者、感染读者、震撼读者并给读者带来精神愉悦、人格自由感和心灵净化等价值属性,这就是文学的审美属性。文学接受的审美价值属性意味着给读者带来了令人愉悦的审美体验。因此,文学消费作为一种审美娱乐和审美享受,能给人以精神调节、休息和消遣的意义。

中唐以来商业文化的繁荣冲破了封建正统文化铁桶般的思想禁锢,爱情意识、享乐思想借着市民文化强大的生命力日益复苏并勃兴,文人们蓄养声伎,留恋于歌楼酒肆,在浅斟低唱中抒发着他们对爱情、对享乐的渴望和沉迷,他们压抑已久的情感终于找到了合适的文学载体,得到了痛快淋漓的发泄。这里面也有"伤春"、"悲秋",但更多的是女性与恋情,这种倾向以晚唐韩偓所作《香奁集》,赵崇祚所编《花间集》为代表。至晚唐,诗赋文的写

---

① (宋)阮阅:《诗话总龟》前集卷42"乐府门",人民文学出版社1987年版,第408页。
② (唐)元稹:《元稹集》卷51,中华书局1982年版,第554页。
③ (唐)元稹:《元稹集》卷51,中华书局1982年版,第555页。

作也都有明显的消遣娱乐倾向,使审美文学的内涵流于浮泛轻浅,拘泥于表面美感之一端,极大地消解了审美写作观在内涵上的巨大包容性。晚唐黄滔《与王雄书》云:"夫俪偶之辞,文家之戏也。"①在这样的观念支配下,文学活动一旦为审美而为,便往往难免流于香艳绮丽,以为娱乐把玩。文饰性追求可说是审美娱乐文学观念中的基本创作理念。

　　以娱乐为主要功能的曲子词的出现,反映出传统文学价值观念的转变。在中国传统文化中,文学的价值是"善"与"美",所谓"善",主要是指文学的政治伦理教化功能。所谓"美",是指符合士大夫文人精致典雅美学追求的审美风格。它们都以士大夫文化为中心,维护的是上层社会的政治秩序和文化秩序。在这样一个文化体系中,文学在某种程度上是政治的附庸,只有这样文学才能获得存在的合理性。文学的娱乐游戏功能是不被认可的,犹如正统文化不承认享乐是人的合理要求一样。但是,犹如社会的发展是不以任何人的意志为转移的一样,人性与文学的发展也是如此。随着唐代社会经济的繁荣,城市商业的迅速发展,人的自我价值日益受到重视,俚俗娱乐文化日渐发达。正是在这样的基础上,文学逐渐显示出适应个体需要的功能,即追求身心愉悦的娱乐功能。新的大众音乐文学娱乐形式——词日渐繁荣。这从元稹的《乐府古题序》中可以看出:"在音声者,因声以度词,审调以节唱,句度短长之数,声韵平上之差,莫不由之准度。而又别其在琴瑟者为操、引,采氓者为讴、谣,备曲度者,总得谓之歌曲词调,斯皆由乐以定词,非选调以配乐也。"②在此我们可以清楚地看到,"因声以度词",即先乐后词,已成为新的创作方式,无论其创作的形式是齐言抑或杂言。这种根本创作方式的转变,正是为了适应演唱的需求,即大众娱乐的需求。这正是唐代俗文学活动实用性的确切体现。

三、唐传奇中所呈现的实用性目的

　　唐传奇的兴盛繁荣有其社会、历史、经济、文学等多方面的原因。唐代

---

① 《全唐文》卷 823《与王雄书》。
② (唐)元稹撰,冀勤点校:《元稹集》,中华书局 1982 年版,第 254 页。

经济繁荣,商业城市较为发达。历史传闻、宫闱轶事、市民生活、文人游宴,为传奇提供了素材,而文人和市民阶层嗜奇猎艳、遣兴娱乐的需要,为传述奇闻轶事的传奇提供了广大的读者群。"故自武德、贞观而后,呶笔为小说、小录、稗史、野史、杂录、杂记者多矣"(高彦休《唐阙史序》)。除秉笔杂记传奇者,更有递相口述,而后由长于叙事者整理成篇。诸如友朋相聚,"昼宴夜话,各征其异说"①。《任氏传》就是"众君子""昼宴夜话"之时,"闻任氏之事,共深叹骇,因请既济传之,以志异云"②。也有的是旅途劳顿,"会于传舍,宵话征异,各尽见闻"③,而后由擅长叙事者整理成篇,录而传之,传而广之,这是唐人小说创作的基本规律。这种创作模式可以驰骋想象,逞才使气,不拘一格,反复加工。其目的在于将奇异动人的故事传示与人,既能博得知音同道的叹惋,又借以展露了文笔才华,用传奇家沈既济的话来说,就是"著文章之美,传要妙之情"④。当然,唐传奇也有表现节烈、宣扬神道、讽刺政敌,或在篇末论赞中强调惩劝意味的,但这不是唐传奇的主要倾向。

唐传奇的实用性目的在唐代文人士子的"行卷"、"温卷"活动中表现得也很明显。文人在应进士举之前,常以所作诗文投献名公巨卿,以求延誉荐举,当时称为"行卷"。过数日再投,称为"温卷"。传奇文也常用来"行卷"、"温卷",如裴铏的《传奇》。因为传奇"文备众体":以叙事为主,中间常穿插诗歌韵语,结尾多缀有议论,近于野史,可以显示作者兼擅众长。"行卷"、"温卷"这种实用性目的,无疑对唐传奇的发展起到了推波助澜的作用。

总的来说,唐传奇以愉悦性情、展示才情为主,兼及讽谕世情,关注个体生命和个人情感,全方位地展示纷繁复杂的世间生活,士庶百姓、才子佳人成为作品的主角。唐传奇注重小说愉悦性情的功用,注重作品的审美价值

---

① (唐)沈既济:《任氏传》,见鲁迅校录《唐宋传奇集》,齐鲁书社 1997 年版,第 21 页。

② (唐)沈既济:《任氏传》,见鲁迅校录《唐宋传奇集》,齐鲁书社 1997 年版,第 21 页。

③ (唐)李公佐:《庐江冯媪传》,见鲁迅校录《唐宋传奇集》,齐鲁书社 1997 年版,第 59 页。

④ (唐)沈既济:《任氏传》,鲁迅校录《唐宋传奇集》,齐鲁书社 1997 年版,第 21 页。

和讽世作用,因此形成了"作意好奇"①、"始有意为小说"②的特点。正如鲁迅《中国小说史略》所言:"传奇者流,源盖出于志怪,然施之藻绘,扩其波澜,故所成就乃特异。其间虽抑或托讽谕以纾牢愁,谈祸福以寓惩劝,而大归则究在文采与意想,与昔之传鬼神明因果而外无他意者,甚异其趣矣。"③

从以上叙述可见,唐代俗文学活动中充满了审美娱乐色彩,这是其实用性的充分表现。

第二节　夸示性的俗文学活动

按照传统政治经济学的观点,消费就是经济交换价值向使用价值转化,然而,法国哲学家,现代社会思想大师让·鲍德里亚(Jean Baudrillard)④对此不以为然,他把目光投向了另一种在他看来同样是基本、普遍的过程,即"作为一种(从)经济交换价值向符号交换价值转变的消费"。

鲍德里亚认为,在资本主义社会,物的组织原则有以下四种:使用价值的功能逻辑;交换价值的经济逻辑;象征交换的逻辑;符号价值的逻辑。其中,象征交换处于商品经济系统之外,姑且不论。在这里,鲍德里亚对马克思主义商品价值学说的一个重要补充,就是提出了符号价值的观念。

鲍德里亚所谓的符号价值与 20 世纪美国著名的经济学家和社会学家维布伦提出的"夸示性消费"有某种内在的联系。所谓"夸示性消费"是指 19 世纪末 20 世纪初一些社会"有闲阶级"成员的生活方式。他们用这种生活方式为自己博取名望。这些人相信"要提高消费者的美誉,就必须进行非必需品的消费。要追求名望,就必须浪费。除非与衣食无着的赤贫者相比,否则,徒有生活必需品的消费,是带不来声誉的"⑤。这些为了某种社会地位、声望等而进行的消费,用鲍德里亚的话来说,就是符号消费。一件商

①　(明)胡应麟:《少室山房笔丛》卷36,上海书店出版社2001年版,第371页。
②　鲁迅:《中国小说史略》,上海古籍出版社2004年版,第88页。
③　鲁迅:《中国小说史略》,上海古籍出版社2004年版,第48页。
④　参见[法]鲍德里亚著,夏莹译:《符号政治经济学批判》,南京大学出版社2008年版。
⑤　罗钢、王忠忱:《消费文化读本》,中国社会科学出版社2003年版,第25—37页。

品,无论是一辆汽车、一件衣服、一个拎包等,都具有彰显社会等级,进行社会区分的功能,这就是商品符号价值。一件商品越是能够彰显它的拥有者和使用者的地位与声望,它的符号价值也就越高。

鲍德里亚曾以艺术品的拍卖为例来说明经济交换价值向符号价值的转换。在一幅绘画作品的拍卖过程中,经济交换价值以金钱这种一般等价物的形式与纯粹的符号,即绘画作品,实现交换。但这种交换与一般的经济交换有许多不同之处,最重要的是,在艺术品拍卖中起作用的不再是供求关系。在市场上,商品的交换价值与预期的使用价值总是最大可能地趋向一致。但在艺术品拍卖过程中,二者的一致性不再是一种重要的考虑。因为预期的使用价值不会因拍卖有所增益。绘画成为一种社会地位和声望的符号。拍卖的基本功能是使所有参与竞拍的人都拥有了一种那些没有经济能力参与竞拍的人所不可能拥有的社会地位和身份,其标志就是他们可以共同分享其他社会阶级和社会集团不可能拥有的相同的符号。在这里,绘画的符号价值就是一种差异的等级体系的生产。在这里,交换价值改变了性质,拍卖不再是一种单纯的买卖,而是一种财富的夸示性的攀比与挥霍,这也是一种价值,一种交换价值以外,以社会区分为目的的符号价值。在这里,消费者相互挑战、竞逐,并不是为了满足他们的某种"自然"的需要,而是为了实现这种符号价值。

一、民间的夸示性俗文学活动

尽管鲍德里亚和维布伦都以 20 世纪资本主义生产关系作为分析的背景,但是,借用这种理论来分析唐代俗文学活动中的一些现象也未尝不可。关键在于,唐代的一些俗文学活动背后也存在着惊人的夸示性消费成分。

《太平广记》载,唐营丘豪民陈癫子家室殷富,藏镪百万,"每年五月值生辰,颇有破费。召僧道启斋筵,伶伦百戏毕备。斋罢,伶伦赠钱数万。"① 从"伶伦赠钱数万","伶伦百戏毕备"的描述中,我们可以深切感受到这种俗文学消费显然是一种夸示性的俗文学消费。

---

① （宋）李昉等:《太平广记》卷 257"陈癫子"条,中华书局 1961 年版,第 2001 页。

《太平广记》也曾记载越州宝林寺发生过的一件事情：

　　唐宝应中，越州观察使皇甫政妻陆氏，有姿容而无子息。州有宝林寺，中有魔母神堂。越中士女求男女者，必报验焉……（皇甫政）祈一男……两月余，妻孕，果生男。政大喜……设大斋，富商来集。政又择日，率军吏州民，大陈伎乐……百万之众，鼎沸惊闹……①

　　久无子嗣，在封建时代自然是令全家心焦之事，一旦得子，欣喜若狂也是容易理解的！所以"设大斋"、"大陈伎乐"以示感激庆祝，对封建官僚来说也不为过。关键在于这次活动的规模竟然吸引了"百万之众"。能吸引"百万之众"前来观看，其"伎乐"的场面一定相当宏大，内容种类一定相当丰富、夸张，延续的时间也一定很长。其间的俗文学活动显然不无夸饰的成分。皇甫政虽为官员，但他的这次行动显然与政务无关，因此，这应该算是民间的夸示性俗文学活动。

二、官方的夸示性俗文学活动

　　民间如此，皇帝的生日或全国性的节日期间，各种通俗文艺文学活动更是规模宏大，不无夸张。其间的音声乐曲、伶伦百戏等表演活动往往绵延数里，通宵达旦。如皇帝诞日的庆祝活动一般要持续三至五日。《旧唐书》记载："开元十七年（729年）八月癸亥，上以降诞日，宴百僚于花萼楼下。百僚表请以每年八月五日为千秋节，王公以下献金镜及承露囊，天下诸州咸令宴乐，休假三日，仍编为令。从之。"②这种活动有时持续时间更长。并且，这种活动常伴随着皇帝赐宴，亦称"大酺"。参加者不但有天子朝臣，还有庶民百姓。玄宗时，除降诞日的千秋节举行"大酺"之外，还在岁除日、上元节、上巳节、重阳节等节庆日进行宴饮娱乐活动。玄宗朝节庆的宴饮娱乐活动可谓唐代历史上规模最大的戏乐盛会，《旧唐书·音乐志》载：

---

① （宋）李昉：《太平广记》卷41"黑叟"条，中华书局1992年版，第259页。
② 《旧唐书》卷8《本纪第八·玄宗上》。

　　玄宗在位多年,善音乐,若宴设酺会,即御勤政楼。先一日,金吾引驾仗北衙四军甲士,未明陈仗,卫尉张设,光禄造食。候明,百僚朝,侍中进中严外办,中官素扇,天子开帘受朝。礼毕,又素扇垂帘,百僚常参供奉官、贵戚、二王后、诸蕃酋长,谢食就坐。太常大鼓,藻绘如锦,乐工齐击,声震城阙。太常卿引雅乐,每色数十人,自南鱼贯而进,列于楼下。鼓笛鸡娄,充庭考击。太常乐立部伎、坐部伎依点鼓舞,间以胡夷之伎。日旰,即内闲厩引蹀马三十四,为《倾杯乐曲》,奋首鼓尾,纵横应节。又施三层板床,乘马而上,抃转如飞。又令宫女数百人自帷出击雷鼓,为《破阵乐》《太平乐》《上元乐》。虽太常积习,皆不如其妙也。若《圣寿乐》,则回身换衣,作字如画。又五坊使引大象入场,或拜或舞,动容鼓振,中于音律,竟日而退。玄宗又于听政之暇,教太常乐工子弟三百人为丝竹之戏,音响齐发,有一声误,玄宗必觉而正之。号为皇帝弟子,又云梨园弟子,以置院近于禁苑之梨园。太常又有别教院,教供奉新曲。太常每凌晨,鼓笛乱发于太乐署。别教院廪食常千人,宫中居宜春院。玄宗又制新曲四十馀,又新制乐谱。每初年望夜,又御勤政楼,观灯作乐,贵臣戚里,借看楼观望。夜阑,太常乐府县散乐毕,即遣宫女于楼前缚架出眺,歌舞以娱之。若绳戏竿木,诡异巧妙,固无其比。①

　　“大酺”的表演活动以皇帝为主体,群臣、贵戚围绕左右,特别大型的娱乐活动还允许士庶观看,玄宗在《游兴庆宫》诗序中说:“登勤政务本及花萼相辉之楼,所以观风俗而动人,崇友于而敦睦。”②勤政楼、花萼楼及其长廊形成的看楼区,虽非专为观演歌舞百戏而建,却是君臣理想的观演场所。届时“百僚常参供奉官、贵戚、二王后、诸蕃酋长,谢食就坐。太常大鼓,藻绘如锦,乐工齐击”③。

　　看楼下的开阔广场,每逢重大的乐舞百戏表演,即成为最热闹的地方,士庶聚观,歌舞竞作,杂技纷呈,人群喧动,为观演设置的“看棚”鳞次栉比。

---

①　《旧唐书》卷28《音乐志一》。
②　《全唐诗》卷3《游兴庆宫作〈暇日与兄弟同游兴庆宫作〉诗序》。
③　《旧唐书》卷32《志第十二》。

隋代即有"百官起棚夹路,从昏达旦,以纵观之。至晦而罢"①。"高棚跨路,广幕陵云"②的记载。而如唐人郑棨《开天传信记》载:"上御勤政楼大酺,纵士庶观看。百戏竞作,人物填咽。金吾卫士白棒雨下,不能制止。"③足见其规模之宏大。张九龄《奉和圣制南郊礼毕酺宴》也描写道:"春发三条路,酺开百戏场。流恩均庶品,纵观聚康庄。妙舞来平乐,新声出建章。分曹日抱戴,赴节凤归昌。"④

　　唐代节日期间这种盛大的歌舞百戏娱乐活动一方面是实用性的显示,一方面也是夸示性的显示。其实用性主要表现在审美娱乐方面及统治者欲"观风俗而动人,崇友于而敦睦"⑤的积极态度,这种积极态度是唐王朝高妙的统治手段。与实用性相比,夸示性的成分则更为强烈。如果仅仅为了自己娱乐,那么没有必要铺排这么大的场面,昼夜不停,绵延数里。因为统治者既不是千里眼,也不是顺风耳,如此吵闹的环境显然不适合他的各种娱乐欣赏活动。事实上,唐代也确实有过这种"大酺"活动因喧闹而令皇帝不满的记载。段安节《乐府杂录·歌》载,天宝十四年(755年),玄宗于勤政楼大宴群臣,万众喧哗,言语嘈杂,鱼龙百戏之音无法听到。玄宗怒,欲罢宴。此时中官高力士奏:"请命永新一歌。"玄宗从之。许和子(永新)丽姿焕然,举步提袂,登台献艺,曼声而歌,李谟吹笛和之。顷刻,勤政楼上下寂若无人。从此"永新善歌"之名,传遍九州。⑥ 这一次,永新固然暂时使"勤政楼上下寂若无人。"但是,这寂静只能是短暂的,也不是每一次都能奏效的。唐人的另一则记载颇能说明问题:"上御勤政楼大酺,纵士庶观看。百戏竞作,人物填咽。金吾卫士白棒雨下,不能制止。"高力士建议召河南丞严安之"处分打场"。⑦ 所以,统治者在这里感受更多的恐怕是"威加海内兮安四方"的满足感与成就感。这种活动显示了统治者操纵表演的特殊权利,

---

① 《隋书》卷一五《音乐下》。
② 《隋书》卷一五《音乐下》。
③ (唐)郑棨撰:《开天传信记》,中华书局1985年版,第3页。
④ 《全唐诗》卷49《奉和圣制南郊礼毕酺宴》。
⑤ 《全唐诗》卷3《游兴庆宫作〈暇日与兄弟同游兴庆宫作〉诗序》。
⑥ (唐)段安节:《乐府杂录》,中华书局1985年版,第15页。
⑦ (唐)郑棨撰:《开天传信记》,中华书局1985年版,第3页。

以及潜意识的炫耀心理,这种炫耀既是对百官臣僚、士庶百姓的炫耀,也是对来参加活动的"诸蕃酋长"的炫耀与震慑,它显示了礼乐兴盛、富有四海、四夷宾服的国威气象。

总之,无论是唐营丘豪民陈癫子为过生日而"伶伦赠钱数万","伶伦百戏毕备",还是唐代诸多皇帝下令举行的"大酺"活动,都显示了俗文学活动夸示性的一面。正如维布伦在《有闲阶级论》中所言:"随着财富在其手中积聚起来,他已无法再靠自身的单独努力去有效地显示其财富之多,因此,他便借助于朋友和竞争者,向他们赠送昂贵的礼物或者举办豪华的宴会和娱乐活动……"①

第三节　人格化的俗文学活动

"诗言志"是我们祖先对诗歌创作的高度概括。它揭示了言为心声的创作规律。昭示了文品与人格的照应关系。著名散文家柯灵在《散文——文学的轻骑队》中曾指出:"文学作品是作家人格和个性的表现,只是在诗和散文里,表现得更直接、更鲜明。"②吴若增也曾说:"文学创作是作家人格的见证。一个作家终其一生笔耕,他所有的文字都有意无意地让人见着他自己的人格。而作为文学,作为真正能够启发人们良知与心智的文学作品,便总是一种作家的人格力量的感召与呼唤。"③这些论述,都指出了作家人格对于作品的重要意义。唯有那种禀赋了伟大人格的作品,才能具有普遍而永恒的精神魅力。

文学作品的内容直接受创作主体人格的影响和规范。因为任何文学作品的内容都凝聚着作者的情感、思想,都直接或间接地反映着作者的"自我"人格。郭沫若曾说过,"文就是人,你是什么样的人便写出什么样的文,也就如是稻粱种子发而为稻粱,是松柏种子发而为松柏一样。"④可见,作家

---

① 李颜伟:《美国改革的故事》,北京大学出版社 2009 年版,第 98 页。

② 柯灵:《散文——文学的轻骑队》,《人民日报》1961 年 2 月 28 日。

③ 吴若增:《关于作家的等次》,《文学报》1990 年 8 月 2 日。

④ 郭沫若:《如何研究诗歌与文艺》,《郭沫若全集》(文学编第 19 卷),人民文学出版社 1992 年版,第 409 页。

的人格与作品内容密不可分,什么样的作品反映什么样的人格。

实用性的俗文学活动具有较为强烈的功利目的,无论从生产、传播与消费的角度来说,都更注重其审美娱乐功能。夸示性俗文学活动更多表现为一种炫耀。人格化俗文学活动则主要从创作角度来谈。在人格化的俗文学活动中,自身功利的色彩悄然隐退,生命体验,人性崇高醇美的色彩大大加强了,主体的本质力量、人格魅力得以高度显现。

一般来说,俗文学活动因其"俗"性,往往很难达到较高的境界,不易凸显崇高、醇美的人格。然而,唐代俗文学活动中确确实实显示了诸多的伟大人格,彰显了人性的光辉。从事这些俗文学创作与传播的既有身份卑微的艺人,也有普通文人与名不见经传的僧徒等,正是由于他们身份地位的普通,所以,他们的创作更多地代表了民间的心声。

一、艺人的人格化俗文学艺术活动

艺人的人格化俗文学活动往往不具有明确的功利目的,更不具有炫耀夸饰的色彩,而是出于自己纯朴、真实的想法,表达自己发自内心的愿望及人格理想。

雷海清是唐玄宗时期的宫廷艺人,他善弹琵琶且坚贞不屈。郑处诲《明皇杂录》记载,安史之乱爆发后,唐玄宗仓皇逃往成都,皇帝梨园弟子有的流落民间,有的成了安禄山叛军的俘虏。雷海清逃难不及也为叛军俘虏。一天,安禄山在长安禁苑凝碧池边举行宴会,命梨园弟子奏乐助兴。雷海青不愿为叛军演奏,便称病不去,后来被强押到场。在场的梨园弟子悲愤难掩,曲不成调,泣不成声,惹恼了安禄山。于是,安禄山下令,流泪者当斩。雷海青悲愤交加,威武不屈,在安禄山面前,把琵琶摔得粉碎,以示抗议。因之被安禄山所杀。① 得知此事后,被安禄山俘房的大诗人王维非常感动,遂做诗曰:"万户伤心生野烟,百官何日再朝天。秋槐叶落空宫里,凝碧池头奏管弦。"②雷海青只是封建社会一个微贱的艺人,但其行为确是令很多士

_____

① (唐)郑处诲:《明皇杂录补遗》,中华书局1985年版,第15页。
② 《全唐诗》卷128《菩提寺禁裴迪来相看说逆贼等凝碧池上作音乐供奉人等举声便一时泪下私成口号诵示裴迪》。

大夫汗颜的,是其坚贞不屈的人格写照。

艺人雷海清在叛敌面前坚贞不屈,而优人成辅端则不畏强权,为民请命。《旧唐书》载:"二十年春夏旱,关中大歉,实为政猛暴,方务聚敛进奉,以固恩顾;百姓所诉,一不介意。因入对,德宗问人疾苦。实奏曰:'今年虽旱,谷田甚好。'由是租税皆不免。人穷无告,乃彻屋瓦木,卖麦苗,以供赋敛。优人成辅端因戏作语,为秦民艰苦之状云:'秦地城池二百年,何期如此贱田园,一顷麦苗伍石米,三间堂屋二千钱。'凡如此语有数十篇。实闻之怒,言辅端诽谤国政,德宗遽令决杀。当时言者曰:'瞽诵箴谏,取其诙谐以托讽谏,优伶旧事也。设谤木,采刍荛,本欲达下情,存讽议,辅端不可加罪。"①在这里,成辅端作为一个普通的优人,忧国忧民,不畏强权,大义凛然,在自己的戏乐表演中正义直言,为民请命,临难不惧。他的创作与表演是其壮美人格的真实演绎。因此也博得了时人和后人的肯定与赞美。

唐代的艺人威武不屈,而风尘女子也在其俗文学活动中表达了独立美好的人格追求。早在敦煌曲子词中就有无名氏作品:"莫攀我,攀我心太偏。我是曲江临池柳,这人折了那人攀,恩爱一时间。"②在这首词中,女主人公以第一人称的口吻,传达了对轻薄小儿的申斥与谴责,对受屈辱、被践踏的人格命运表示强烈的抗议,同时也表达了对独立自主人格的强烈渴望与追求。

二、文人的人格化俗文学活动

古人云:"实诚在胸臆,文墨著竹帛,外内表里,自相副称,意奋而笔纵,故文见而实露也。"③这是讲做人与作文的密切关系,强调文章是人内心情志的表露,即人格的显示。以温庭筠为例,温庭筠的俗文学作品主要有词、小说,而这不同体裁的俗文学作品,展示了其人格的不同侧面。其词多写女子闺情,秾艳精巧。这是他在科场屡遭压制,屡试不第之后纵酒放浪生活的

---

① 《旧唐书》卷 135《李实传》。

② 郭预衡主编:《中国古代文学史长编　隋唐五代卷》,上海古籍出版社 1993 年版,第 568 页。

③ (东汉)王充:《论衡》,超奇篇第三十九,吉林人民出版社 2005 年版,第 396 页。

反映,因而《旧唐书》称其"士行尘杂"①。然而温庭筠的小说作品则反映了一个普通知识分子对正直、诚信的人格理想的追求,也反映了温庭筠人性深处正直、美好的一面。

温庭筠颇有才情,《全唐诗话》云:"庭筠才思艳丽,工于小赋。每入试,押官韵作赋,凡八叉手而八韵成,时号温八叉。多为邻铺假手,日救数人。"②温庭筠对自己治国安邦的才能也充满了信心:"自笑谩怀经济策,不将心事许烟霞"③;"骥蹄初蹑景,鹏翅欲抟扶"④。然而温庭筠在科场却屡受压制,因而胸中多怨愤不平之气,喜讥刺权贵,多触忌讳,又不受羁束,一生坎坷潦倒。作为一个普通的知识分子,温庭筠也遵奉"学而优则仕"的儒家信条,希望走科举之路。他本身也是一个正直善良的文人,像千千万万受儒家思想影响的知识分子一样,渴望公平公正的社会秩序,希望能通过自身的努力显身扬名,为国家有所建树。但由于科场黑暗,怀才不遇,生活困顿,故而为逞才使气以及经济等原因,竟沦为"职业枪手",在考场上"日救数人","搅扰场屋"。然而其人格深处是正直、本真的,是反对弄虚作假的。以他晚年主国子监试为例,咸通六年(865 年),温庭筠出任国子助教,次年,以国子助教主国子监试。曾在科场屡遭压制的温庭筠,主试与众不同,严格以文判等后,"乃榜三十篇以振公道",并书榜文曰:"右,前件进士所纳诗篇等,识略精进,堪神教化,声调激切,曲备风谣,标题命篇,时所难著,灯烛之下,雄词卓然。诚宜榜示众人,不敢独断华藻。并仰榜出,以明无私。"⑤温庭筠将所试诗文公之于众,杜绝了因人取士的不正之风,在当时传为美谈。他本人却因此而遭权贵不满,加之所榜诗文中有指斥时政,揭露腐败者,温庭筠称赞其文"声调激切,曲备风谣",更为权贵所忌恨。所以,宰相杨收非常恼怒,将温庭筠贬为方城尉,不久,抑郁而死。温庭筠做国子监主试,追求理想人格中的正直、本真、公平、公正,显然是没有什么不对的。可见,温庭

---

① 《旧唐书》卷 190《温庭筠传》。
② (清)曾益等:《温飞卿诗集笺注》,上海古籍出版社 1998 年版,第 254 页。
③ 《全唐诗》卷 578《郊居秋日有怀一二知己》。
④ 《全唐诗》卷 580《病中书怀呈友人》。
⑤ 《辞海》,上海辞书出版社 1989 年版,第 1163 页。

筠内心深处充满了正直、公正的人格理想。他也把这种人格理想寄寓自己的小说创作中。

　　据《新唐书·艺文志》"小说家"类著录,温庭筠有小说集《乾馔子》三卷。其小说创作,首先大概与时代风气有关。中晚唐之际,举子以小说"行卷"、"温卷"之风盛行,"盖此等文备众体,可以见史才、诗笔、议论"①。温庭筠一生积极追求功名事业,但累举不第,以小说干谒,当是很自然的。其次,温庭筠放纵不羁,颇有才情,又酷爱文学艺术,对一切新兴文学样式都敢于大胆接受和创新,对流行于士大夫阶层中的传奇小说,当然也会心追手摹,积极创作。温庭筠大多数篇章皆具有一定的思想意义和认识价值。其中一些反映了作者内心对"真"的执著、对伪的痛恨,对真情真性的理想人格的赞美。如温庭筠的传奇《陈义郎》,就反映了作者对真善美人格的追求。在小说《窦乂》中,温庭筠以极大的热情塑造了一个勤劳坚韧,富贵仁义,精明务实,善识时务的实业商人形象,充分表达了作者对理想人格的赞美与追求。作者最后给窦乂设计了一个美好、富足而长寿的结局:"乂卒时,年八旬余,京城和会里有邸,弟侄宗亲居焉。诸孙尚在。"这实际上也是作者对理想人格的美好祝愿。在赞美勤劳、智慧、凭自己本事而致富显贵的理想人格的同时,温庭筠在小说中对靠种种欺骗手段达到目的的无耻之徒进行了辛辣的嘲讽。在小说《郑群玉》中,他对"卜举人连中成败,每卦一缣"的范生进行了幽默地讽刺。当郑群玉"遂赍缣三千,并江南所出"来求卜时,范生"喜于异礼,卦成乃曰:'秀才万全矣'"。然而,郑群玉上考场后竞交了白卷。这无疑是对借卖卜骗财的范生的辛辣讽刺。在小说《王愬》中,温庭筠不仅是针对商人,还针对不靠自己的勤劳智慧却靠鬼神告示等欺骗行为获利的举动进行了批判。由此可见温庭筠求真求善的人格理想。

　　由于温庭筠颇有才情,又屡试不第,备受压抑,因而在其小说中也塑造了理想中的考官、儒臣形象,在他们身上寄予了自己深切的理想人格。比如小说《李丹》歌颂了慧眼识才、拯济贫寒的儒臣。《阎济美》则称颂考官因前场遗才,下场放第的爱才之举。《赵存》则赞美了文臣的宽厚仁义、知人善

---

① 　赵彦卫:《云麓漫钞》卷8,古典文学出版社1957年版,第111页。

荐。这些文臣儒士身上都寄托着作者的审美理想,这种俗文学活动无疑是作者人格化的俗文学活动。

三、无名氏的人格化俗文学活动

唐代的俗文学作品,大都经过很多艺人、僧侣等多次创作、加工而成,所以作者多不可考,这些俗文学作品多以娱乐性为主,其中很多作品也寄予了创作者美好的人格理想,是其理想人格的集中体现。下面分别以无名氏的歌舞戏、变文等的创作为例。

(一) 歌舞戏

唐代歌舞戏中最能体现创作者人格理想的主要有《代面》(又叫大面)、《秦王破阵乐》、《樊哙排君难》等。《代面》在《旧唐书·音乐志》称"舞"不称"戏",为此舞以效兰陵王指挥击刺之容,谓之《兰陵王入阵曲》。唐崔令钦在《教坊记》中也有记载,但称为《大面》,因"乃刻木为假面,临阵著之"①。把《代面》归入歌舞戏,是因为其既有故事内容,又有人物装扮和歌唱、说白、动作,还有配合故事内容的乐曲及鼓笛的伴奏等。《乐府杂录》云表演时,"戏者衣紫,腰金,执鞭也"②。《代面》于南北朝时期已经出现,至唐代为人熟知,据《全唐文》记载,连皇家小儿都能模仿。③ 之所以如此,与《代面》中所反映的英雄人物形象不无关系。《代面》表演的是北齐兰陵王高长恭戴面具阵前征杀的英武情景。即"《代面》出于北齐,北齐兰陵王长恭,才武而面美,常著假面以对敌。尝击周师金墉城下,勇冠三军。齐人壮之,为此舞以效其指麾击刺之容,谓之《兰陵王入阵曲》。"④可见,兰陵王之所以成为歌舞戏的主角,是因为他勇冠三军,故齐人壮之。他是人们心目中的英雄,是人们理想的化身。人们欣赏、崇敬、赞美这种英雄人格,因而在歌舞戏里面歌颂这种英雄人格。这种俗文学活动无疑是人格化的俗文学

---

① (唐)崔令钦:《教坊记》,中华书局 1985 年版,第 5 页。

② (唐)段安节:《乐府杂录》,古典文学出版社 1957 年版,第 24 页。

③ 参见《全唐文》卷 297,《代国长公主碑》记载,武则天时,岐王年仅 5 岁,便知"弄《兰陵王》"。

④ 《旧唐书》卷 29《音乐志二》。

活动。

与《代面》类似,《秦王破阵乐》也是唐代歌舞戏之一,此戏反映秦王李世民早年冲锋陷阵、杀敌立功的事情,在某种程度上与《代面》的形式及风格相近,但可能因表演的是本朝君主的功业事迹而日益雅化了。但其精神内涵是一脉相承的,都赞美了英雄人物的骁勇善战。李世民在李唐王朝建立的过程中立下了汗马功劳,此后又作为一代明君,其英雄气概,人格力量都是万众敬仰的,所以,把李世民的形象编入歌舞戏中,无疑表达了人们对理想人格的崇敬与赞美。这种俗文学活动既是创作者人格的体现,也是欣赏者审美的需要。实际上,《秦王破阵乐》与《代面》异曲同工。在他们身上,寄寓了创作者与欣赏者对英雄人物无比钦敬的人格理想。

《樊哙排君难》与《秦王破阵乐》一样是唐朝自创的新戏,《樊哙排君难》歌颂了樊哙忠义勇猛的献身精神。此戏是以樊哙救主来比拟孙德昭救驾有功。据宋敏求《长安志》卷六载:"昭宗宴李继昭(即孙德昭)等将于保宁殿,亲制《赞成功》曲以褒之,仍命伶官作《樊哙排君难》杂戏以乐之。"①王溥《唐会要》中记载得更具体:"光化四年,正月,宴于保宁殿。上制曲,名曰《赞成功》,时盐州雄毅军使孙德昭等杀刘季述反正,帝乃制曲以褒之,乃作《樊哙排君难》戏以乐焉。"②孙德昭是唐末盐州五原人,时为左神策指挥使。光化三年(900 年),宦官刘季述等废唐昭宗立太子裕,孙德昭应宰相崔胤之密令,于次年元旦发兵打败了刘季述,与都将董彦弼、周承诲杀刘季述等人,并诛其党二十余人,迎昭宗复位。孙德昭因功任同平章事,充静海节度使,赐姓名李继昭。这出戏实际是借"鸿门宴"的故事,褒"扶倾济难忠烈功臣"孙德昭的。是用樊哙忠义勇武的精神来比拟孙德昭勇排君难的英武人格。在晚唐五代宦官专权,藩镇跋扈的混乱局势中,孙德昭无疑是人们心目中的忠臣英才,人们渴望这样的英才,呼唤这样的猛士,因而《樊哙排君难》的创作与表演无疑体现了创作者及欣赏者(包括唐昭宗等人)的人格理想。

---

① (北宋)宋敏求:《长安志》卷6,成文出版社民国二十年铅印本,第125页。
② (宋)王溥:《唐会要》卷33,中华书局1955年版,第599页。

（二）变文

唐代人格化的俗文学活动还体现在变文的创作与审美活动中。现存敦煌变文,简要来分,就是宗教性变文和世俗性变文,宗教性变文如《八相变》、《破魔变》、《降魔变》、《频婆娑罗王后宫彩女功德意供养塔生天因缘变》、《大目乾连冥间救母变》等。世俗性变文如《伍子胥变文》、《王昭君变》、《汉将王陵变》、《李陵变文》、《舜子至孝变》、《刘家太子变》、《张议潮变文》、《张淮深变文》等。宗教性变文常选佛经故事中最为有趣的部分,铺陈敷衍,渲染发挥,通过佛经故事的说唱,宣传佛家的基本教义。世俗性变文多以民间或历史人物为主,撷取轶闻趣事,融入民间传说,加以渲染、敷衍。"大抵史上大事,即无发挥;一涉细故,便多增饰,状以骈丽,证以诗歌,又杂诨词,以博笑噱。"①此处以世俗性变文作为主要研究对象。

唐代的世俗性变文中往往寄予着作者深刻的人格理想。这种人格理想更多地具有民间属性,主要表现为忠君爱国、英雄观(英雄气概)、孝道(至亲至孝)。

1. 忠君爱国的人格理想

忠君爱国人格是中国传统的理想人格精神,无论民间或官方。因此,世俗变文同正统文学一样,对此也持肯定、颂扬态度。忠君爱国人格也是变文创作与审美过程中重要的人格期待。如《王昭君变文》叙述昭君的不幸命运时,突出的是其怀念家国的拳拳之心:"昭君一度登千山,千回下泪,慈母只今何在?君王不见追来。当嫁单于,谁望喜乐?良由画匠,捉妾陵持,遂使望断黄沙,悲连紫塞,长辞赤县,永别神州……"②昭君的家国之思,成为其悲剧命运的核心内容。变文以她忧念家国悲伤而死的结局,深化了爱国爱家的主题。《汉将王陵变》突出的则是王陵对高祖的忠诚及陵母视死如归的牺牲精神:"忆昔汝父临终日,尘莫(漠)天黄物未知。道子久后于光祖,定难安邦必有期。阿襄长记儿心腹,一事高皇更不移。斫营拟是传天下,万代我儿是门眉,不见乳堂朝荣贵,先死黄泉事我儿。"③陵母虽备受楚

---

① 鲁迅:《中国小说史略》,上海古籍出版社2004年版,第96页。
② 见王重民等编:《敦煌变文集》卷1,人民文学出版社1957年版,第98页。
③ 见王重民等编:《敦煌变文集》卷1,人民文学出版社1957年版,第36页。

军折磨,但心里想的还是让儿子定难安邦,"一事高皇更不移。"忠君爱国是主人公矢志不渝的情怀。

在《李陵变文》中,作者舍弃了《汉书》确立的对李陵的传统评价,极力塑造李陵忠君爱国的英雄人格。变文中的李陵英勇善战,在箭尽粮绝、孤军无援的情况下不得已而降敌,但他的降敌只是缓兵之计,并非死心塌地地降敌,而是谋求异图。

与《汉将王陵变》一样,《李陵变文》也以兵力的悬殊,揭示李陵的困境:陵军五千人,而单于十万余骑,但即便在敌强我弱,兵疲粮绝的情况下,李陵仍不忘家国。变文叙其自语云:

> 传闻汉将昔家陈(尘),惯在长城多苦辛。三十万军由怕死,况当陵有五千人。军中有事须成援,数将同行不同战……其时将军遭洛薄,在后遣兵我遣收。卧毡若重从抛却,幪幪轻时任意留。逢水且须和面吃,逢冰莫使咽人喉。隔是房庭须决命,相煞无过死即休。国中圣主何年见? 堂上慈亲拜未由! 今朝死在胡天雁,万里飞来向霸头。①

这里揭示了李陵军队的困境及造成这种困境的缘由,重点突出了李陵身处绝境仍深怀家国之思。在敌众我寡的情况下,李陵与敌军多次恶战,突出了李陵的英勇善战。并借士兵之口道出了李陵降敌的无奈和苦衷:

> 战已了首,须臾黄昏,各自至营。夜深以后,陵自出来,唤左右曰:"吾今不死者,非壮士也。"左右启大将军曰:"自从束发,达劫单于,一入房庭,二千余里。誓拟平于沙漠,拟绝嚣尘。持此微功,用将明主,岂谓将军失利,将士徒然,负特壮心,乖为本愿。当今日下,实是孤危……势既不全,理难存立。大将军本意莫枉劳人。幸请方圆,拟求生路。②

---

① 见王重民等编:《敦煌变文集》卷1,人民文学出版社1957年版,第85页。
② 见王重民等编:《敦煌变文集》卷1,人民文学出版社1957年版,第85页。

变文通过李陵与兵士的对话,详述了其艰难的处境和无奈,表达了将士们对李陵的拥护和爱戴,从侧面烘托了李陵的英雄人格。并通过"吾今不死者,非壮士也",直接点出了李陵以死报国的决心。这种忠君爱国的决心在后文中不断得以强化:"李陵弓矢俱无,勒辔便走,捶凶望汉国,号啕大哭。赤目明心,誓指山河,不辜汉家明主。"①通过李陵的信誓旦旦,点明其降敌是迫不得已时的权宜之计,"先降后出"是为了日后"斩虏朝天"②的不测之谋,至此,李陵忠君爱国的人格已栩栩如生。

然而,李陵的忠君报国与汉武帝的冷酷残忍形成了强烈的反差。变文中"武帝闻之,忽然大怒,遂掩司马迁,并陵老母妻子于马市头付法。血流满市,枉法陵母,日月无光,树枝摧折。"③创作者在此对汉武帝的冷酷残忍作了无情的鞭挞与谴责,对李陵妻母的无辜被杀表达了深切的同情。

在文末,创作者又一次强化了李陵的忠君爱国。李陵闻听妻母被汉王所杀的噩耗后,心如刀绞,在撕心裂肺的痛苦中再次披露其忠君爱国的情怀:

> 忆昔初至浚稽北,虏骑芬芬渐相逼。抽刀劈面血成津,此是报王恩将得。制不由己降胡虏,晓夜方圆拟归国。今日黄天应得知,汉家天子辜陵得!④

作者在此让李陵又一次在悲愤屈辱中表明雄心壮志,是对李陵英雄爱国人格的又一次强化,对李陵昔日的英勇战绩作了热烈歌颂,又一次从正面肯定了他的忠君爱国人格。变文中舍弃了正统的忠臣观与英雄观,塑造了英勇善战,广受士兵爱戴的悲剧英雄形象,并以君主的寡德冷酷来反衬英雄的高大形象。

在《张议潮变文》、《张淮深变文》中,这种忠君爱国的人格思想更是表

---

① 见王重民等编:《敦煌变文集》卷1,人民文学出版社1957年版,第88页。
② 见王重民等编:《敦煌变文集》卷1,人民文学出版社1957年版,第89页。
③ 见王重民等编:《敦煌变文集》卷1,人民文学出版社1957年版,第94页。
④ 见王重民等编:《敦煌变文集》卷1,人民文学出版社1957年版,第96页。

现得酣畅淋漓。在变文中,张议潮、张淮深叔侄被塑造成能征善战、忠心报国的民族英雄。他们率领沙州军民抗击外族,历经千难万阻最终回归大唐。在这里,作者始终强调他们的忠君爱国人格。如写张议潮:"敦煌上将汉诸侯,案却西戎朝风楼。圣主委令权右地,但是凶奴尽总雠。"①在《张淮深变文》中,叙写张淮深败回鹘,表奏朝廷并受赐封时,也是极尽忠君爱国之抒情:"微臣幸遇陶唐化,得复燕山献御容。报国愿清戎落静,烟消万里更崇墉。今生岂料规临问,特降天官出九重。锡赉缣细难捧授(受),百生铭骨誓输忠!"②这种感情是刻骨铭心的。文中还通过大唐宣赐使者的眼睛,为读者展示了沙州民众对唐帝国的眷恋:

> 尚书授(受)敕已讫,即引天使入开元寺,亲拜我玄宗圣容。天使睹往年御座,俨若生前。叹念敦煌虽百年阻汉,没落西戎,尚敬本朝,馀留帝像,其余四郡,悉莫能存。又见甘、凉、瓜、肃,雉堞雕残,居人与蕃丑齐肩,衣著岂忘于左衽。独有沙州一郡,人物风华,一同内地。天使两两相看,一时垂泪,左右骖从,无不凄怆。③

沙州陷蕃百年,犹能奉玄宗之像,秉大唐风俗,反映了当地民众对以玄宗为象征的唐帝国的眷恋。这种坚如磐石的民族感情怎能不使来访者及其随从凄怆垂泪呢! 以上变文对忠君爱国观念的赞美与宣扬,反映了社会各阶层对这种人格理想的呼唤与坚守。

2. 智勇双全的人格理想

智勇双全的人格,是唐代俗文学活动中又一理想人格。世俗变文中的英雄往往是智勇双全的英雄,他们有着民间英雄观念下众多非正统的性格特点和行为手段,他们智勇双全、骁勇善战,在战争中能创造奇迹。相形之下,他们的君主往往懦弱无能、犹豫多疑,与英雄人物形成了强烈的反差,成了英雄的陪衬。《汉将王陵变》以极其夸张的手法描绘王陵勇武过人,他率

---

①　见王重民等编:《敦煌变文集》卷1,人民文学出版社1957年版,第114页。
②　见王重民等编:《敦煌变文集》卷1,人民文学出版社1957年版,第121页。
③　见王重民等编:《敦煌变文集》卷1,人民文学出版社1957年版,第124页。

领三百将士偷袭项羽六十万大军的营寨,双方力量的悬殊,本已使这次战争的胜利具有了奇迹性。而文中写王陵斫营轻而易举,纵横无碍,更为这次战争增添了传奇色彩:

> 羽下精兵六十万,团军下却五花营。将士夜深浑睡着,不知汉将入偷营。王陵抬刀南伴斫,将士初从梦里惊。从帐下来去犹未醒,乱杀何曾识姓名。暗地行刀声劈劈,帐前死者乱踪(纵)横。①

变文叙述楚军的伤亡人数也极其夸张:"二十万人总著刀箭,五万人当夜身死"②,更加渲染了王陵斫营的传奇色彩。在变文中,传奇英雄王陵与君王也形成了强烈的对照。君主在与英雄人物的对比中显得极为渺小。《汉将王陵变》叙王陵、灌婴欲斫楚营,夜半越封奏请高祖,吓得皇帝汗流浃背,以为二人要弑君,汉帝谓二人曰:"朕之无其诏命,何得夜半二人越对?"遂诏二大臣附近殿前:"莫朕无天分? 一任上殿,标寡人首,送与西楚霸王,亦得。"③在此,高祖的犹疑怯懦和低声下气,与胆识过人的王陵相比,实在是相形见绌。王陵的英雄人格也更加高大。

变文冲破了正史和上流社会所确立的标准,塑造着民间理想中的英雄。在《伍子胥变文》中,老百姓心目中的英雄同样具有超常的智慧与坚忍不拔的精神力量,他们受到百姓深深的爱戴与支持。《伍子胥变文》演绎臣子向君主复仇的故事,这种思想本来就是对封建正统观念的有力挑战。在这里,君王卑鄙可耻,而伍子胥作为复仇者却充满了智慧与勇毅,是作品中真正的英雄。整个故事的展开也是围绕英雄人物来进行的。变文中,身为人君的楚平王昏庸荒淫,谋娶子媳,杀害直言敢谏的忠臣伍奢及其子伍尚。违背人伦天理,因而伍子胥的复仇有着除暴安良、替天行道的正义色彩。

变文中打沙女、渔父为帮助伍子胥慷慨赴死,正说明老百姓对荒淫无道的楚平王的反抗,对伍子胥复仇的肯定,也使得伍子胥的行为带上了为民请

---

① 见王重民等编:《敦煌变文集》卷1,人民文学出版社1957年版,第38页。
② 见王重民等编:《敦煌变文集》卷1,人民文学出版社1957年版,第40页。
③ 见王重民等编:《敦煌变文集》卷1,人民文学出版社1957年版,第44页。

命的色彩。君臣纲纪在这里失去了约束力,老百姓按照民间朴素的善恶标准来塑造他们的英雄。伍子胥的复仇事业也为吴国百姓所支持:"百姓皆诣子胥之门,愿与件相为兵伐楚。"①伐楚敕书宣示之日,"远近咸知,各悉投名,争前应募"②,这一方面源于百姓对伍子胥在治理吴国过程中显示出的智慧与才能的肯定,更表明了百姓对所有无道昏君的痛恨之情。

变文在塑造伍子胥智勇双全的人格及复仇的决心时,主要通过他"逃难"、"治吴"、"伐楚"等几件事来表现。

伍子胥在逃难的过程中两次遇见自己的亲人,每一次都表现了坚韧不拔、义无反顾的复仇决心。子胥别姊时云:"好住!不须啼哭泪千行。父兄枉被荆诛戮,心中写火剧煎汤。丈夫今无天日分,雄心结怨苦苍苍。傥逢天道开通日,誓愿活捉楚平王。剜心并爨割,九族总须亡。若其不如此,誓愿不还乡。"③伍子胥的勇毅、坚韧、愤慨在此表露无遗。当子胥遇妻时忍不相认,甚至为阻止妻子相认的念头打落板齿,足见其胸中的悲愤与坚毅的性格。

伍子胥的智慧,还表现在他是治世的良才。他投吴后,吴国在其治理下,"祸乱不作,灾害不兴,百姓欢忻,歌谣满路,同于尧舜之年。"④子胥由此也受到吴国上下的敬仰。

伐楚更表现了子胥的智勇过人。他只率领区区万人,却所向披靡,而楚军则不堪一击:"子胥十战九胜,战士不失一兵。昭王见兵被杀,怕惧奔走入城。子胥逐后奔驰,状如蓬飞扑火。吴军随后即趁,恰似风云,一向(饷)麾灭楚车,状似热汤拨雪。"⑤此处用夸张的手法将伍子胥塑造成了一个能征善战、英勇无比的英雄。变文对伍子胥复仇的结果作了详细的描绘:

子胥遥鞭语昭王曰:"你父平王,至当无道,与予娶妇,自纳为妃。

①　见王重民等编:《敦煌变文集》卷1,人民文学出版社1957年版,第1页。
②　见王重民等编:《敦煌变文集》卷1,人民文学出版社1957年版,第1页。
③　见王重民等编:《敦煌变文集》卷1,人民文学出版社1957年版,第8页。
④　见王重民等编:《敦煌变文集》卷1,人民文学出版社1957年版,第11页。
⑤　见王重民等编:《敦煌变文集》卷1,人民文学出版社1957年版,第17页。

忠臣谏言,遂被诛戮。佞臣谄乱,却赐封侯。杀我父兄,枉死伤苦。今乃报仇雠父罪,即当快吾心意……"昭王怕惧之心,遂即白幡降伏。吴军大叫,直入楚城,寻逐昭王,烧其宫殿。昭王弃城而走,遂被伍相檎身,返(反)缚昭王……昭王被考,吃苦不前,忍痛不胜,遂即道父之墓所。子胥捉得魏陵,齑割剜取心肝,万斩一身,并诛九族……遂乃偃息停流,取得平王骸骨,并魏陵、昭帝,并悉总取心肝,行至江边,以祭父兄灵曰……①

子胥这种快意恩仇的行为在文中得到了充分的肯定,变文以天地的感应强化了这种思想:"子胥祭了,发声大哭,感得日月无光,江河混沸。忽即云昏雾暗,地动山摧。兵众含啼,人伦栖怆,鱼龙饮气,江水不潮,涧竭泉枯,风尘惨列(烈)。予胥祭了,口自把剑,结恨之深,重斩平王白骨。其骨随剑血流,状似屠羊。取火烧之,当风扬作微尘。"②子胥鞭尸历来为正统史家所诟病,而变文中斩骨焚尸,有过之而无不及,当然更为正统所难容。但在民间,这种快意恩仇的心理却是合情合理的。臣子为道义所驱,弑君犯上才更显其英雄本色。

这些英雄的身上,寄托着民众的理想与希望,反映了民众对无道昏君的蔑视和否定,对足智多谋,勇毅无畏的英雄人格的呼唤以及对公平、正义的渴望。

3. 百善孝为先的人格理想

孝为古人立身之本,无论在官方还是民间,这种认识都是一致的。孝道是中华传统伦理的核心观念,也是中华传统伦理体系的基石。早在先秦,孔子就把孝道提高到人文关怀的高度,使其成为千古之下中华民族永恒的人文精神。因而俗语说"百善孝为先"。正是由于源远流长的孝道文化的浸润,唐代变文中也洋溢着对孝亲人格的礼赞与追求。

在以民间意识为主导的世俗变文中,爱国之情与孝亲之情常常融合、统

① 见王重民等编:《敦煌变文集》卷1,人民文学出版社1957年版,第26页。
② 见王重民等编:《敦煌变文集》卷1,人民文学出版社1957年版,第27页。

一在一起,成为主人公人格的重要方面。在《王昭君变文》中,"昭君一度登千山,千回下泪,慈母只今何在? 君王不见追来……悲连紫塞,长辞赤县,永别神州……"①昭君对慈母、君王、赤县、神州的思念,正是这种孝亲、爱国人格的综合体现。

孝亲人格的礼赞,在《舜子变》中体现得酣畅淋漓。《舜子变》又名《舜子至孝变文》,文中舜子的父亲和后母对其百般迫害,但舜子的孝亲之情坚如磐石,最终不仅感动得父母开悟,"尧帝闻之,妻以二女,大者娥皇,小者女英。尧遂卸位与舜帝。"②全文自始至终都在塑造舜子的孝亲人格。

《汉将王陵变》中,也塑造了王陵的孝亲人格。王陵得知母亲遭楚军劫持,欲入楚救母,充分表现了王陵的孝亲之情。而陵母大义凛然,为了不连累儿子,也为了让儿子为汉王尽忠,自刎而死。王陵得知母亲自刎的消息后,肝肠寸断,孝亲之情又一次得到强化:

王陵既见使人说,肝肠寸断如刀割。举身自扑似山崩,耳鼻之中皆洒血。③

王陵失母的深哀巨痛真挚感人。其孝亲希望的破灭,也为全文增添了浓郁的悲剧因素。

民间的孝亲观念有时甚至超过忠君观念。这在《伍子胥变文》中已很了然。伍子胥之所以弑君鞭尸,正是源于为父兄报仇的孝亲之情。文章也借吴王之口,从孝亲的角度肯定了伍子胥伐楚报仇的行为。吴王报曰:"'朕闻养子备老,积行拟衰。去岁拟遣相雠,虑恐雠心未发。比年清太(泰),皆是伍相之功。今不雠冤,何名孝子? 朕国兴兵伐楚,正合其时。'敕召国内勇夫,乃与仵相雠报。"④

战争的动机源于"今不雠冤,何名孝子?"由是"乃与仵相雠报"。这看

① 见王重民等编:《敦煌变文集》卷1,人民文学出版社1957年版,第98页。
② 见王重民等编:《敦煌变文集》卷1,人民文学出版社1957年版,第134页。
③ 见王重民等编:《敦煌变文集》卷1,人民文学出版社1957年版,第46页。
④ 见王重民等编:《敦煌变文集》卷1,人民文学出版社1957年版,第1页。

似荒诞不经的观念,在民间也一呼百应,老百姓为之摩拳擦掌,纷纷表示要随伍子胥去报仇:"百姓皆诣子胥之门,愿与仵相为兵伐楚。"①吴王伐楚敕书一下,百姓"远近咸知,各悉投名,争前应募。"②可见,在民间,孝亲观念有时是高于忠君观念的,孝亲人格更是世俗文学中的理想人格,这种人格既是朴素的,又是崇高的。

孝亲的观念在佛教变文中也有浓墨重彩的表现,如《大目乾连冥间救母变文》等,但多出于人物说教,无论形象性抑或艺术性都远远不及世俗变文。

总之,人格化的俗文学活动中,功利的光芒黯然失色,崇高的人格,醇美的人性成为审美活动的目的。俗文学活动中的人格理想有些与正统观念相契合,有些则具有浓郁的民间色彩,为正统观念所诟病。

---

① 见王重民等编:《敦煌变文集》卷1,人民文学出版社1957年版,第1页。
② 见王重民等编:《敦煌变文集》卷1,人民文学出版社1957年版,第1页。

第七章　唐代俗文学的地位与影响

第一节　唐代俗文学的地位与价值

经过 400 余年的动荡、分裂、冲突、磨合,最终孕育出空前强大与繁盛的唐王朝。南北文化在经历长期磨合之后终于汇合;同时,唐王朝又以空前开放与包容的姿态接纳了东西方丰富精彩的文化。合力之下,大唐文化显得尤其五彩纷呈,气势雄浑。

大气包举的文化孕育出广博闳丽的文学,而耀眼瞩目的唐代文学中,丰富多彩的各种通俗文学无疑是其不可或缺的有机组成部分。如前所论,自初唐历盛唐以至中晚唐,俗体诗歌、通俗小说、变文、俗赋、词文以至民间歌谣等与代表主流的雅文学始终交融相生、相映生辉,交织出唐代文学绚烂的风景。

一、唐代俗文学在唐代文学史上的地位

郭茂倩《乐府诗集》卷六十一所引《宋书·乐志》曰:"古者天子听政,使公卿大夫献诗,耆艾修之,而后王斟酌焉。然后被于声,于是有采诗之官。周室下衰,官失其职。汉、魏之世,歌咏杂兴,而诗之流乃有八名:曰行,曰引,曰歌,曰谣,曰吟,曰咏,曰怨,曰叹,皆诗人六义之余也。"[1]以汉魏歌谣等为六义之余,自有一定道理,但追溯文学的源头,歌谣无疑是其一。有歌谣而后有诗作,这是不争的事实;《诗三百》中应有相当数量的民歌,这也是多数学者的共识。同样,夏商周即已发达的俳优,其说唱内容及艺术风格、

---

① （宋）郭茂倩:《乐府诗集》,中华书局 1979 年版,第884页。

艺术形式对散文、小说和戏曲等的影响极其深远。

纵观唐代俗文学的各种文体,既是在继承前代各种文体尤其是俗文体基础上的大发展,又对唐代及以后文人创作具有极大的影响与渗透。

例如唐代颇为盛行的变文,一般认为其文体脱胎于佛教讲经,大致不差。而一方面,由佛教讲经发展而为变文经历了漫长的历史时期;另一方面,变文文体更有对自先秦两汉即已流行的通俗讲唱文学的继承。比较而言,唐代俗文学对唐代以至后代文人创作的影响更为引人注目。

作为通俗文学的话本小说,一般认为自隋代即开始孕育,而在唐代得以正式发展。由于其他文献关于唐代话本的记载不多,尤其是未有关于其文本的收录,因而全赖敦煌遗书中话本残卷的发现。程毅中先生说:"尽管话本在唐代还处于萌芽状态,加以写本散失,资料不足,但敦煌遗书所提供的例证已经足以说明话本正在兴起,即将成为中国小说的新体而蔚为大国。话本的体制并不完全一致,始终与散文结下不解之缘,不仅在叙事中大量地穿插了诗歌赋赞,而且还有以韵文为主的诗体话本小说……话本小说以它独特的艺术形式,开辟了中国通俗小说的新道路,为拟话本和章回小说奠定了基础,逐步取代了古体小说的主导地位。唐代传奇是显赫一代的新体文言小说,而话本则是更有发展前途的近体通俗小说,这两种体裁的小说都在唐代蓬勃发展,为灿烂多样的唐代文学增添了不少光彩。"①

众所周知,敦煌变文为唐代俗文学的重心,也是敦煌俗文学研究者关注的焦点乃至起点。"可以说对于变文的认识,是研究唐代出现的其他俗文学各种形式的基础。"②数量众多的敦煌变文中,佛教题材而外,即是诸多历史题材与民间传说内容之变文。如《伍子胥变文》、《汉将王陵变文》、《捉季布变文》、《李陵变文》、《王昭君变文》、《董永变文》等。《全唐诗》卷774吉师老《看蜀女转昭君变》诗曰:"妖姬未著石榴裙,自道家连锦水渍。檀口解知千载事,清词堪叹九秋文。翠眉颦处楚边月,画卷开时塞外云。说尽绮罗当日恨,昭君传意向文君。"即生动描摹了演唱《王昭君变文》的情景。此类

---

① 程毅中:《唐代小说史》,人民文学出版社2003年版,第71—72页。

② 陈海涛:《敦煌变文与唐代俗文学的关系》,《社科纵横》1994年第4期。

变文不但内容更加具体生动、贴近现实,而且极善敷衍故事,描写宏大之场景,塑造人物形象丰富复杂,文笔清新刚健,情韵独具,对唐代文人传奇乃至宋元话本人物塑造艺术均有显著影响。

卓绝百代的唐诗中,文人通俗诗歌自初唐至晚唐绵延不断,且成就颇为引人瞩目。一方面,以王梵志、寒山、拾得等著名通俗诗人的创作为代表;一方面,则是包含李白、杜甫、元结、韩愈、李绅、刘禹锡、元稹、白居易等大诗人诸多俗体、通俗诗歌创作与前者相映成趣。王梵志等通俗诗人大量使用口语俗词入诗,语言明白如话,风格明快而多谐趣。在对典雅含蓄的传统诗风的突破方面意义自不待言,在对唐诗创作的通俗化方面也产生了积极的影响。李白、杜甫等大诗人在广泛汲取前代诗歌营养的同时,同样注重吸纳通俗诗歌乃至民间谣谚通俗明快的优长。李白的歌谣体创作如《箜篌谣》、《庐山谣寄卢侍御虚舟》等,兼有民歌率直和文人诗逸美的特点。杜甫尤其在晚年的创作中,有意在诗歌取材、语言及表现手法诸方面追求通俗,更为历代学者所关注。李、杜创作均具有吸纳百家的风范,二位诗坛巨匠不避俚俗且追求通俗之举,对中晚唐诗风产生了不可忽视的影响。中唐韩愈等人的诗歌创作,一方面呈现突出的险怪之风,一方面则有追求俚俗的趣尚,更直接影响到晚唐五代诗风。而刘禹锡于巴蜀贬谪之地,"谓屈原居沅、湘间作《九歌》,使楚人以迎送神,乃倚其声,作《竹枝辞》十余篇"①,在唐代文人创作中可谓高妙独步。

最可注意的无疑是以通俗著称的白居易。白居易的诗歌可谓题材丰富而风格多样,但最突出的是以浅显平易的语言描写各种社会生活的作品。释惠洪《冷斋夜话》所记"白乐天每作诗,令一老妪解之。问曰:解否?妪曰解,则录之;不解,则易之。故唐末之诗,近于鄙俚"②,未必切确,但白居易有意追求通俗,且深受民间通俗诗文的影响,确是事实。李明《敦煌变文与元白平易诗风》一文认为:"真正对元白平易诗风发生着重大影响的,不是上层正统文学,而是被传统士大夫文学排斥于中国文学史之外的变文等俗

---

① 《新唐书》卷181《列传第九十三·刘禹锡传》。
② (宋)惠洪等撰,陈新点校:《老妪解诗》,《冷斋夜话》卷1,中华书局1988年版,第17页。

文学,元白平易诗风的兴起体现了从传统到世俗的思想的转变。"①而陈允吉先生更以翔实的材料,分析白居易的名作《长恨歌》"这首脍炙人口的杰作出现在文学艺术高度发展的唐代,确有广泛纵深的思想文化背景,同当时方兴未艾的通俗讲唱文学发生过极密切的关系"②。

以敦煌俗赋为代表的唐代俗赋在中国文学史上具有重要意义。俗赋本是来源于民间的一种带有故事性的叙事文体,马丽娅《俗赋传播的途径与方式》认为:"从一般文学艺术形式的发展历程来看,俗赋这种艺术形式必是在民间流传甚广、甚众,才会被文人士大夫所注意,才会引起深居宫廷的统治者的兴趣。"而"俗赋进入宫廷之后便有了'官方'传播渠道,宫廷内外的统治者、皇族以及依附于他们的文人群体,成为传播通俗文学不可忽视的力量"③。俗赋无疑是文学的雅俗间相互影响的一个重要见证。伏俊琏先生更认为:"对俗赋进行系统地清理和研究,在中国文学史上具有重要的理论意义和实际意义:1.可以充分证明赋这种文体本来就是从民间来的,它是民间故事、寓言、歌谣等多种技艺融合的产物。2.它在发生、发展过程中,与其他各种文体有着千丝万缕的依附、渗透和交叉关系。3.早期的赋以娱乐为目的,所以诙谐调侃是它的主要风格特征。优人正是利用了这种体裁,把它引入宫廷,逐渐文人化、贵族化了。4.文人借用俗赋的形式把它逐渐贵族化的同时,民间俗赋仍然发展着,并且影响着文人赋的创作,从而形成了赋的'雅''俗'两条线索。由于文化的传承与创新始终都是'士'的中心任务,由于'士'人整体上对'俗赋'的排斥,因此'俗赋'要么大量佚失,要么附着于其他文体以求得一些生存的余地。5.俗赋给后世其他的通俗文体以巨大的影响,如戏剧、南朝以来形成的讲经文、变文、唐宋话本等。"④

而敦煌曲子词的发现,不但有助于厘清词的起源和发展等一系列曾经难以考察的问题,而且展现了与文人词迥然不同的题材内容与艺术形式。

---

① 李明:《敦煌变文与元白平易诗风》,《广西社会科学》2009年第2期。
② 陈允吉:《从〈欢喜国王缘〉变文看〈长恨歌〉故事的构成——兼述〈长恨歌〉与佛经文学的关系》,《复旦学报》(社会科学版)1985年第3期。
③ 马丽娅:《俗赋传播的途径与方式》,《艺术百家》2009年第5期。
④ 伏俊连:《敦煌俗赋的文学史意义》,《中州学刊》2002年第2期。

从题材内容看:"有边客游子之呻吟,忠臣义士之壮语,隐君子之怡情悦志,少年学子之热望与失望,以及佛子之赞颂、医生之歌诀,莫不入调。"①可谓大大开拓了唐代边塞诗、羁旅诗、闺怨诗、隐逸诗等的领域;从艺术形式看,其风格自然朴实,语言流利清新,富于表演性和情节性及音乐感。其内容之丰富、艺术表现力之卓越,几令文人词相形失色。对于敦煌曲子词在文学史上的重要地位,吴熊和先生有精彩论述:"敦煌曲在词史上有着不可替代的特殊价值。敦煌曲的特殊价值,在于它提供了词曲这种新兴文艺样式的民间状态与初期状态。敦煌石室珍藏的不止是数百首词曲的问题,而是珍藏了一段弥足珍贵的词史。这段词史,就是词的民间阶段和初级阶段。不仅唐五代载籍中绝少提及,而且宋人以来,此秘未睹,因而只好一直让它空白着。敦煌词曲发现后,这段历史的空白就令人满意地得以补足了。"②

早在 20 世纪 30 年代,郑振铎先生即有论断:"'俗文学'不仅成了中国文学史主要的成分,且也成了中国文学史的中心……第一,因为正统的文学的范围很狭小,——只限于诗和散文。——所以中国文学史的主要篇页,便不能不为被目为'俗文学',被目为'小道'的'俗文学'所占领……第二,因为正统文学的发展和'俗文学'的发展是息息相关的,许多的正统文学的文体原都是由'俗文学'升格而来的……当民间发生了一种新的文体时,学士大夫们其初是完全忽视的,是鄙夷不屑一读的。但渐渐地,有勇气的文人学士们采取这种新鲜的新文体作为自己的创作形式了,渐渐地这种新文体得到了大多数的文人学士们的支持。渐渐地这种新文体升格而成为王家贵族的东西了。至此,它们渐渐地远离了民间,而成为正统的文学的一体了。"③唐代俗文学的繁荣发展,不但证明了郑振铎先生所论有其相当的合理性,而且显示了俗文学往往具有比雅文学更强大的包容精神和生命力量。

二、唐代俗文学独特的艺术魅力

唐代俗文学创作题材和内容相当广泛,艺术成就同样引人瞩目。唐代

---

① 王重民:《敦煌曲子词集·叙录》,参见《北京图书馆同人文选》编委会编:《北京图书馆同人文选》,书目文献出版社 1987 年版,第 61 页。

② 吴熊和:《唐宋词通论》,浙江古籍出版社 1989 年版,第 163 页。

③ 郑振铎:《中国俗文学史》,商务印书馆 2005 年版,第 1—2 页。

俗文学中,最引人注目的无过于通俗诗歌、变文、曲子词与俗赋。

以王梵志、寒山、拾得等为代表的通俗诗人创作,总体体现了畅达明快、睿智犀利的特点。王梵志以其通俗而又骇俗的五、七言诗首先打破了传统文人诗歌雅正含蓄、温柔敦厚的模式。其诗歌不但重在描写芸芸众生尘俗之事,而且充满了俗语俚词。王诗继承发扬《诗经》赋法传统,直面现实,直陈其事,于直质的语言中寓含深刻的讽世之意,于幽默的语调中流露无言的悲悯。如《我见那汉死》:"我见那汉死,肚里热如火。不是惜那汉,恐畏还到我。"①又如《只见母怜儿》:"只见母怜儿,不见儿怜母。长大取得妻,却嫌父母丑。耶娘不采括,专心听妇语。生时不恭养,死后祭泥土。如此倒见贼,打煞无人护。"②再如《吾富有钱时》:"吾富有钱时,妇儿看我好。吾若脱衣裳,与吾叠袍袄。吾出经求去,送吾即上道。将钱入舍来,见吾满面笑。绕吾白鸽旋,恰似鹦鹉鸟。邂逅暂时贫,看吾即貌哨。人有七贫时,七富还相报。图财不顾人,且看来时道。"③后一首刻画嫌贫爱富者的形象尤其鲜明生动而又令人唏嘘不已。王梵志诗善于叙事,善于刻画人物形象,在叙事诗总体欠发达的中国古代诗史中因而尤其可喜可贵。

王诗还特别善于使用比喻、对比、反复等修辞手段,取得鲜明的艺术效果。如《各各保爱脓血袋》:"各各保爱脓血袋,一聚白骨带顽皮。学他造罪身自娱,羡口口福是黠儿。今身人形不修福,如至宝山空手归。"④以"脓血袋"比喻秽恶不堪之身体,形象极其鲜明;以"宝山空手归"比喻浑噩无为之一生,印象同样深刻无比。而《死竟土底眠》一诗:"死竟土底眠,生时土上走。死竟不出气,生时不住口。早死一生毕,谁论百年后。召我还天公,不须尽出手。"⑤在反

---

① (唐)王梵志著,项楚校注:《王梵志诗校注》卷3,上海古籍出版社2010年版,第349页。

② (唐)王梵志著,项楚校注:《王梵志诗校注》卷2,上海古籍出版社2010年版,第146页。

③ (唐)王梵志著,项楚校注:《王梵志诗校注》卷1,上海古籍出版社2010年版,第12页。

④ (唐)王梵志著,项楚校注:《王梵志诗校注》卷1,上海古籍出版社2010年版,第69页。

⑤ (唐)王梵志著,项楚校注:《王梵志诗校注》卷3,上海古籍出版社2010年版,第240页。

复与对比的双重修辞中,凸显生死只一土相隔而又阴阳悬隔,令人读后感触无限。

寒山是继王梵志之后又一位著名的唐代通俗诗人。寒山诗作继承王梵志,语言通俗而构思奇特。而寒山诗于通俗之外,兼含雅调,因而更受文士喜爱。寒山诗历代屡有刊刻、流传广泛,而王梵志诗几近失传,似是明证。清代程德全评寒山诗:"凛霜冰之履,抱杞人之忧,托迹方外,佯狂傲世,自放于山巅水崖间,一以诙谐谩骂之辞,寓其牢愁悲愤之慨。发为诗歌,不名一格莫可端倪。"①

寒山诗在讥刺、鞭挞丑陋的人情物态方面,其深刻性有过于王梵志。如《富儿多鞅掌》:"富儿多鞅掌,触事难祗承。仓米已赫赤,不贷人斗升。转怀钩距意,买绢先拣绫。若至临终日,吊客有苍蝇。"②又如《低眼邹公妻》:"低眼邹公妻,邯郸杜生母。二人同老少,一种好面首。昨日会客场,恶衣排在后。只为著破裙,吃他残麦音麦娄。"③作为著名诗僧,寒山的思想以隐逸恬淡为旨归,其诗歌风格也有清淡洒脱的一面。如《吾心似秋月》:"吾心似秋月,碧潭清皎洁。无物堪比伦,教我如何说。"④又如《今日岩前坐》:"今日岩前坐,坐久烟云收。一道清溪冷,千寻碧嶂头。白云朝影静,明月夜光浮。身上无尘垢,心中那更忧。"⑤寒山诗中,同样流露出传统士大夫的幽愤,表现了含蓄蕴藉的艺术特色。如《极目兮长望》:"极目兮长望,白云四茫茫。鸱鸦饱腶腰,鸾凤饥彷徨。骏马放石碛,蹇驴能至堂。天高不可问,鹪鹩在沧浪。"⑥寒山诗中,同样有鲜明的形象刻画,尤其是通过比喻、对比等手法使形象描写达到深刻难忘的艺术效果。如《贪人好聚财》:"贪人好聚财,恰如枭爱子。子大而食母,财多还害己。散之即福生,聚之即祸起。

---

① (清)程德全:《寒山子诗集跋》,见(民国)叶昌炽撰,张维明校补:《寒山寺志》,江苏古籍出版社1999年版,第129页。
② 《全唐诗》卷806《寒山子诗集》。
③ 《全唐诗》卷806《低眼邹公妻》。
④ 《全唐诗》卷806《吾心似秋月》。
⑤ 《全唐诗》卷806《今日岩前坐》。
⑥ 《全唐诗》卷806《极目兮长望》。

无财亦无祸,鼓翼青云里。"①《猪吃死人肉》:"猪吃死人肉,人吃死猪肠。猪不嫌人臭,人反道猪香。猪死抛水内,人死掘土藏。彼此莫相啖,莲花生沸汤。"②

拾得的诗歌成就虽总体逊于王梵志、寒山,但也有清健之作,如《松月冷飕飕》:"松月冷飕飕,片片云霞起。匼匝几重山,纵目千万里。"③

变文堪称敦煌遗书中最为突出的文学作品。敦煌变文不但题材极为广泛,而且艺术成就也颇值得重视。不论是描写社会历史,还是构想佛国神话世界,变文均具有语言生动,情节曲折,引人入胜的特点。变文在敷衍故事、想象情节、刻画人物方面的突出成就,对唐代小说乃至后世神魔小说等均有明显影响。《李陵变文》对李陵降敌前的言行描写:

> 李陵言讫,长吁数声,报左右曰:"吾闻鸟之在空,由(犹)凭六翮,皮既不存,三(毛)覆(复)何依! 须运不策之谋,非常之计,先降后出,斩虏朝天,帝侧(测)陵情,当不信。"于是获收珍宝,脱下翻(幡)旗,埋著地中,莫令贼见。左右李陵,各自信缘,若至天明,必当受缚。左右闻语,当即星分,恰至天明,胡兵即至。陵副使韩延年著箭洛(落)马身亡。李陵弓矢俱无,勒辔便走,搥凶(胸)望汉国,号咷大哭。赤目明心,誓指山何(河),不辜汉家明主。抛下弓刀,便投突厥。逡巡欲语恐畏嗔……④

较之《汉书·李陵传》的描写,变文更能揣测李陵此时复杂难耐的心情,因而虽是文学想象,却具有更高的艺术真实。《降魔变文》中,作者想象如来的法力无边、神通广大:

> 如来涅而不死,槃而不生;搅之不浊,澄之即清;幽之不闇,闇之即

---

①　《全唐诗》卷806《贪人好聚财》。
②　《全唐诗》卷806《猪吃死人肉》。
③　《全唐诗》卷807《拾得诗集》。
④　见王重民等编:《敦煌变文集》卷1《李陵变文》,人民文学出版社1957年版,第91页。

明;视之不睹其体,听之不闻其声;高而不危,下而不顷(倾),变江海而成苏酪,化大地为琉璃水精。拈须弥山,即知斤两,斫四海变成乾坑。合眼万里,开眼即停。现大身周遍世界,或现小身,徽(微)尘之内藏形。如来将刀斫不恨恨,涂药著不该该,拾得物不欢喜,失却物不悲啼。大众里不觉闹,独自坐不恓恓,二心俱一种,平等阙然齐。分身百亿,处处过斋。一名悉达,二号如来,为天人师,具一切智,四生三界,最胜最尊。①

这种超尘脱俗的丰富想象,一方面使我们感受到《庄子》的神奇浪漫对其若隐若现的影响,另一方面则使我们联想到《西游记》、《封神演义》等神魔小说对它的直接继承。敷衍历史的变文中,除了有丰富细致的心理描摹,还注意展示人物丰富复杂的性格特质。如《伍子胥变文》:

　　子胥行至颍水旁,渴乏饥荒难进路,遥闻空里打纱声,屈节斜身便即住。虑恐此处人相掩,捻脚攒形而映树;量久稳审不须惊,渐向树间偷眼觑。津傍更亦没男夫,唯见轻盈打纱女,水底将头百过窥,波上玉腕千回举。即欲向前从乞食,心意怀疑生游(犹)豫。进退不敢辄谘量,踟蹰即欲低头去……子胥即欲前行,再三苦被留连,人情实亦难通,水畔蹲身,即坐吃饭。三口便即停餐,丑贺(荷)女人,即欲进发。更蒙女子劝谏,尽足食之。惭愧弥深,乃论心事。子胥答曰:“下官身是伍子胥,避楚逃逝入南吴,虑恐平王相捕逐,为此星夜涉穷途。蒙赐一餐堪充饱,未审将何得相报! 身轻体健目精明,即欲取别登长路。仆是弃背帝乡宾,今被平王见寻讨,恩泽不用语人知,幸愿娘子知怀抱。”②

此段文字“深入细致地刻画人物的一言一行和精神状态,从不同方面

① 见王重民等编:《敦煌变文集》卷4《降魔变文》,人民文学出版社1957年版,第361页。

② 见王重民等编:《敦煌变文集》卷1《伍子胥变文》,人民文学出版社1957年版,第4页。

揭示人物的性格特征,在某种程度上避免了简单化和脸谱化的倾向,为后代白话小说的人物描写打下初步的基础"①。敦煌变文还善于运用夸张、对比、排比等修辞手法,大大增强语言的艺术表现效果。要之,敦煌变文突出的叙事成就不但使其具有独特的艺术魅力,而且在中国叙事文学发展史上也具有引人瞩目的地位。

同样,唐代话本也多具有构思精巧、想象丰富、朴素畅达、善于叙事的特点。

敦煌遗书中发现的敦煌曲子词,经诸多学者的辛勤整理,其数量已达五百余首,广义收录者则达一千余首。其中的精华《云谣集》要早于《花间集》数十年,更是堪称我国第一部词集。

敦煌曲词的作者身份复杂而多为社会下层,其创作具有"饥者歌其食,劳者歌其事"的特点,因而与士大夫情调形成鲜明的不同。敦煌曲词不但反映社会生活题材广泛,而且体现了朴素的审美情趣和通俗清新的艺术形式。敦煌曲词总体呈现出形式生动活泼、语言清新自然的艺术特点。或善于叙事,或长于抒情,叙事婉转有致,抒情缠绵而率真。章法、句法上,曲子词擅用联章、组词、叠字的艺术形式。如《捣练子》以十首联章演绎孟姜女送征衣的动人故事,不仅具有戏剧性,而且情韵更加悠远绵长。《菩萨蛮》一词,八句连用十个叠字:"霏霏点点回塘雨,双双只只鸳鸯语。灼灼野花香,依依金缕黄。盈盈江上女,雨雨溪边舞。皎皎绮罗光,轻轻雪粉妆。"②颇有《古诗十九首·青青河畔草》的遗韵。其他如比喻、夸张、复沓、双关等修辞手法同样运用纯熟而极见效果。民间曲词的奇思妙想与生动活泼有时直令人叫绝,《鹊踏枝》(叵耐灵鹊多谩语)即是一例:"叵耐灵鹊多谩语,送喜何曾有凭据?几度飞来活捉取,锁上金笼休共语。比拟好心来送喜,谁知锁我在金笼里。欲他征夫早归来,腾身却放我向青云里。"③构思无理而有趣,语言轻灵而不佻巧,情感纯真无比,读后回味无穷。敦煌曲子词绝大多数运用长短参差的句法,并兼各种反复变化的手段,体现了它与音乐的密切

---

① 吴庚舜、董乃斌主编:《唐代文学史》下,人民文学出版社 1995 年版,第 560 页。

② 见曹济平选注:《唐宋风情词选》,江苏古籍出版社 1991 年版,第 2 页。

③ 刘大杰:《中国文学发展史》(第二册),上海人民出版社 1976 年版,第 493 页。

关系。民歌与生俱来的音乐性,特别是唐代在外来音乐与汉族音乐的融合发展产生新乐的背景之下,民间歌辞很自然地适应于变化多样的新乐曲之所需。依托于北方音乐的曲子词,又运用诸多具有北方特色的意象和西北特色的方言俗语,具有独特的社会历史与地理特征,总体呈现出雄阔、刚健、苍凉的艺术特征,与文人词总体呈现的婉约秀丽相映成趣。

敦煌遗书中有赋文近 30 篇,其中唐五代赋 22 篇,含有唐五代俗赋 10 篇以上。敦煌俗赋作品中,一类为演绎民间故事,以对话形式展开叙述,大体押韵,以四言为主,如《韩朋赋》、《燕子赋》(甲、乙)、《晏子赋》等。另一类为通俗俳谐之杂赋,语言铺陈夸饰,以五言、七言歌谣体为主,如《酒赋》、《秦将赋》、《丑妇赋》、《子灵赋》、《月赋》、《龙门赋》等。民间故事赋继承先秦两汉以来辞赋设为问答的叙事框架,且通篇采取对答的方式。如取材自《晏子春秋》之《晏子赋》,通篇由梁王和晏子之间围绕着"人门"、"狗门"、"齐国无人"、"短小"、"黑色"、"先祖"、"天地"、"阴阳"、"公母"、"左右"、"夫妇"、"表里"、"风雨"、"霜露"、"君子"、"小人"等论题进行问答。其对答式的叙事而具有生动的情节性和突出的故事性,叙事特色非常明显。俳谐杂赋往往情节更加曲折而完整,呈现鲜明的戏剧化色彩。《韩朋赋》叙述了一则美丽感伤的爱情故事,郑振铎先生称之为"很沉痛的一篇叙事诗"①。它实出自《搜神记》卷十一《韩凭妻》。《韩朋赋》将原本三百字的短小故事演绎成二千余言的细致曲折的长篇叙事诗,其刻画人物形象极其鲜明,情韵悠长,情节跌宕,动人心弦,堪称中国古代最杰出的叙事文学作品之一。伏俊连先生总结敦煌俗赋所含两方面的审美价值:一是描写的极端化,可谓极尽铺叙夸张之能事;二是其调侃诙谐的民间特色,往往包含着尖锐深刻的嘲弄和讽刺,②有助于我们对唐代俗赋的总体认识。

唐代俗文学现存作品数量上远不足以与文士之诗词文赋创作相比较,但内容题材之广泛却与唐代雅文学相当。唐代俗文学的艺术成就与同期雅文学相比,更是不遑多让。唐代俗文学将永久绽放其独特的艺术魅力。

---

① 郑振铎:《中国俗文学史》,商务印书馆 2005 年版,第 140 页。
② 伏俊连:《试谈敦煌俗赋的体制和审美价值》,《敦煌研究》1997 年第 3 期。

三、唐代俗文学的历史文化价值

唐代文化已经呈现儒释道三教交融的特征,唐代通俗文学浸润于唐代历史文化的大环境中,因而不但具有很高的文学史价值,而且从多方面展现了当时的社会历史与文化,尤其是传统士大夫诗文中较少关注的社会问题,因而其社会历史价值与其文学史价值一样不可忽视。

王梵志诗歌从社会下层的视角展示了当时社会的种种不平与黑暗,表达了对不平等社会的强烈不满和对下层民众的深切同情。如《贫穷田舍汉》:"贫穷田舍汉,庵子极孤凄。两穷前生种,今世作夫妻。妇即客春捣,夫即客扶犁。黄昏到家里,无米复无柴。男女空饿肚,状似一食斋。里正追庸调,村头共相催。襆头巾子露,衫破肚皮开。体上无裈袴,足下复无鞋。丑妇来怒骂,啾唧搦头灰。里正把脚蹴,村头被拳搓。驱将见明府,打脊趁回来。租调无处出,还须里正陪。门前见债主,入户见贫妻。舍漏儿啼哭,重重逢苦灾。如此硬穷汉,村村一两枚。"①《你道生胜死》:"你道生胜死,我道死胜生。生即苦战死,死即无人征。十六作夫役,二十充府兵。碛里向西走,衣甲困须擎。白日趁食地,每夜悉知更。铁钵淹乾饭,同伙共分诤。长头饥欲死,肚似破穷坑。遣儿我受苦,慈母不须生。"②贫穷的下层生活是如此之不堪,而与之形成鲜明反差的则是《富饶田舍儿》:"富饶田舍儿,论情实好事。广种如屯田,宅舍青烟起。横上饲肥马,仍更买奴婢。牛羊共成群,满圈豢肥子。窖内多埋谷,寻常愿米贵。里正追役来,坐着南厅里。广设好饮食,多酒劝且醉。追车即与车,须马即与使。须钱便与钱,和市亦不避。索面驴驮送,续后更有雉。官人应须物,当家皆具备。县官与恩泽,曹司一家事。纵有重差科,有钱不怕你。"③这种社会底层的透视,揭示了社会最真实的画面,表达的也是最广泛大众的喜怒哀乐,其社会意义不言自明。王梵志诗歌在反映唐代社会制度方面,有可补正史之不足的内容,如《你道生胜死》之"十六作夫役,二十充府兵",描述了唐代以十六岁"中男"服役的情况,而两《唐书》均无此项制度的明确记载。在展示唐代民俗民情方面,

① 张锡厚校辑:《王梵志诗校辑》,中华书局1983年版,第164页。
② 徐光大编:《寒山子诗校注:附拾得诗》,陕西人民出版社1991年版,第157页。
③ 张锡厚校辑:《王梵志诗校辑》,中华书局1983年版,第163页。

王诗同样十分精彩而耐人寻味。如《生时不共作荣华》:"生时不共作荣华,死后随车强叫唤。齐头送到墓门回,分你钱财各自散。"①一群急欲瓜分死者钱财的不肖子孙,不但送葬时哭得十分勉强,竟然连葬礼都不肯完成就草草收兵。这种丑恶世态真令人摇头不已。

寒山本着"凡读我诗者,心中须护净。悭贪继日廉,谄曲登时正"②的目的,关注社会现象,揭示社会的不公与民众的痛苦。如《新谷尚未熟》:"新谷尚未熟,旧谷今已无。就贷一斗许,门外立踟蹰。夫出教问妇,妇出遣问夫。悭惜不救乏,财多为累愚。"③末两句虽寓含了对富家"悭惜不救乏"的强烈批判,然而贫富严重不均,且穷者愈穷、富者愈加为富不仁却是封建社会极为普遍而又无奈的现实。王梵志、寒山均为地位低下、一生清贫之士,故对俗世生活感悟真切。如王梵志《我有一方便》:"我有一方便,价值百匹练。相打长伏弱,至死不入县。"④《他人骑大马》:"他人骑大马,我独骑驴子。回顾担柴汉,心下较些子。"⑤寒山《余家有一窟》:"余家有一窟,窟中无一物。净洁空堂堂,光华明日日。蔬食养微躯,布裘遮幻质。任你千圣现,我有天真佛。"⑥《寒山有一宅》:"寒山有一宅,宅中无阑隔。六门左右通,堂中见天碧。房房虚索索,东壁打西壁。其中一物无,免被人来惜。"⑦虽然其中不免有安贫乐道、与世无争的意味,但往往能给大众以有益的启示。

敦煌变文及敦煌曲词中,更包含了极其丰富的社会历史内容与唐代历史观念,为我们认识唐代社会历史文化洞开了一扇明亮的窗口。

敦煌变文依内容不同分为两大类:讲唱佛经故事的佛陀变文和讲唱世

① (唐)王梵志著,项楚校注:《王梵志诗校注》卷6,上海古籍出版社2010年版,第642页。
② 《全唐诗》卷806《寒山子诗集》。
③ 《全唐诗》卷806《寒山子诗集》。
④ (唐)王梵志著,项楚校注:《王梵志诗校注》卷3,上海古籍出版社2010年版,第355页。
⑤ (唐)王梵志著,项楚校注:《王梵志诗校注》卷6,上海古籍出版社2010年版,第648页。
⑥ 《全唐诗》卷806《寒山子诗集》。
⑦ 《全唐诗》卷806《寒山子诗集》。

俗故事的世俗变文。佛陀变文虽然主要为宣扬佛经教义,且往往充斥因果轮回等思想,但其劝人向善、戒人恶念的动机无疑仍具有积极的因素。相较而言,世俗变文以历史故事、民间传说及现实生活为题材,通过生动的叙事写人,深刻揭露社会历史的种种黑暗,歌颂正义与光明,具有鲜明的人民性。如取自真实历史的《伍子胥变文》,以超长的篇幅展现了一个较之《左传》和《史记》更加曲折动人的历史故事,且在揭露统治者的荒淫残暴和歌颂勇敢正义的复仇意志与不畏强暴的斗争精神方面,同样胜过《左传》与《史记》。

　　同样演绎历史故事的《李陵变文》,以更加动人的叙事塑造了一位更加丰满且明显有别于《史记》、《汉书》的李陵形象。变文作者通过对无比惨烈的战斗描写和大量的细节刻画,以揭示李陵丰富复杂的内心世界。显然,《李陵变文》在更加真实地揭示李陵降敌的特殊背景中,也更加明确表达了对李陵的同情,同时也深化了李陵故事的悲剧性。而变文的描写,正是唐代特殊社会历史的折射:"一方面,对盛世缅怀与反思为晚唐咏叹不息,天子穷兵黩武,重用番将,开疆拓土,酿成安史之乱,藩镇祸烈,大厦将倾,成为痛定思痛的共同主题。另一方面,自宦官弑宪宗,拥穆宗以来,中兴无望,朝政日非,皇帝更替频繁,充当傀儡,'外朝士大夫党派乃内廷阉寺党派之应声虫,或附属品',大失正直之士所望,整个时代忠君观念渐趋淡薄。相形之下,对李陵同情、凭吊反而越发彰显。"①直接叙述唐代历史的《张议潮变文》虽然文字残缺严重,但其叙述唐宣宗大中年间(847—859 年)边关名将张议潮率领沙州各族人民起义,驱逐了河西地区的吐蕃守将,使瓜、沙等十一州又重新回归唐朝的英雄事迹,仍有惊心动魄之势:"仆射即令整理队伍,排比兵戈,展旗帜,动鸣鼍,纵八阵,骋英雄。分兵两道,裹合四边。人持白刃,突骑争先。须臾阵合,昏雾涨天,汉军勇猛而乘势,曳戟冲山直进前,蕃戎胆怯奔南北,汉将雄豪百当千。"②变文生动再现了敦煌地区人民抗击异族入侵的辉煌史实,热情歌颂了以张议潮为首的归义军将士们高尚的爱

---

　　①　钟书林:《敦煌李陵变文的考原》,《西北大学学报》(哲学社会科学版)2007 年第2 期。

　　②　见王重民等编:《敦煌变文集》卷 1《张议潮变文》,人民文学出版社 1957 年版,第114 页。

国情操,具有极其重要的社会历史价值。

敦煌遗书中所发现的唐代话本虽为残卷,但却较为广泛地反映了当时的社会生活。在宣扬宗教思想的同时,其中对当时社会伦理道德及人性的揭示尤其值得注意。《唐太宗入冥记》残卷通过对唐太宗魂游地府而受地府判官勘问的描写,曲折地反映了当时民间对待杀兄囚父的皇帝的真实态度,同时还揭露了官场的徇私枉法等丑恶本质。《叶静能话》通过叶静能种种神奇的道教法术,寄寓了作者美好的社会政治理想。《秋胡》残卷对士大夫鲜廉寡耻丑恶嘴脸的无情揭露和对普通女性美好品德的肯定,使其更具有深刻的社会意义。

唐代民间谣谚创作虽然难称丰富多彩,但无疑值得一观。尤其是在反映唐代社会历史与政治文化方面,唐代谣谚为我们提供了特殊的视角。如唐玄宗时民谣《神鸡童谣》:“生儿不用识文字,斗鸡走马胜读书。贾家小儿年十三,富贵荣华代不如。能令金距期胜负,白罗绣衫随软舆。父死长安千里外,差夫持道挽丧车。”①玄宗开创了富庶繁荣的开元盛世,备受唐代文士之称颂,杜甫的《忆昔》二首更是人们耳熟能详。而《神鸡童谣》以开元年间行封禅大典却以鸡童贾昌相随之事,辛辣地讽刺了玄宗的荒淫堕落,让我们目睹了盛世明主的另一面。开元时期的吏部侍郎姜晦,眼不识字,手不解书,滥掌铨衡,曾无分别,故时人作《选人歌》以赠之曰:“今年选数恰相当,都由座主无文章。案后一腔冻猪肉,所以名为姜侍郎。”②不但辛辣嘲讽了铨选制度的腐败,而且又一次让我们看到了煌煌盛世不堪的一面。一首西南少数民族的歌谣《高黎贡山谣》,虽然只有短短的六句,却包含了丰富的社会历史内容:“冬日欲归来,高黎贡山雪。秋夏欲归来,无那穹赊热。春时欲归来,囊中络赂绝。”③它以反复迭进的诉说,生动反映了唐代西南少数民族地区的经商生活。地理环境的险恶,气候的恶劣,经商的不易,归途的渺茫,心情的难耐,尽皆容纳于短短的三十字之中。此谣对我们了解唐代普

---

① 《全唐诗》卷878《神鸡童谣》。

② (唐)张鷟撰:《朝野佥载》卷4,中华书局1985年版,第49页。

③ 陈尚君辑校:《全唐诗补编》,第3编《全唐诗续拾》卷16,中华书局1992年版,第544页。

通民众的生活,尤其是少数民族人民的生存状态具有独特的意义。

第二节　唐代俗文学对后世的影响

一、唐代俗文学对宋元明清文学的影响

中外文学的历史长河中,始终呈现着雅文学与俗文学的对立与沟通,两者既有角逐与抗衡,更具有相互渗透、相辅相成的密切关系。尽管从后世文学发展的实际看,雅文学往往占据着主流与主导的地位,但文学的滥觞多自民间而起。即便是在后代,俗文学往往也是雅文学的起源。唐代俗文学在唐代文学中的地位与价值已如上节所论,其对后世文学的影响无疑同样值得审视与探讨。

作为原初产生于民间的文学形式,辞赋由先秦俗赋而经战国、秦汉文人的接受与改造,一度成为文学的主流。经由两汉跨越魏晋六朝,辞赋在文人间可谓长盛不衰。而进入唐代,辞赋在继续为文人发抒才情的同时,又呈现出回归民间的趋向,此即为丰富多彩的唐代俗赋。唐代俗赋艺术上的可喜创新,如更加注重故事情节,突出表现人物性格、刻画形象,"这些作品,与其说它是赋,倒不如说更像小说,然而它们却是以赋来命名的。这反映了俗赋在承前发展中出现了新的变化。这种变化对后代的小说和戏剧产生了深远的影响"①。诸多宋元明清戏曲、小说取材于唐代俗赋,其艺术表现方面同样从唐代俗赋中汲取营养。

而自宋代开始,佛徒于法会道场等讲唱经文和演唱佛经故事,因其内容通俗易懂,形式为民众喜闻乐见,其文本逐渐成为民间宗教经典而广为流传,至明代始有宝卷之名。宝卷在宋元时期诞生、发展,在明清时期成熟、繁荣,而其渊源,正是唐代寺院流行之俗讲。车锡伦先生《中国宝卷的形成及演唱形式》指出:"宝卷继承了唐代佛教俗讲讲经说法的传统,在宋元时期佛教信徒举行的法会道场中形成。""它渊源于俗讲,同转变也有些关系,但它们之间的差别也很明显。这种差别,除了受宝卷形成的宗教文化背景影

---

① 翟翠霞:《汉唐俗赋浅说》,《西南民族大学学报》(人文社科版)1999 年第 6 期。

响外,也有文学形式的演进的影响。"①值得参考。

　　唐代通俗诗人王梵志、寒山、拾得等人的诗作,就其总体质量而言实难称为上乘,但对晚唐五代乃至宋元明清诗歌及通俗文学的影响却是不可忽视的,尤其是寒山诗对后世影响可谓持续不断。

　　王梵志诗歌在唐代产生了一定的影响后,自五代至宋元明清,其影响相对较小。胡仔《苕溪渔隐丛话》前集卷五十六录有宋代大诗人黄庭坚两则论王梵志诗之语,前则谓"梵志是大修行人也",后则曰:"王梵志诗云:'城外土馒头,馅草在城里。一人吃一个,莫嫌没滋味。'已且为土馒头,尚谁食之? 今改'预先着酒浇,使教有滋味'。"②而《苏轼文集》亦载有《书王梵志诗》曰:"王梵志诗云:'城外土馒头,馅草在城里。每人吃一个,莫嫌无滋味。'已且为馅草,当使谁食之? 为易其后两句云:'预先着酒浇,图教有滋味。'"③文字小异。则此改语属苏属黄,不得而知。南宋费衮笔记著作《梁溪漫志》录有《梵志诗》条,著其诗八首,并赞其"词朴而理到"④。以上数则说明王梵志诗在宋代仍然相当流行,且有一定影响,并非如一般认为王梵志诗自五代即趋于消失。

　　而寒山诗在晚唐五代即产生了较为广泛的影响,如贯休《寄赤松舒道士二首》(其二):"子爱寒山子,歌惟乐道歌。会应陪太守,一日到烟萝。"⑤齐己《渚宫莫问诗一十五首》(其三):"莫问休行脚,南方已遍寻。了应须自了,心不是他心。赤水珠何觅,寒山偈莫吟。谁同论此理,杜口少知音。"⑥均表明了时人对寒山的喜爱与接受。

　　据罗时进先生考察,历代追和与仿效寒山体的作品以明代楚石、石树最为著名。楚石与石树将寒山三百零七首的各体诗歌一一对应追和,在禅林影响巨大。楚石、石树之后,以镜海老人所和规模最大。自晚唐五代始的拟寒山之作,以禅师佛徒为多。五代时法灯禅师泰钦似为第一人,其所拟十余

---

①　车锡伦:《中国宝卷的形成及演唱形式》,《敦煌研究》2003 年第 2 期。

②　胡仔:《苕溪渔隐丛话》前集卷 56,人民文学出版社 1962 年版,第 388 页。

③　孔凡礼点校:《苏轼文集》第 67 卷,中华书局 1986 年版,第 2120 页。

④　(南宋)费衮:《梁溪漫志》卷 10《梵志诗》,上海古籍出版社 1985 年版,第 117 页。

⑤　《全唐诗》卷 830《寄赤松舒道士二首》。

⑥　《全唐诗》卷 842《渚宫莫问诗一十五首》。

首寒山诗,重在抒发隐逸情趣,措辞典雅,修饰稍重,与寒山体神貌不甚相近,而在禅林则颇为传诵。稍后善昭禅师和长灵守卓禅师亦有《拟寒山诗》之作。禅林中拟寒山诗真正堪称后代圭臬者,为宋代慈受怀深禅师,他共拟寒山体一百四十八首,多为五言八句,皆警世之言。其语言重拙,不计声韵,表达通俗易懂,可谓绝类寒山。慈受拟作极大地扩大了寒山诗的影响,使"寒山体"作为一种诗歌体派得到了确认,并直接催生了明梅村居士张守约等人的拟作。梅村居士的《拟寒山诗》在主题阐发方面达到了一个新的高度。禅林之外,较早仿效寒山体而产生较大影响的为王安石,其《拟寒山拾得二十首》颇与寒山之作肖似,在佛教界内外产生了很大影响。稍后苏轼有《次韵定慧钦长老见寄八首》,同为拟寒山体,亦能得寒山体之真谛。历代文人寒山体写作中,以宋末遗民诗人郑思肖的《锦钱余笑》成就最高,为王安石等人所不及。①

由于寒山诗本身具有较高的审美价值,特别是在通俗之中兼含士大夫风韵,所以受到了禅林内外的重视,其文学影响已打破了雅俗之间的界限,散发出持久的魅力。

作为一种通俗且充满谐趣的、在中国民间颇为流行且同样为文人雅士所喜爱的打油诗,其正起源于唐代。王宜早《论打油诗》一文认为,打油诗的泛化虽减弱其锋芒和自然气息,但其对文人诗歌创作起到了不可忽视的影响。"打油诗的现代价值值得注意,它能适应人们表达日益丰富多样的生活体验的需要,顺应俗文化兴起的趋势,并在诗体革新中起重要作用。"②

关于敦煌曲子词的文学史地位,前引吴熊和《唐宋词通论》已有明确的论述。敦煌曲词不但是词曲的源头之作,而且奠定了词曲的文学艺术形式。其与音乐的密切关系以及其长短参差的句式,为晚唐五代文人普遍学习和继承,成为五代文学创作的主要艺术形式。五代至宋的词牌中,表现了对敦煌曲牌的继承与改造并存的情况。如敦煌曲调中的《鱼美人》,本为单片词曲,至五代而改为双叠之《虞美人》。而因敦煌曲词湮没已久,竟致古代词

---

① 罗时进:《唐代寒山诗的诗体特征及其传布影响》,《江西师范大学学报》(哲学社会科学版)2010 年第 5 期。

② 王宜早:《论打油诗》,《南京社会科学》2004 年第 12 期。

论家误以为《虞美人》无单片之作。敦煌曲中另有《鹊踏枝》二首,一为七言八句的整齐之作,一为七、四、五之杂言体。任二北先生《敦煌曲初探》论曰:"此调二首,特点在为七言八句之齐言体。而五代以后之传辞,则皆将每遍之次句七言,摊破为四言、五言二句,此种摊破之端倪,已见于敦煌词之次首。足见因声破句,或因衬破句,皆齐言变为杂言之路线,不仅以实字填和声始成杂言也……自从北宋晏殊词内,见《蝶恋花》调名后,词家遂不复知有《鹊踏枝》之本意矣。"①即此二例,可窥敦煌曲词在词曲发展史上意义之一斑。又,郑振铎先生认为,词的豪放一派并不始自北宋,而是"在唐五代的时候,已经有人在写作了。这个发现,是可以使论词的人,打破了不少传统的迷障"②。主要产生于西北民间的敦煌词,确实主要呈现了北方民族的豪放风格。而同时,敦煌词中也不乏婉转柔情的佳作,为柳永等宋代婉约大家所继承和发扬。

至于敦煌曲中叙述故事而兼用问答的体式,作品达数十首之多,任二北先生《敦煌曲初探》称其为后世戏曲的滥觞。其实中国古代戏曲说唱结合、以演唱为主的艺术形式,应当同时深受敦煌变文的影响。而从后世戏曲的创作题材看,许多作品深受唐代说唱文学的影响也极为明显,如在元明清戏剧创作中,关于伍子胥、李陵、王昭君等的作品颇为引人注目,显然是对《伍子胥变文》、《李陵变文》、《王昭君变文》等的直接传承。而敦煌变文体式在其发展过程中的一个显著的特点,即由说唱结合、韵散参半而变化为韵文诗歌数量日趋减少以至逐渐淡出。这种变化趋势中孕育着宋元话本的体式。同时,历史题材变文的基本要素乃至历史素材,对宋元话本及承变宋元话本之明清历史演义小说及神魔小说同样有着无可忽视的影响。

而敦煌说唱变文中,诸种目连救母变文不但深刻影响到后世的神魔小说,而且演绎为内容、形式都很独特的宗教戏剧——目连戏。目连戏长期盛行于民间各地,且内容不断丰富,艺术表演形式日渐多样。现代以来,目连

---

① 任二北:《敦煌曲初探》,上海文艺联合出版社1954年版,第108—109页。

② 郭预衡主编:《中国古代文学史长编　隋唐五代卷》,郑振铎:《云谣集杂曲子·跋》,首都师范大学出版社1993年版,第992页。

戏虽有一度衰微之势,但新时期以来,随着对传统文化建设的日趋重视,这一被誉为中国戏曲史之活化石的古老艺术正逐渐得以重生,并将重新绽放其异彩。

二、唐代俗文学的现当代影响

现代以来,随着敦煌遗书的大发现,唐代俗文学得到空前的重视与研究。一方面,整理研究唐代敦煌俗文学的成果层出不穷;另一方面,唐代俗文学继续发挥着其久远的影响力。

新文化运动的核心内容之一即现代白话文运动,而晚清近代的白话文运动又可谓现代白话文运动的先声。晚清白话文运动中提出了"诗界革命"、"文界革命"、"小说界革命"等口号,其中以黄遵宪等倡导的"诗界革命"影响最大。近代白话文的先驱们一方面积极学习西方文学及文学理论,另一方面努力汲取传统与民间的通俗、活泼的文学艺术形式。黄遵宪大胆提出的"我手写吾口"的口语创作原则,并运用于诗歌创作,无疑是对寒山等白话诗歌创作实践的一次大力弘扬。

由于种种原因,近代白话文运动只能是一场不彻底的语言与文学革命,其所遗留的问题在稍后的现代白话文运动中被圆满解决,现代白话文最终取代了文言文而得以大行其道。现代白话文运动似乎与千余年前王梵志、寒山等白话新体诗创作遥相呼应。现代白话文运动的第一猛将胡适既著有我国第一部《白话文学史》,更有白话诗的创作实践——现代第一部白话诗集《尝试集》。在《白话文学史》中,胡适对唐初王梵志、王绩、寒山、拾得等几位著名的白话诗人设有专章论述,并称"这个时期是一个白话诗的时期"①。胡适又对王梵志、寒山等人的白话诗予以高度评价,称:"诗歌可以歌唱,便于记忆,易于流传,皆胜于散文作品。"②"王梵志与寒山、拾得都是走嘲戏的路出来的,都是从打油诗出来的……凡从游戏的打油诗入手,只要有内容,只要有意境与见解,自然会做出第一流的哲理诗的。"③胡适的现代

---

① 胡适:《白话文学史》,上海古籍出版社 1999 年版,第 132 页。
② 胡适:《白话文学史》,上海古籍出版社 1999 年版,第 133 页。
③ 胡适:《白话文学史》,上海古籍出版社 1999 年版,第 135 页。

白话诗嚆矢之作《尝试集》,彻底打破了旧格律的限制,具有明显的散文化倾向,且部分诗作正具有打油诗的风格。《尝试集》的这些创作特征与王梵志、寒山等冲破诗歌格律、直言其事的具有散文化的诗歌具有多重相似性,不排除唐代通俗白话诗对其创作的影响。

　　唐代俗文学的影响力由古代穿透至现代直至当代,可谓不绝如缕。仅以秦腔为例略作分析。秦腔本是发源于西北的历史悠久、影响颇大的极富地方特色的剧种。李斯《谏逐客书》:"夫击瓮叩缶、弹筝搏髀,而歌呼呜呜快耳者,真秦之声也。"①可知其源于先秦之秦国。秦腔在汉代得以发展,在唐代则进一步兴盛。因大唐长安文化的极度繁荣与巨大的融合力,唐代帝王及上流社会对戏剧表演的浓厚兴趣,秦腔在唐代更吸收了西域胡乐等成分,使其在艺术表演上体现了更加鲜明的粗犷豪放的西北地方特色。虽然一般认为秦腔的成熟与鼎盛乃在明清时期,但大唐文化对秦腔艺术的定型无疑有巨大的催生作用。唐代初步成熟的秦腔对后世西北地区文学艺术产生了深远的影响。就当代而言,新中国成立以来关中的著名作家作品中,秦腔几乎都是必不可少的艺术因子。如果说在新中国成立初期柳青的《创业史》中,秦腔只是用来作为点染气氛、突出人物性格的某种元素,在贾平凹、陈忠实等的作品里,秦腔则在直接塑造人物和展开情节等方面起到极为重要的作用,甚至成为作品描写的核心内容之一。尤其是贾平凹,其生于商州,长于古都西安,长期浸润于秦腔的环境,秦腔已根深蒂固地融于其血脉之中,成为其精神生活中的重要组成部分。孙见喜《鬼才贾平凹》对此有精彩论述:"秦腔之于贾平凹,好比是洋芋糊汤,好比是油泼辣子,好比是那位明眸皓齿的妻子。他钟情于这门艺术,从很小的时候就在心里有了熏陶。三岁记事,就骑在大伯的脖颈上看戏;六岁懂事,自己趴到台角上,听那花旦青旦唱悲戚戚的调子,不觉得就泪流满面,常常挨了舞台监督的脚踹还不动弹。正月十五,三月三,端午中秋寒食节,是秦腔牵着他由春而夏而秋而冬。从秦腔里,他知道了奸臣害忠良,知道了小姐思相公,知道了杨家将的英武,知道了白娘子祝英台的痴情……秦腔故事是他道德启蒙的第一课,也在他

---

① 《史记》卷87《李斯列传》。

感慨世事时引用得最多。"①在贾平凹名作之一长篇小说《秦腔》中,秦腔的身影始终晃动于读者眼前,"在整部作品中,秦腔弥漫为一种气场,秦韵流贯为一种魂脉而无处不在。它构成小说、小说中的生活、小说中的人物所共有的一种文化和精神的质地","秦腔是《秦腔》的魂脉。"②《秦腔》见证了当代中国乡土文学与传统文学艺术的生命交响。

中华民族文学艺术发展的历史充分显示,民间的文学艺术始终是上层文学艺术的丰厚土壤,滚滚流淌的民间文化洪流与上层文化始终在交会中冲突,在冲突中融合。当代中国的文学和文化更应当是一种健康向上、为群众喜闻乐见的雅俗共赏的文化,其在体现时代特色、吸收先进文化因子的同时,须臾也离不开民间的和传统的文化的滋养。只有这样,才能建设并繁荣具有独特审美内涵和民族灵魂的社会主义文化。

三、唐代俗文学的海外影响

唐代俗文学对后世的巨大影响早已越出了中国内地,而远及日本、韩国以至美、欧大陆。寒山诗在日、韩、美等地的流布,足以帮助我们窥见唐代俗文学在海外影响的一斑。

因为寒山诗的宗教教喻性及其通俗性,使其在海外获得了大批热情忠实的读者。韩国和日本读者所乐于和易于欣赏、接受的中国诗,往往不是中国古典诗歌的典雅之作,而是其通俗之作,故而白居易以至卢仝在日、韩的影响都超过了杜甫。而寒山诗也能如同白居易诗那样,具有久远而普遍的影响,寒山在日、韩均被奉为大诗人。据金英镇《论寒山诗对韩国禅师与文人的影响》③一文,现存文献所知韩国最早介绍寒山诗的是高丽的真觉国师慧谌(1178—1234 年)。他精通韩、中的禅思想和禅文学,特别爱诵寒山诗,能够自如地运用寒山诗作为看话禅的话头,且能据寒山诗而创作自己的独特的文学作品。可见至迟在 13 世纪前期,寒山诗已在韩国流传并产生影响。而中外今存最早的寒山诗的版本即刊刻于 1189 年的日本刻本,今藏日

---

①　孙见喜:《贾平凹前传(第一卷)·鬼才出世》,花城出版社 2001 年版,第 360—361 页。

②　萧云儒:《〈秦腔〉:贾平凹的新变》,《小说评论》2005 年第 4 期。

③　金英镇:《论寒山诗对韩国禅师与文人的影响》,《宗教学研究》2002 年第 4 期。

本宫内省图书寮。后来一再新版印行,岛田翰(1879—1915年)还对新旧版进行了详细精致的比较研究,著名小说家森鸥外(1862—1922年)还据间丘胤序文写出了小说《寒山拾得》,广为流行。寒山体在日本传播和接受史上,明末清初隐元禅师具有非常的意义。隐元在顺治年间东渡日本,传法布道,在日本开辟了黄檗宗。隐元性有文才,喜吟咏,其《松隐吟》五十首,"声震山川,雅有寒山子之风",复作《拟寒山诗》一百首,格调高雅,扩大了寒山诗在日本的传播。

　　寒山与寒山诗在日本经过广泛持久的传播之后,又由日本传播到了美国。第一个向美国翻译传播寒山诗的为著名的东方文学翻译家阿瑟·韦利(1889—1966年)。1954年,他出版了英译本《寒山诗二十七首》,实乃因为阅读日本出版的寒山诗而对此产生强烈的兴趣,并把它介绍给美国读者。1958年,美国诗人、禅宗信徒加里·斯奈德(1930—　)的《寒山诗》在《长青》杂志第二期上发表。到了1962年,汉学家波尔顿·瓦特逊(1925—　)出版了他的《寒山——唐代诗人寒山诗一百篇》,其自称受益于日本汉学家入矢义高(1910—1976年)1958年出版的《寒山》。这三个译介本在美国引起了强烈的反响,而以加里·斯奈德的本子影响最大。寒山因此成为美国人最为熟悉的中国古代作家之一。1958年美国作家杰克·凯鲁亚克(1922—1969年)出版其自传体小说《法丐》,小说以梦幻般的艺术方式表达其对寒山的追寻。20世纪60年代左右,美国文人和青年中出现了所谓"垮掉的一代",其文人们的创作通常不遵守传统创作的常规,结构和形式上往往杂乱无章,语言粗糙甚至粗鄙。青年中的"嬉皮"精神风行,不修边幅、举止随性、思想怪异的一代在寒山的身上找到了他们的影子,寒山几乎成为"垮掉的一代"的庇护天使。此后,寒山诗一直被视为中国文学甚至东方文学的杰作。加里·斯奈德的《寒山诗》直到1970年仍被选入美国出版的《中国文学选》和《东方文学》,与唐代一流诗人李白、王维、杜甫等不分轩轾地走进西方的文学殿堂。其所以如此,或许是因为"在物质文明高度发达但深受环境危机侵害的美国社会,寒山所代表的生活方式以及寒山诗中所体现的那种追求自然、社会与精神和谐共存的生态视野,还将具有巨大的吸引力和强劲的生命力,而这也将进一步巩固寒山诗在美国翻译文学中的经典地位"①。

至于敦煌遗书于上世纪之初被发现后,俄、英、法、德、美等西方列强竞相掠夺,致使敦煌文化艺术宝藏多数流落于海外,因而海外学者对敦煌文学艺术的研究也得以长期压倒国内。以敦煌文学为代表的唐代俗文学虽在海外具有长盛不衰的影响力,但它留给我们更多的却是无尽的感慨。

---

① 周晓琳、胡安江:《寒山诗在美国的传布与接受》,《西南政法大学学报》2008 年第2 期。

结　语

　　自古及今,世人对唐诗的研究络绎不绝、熙熙攘攘。对唐文的研究虽不如唐诗那样热闹纷繁,但也不绝如缕,且大有愈演愈烈之势。与唐诗研究的门庭若市,唐文研究的日益升温相比,唐代俗文学活动的研究则有些岑寂冷落。事实上,唐代国家统一,经济发达,唐朝统治者推行开明、兼容的文化政策,为文化的发展创造了有利的氛围。唐代实行对外开放政策,中外文化交流频繁,民族融合进一步加强,民族间经济文化交流颇多,因而唐代文化呈现出全面繁荣的态势。与此同时,唐代俗文学的发展也热闹纷繁、如火如荼。可是,由于俗文学历来不受重视,因而文献记载较少,加之有些俗文学形式乃口传心授,本不易流传,所以俗文学的研究既受到观念的影响,也受到资料匮乏的影响。

　　但不可否认,唐代文学的发展,有一种日益俗化的趋势。至中晚唐时期,各种俗文学活动红红火火、异彩纷呈。而唐代雅文学与俗文学是唐代文学母体的双翼,要全面深入地研究唐代文学,俗文学的研究自然不可忽视。

　　近年来,随着敦煌文献的发掘,唐代俗文学的研究日益丰富深入,但多为具体篇目的探究,对宏观整体的把握较少。即便是有些宏观的研究,也多集中在基本内容的介绍,相对来说,还缺乏较为深入的整体把握。鉴于此,本文侧重从文学角度,结合历史学、考古学、史料学、文艺理论学等学科,运用社会学方法、文化学方法等来研究唐代俗文学活动,探讨唐代的俗文学创作、传播与接受活动,试图对唐代俗文学活动生成的原因及条件,唐代俗文学生成与都市民俗风情的关系,唐代俗文学活动的生产、传播与消费特征,唐代俗文学活动与雅文学的互动,唐代俗文学活动对后世俗文学活动的影响等方面做新的探索性研究。

在崇雅抑俗之大环境的影响下,对唐代文学艺术的研究中,诗歌、散文的研究独领风骚,相比之下,俗文学的研究则稍显冷清,国内的俗文学研究者寥若晨星。近些年,随着敦煌文献的发掘,学界对唐代传统俗文学的整理与研究在不断深入,尤其对传统俗文学的个案整理与研究日益深化,而传统俗文学的整体深入研究相对滞后,俗文学与城市经济、与市民消费之间关系的研究还有待深入。在唐代俗文学的现有研究成果中,对不同文体的研究力度明显不平衡。传奇、变文的研究相对较多,而其他类型的俗文学活动研究则明显偏少。此外,在对某一类俗文学活动中个别俗文学作品的研究中,研究者也多把目光集中在常见的一些篇目中,如唐传奇、变文的研究相对较多,唐传奇中的《李娃传》、《任氏传》、《柳氏传》、《霍小玉传》等个体研究尤其多,这一方面使研究范围受到局限,另一方面也容易产生重复劳动。在这些问题中,尤其明显的是,唐代俗文学整体状貌的深入研究相对冷落,宏观深入的探讨相对较少,即便是有些宏观的研究论著,也多停留在基本内容的介绍、梳理层面,缺乏较为深入的分析研究。这些都有待于更多的研究者做更加深入的挖掘。其实,俗文学作为国民精神财富,其整体水平也是时代综合文化水平的具体体现。

因此,笔者欲对唐代俗文学的整体状貌进行研究,这既是继承唐代俗文学传统,推动唐代俗文学全面、深入发展的现实需要,又是为复兴俗文学事业所作的一点理论探讨,也是笔者响应国家在新时期推动文化建设所作的一点尝试。同时,以此与唐代诗歌、散文的研究成果彼此互补,从而形成对唐代文学更全面、更系统的研究,并推动唐代文学研究的不断深化。

本文通过对 20 世纪中国俗文学研究的回顾,确定了俗文学的内涵就是流行于社会上的各种通俗的文学,尤其明确了俗文学的外延应包括通俗文学子系、民间文学子系、曲艺文学子系等。

“唐代”是对本论文研究对象时间范围的界定。“俗文学”是对本论文研究对象的文化领域的界定。笔者以为,郑振铎先生对俗文学内涵的定义虽稍显笼统,但多年来也得到了广泛认可。结合范伯群等先生关于俗文学外延的明确界定,笔者所研究的唐代俗文学就是指唐代流行的通俗的文学、民间的文学、大众的文学,是除正统雅文学如诗文以外的所有文学形式。它包含通俗文学子系、民间文学子系、曲艺文学子系。它可以是集体创作,也可以是个人署名;可以流行于民间,也可流行于官方。

本文参照赵景深先生的观点,笔者将唐代俗文学活动按照表现形式分为:口承俗文学活动和笔传俗文学活动。口承俗文学活动包括:俗讲、变文、话本、戏曲、民谣、谚语等。笔传俗文学活动分为:俗诗、词文、俗赋、曲子词、唐传奇、竹枝词等。当然,这种分类并不是绝对的。

唐代口承俗文学的成就是最为耀眼的。上自皇亲国戚,下至庶民百姓,几乎没有人不喜欢,不参与。相对于口承俗文学来看,唐代的笔传俗文学作品中,士人与黎庶不仅同时作为消费者,且双双作为创作者,积极投身于俗文学的生产中,使俗文学的生产与消费呈现出士庶皆尚的热闹场面。但相对来说,笔传俗文学留下了更多士人的手迹。这从曲子词、俗诗以及竹枝词等的发扬光大中可以得到确证。

唐代俗文学生成的原因及条件是多方面的,除了我们常说的政治经济等原因外,还有其他多方面的原因,如仪式宗教,多元开放,城市繁荣以及人们对功利目的的追求等,都促进了唐代俗文学的产生发展。仪式宗教作为唐代俗文学的原初动力,从唐代的俗讲、转变及傩戏等的发展中可以明确看出。

多元开放是唐代俗文学的活力之源。唐代是中国历史上少有的文化多元开放的朝代。唐代文化的开放与多元发展,使其在文学、艺术、宗教等领域比以前的魏晋南北朝及以后的宋代都显示出更加朝气蓬勃的生机。正是这种多元开放的社会风气,促进了唐代经济与文化的高度繁荣,也促进了俗文学的勃兴。唐代俗讲和变文就是因佛教的东传而逐渐兴起的。

城市繁荣是唐代俗文学的经济基础。俗文学与雅文学最大的不同之一在于它具有最广大的消费群体,这一广大的消费群体使俗文学的利益得以实现,谁抓住了广大消费者,谁就抓住了俗文学的经济命脉。而封建城市往往是政治、经济、文化的中心,也是俗文学消费群体最密集,交通最便利的地方,是实现俗文学从业者们利益最大化的舞台。因此,城市是俗文学的沃土,城市经济对俗文学有着重要的影响。

俗文学是唐代社会精神活动的一个分支,它不可能完全超越于社会存在之外,它总要在社会生活中产生一定的效应,它以大众化、通俗性为特点,因而更接近普通老百姓的生活,也更多地带有实用功利性的色彩。唐代社会经济繁荣,商业发达,对外交流频繁,人们思想比较开放,俗文学中的功利色彩表现得也更为明显。

文学活动的发展有自己的历史继承性。中外文学史的事实表明,各民族的文学都不是凭空创造出来的,都有一个继承、借鉴与革新、创造的历史过程。唐代俗文学的繁荣,也体现着这一规律。

唐代社会的世俗化风气较为浓郁,统治阶级好尚俚俗娱乐之风,宗教日益向世俗化转型,社会各阶层对俚俗娱乐的追求日益强烈,这种俚俗的社会风气也促进了俗文学的发展。

唐代的俗文学活动中心主要是寺庙戏场与歌楼酒肆,此外还有私家宴集、皇家禁苑及曲江园林等,其中以寺庙戏场与歌楼酒肆这两个公共活动空间最为活跃。

在整个人类文学创作与审美活动中,由于受到生产力水平、社会整体文化水平等因素的影响,高雅文学活动的参与者相对较少,而通俗文学活动的参与者相对较多。这是人类雅俗文学活动的普遍倾向,唐代雅俗文学活动也基本上反映了这一规律。在此基础上,唐代文学还呈现出明显的雅俗共赏的倾向。这种倾向主要表现在唐代的雅俗文学在当时都很受欢迎;同时,很多文人士子既能创作雅文学,又能创作俗文学,可谓雅俗兼擅。

唐代俗文学和诗歌、散文等正统文学的发展处于融洽互补的关系之中,文人雅士往往从当时流行的口授心传的俗文学作品中获取再创作的素材,而俗文学则借助于文人再创造使自身得到提高,同时在书面化的过程中获得更为广泛的流传。因而形成唐代文学发展中这种雅俗互动、雅俗互补的现象,对后世通俗文学的繁荣发展,提供了有益的启示。

唐代俗文学生成的生产消费特征包括实用性的俗文学活动,夸示性的俗文学活动,人格化的俗文学活动。俗文学活动作为文学活动的一部分,它既是对俗文学作品的生产,也是俗文学作品的传播、接受与消费活动。

俗文学的实用性即功利性,这种功利性使俗文学活动更注重其审美娱乐功能。俗文学活动中创作者、传播者和接受者是一种生产者、传播者和消费者的关系。这种关系比较随意、自由。不少俗文学活动都是在寺庙、道观、茶楼、酒肆、闹市等举行，所以，从俗文学活动的创作者、传播者来说，如何抓住受众，及时收益也往往是首先要考虑的事情。它的实用性特点在具体活动中往往表现为有意无意地遵守了一定的市场原理，诸如重视受众的反应、权衡收入的高低、艺术修养与谋生手段并重等。

20世纪美国著名的经济学家和社会学家维布伦提出了"夸示性消费"的理论，尽管鲍德里亚和维布伦都以20世纪资本主义生产关系作为分析的背景，但是，借用这种理论来分析唐代俗文学活动中的一些现象也未尝不可，关键在于，唐代的一些俗文学活动背后也存在着惊人的夸饰性消费成分。

实用性的俗文学活动具有较为强烈的功利目的，无论从生产、传播与消费的角度来说，都更注重其审美娱乐功能。夸示性俗文学活动更多表现为一种炫耀。人格化俗文学活动则主要从创作者与欣赏者的人格心理角度来谈。在人格化的俗文学活动中，自身功利的色彩悄然隐退，生命体验，人性崇高醇美的色彩大大加强了，主体的本质力量、人格魅力得以高度显现。

一般来说，俗文学活动因其"俗"性，往往很难达到较高的境界，不易凸显崇高、醇美的人格。然而，唐代俗文学活动中确确实实显示了诸多的伟大人格，彰显了人性的光辉。从事这些俗文学创作与传播的既有身份卑微的艺人，也有普通文人与名不见经传的僧徒等，正是由于他们身份地位的普通，所以，他们的创作更多代表了民间的心声。

纵观唐代俗文学的各种文体，既是在继承前代各种文体尤其是俗文体基础上的大发展，又对唐代及其后文人创作具有极大的影响与渗透。唐代俗文学创作题材和内容相当广泛，艺术成就同样引人瞩目。唐代通俗文学不但具有很高的文学史价值，而且从多方面展现了当时的社会历史，尤其是传统士大夫诗文中较少关注的社会问题，因而其社会历史价值与其文学史价值一样不可忽视。

敦煌曲中叙述故事而兼用问答的体式，作品达数十首之多，任二北先生《敦煌曲初探》称其为后世戏曲的滥觞。其实中国古代戏曲说唱结合、以演唱为主的艺术形式，应当同时深受敦煌变文的影响。而从后世戏曲的创作题材看,许多作品深受唐代说唱文学的影响也极为明显,如在元明清戏剧创作中,关于伍子胥、李陵、王昭君等的作品颇为引人注目,显然是对《伍子胥变文》、《李陵变文》、《王昭君变文》等的直接传承。而敦煌变文体式在其发展过程中的一个显著的特点,即由说唱结合、韵散参半而变化为韵文诗歌数量日趋减少以至逐渐淡出。这种变化趋势中孕育着宋代话本的体式。同时,历史题材变文的基本要素乃至历史素材,对宋元话本及承变宋元话本之历史演义小说同样有着不可忽视的影响。

现代以来,随着敦煌遗书的大发现,唐代俗文学得到空前的重视与研究。一方面,整理研究唐代敦煌俗文学的成果层出不穷,另一方面,唐代俗文学继续发挥着其久远的影响力,秦腔就是最好的证明。

参考文献

古籍文献：

《十三经注疏》,中华书局 1980 年影印本

《二十四史》,中华书局 1975 年版

(东晋)葛洪:《西京杂记》,中华书局 1985 年版

(东晋)干宝:《搜神记》,中华书局 1979 年版

(南朝)刘义庆:《世说新语》,重庆出版社 2007 年版

(梁)慧皎:《高僧传》,上海古籍出版社 2011 年版

(唐)魏征:《隋书》,中华书局 1982 年版

(唐)张鷟:《朝野佥载》,中华书局 1979 年版

(唐)崔令钦:《教坊记》,《辽宁教育出版社 1998 年版

(唐)刘餗撰,程毅中点校:《隋唐嘉话》,中华书局 1979 年版

(唐)刘肃撰,许德楠、李鼎霞点校:《大唐新语》,中华书局 1984 年版

(唐)段安节:《乐府杂录》,古典文学出版社 1957 年版

(唐)孟棨等:《本事诗》,古典文学出版社 1957 年版

(唐)元稹著,冀勤点校:《元稹集》,中华书局 1982 年版

(唐)元稹著,杨军等选注:《元稹诗文选》,人民文学出版社 2004 年版

(唐)李林甫等撰,陈仲夫点校:《唐六典》,中华书局 1992 年版

(唐)段成式:《酉阳杂俎续集》,中华书局 1981 年版

(唐)赵璘:《因话录》,上海古籍出版社 1979 年版

(唐)孙棨:《北里志》,古典文学出版社 1957 年版

(唐)徐坚:《初学记》,京华出版社 2000 年版

(唐)范摅:《云溪友议》,古典文学出版社 1957 年版

（唐）王梵志著，项楚校注：《王梵志诗校注》，上海古籍出版社1991年版

（唐）欧阳询：《艺文类聚》，上海古籍出版社1965年版

（唐）白居易著，顾学颉校点：《白居易集》，中华书局1979年版

（唐）薛用弱：《集异记》，中华书局1980年版

（唐）郑棨：《开天传信记》，中华书局1985年版

（唐）高彦休：《唐阙史》，商务印书馆1949年版

（唐）白居易著，朱金城笺注：《白居易集笺校》，上海古籍出版社1998年版

（唐）温庭筠撰，刘学锴校注：《温庭筠全集》，中华书局2007年版

（唐）康骈：《剧谈录》，古典文学出版社1958年版

（唐）郑处诲：《明皇杂录》，中华书局1994年版

（唐）裴廷裕：《东观奏记》，中华书局1985年版

（唐）岑参著，陈铁民、侯忠义校注：《岑参集校注》，上海古籍出版社2004年版

（唐）刘禹锡著，瞿蜕园校点：《刘禹锡全集》，上海古籍出版社1999年版

（唐）李冗：《独异志》，中华书局1985年版

（唐）温庭筠等著，曾昭岷校订：《温韦冯词新校》，上海古籍出版社1988年版

（唐）李肇等：《唐国史补》，上海古籍出版社1979年版

（后晋）刘昫：《旧唐书》，中华书局1975年版

（五代）王仁裕著，曾贻芬点校：《唐宋史料笔记丛刊》，中华书局2006年版

（五代）王定保：《唐摭言》，古典文学出版社1957年版

（五代）赵崇祚：《花间集》，中州古籍出版社1990年版

（宋）罗烨：《醉翁谈录》，古典文学出版社1957年版

（宋）叶梦得：《避暑录话》，商务印书馆丛书集成初编本1985年版

（宋）计有功：《唐诗纪事》，上海古籍出版社1987年版

（宋）王钦若等：《册府元龟》，中华书局 1960 年版

（宋）张礼撰，史念海、曹尔琴校注：《游城南记校注》，三秦出版社 2006 年版

（宋）宋敏求：《唐大诏令集》，商务印书馆 1959 年版

（宋）王溥：《唐会要》，中华书局 1955 年版

（宋）洪迈：《容斋随笔》，上海古籍出版社 1978 年版

（宋）赞宁：《宋高僧传》，中华书局 1987 年版

（宋）李昉等：《文苑英华》，中华书局 1966 年版

（宋）乐史：《太平寰宇记》，中华书局 2007 年版

（宋）赵彦卫：《云麓漫钞》，古典文学出版社 1957 年版

（宋）王灼等：《碧鸡漫志　乐府指迷　词源　词旨》，中华书局 1991 年版

（宋）胡仔：《苕溪渔隐丛话》，上海古籍出版社 1962 年版

（宋）吴可：《藏海诗话·历代诗话续编》，中华书局 1983 年版

（宋）晁公武著，孙猛校：《郡斋读书志校正（上册）》，上海古籍出版社 1990 年版

（宋）钱易：《南部新书》，中华书局 1958 年版

（宋）李昉：《太平广记》，中华书局 1992 年版

（宋）欧阳修等：《新唐书》，中华书局 1975 年版

（宋）王谠著，周勋初校证：《唐语林校证》，中华书局 1987 年版

（宋）赵彦卫：《云麓漫钞》，古典文学出版社 1957 年版

（宋）司马光：《资治通鉴》，中华书局 1956 年版

（宋）阮阅：《诗话总龟》，人民文学出版社 1987 年版

（明）赵廷瑞修，马理等纂：《陕西通志》，三秦出版社 2006 年版

（明）洪楩：《清平山堂话本》，上海古籍出版社 1992 年版

（明）王嗣奭：《杜臆》，上海古籍出版社 1983 年版

（明）陶宗仪：《说郛三种》，上海古籍出版社 1988 年版

（明）胡震亨：《唐音癸签》，上海古籍出版社 1981 年版

（明）胡应麟：《少室山房笔丛》，上海书店出版社 2001 年版

（清）彭定求等：《全唐诗》，中华书局 1960 年版

（清）刘熙载：《艺概》，上海古籍出版社 1958 年版

（清）王国维：《戏曲考原》，中国戏剧出版社 1957 年版

（清）王国维撰，叶长海导读：《宋元戏曲史》，上海古籍出版社 1998
年版

（清）董诰等：《全唐文》，中华书局 1983 年版

（清）沈德潜：《唐诗别裁集》，河北人民出版社 1997 年版

（清）杜文澜：《古谣谚》，中华书局 1958 年版

（清）赵翼：《瓯北诗话》，凤凰出版社 2009 年版

（清）翁方纲著，陈迩冬校点：《石州诗话》，人民文学出版社 1981 年版

《景印文渊阁四库全书》，台湾商务印书馆 1985 年版

现代文献：

鲁迅：《中国小说史略》，齐鲁书社 1997 年版

陈寅恪：《金明馆丛稿二编》，三联书店 2001 年版

陈寅恪：《元白诗笺证稿》，上海古籍出版社 1978 年版

陈寅恪：《唐代政治史述论稿》，上海古籍出版社 1997 年版

闻一多：《唐诗杂论》，上海古籍出版社 1998 年版

吕思勉：《隋唐五代史》，上海古籍出版社 1984 年版

郑振铎：《中国俗文学史》，上海世纪出版集团 2006 年版

向达：《唐代长安与西域文明》，三联书店 1979 年版

任二北：《敦煌曲校录》，上海文艺联合出版社 1955 年版

杨荫浏：《中国音乐史纲》，上海万叶书店 1952 年版

中国科学院考古研究所：《唐长安大明宫》，科学出版社 1959 年版

朱光潜：《朱光潜美学文学论文选集》，湖南人民出版社 1980 年版

郭预衡：《中国古代文学史长编·隋唐五代卷》，上海古籍出版社 1993
年版

李泽厚：《美的历程》，天津社会科学院出版社 2001 年版

夏承焘：《唐宋词论丛》，上海古典文学出版社 1956 年版

龙榆生:《中国韵文史》,上海古籍出版社 2002 年版

童庆炳:《文学理论教程》,高等教育出版社 1992 年版

萧涤非:《杜甫研究》,山东人民出版社 1957 年版

陈汝衡:《说书史话》,作家出版社 1958 年版

汪辟疆:《唐人小说》,上海古籍出版社 1978 年版

任半塘:《唐戏弄》,上海古籍出版社 1984 年版

李泽厚:《美的历程》,天津社会科学院出版,2001 年版

王重民辑校:《敦煌变文集》,人民文学出版社 1957 年版

赵景深:《曲艺丛谈》,中国曲艺出版社 1982 年版

傅惜华:《北京传统曲艺总录》,中华书局 1962 年版

钱钟书:《谈艺录》,中华书局 1984 年版

钟敬文:《民俗学概论》,上海文艺出版社 2009 年版

郭绍虞:《中国历代文论选(二)》,上海古籍出版社 1979 年版

钟敬文:《中国民俗史(隋唐卷)》,人民出版社 2008 年版

潘重规:《敦煌变文集新书》,文津出版社 1994 年版

项楚:《敦煌变文选注》,巴蜀书社 1990 年版

钱仲联、傅璇琮、王运熙等:《中国文学大辞典》,上海辞书出版社 1997 年版

王捷三:《唐代诗人与长安》,王捷三遗著编委会,2000 年版

程毅中:《唐代小说史》,人民文学出版社 2003 年版

卞孝萱:《唐传奇新探》,江苏教育出版社 2001 年版

周绍良、白化文:《敦煌变文论文录·上册》,上海古籍出版社 1982 年版

周绍良:《唐传奇笺证》,人民文学出版社 2000 年版

王重民:《敦煌曲子词集》,商务印书馆 1950 年版

敦煌文物研究所:《敦煌译丛(唐代的入冥故事——〈黄仕强传〉)》,甘肃人民出版社 1985 年版

《大正藏》,台北财团法人佛佗教育基金会出版部,1990 年版

霍松林、傅绍良:《盛唐文学的文化透视》,陕西师范大学出版社 2000

年版

袁行霈：《中国文学史》，高等教育出版社 2003 年版

袁行霈：《中国文学概论》，北京大学出版社 2010 年版

程蔷、董乃斌：《唐帝国的精神文明》，中国社会科学出版社 1996 年版

吴熊和：《唐宋词通论》，浙江古籍出版社 1989 年版

章培恒、骆玉明：《中国文学史新著》，复旦大学出版社 2007 年版

傅璇琮、蒋寅：《中国古代文学通史》，辽宁人民出版社 2005 年版

范伯群、孔庆东：《通俗文学十五讲》，北京大学出版社 2003 年版

邓乔彬：《古代文艺的文化观照》，上海教育出版社 2003 年版

曾昭岷等编：《全唐五代词》，中华书局 1999 年版

高有鹏：《中国民间文学史》，河南大学出版社 2001 年版

张鸿勋：《敦煌俗文学研究》，甘肃教育出版社 2002 年版

张弓：《敦煌典籍与唐五代历史文化》，中国社会科学出版社 2006 年版

赵文润：《隋唐文化史》，陕西师范大学出版社 1992 年版

朱士光：《古都西安》，西安出版社 2003 年版

李炳武：《唐代历史文化研究》，三秦出版社 2005 年版

岳珍：《碧鸡漫志校正》，巴蜀书社 2000 年版

郑临川：《闻一多论古典文学》，重庆出版社 1984 年版

吴同瑞、王文宝、段宝林：《中国俗文学概论》，北京大学出版社 1997
年版

徐连达：《唐朝文化史》，复旦大学出版社 2003 年版

李德辉：《唐代交通与文学》，湖南人民出版社 2003 年版

陈少峰：《鼎盛与革新——隋唐至明中叶的精神文明》，北京大学出版
社 2009 年版

李浩：《唐代关中氏族与文学》，中国社会科学出版社 2003 年版

胡可先：《中唐政治与文学》，安徽大学出版社 2000 年版

李定广：《唐末五代乱世文学研究》，中国社会科学出版社 2006 年版

焦文彬等：《秦腔史稿》，陕西人民出版社 1987 年版

孙昌武：《道家与唐代文学》，人民文学出版社 2001 年版

孙昌武:《佛教与中国文学》,上海人民出版社 2007 年版

吴言生:《禅宗哲学象征》,中华书局 2001 年版

陈引驰:《隋唐佛学与中国文学》,百花洲文艺出版社 2002 年版

戴伟华:《地域文化与唐代诗歌》,中华书局 2006 年版

张铭洽:《长安史话》,陕西旅游出版社 2001 年版

王先霈、孙文宪:《文学理论导引》,高等教育出版社 2005 年版

陕西省地方志编纂委员会:《陕西省志》,陕西人民出版社 2002 年版

伏俊琏:《俗赋研究》,中华书局 2008 年版

陈钧:《俗文学论》,黑龙江人民出版社 1987 年版

王文宝:《中国俗文学发展史》,燕山出版社 1997 年版

任半塘:《敦煌歌辞总编》,上海古籍出版社 1987 年版

朱栋霖:《中国雅俗文学研究(第 2—3 合辑)》,上海三联书店 2008
年版

黎邦正:《中国古代史(下册)》,西南师范大学出版社 1989 年版

中国国家博物馆编著:《文物隋唐史(彩色图文本)》,中华书局 2009
年版

李志宏:《文学通论原理》,吉林大学出版社 2009 年版

丁放、余恕诚:《唐宋词概说》,安徽教育出版社 2002 年版

乔象钟、陈铁民:《唐代文学史(上册)》,人民文学出版社 1995 年版

李剑国:《唐五代志怪传奇叙录》,南开大学出版社 1993 年版

谢重光:《中古佛教僧官制度和社会生活》,商务印书馆 2009 年版

王永平:《游戏、竞技与娱乐——中古社会生活透视》,中华书局 2009
年版

陆永峰:《敦煌变文研究》,巴蜀书社 2000 年版

颜廷亮:《敦煌文学概论》,甘肃人民出版社 1993 年版

朱子南:《中国文体学辞典》,湖南教育出版社 1988 年版

段宝林、祁连休:《民间文学词典》,河北教育出版社 1988 年版

胡敬署、陈有进、王富仁:《文学百科大辞典》,华龄出版社 1991 年版

胡明伟:《中国早期戏剧观念研究》,学苑出版社 2005 年版

张建军:《中国画论史》,山东人民出版社 2008 年版

柯玲:《民俗视野中的清代扬州俗文学》,上海社会科学院出版社 2006 年版

黄霖选注:《中国历代小说论著选》,江西人民出版社 1982 年版

江守义:《唐传奇叙事》,安徽人民出版社 2006 年版

徐翠先:《唐传奇与道教文化》,中国妇女出版社 2000 年版

胡光舟:《唐传奇赏析》,广西教育出版社 1993 年版

张燕瑾、赵敏俐:《20 世纪中国文学研究论文选·隋唐五代卷》,社会科学文献出版社 2010 年版

王红、周啸天:《中国文学·魏晋南北朝隋唐五代卷》,四川人民出版社 2005 年版

金宽雄、李官福:《中朝古代小说比较研究》(上),延边大学出版社 2009 年版

田兆元、范长风:《中国传奇》,苏州古吴轩出版社有限公司 2009 年版

高琛:《中国古代小说简史》,辽宁教育出版社 2009 年版

陈维昭、张兵:《中国文学研究》,中国文联出版社 2008 年版

吴怀东:《唐诗与传奇的生成》,安徽大学出版社 2008 年版

丁如明等:《唐五代笔记小说大观》,上海古籍出版社 2000 年版

耿占军:《唐代长安的休闲娱乐文化》,西安地图出版社 2000 年版

王文才:《万光治年版杨升庵丛书(六)》,天地出版社 2002 年版

李剑国:《唐前志怪小说史》,南开大学出版社 1984 年版

杨宝玉:《敦煌语言文学研究》,北京大学出版社 1988 年版

李珺平:《创作动力学》,百花文艺出版社 1992 年版

伏俊琏:《俗情雅韵——敦煌赋选析》,甘肃人民出版社 2000 年版

程德全:《寒山子诗集》,清宣统二年苏州程氏思贤堂重刊本

丘琼荪:《乐探微》,上海古籍出版社 1989 年版

《辞海》,上海辞书出版社 1989 年版

陈绶祥:《隋唐绘画史》,人民美术出版社 2000 年版

于左:《玩在唐朝》,中华书局 2008 年版

张建军:《中国画论史》,山东人民出版社 2008 年版

程国赋:《唐代小说嬗变研究》,广东人民出版社 1997 年版

李嘉言:《李嘉言古典文学论文集》,上海古籍出版社 1987 年版

王亚荣:《大兴善寺》,三秦出版社 1986 年版

中国科学院考古研究所:《长安大明宫》,科学出版社 1959 年版

柏明:《唐长安太平坊与实际寺》,西北大学出版社 1994 年版

陈钧:《俗文学论》,黑龙江人民出版社 1987 年版

孙见喜:《贾平凹前传》,花城出版社 2001 年版

孙见喜:《鬼才贾平凹》,北岳文艺出版社 1992 年版

国外论著:

[日]圆仁撰,白化文等校注:《入唐求法巡礼行记校注》,花山文艺出版社 1992 年版

[日]内田泉之助:《唐诗的解说与鉴赏》,中华书局 1983 年版

[日]石田干之助:《隋唐盛世》,中华书局 1983 年版

[日]村上哲见著,杨铁婴译:《唐五代北宋词研究》,陕西人民出版社 1987 年版

[美]谢弗:《唐代的外来文明》,中国社会科学出版社 1995 年版

[美]Victor H.Mair,王邦维、荣新江等译:《绘画与表演》,北京燕山出版社 2000 年版

[法]让·鲍德里亚:《符号政治经济学批判》,南京大学出版社 2008 年版

学位论文:

葛永海:《古代小说与城市文化》,上海师范大学博士论文,2003 年

汤涒:《敦煌曲子词地域文化研究》,四川大学博士论文,2003 年

鲍震培:《中国俗文学史论》,华东师范大学博士后报告,2004 年

俞晓红:《佛教与唐五代白话小说》,上海师范大学博士论文,2004 年

赵成林:《唐赋分体研究》,武汉大学博士论文,2005 年

李锦:《唐代幽默文学研究》,陕西师范大学博士论文,2006 年

武彬:《唐传奇中的佛、道观》,陕西师范大学博士论文,2008 年

樊庆彦:《古代小说与娱乐文化》,山东大学博士论文,2008 年

宇恒伟:《唐宋时期印度佛教的中国民间化研究》,西北大学博士论文,2009 年

张同利:《长安与唐小说》,南开大学博士论文,2009 年

周兴泰:《唐赋叙事研究》,上海大学博士论文,2010 年

王早娟:《唐代长安佛教文学研究》,陕西师范大学博士论文,2010 年

梁建华:《元代婚恋剧与唐代爱情传奇作品的比较研究》,首都师范大学硕士论文,2000 年

白军芳:《唐传奇中的女性形象》,陕西师范大学硕士论文,2001 年

张介凡:《论唐代文学观念与小说创作》,华南师范大学硕士论文,2002 年

冯淑华:《〈唐声诗〉研究》,首都师范大学硕士论文,2003 年

王巧玲:《唐代小说的史料价值》,华东师范大学硕士论文,2005 年

洪畅:《论中国古代市民阶层审美文化的发生、发展及其特点》,广西师范大学硕士论文,2006 年

李拜石:《敦煌说唱文学与古代信息传播》,西北师范大学硕士论文,2007 年

刘子芳:《唐代寓言赋的艺术特色及地位研究》,广西师范大学硕士论文,2008 年

徐芳:《陇右文化与唐传奇》,陕西师范大学硕士论文,2009 年

吴小永:《唐曲江园林文化活动述略》,西北大学硕士论文,2009 年

韩洪波:《唐代变文对明清神魔小说的影响》,河南大学硕士论文,2010 年

后　记

　　本书是由我的博士学位论文增改而成。日月如梭,博士生活一晃而过。回顾往昔,除了炼狱般的苦读与磨砺,还有收获的喜悦与感激之情。

　　首先感谢我的恩师霍松林先生。在我读博期间,先生的博学、认真与勤奋给我留下了深刻的印象。本以为先生年事已高,必修课之外的事情就不想过多打扰先生,可是每隔一段时间先生就会主动给我打电话,问我的学习及研究情况。每次给先生汇报时,先生都会根据我的问题,给我很多中肯的指导,当我提出有些问题比较棘手时,先生都会脱口而出一大堆相关书目,指导我去阅读,使我的研究工作峰回路转,柳暗花明。先生的博学与认真令我深深地敬佩。先生虽已是耄耋之年,但仍勤奋耕耘,授徒之外还常在《文学遗产》等权威刊物发表研究成果,先生的孜孜以求更令我在惭愧之余不敢有丝毫懈怠。感谢恩师的辛勤培养与言传身教。

　　感谢文学院领导李西建、张新科教授,他们和其他老师一起为我们的学习生活提供了最大的支持,也提出了严格的要求,使我们不敢丝毫的怠惰,从而顺利完成了学业。感谢我的硕士导师曾志华先生,他不仅在我硕士期间给我以无私的帮助,对于我博士论文的选题及后期工作也给予了悉心的帮助。感谢魏耕源、傅绍良、刘锋焘、刘生良、霍有明、吴言生、高一农、赵望秦、周淑萍等老师。他们辛勤耕耘,无私奉献,为我们传道、授业、解惑,在我们学习及撰写论文遇到困难时为我们指点迷津。也感谢文学院各办公室、资料室的所有老师,以及学校图书馆、历史文化学院资料室的老师们,他们也为我们的学习提供了很多支持。

　　此外,我的论文也得到了西北大学李浩教授、中国社科院张国星教授的悉心指导,在此一并表示衷心感谢。

感谢我的同学王明道、董雁、王晓玲、魏玮、王吉清、王崇任、高育华、潘定武、刘宁、贺雯婧等，与他们的交流总让我有所启发、有所收获。

感谢我的公婆与父母，他们在我攻博期间，克服重重困难帮我料理家务，照顾孩子，使我能心无旁骛地投入学习。也感谢我的丈夫，在我攻博期间尽可能多地承担家务、照顾孩子，给我腾出了大量宝贵的时间。

感谢参考文献中提及或未提及的诸多前贤及同仁，由于他们的研究成果，才使我的研究工作能够顺利进行。

师恩难忘，亲情难忘，友情难忘。

杨晓慧

2014 年冬于陕西师大

责任编辑:孙　牧
装帧设计:常　帅

图书在版编目(CIP)数据

唐代俗文学探论/杨晓慧 著. —北京:人民出版社,2015.4
ISBN 978 - 7 - 01 - 013783 - 4

Ⅰ.①唐…　Ⅱ.①杨…　Ⅲ.①中国文学-通俗文学-古典文学研究-唐代
　Ⅳ.①I206.2

中国版本图书馆 CIP 数据核字(2014)第 175105 号

唐代俗文学探论

TANGDAI SUWENXUE TANLUN

杨晓慧　著

人民出版社 出版发行
(100706　北京市东城区隆福寺街 99 号)

北京市大兴县新魏印刷厂印刷　新华书店经销

2015 年 4 月第 1 版　2015 年 4 月北京第 1 次印刷
开本:710 毫米×1000 毫米 1/16　印张:18.75
字数:288 千字

ISBN 978 - 7 - 01 - 013783 - 4　定价:39.00 元

邮购地址 100706　北京市东城区隆福寺街 99 号
人民东方图书销售中心　电话 (010)65250042　65289539